샌드 하우스

샌드 하우스

/

Sand house

/

채현 쓰다

가하

샌드 하우스

지은이 채현
펴낸이 이형기
펴낸곳 도서출판 가하

초판인쇄 2016년 11월 14일
초판발행 2016년 11월 21일
출판등록 2008년 10월 15일 제 318-2008-00100호

주소 서울 영등포구 양평로 67, 1209 (당산동5가, 한강포스빌)
전화 02-2631-2846 **팩스** 02-2631-1846

www.ixbook.co.kr

ISBN 979-11-300-1194-3 03810

값 10,000원

copyright ⓒ 채현, 2016

Contents

주의 말씀 듣고서 준행하는 자는
반석 위에 터 닦고 집을 지음 같아
비가 오고 물 나며 바람 부딪쳐도
반석 위에 세운 집 무너지지 않네
잘 짓고 잘 짓세 우리 집 잘 짓세
만세반석 위에다 우리 집 잘 짓세

어디서 엄마가 청소하면서 흥얼거리는 듯한 찬송가 소리가 들려왔다.

천진난만한 소녀처럼 체구가 작았던 엄마가 거실의 장식 많은 오래된 나무 가구 하나하나에 마른걸레로 윤을 내고 있었다. 외출했다 돌아와 트집을 잡을 할머니를 위해.

아, 엄마…… 엄마, 이제 그런 일은 그만하셔도 되잖아요.

엄마는 이제 천국에 있잖아요. 천국에서 그렇게 보고 싶어 하던 아들이랑 다시 만나서 행복하셔야죠.

아…… 엄마는 돌아가셨다.

작년 초겨울에 공기에 뜰 것처럼 앙상하고 작은 몸을 남겨놓고 포로로 날아가버렸다. 깊은 잠에 빠진 것처럼 조용히 누워 있는 여자는, 지난 10년 동안 자기만의 세계에 스스로를 가둬두고 있다 드디어 벗어난 셈이었다. 이제 육신을 벗게 되어 홀가분한 듯 평화롭게 누워 있었다.

그때 제대로 흘리지 못했던 뜨거운 눈물이 주르륵 흘러 뺨을 타고 떨어졌다.

엄마, 엄마. 나를 두고 가지 마. 제발 나 혼자 남겨두지 마, 제발…….

어린아이처럼 떼를 쓰고 싶은데 엄마 목소리는 점점 작아지고 있었다. 계속 두리번거리면서 엄마를 찾았지만 보이지 않고 가느다란 목소리만 아주 작게 공기 너머로 흩어진다.

엄마, 제발…… 미쳐 있어도 좋으니 나를 두고 가지만 말아줘.

엄마, 엄마.

그때 옆에서 따뜻한 작은 손이 수연을 흔들었다.

"새엄마? 새엄마?"

벌떡 일어난 수연이 잠에서 덜 깬 표정으로 어린 소년을 바라보았다. 눈가가 푸르스름한 작은 얼굴이 수연을 걱정스럽다는 듯 바라보고 있었다.

누구지?

아, 하율이…….

익숙한 작은 얼굴을 보고 잠시 당황했다. 마치 어린 시절 오빠인 줄 알았더랬다.

이제 얼굴도 가물가물한 그 사람이 왜 갑자기 또렷하게 떠오른 걸까.

수연은 순간적으로 하율의 손을 꼭 쥐고 말았다. 따뜻한 작은 손의 온기에 요동하던 마음이 조금 가라앉았다.

수연의 반응에 하율이 약간 놀란 표정이었다.

"나쁜 꿈 꾸셨어요?"

수연이 아직 정신을 못 차리고 멍하게 하율을 바라보자, 하율이 수연의 눈가를 가리켰다. 손으로 눈 주변을 훑자 축축한 물기가 있었다.

그제야 자기가 진짜 울었다는 것을 깨달았다. 눈가를 훔치면서 억지로 웃으려 했다.

슬퍼서 눈물이 날 것 같지만, 하율이 아직 살아 있는 게 기뻐서, 감사해서 웃으려 하는데 꿈속에서 들었던 엄마 목소리에 뜨거운 것이 올라오려 했다. 슬픔을 쫓으려는 듯 고개를 강하게 흔들었다.

"나쁜 꿈 아니야."

……슬픈 꿈이지. 그리고 그리운 꿈이었다.

"무슨 꿈 꾸셨는데요?"

"엄마가 꿈에 나오셨어. 그래서 너무 반가워서, 엄마 가지 말라고 잡았어."

9

수연이 어린아이처럼 말했다. 하율이 수연을 달래주고 싶은데 어쩔 줄 모르겠다는 듯한 표정을 지었다. 애어른 같은데 이럴 때 보면 그냥 아홉 살짜리 아이다.

"물 드실래요?"

수연이 고개를 끄덕이자, 잽싸게 부엌에 가서 얼음물 한 잔을 갖다 주었다.

시원한 물이 속을 쓸고 지나갔다. 배가 뭉친 듯한 감각에 수연이 살짝 배를 쓸었다. 배 속의 아이가 엄마 손을 느꼈는지 꿈틀거리면서 움직이기 시작했다.

임신하면 더위를 많이 탄다더니 정말 그러했다. 평소에 더위는 별로 안 탄다 생각하고 살았는데 올여름에는 본격적으로 더위가 시작하기도 전에 이미 지쳐 있었다.

6월인데도 이미 한여름처럼 더웠다. 열어놓은 창에선 미적지근한 공기만 들어올 뿐이었다. 발치에서 돌아가는 선풍기 바람으로는 안 되었다. 이제 정말 에어컨을 틀어야 하는 모양이었다.

"안 더워?"

몸 컨디션이 안 좋아질까 혹시 미열이 있는 건 아닌지 묻는 수연의 마음을 아는지 하율이 빙긋 웃었다.

"괜찮아요."

"뭐 하고 있었어?"

"어제 아빠가 새로 사다준 책 보고 있었어요. 진짜 재밌어요."

오후 내내 책 보느라고 자기 방에 있던 모양이었다. 며칠 전에 동원이 요즘 애들이 많이 보는 거라고 하나 사다줬는데 금세 후딱 보고 2권 사 오라고 성화였던 것이다.

"보고서 나도 빌려줘야 돼."

하율이 고개를 힘차게 끄덕였다.

"나 괜찮으니까 가서 마저 봐. 참, 새엄마랑 손 닿았으니까 가서 손 씻고 와. 혹시 모르니까."

"네."

그 말에 인상을 쓰긴 했지만 하율이 후다닥 화장실 쪽으로 달려갔다.

수연은 창 너머 이제 막 피기 시작한 정원의 장미를 바라보았다. 장미 넝쿨은 동원의 어머니가 정성스레 돌보던 것이라고 했다. 흐드러지게 피기 시작한 붉은 꽃들이 미풍에 산들산들 흔들리고 있었다.

집 들어오는 현관 바로 앞에 아치를 만들어서 장미 넝쿨이 타고 자랐다. 초록색 이파리와 붉은색과 분홍색, 흰색 등의 장미로 만든 문을 지나 집으로 들어올 때의 기분은 황홀했다. 벌들이 윙윙거리고, 공기 중에 진한 장미향이 느껴진다.

달콤한 듯한 여름 오후였다.

책을 보다가 선잠이 들었던 모양이었다. 꿈속에서 엄마가 찬송가를 부르고 있었다. 오빠가 아픈 뒤에 엄마는 교회에 다니기 시작했고 오빠가 병원에 입원한 뒤에는 교회에서 살다시피 했다. 오빠가 죽은 뒤로는 갑자기 교회 나가는 것을 관두었다. 이것은 그래도 아직 좋았던 시절에, 엄마가 부르던 찬송가였다.

귓가에 아직도 '잘 짓고 잘 짓세 우리 집 잘 짓세. 만세반석 위에다 우리 집 잘 짓세.'라는 노래 후렴구가 들릴 것 같다.

수연의 부모님은 모래 위에 집을 지었는지 그 우리 집은 오래전에 사라져버렸다. 자신의 집 역시 두꺼비집처럼 금세 허물어지겠지.

모래 위의 집, 아슬아슬하게 서 있었다.

기억의 모래 위에.

할아버지. 할머니. 아빠. 엄마. 오빠. 수연.

그 가정은 사라진 지 오래였다. 오빠가 죽고, 엄마와 수연이 떨어져 나오고, 엄마가 죽었다. 할아버지도 돌아가셨다고 들었다. 할머니와 아빠는 새로운 가정을 꾸려서 산다. 가정인데, 피를 나눴는데 어떻게 이렇게 갈라질 수 있나요? 천륜이라던 가정마저도 이렇게 쉽게 무너지는데 세상에 오래가는 게 뭐가 있는 건가요?

바람에 스산하게 흩어질 집이라면 왜 짓겠는가.

엄마의 맑고 작은 노랫소리가 머릿속에서 윙윙 울리고, 몸에서 식은땀이 났다. 작은 목소리로 걸레질을 하면서 부르는 그 고운 목소리의 주인은 이 세상에서 사라져버렸는데 그 목소리가 머릿속에서 메아리쳤다.

샤워라도 하고 싶었다.

이 슬픔을 물에 씻어 내리기 위해서는.

/

1. *As time goes by*

/

"무슨 생각 하세요?"

부지불식간에 자기만의 생각에서 불려나온 서수연은 화들짝 놀라 눈을 크게 떴다.

그…… 였다.

남자가 나타난 건 약 한 달 전쯤이었다. 여름에서 가을로 넘어가던, 날이 조금 시원해졌을 무렵, 남자는 수연이 일하던 바에 나타났다. 서늘해지기 시작한 밤공기처럼 슬며시 스며들었다. 그렇게 나타난 남자는 한 달 동안 2~3일에 한 번씩은 와서 가벼운 칵테일이나 위스키를 온더록스로 마시고 가곤 했다. 꼭 카운터 근처의 바에 앉아 수연에게 가벼운 대화를 시도하곤 하는 남자는 어느새인가 익숙한 단골이 되어 있었다.

남자가 입고 있는 검정색 트렌치코트 때문인지 어두운 공간에 숨어 있다 슬며시 몸을 드러내는 듯했다. 수연은 그가 문을 열고 들어와서 앉는데도 모르고 멍하니 있었던 게 조금 창피해서 살짝 낯을 붉혔다.

"오셨어요?"

수연이 조금 창피하지만 당황한 표정을 잽싸게 갈무리
했다.

"평소처럼 온더록스로 주세요."

남자는 평소처럼 벨벳처럼 부드러운 저음으로 주문을
했다.

수연이 크리스털로 된 온더록스 잔을 꺼내고 냉동실에
서 동그란 온더볼을 꺼내었다. 얼음을 넣은 뒤에 몰트위스
키의 황금빛 액체를 능숙하게 따랐다. 하얗고 가는 손이
리듬을 타고 유려하게 움직였다. 피처럼 붉은 매니큐어 때
문인지 하얀 피부가 더 창백해 보였다. 호박색 액체가 크
리스털 잔에서 빛을 받아 영롱하게 빛난다. 그가 앞에 내
려놓은 크리스털 잔을 흔들자 몰트위스키 특유의 향이 살
짝 공기 중에 퍼져 나갔다.

"무슨 생각 하셨어요? 매우 안타까운 표정을 짓던데요.
혹시 남자친구라도 생각하셨습니까?"

"설마요."

수연의 얼굴이 급 정색을 하고 눈을 갸름하게 접으며 억
지로 웃었다.

사실 엄마 생각 중이었다. 엄마를 만나고 온 날은 늘 이
랬다.

요양원에 있는 엄마는 오늘도 뜨개질 중이었다. 그녀가
매번 사다주는 뜨개실들. 언제나 좋아하는 밝은 노랑이나
초록, 오렌지 같은 색들로 뭔가를 뜨고 있다.

엄마가 뜨고 있는 것은 언제나 남자 스웨터. 중학생 남자애가 입을 법한 크기의 갖가지 스웨터를 엄마는 계속해서 뜨고 있었다.

「준연이 입히면 잘 어울리려나?」

작은 소리로 중얼거리기까지 했다.

엄마의 시간과 기억은 10여 년 전에 멈추어 있다. 오빠가 병원에서 사망 선고를 받기 직전에. 더 이상 엄마의 기억에는 서른 살의 서수연은 없다.

엄마가 돌아가시고 난 뒤에도 수연은 엄마를 기억하겠지만, 누가 수연을 기억해줄까. 누군가 말하길 버림받은 여자보다 더 불쌍한 여자는 잊힌 여자라던데, 그녀는 낳아준 엄마에게 망각된 존재였다.

의사는 이제 엄마가 많이 안 좋다고 했다. 매년 조금씩 조금씩 기억을 잃는 만큼 쇠약해졌고, 점점 더 얇아지고 존재감이 사라졌다. 지난 10년 동안 이렇게 엄마는 조금씩 수연에게서 떠나갔다. 약으로 엄마를 이 지상에 묶어두는 것도 수연의 욕심이고, 이제는 한계에 도달한 것이다. 건물 밖으로 나가지도 못하고 휠체어만 탄 지도 오래였다. 오로지 손만 움직이며 뜨개질만 할 뿐. 이제 엄마는 엄마라는 이름의 껍데기였다.

수연의 서글픈 표정을 읽었는지 남자는 잠시 말이 없었다.

"왜, 계절마다 생각나는 사람이란 게 있잖아요. 매니저님은 그런 사람 있으세요?"

갑자기 그가 질문을 던지는 바람에 수연은 다시 현실로 불려나왔다. 그는 평소에 말이 많은 사람은 아니었다. 어느 날은 술만 마시다 갈 때도 있었고 어떨 때에는 붙임성 있게 그녀에게 말을 붙이곤 했다. 그리고 가끔 알 수 없는 간절한 눈으로 바라보기도 했다. 분명 표정이 많지도 않고 말을 많이 하지도 않았는데 이 사람의 시선이 수연을 불편하게 만들고 있었다.

무엇인지 알 수 없는 뭔가가.

계절마다 생각나는 사람, 가을에서 겨울로 가는 길목에 생각나는 사람은 단 한 사람이었다.

"있어요, 이 계절에 생각나는 사람."

아아, 오빠…… 아주 오래전에 부르던 그 정겨운 이름. 이제 입 밖으로 꺼내어 불러볼 일 없는 그 단어.

"선생님도, 생각나는 분 계신가 보죠?"

남자는 눈을 잠시 감았다 떴다. 동그란 금속 프레임 속의 눈은 시선을 피하는 법이 없이 언제나 상대를 직시했다. 세상을 자신감 있게 살아온 남자가 가지는 안정감과 자신감이 자연스레 마치 공기처럼 느껴지곤 했다.

미소를 가볍게 띠고 있는 남자는 여자들이 호감을 품을 듯한 상대였다. 지나가면서 보았더라도 기억할 정도로, 한 번만 보아도 절대 잊을 것 같지 않을 정도로 강렬한 인상이었다.

일단 보통 사람보다 머리 하나 이상으로 튀어나와서 185센티미터는 될 법한 키에, 눈썹이 진하고 코가 매우 높아서 이국적인 느낌마저 풍겼다. 날카로울 정도로 기다란 눈에는 예기(鋭氣)가 감돌았고, 그런 눈빛을 감추기라도 하듯 가느다란 금속 테로 된 안경을 쓰고 있었다. 깎은 듯이 훤한 이마에 날렵한 턱선까지 모델이라도 된 양 잡지 화보에서 튀어나온 것처럼 남자답게 잘생겼다.

"네, 있습니다."

그 말을 한 뒤 남자가 술을 한 모금 마시자 목울대가 움직였다.

"누구요?"

이 남자의 표정은 복잡다단했다. 그 깊은 눈빛으로 먼 시공간을 바라보았다. 그리운 듯, 원망스러운 듯.

"아내요."

"어머, 결혼하셨군요."

30대 중반은 되었을 남자에게서는 결혼의 냄새가 조금도 나지 않았다. 반지도 끼지 않았고 거의 매일같이 비슷한 새벽에 바에 들르곤 했으니까.

남자는 슬며시 여자의 표정을 관찰했다. 정말 놀랐는지 언제나 상냥한 듯한 웃는 얼굴에 살짝 놀란 표정이 나타났다 사라졌다.

"집사람은 3년 전에 심장병으로 죽었습니다. 딱 이맘때군요."

그의 담담함에는 깊은 슬픔이 있었다. 깊숙한 곳에 꼭꼭 다져놓은 깊은 슬픔이, 그 단 한마디에서도 느껴졌다. 아마도 그런 슬픔과 고통에 익숙해져버린 탓일까, 수연은 잠시 그를 동정했다.

"매니저님은 누구를 생각하셨습니까?"

"오빠요. 그냥 이즈음 되면 오빠가 보고 싶어져요. 언제나 보고 싶은데 더 간절하게 그리워지고 보고 싶어져요. 사람한텐 시간이 약이라고 해도 못 잊는 기억 정도는 있나 봐요."

얼마나 그립고 보고 싶고 힘드시겠냐는 상투적인 말이 아닌, 서툰 위로였다. 남자의 머릿속에 책상 서랍 깊숙한 곳에 있는 노란 파일, 당신은 꼭 행복해져야 해라고 속삭이던 가녀린 목소리, 창백한 작은 얼굴, 온갖 것들이 머릿속에 떠올랐다.

설희, 눈 오는 겨울날 태어나서 설희라고 이름을 지었다고 했다. 겨울에 태어난 아름다운 당신은 눈처럼 고운…… 노래 가사처럼 고왔고 그렇게 눈처럼 한순간에 사라졌다. 10여 년 전 "너에게 가족을 만들어주고 싶어."라고 속삭이던 목소리는 눈처럼 녹아 사라져버렸다.

가족으로 같이 살았던 그 기간은 너무나 짧았다. 유성처럼 스쳐 지나가듯 사라져버렸던 그 짧은 세월이 이제는 너무나 가슴을 고통스럽게 만들고 있었다.

남자가 잔을 쥐고 찰랑거리면서 그 호박색 액체를 들여

다보았다. 수연 역시 머그잔을 두 손으로 감싸 쥐고 있었다. 그 따스한 온기로 추운 기억을 녹이려는 듯이.

아무 말 없이 남자가 크리스털 잔을 가볍게 흔들더니 그대로 주욱 들이켜고는 손짓을 했다.

"한 잔 더 주세요. 오늘은 한 잔 더 마시고 싶네요."

2~3일에 한 번 들러서 30분 정도 앉아서 딱 한 잔만 마시고 가는 사람이었다. 마치 자기 전에 맥주 한 캔 하듯이. 수연이 아무 말 없이 그의 잔에 다시 위스키를 한 잔 따라주었다.

"아이는 없으세요?"

어색해진 수연이 조심스레 물었다. 외모로 보건대 30대 중반 이상은 되었을 듯했다. 당연히 아이도 있을 나이이다.

"아이 있어요, 남자아이. 해 바뀌면 아홉 살이에요."

"한참 개구질 때네요."

그러자 그가 씁쓸하게 웃었다. 그리고 잔을 물끄러미 바라보았다. 크리스털 잔 속의 술을 바라보는 남자는 뭔가에 집중하는지 살짝 미간을 찌푸리고 있었다. 그녀와 더 얘기를 나눌 의사가 없는 건지 시선을 피해버렸다.

남자의 자조적인 미소가 수연의 심장을 덜컹 흔들었다. 뭔지 모를 불편함이 마음속에서 스멀스멀 올라왔다.

스피커에서 흘러나오는 'Fly me to the moon'에 맞춰서 손톱으로 박자를 맞추는 남자의 잘 다듬은 길쭉한 손이 멋

있다고 생각했다. 길고 하얀 손으로 남자는 무얼 할까. 약간 긴 듯한 머리, 넥타이는 잘 매지 않는 걸로 봐선 샐러리맨은 아닌 모양이었다.

처음에 이 근처에 앉아서 몇 마디 말을 나눌 때만 해도 그녀에게 관심이라도 있나 싶었는데 지난 한 달간 살펴보니 그런 것도 아닌 모양이었다. 그는 조용히 와서 위스키 한 잔을 마시고 조용히 사라졌다. 사실 날씨나 술 종류 얘기를 몇 번 하긴 했지만 이런 개인적인 얘기를 한 것은 처음이었다.

그러나 그가 고개를 들었을 때 잠시 떠올랐던 우수는 완전히 사라지고 없었다.

"여기서 일하신 지 오래되셨나 봐요?"

"네. 거의 10년 동안 여기서 일했어요. 처음에 서버로 일했는데 정신 차리고 보니 바 뒤에서 바텐더 하고 있더라고요. 그리고 어찌어찌 여기까지 왔네요."

수연이 서글프게 미소 지었다. 남자는 조용히 미소로 화답하고 다시 술잔에 신경을 쏟았다.

남자의 긴 속눈썹이 안경 너머 볼에 그늘을 드리웠다. 오늘따라 피곤한지 남자는 지쳐 보였다.

"10년이 긴 듯한데 또 지나고 보면 참 빨라요."

"아무래도 그렇죠. 어렸을 땐 나이가 들면 시간 진짜 빨리 간다는 말이 뭔지 잘 이해 못 했는데 이젠 이해가 가요."

오빠가 죽은 게 10년도 더 전이라는 게 가끔 믿기지 않을 때가 있었다.

"아이가 그 사람 배 속에 있었는데 어느새 나와서 이렇게 10년이 다 되어가는 게 신기하기만 합니다. 사실 그 사람 그렇게 갑자기 가고 나서 어떻게 사나, 아이가 없으면 고민 많이 했을 텐데 애가 어리고 하니까 다 살게 되더라고요."

남자가 갑자기 명랑하게 얘기를 늘어놓으며 술을 한 모금 마셨다.

다 살게 되던가…… 가끔 살지 못하게 되는 사람도 있었다. 엄마처럼.

정신을 놓아버린 엄마처럼.

"아, 우울한 얘기 그만해야지."

그리고 남자가 수연과 눈을 마주치고 살짝 웃었다. 길쭉한 눈을 가늘게 하고 웃는 남자의 얼굴을 자기도 모르게 멍하니 바라보았다. 언뜻언뜻 이 사람은 그녀를 간절하게 바라볼 때가 있었다. 차마 하지 못하는 말이라도 꺼낼 것처럼 주저하는 듯 보일 때도 있었다.

우울하다기보다 슬픈, 절망에 젖은 듯 남자의 어깨가 축 처져 보였다.

잠시 음악을 들으며 술을 마저 마신 남자는 바로 일어섰다.

"제가 괜히 매니저님 기분 상하게 한 게 아닌가 싶네요. 우울한 얘기 꺼내서."

"아니에요. 그런 생각 안 했으니까 걱정 마세요."

수연이 웃으면서 그를 달랬다.

"그럼 먼저 가보겠습니다. 술 잘 마셨어요."

평소처럼 깍듯하게 인사한 남자는 계산을 하고 가볍게 고개 인사를 한 채 나갔다. 그렇게 밤의 어둠 속으로 남자는 사라졌지만 수연의 마음속엔 깊은 잔상이 남아버렸다.

"무슨 생각 해?"

누군가 나타나기를 기다리기라도 하듯 문을 바라보고 있던 수연이 그 말에 깜짝 놀라 현실로 돌아왔다.

고개를 돌리니 해준이 수연을 이상하다는 듯이 바라보고 있었다.

"무슨 생각 하고 있었는데 그렇게 놀라?"

해준이 깜짝 놀라 눈을 동그랗게 뜨는 수연을 이상하다는 듯 바라봤다.

요즘 들어 왜 이렇게 자꾸 딴생각을 하나 몰라. 며칠 전에도 그러더니. 수연이 좀 민망해서 어색한 표정을 지었다.

"내 얘기가 좀 재미없었나 봐?"

"아, 아니에요."

업무 관련 얘기가 아니라 그냥 몇 달 전에 오픈해서 수연

23

이 잠시 매니저로 나갔던 카페의 매니저가 자꾸 사고를 친다는 하소연 정도였다. 그래서 한 귀로 듣고 한 귀로 흘리다 그만 걸린 것이었다. 멋쩍다는 표정을 짓는 수연을 보고 해준이 허탈하게 웃었다.

"내 얘기가 정말 재미없어? 근데 내가 이런 하소연은 누구한테 하냐? 그 매니저한테 가서 할 순 없잖아. 내가 걔 사고 수습하느라고 술 마시러 오지도 못했잖아. 승주 씨, 나 칵테일 한 잔만 만들어줘봐."

그 말에 승주가 셰이커를 꺼내서 뭔가를 제조하기 시작했다.

사장인 해준은 워낙 바빠서 바에 매일 나오지 못했다. 거의 수연에게 맡겨놓고 업무는 보통 전화로 하거나 낮 시간에 잠깐 만나서 해결하곤 했다. 이렇게 여유 있게 와서 앉아 있는 것은 꽤 오랜만이었다.

"카페 매니저는 사고나 치고, 수연이 너는 내 말에 딴생각이나 하고. 아랫사람들이 이런데 일이 제대로 돼?"

해준의 하소연에 승주가 웃었다.

"그 매니저 사고 치는 얘기 여러 번 들었잖아요. 누나가 그때마다 단호하게 자르라고 했는데 어영부영 넘어가신 사장님 자업자득이죠."

승주의 말에 해준이 인상을 썼다.

"너부터 자른다?"

승주는 별로 신경 쓰지 않았다. 승주는 해준이 다른 데

술 마시러 갔다가 스카우트 해 온 바텐더였다. 일류 바텐더로 키운다고 승주한테 해준이 공을 들이는 걸 수연도 잘 알고 있었다. 해준이 수연을 키운 것처럼 승주도 키워서 아마도 이 바를 물려주려 하는 듯했다. 그리고 수연은 낮에 카페로 빼고 싶어 했다.

"날이 쌀쌀해졌는지 사람이 없네요."

화제를 돌릴 겸 그냥 무난하게 날씨 얘기를 꺼냈다. 실제로 바 안에는 갑자기 날이 쌀쌀해진데다 주중이라 그런지 사람이 별로 없었다.

사실 수연의 머릿속엔 다른 생각이 그득했다. 며칠째 남자는 나타나지 않고 있었다. 이름도, 나이도, 아무것도 모르는 남자에 대해서 생각하고 있는 게 가끔은 자기도 놀라웠다. 지난 10년 동안 서수연에게 처음 있는 일이었다.

왜 그가 오지 않는지 궁금한데, 아니, 왜 계속 그 사람을 생각하는 걸까. 그냥 점잖고 예의 바른, 술맛 좀 아는 한량일 뿐인데, 왜? 그냥 뜨내기 술꾼인 줄 알았는데 단골처럼 자주 오게 된 것만으로 그를 이렇게 생각할 리는 없다. 그보다 더 그녀에게 관심을 갖고 접근한 남자는 계속 있었다. 그러나 아무도 그렇게 그녀를 간절한 눈으로 바라본 적은 없었다.

구원이라도 바라는 것처럼 정말 가끔 간절하게 바라볼 때면 심장이 덜컹 내려앉곤 했다. 왜 그런 눈빛으로 보는 거냐고 가끔 묻고 싶었다.

"정말 오늘은 사람이 없네. 날이 추워져서 그런가."

수연 말마따나 1시 좀 넘었을 뿐인데 라운지에는 사람이 거의 없었다. 12시에서 1시 사이가 보통 제일 사람이 많을 때인데도 오늘은 띄엄띄엄 몇 명만 있을 뿐이었다.

앞에 앉아 있던 사장 해준에게 바텐더인 승주가 칵테일 한 잔을 내밀었다. 특별한 주문이 없으면 승주는 사장이 평소 마시는 진토닉을 내어주곤 했다. 유리잔을 들고 한 모금 마신 해준이 잔을 내려놓고 수연에게 관심을 돌렸다.

"수연아, 이제 네가 몇 살이더라?"

느긋한 어조에 수연이 피식 웃었다. 해준은 평소에 다른 사람들 앞에선 꼭 수연 씨라고 부르면서도 단둘이 있을 때에는 예전처럼 이름으로 불렀다.

"여자에게 나이 물으면 실례인 거 모르세요?"

"그러게. 그래서 몇 살이지?"

해준이 집요하게 다시 물었다.

"서른이요."

"벌써 그렇게 되었나."

그와 함께 일한 게 근 10년이었다. 다시 그가 연기를 길게 내뿜었다.

"시간 진짜 빨리 가네. 기억나? 우리 여기서 같이 인테리어 했었잖아. 가게 보여주고 여기 어떠냐고 너한테 물었을 때, 전망은 좋은데 여기 사람이 올까요, 라고 했었지."

그가 인테리어를 하는 동안 수연은 옆에서 잔심부름을

하면서, 밤마다 칵테일 학원을 다니느라고 바빴더랬다. 잘될까 싶었는데 해준에게 안목이 있었는지 구석진 공원 옆인 이곳에 IT 회사들이 늘어나면서 제법 손님이 많이 왔다. 그렇게 번 돈으로 빌딩도 사고 다른 사업도 늘리면서 지금의 해준이 되어버렸다. 사실 이제 해준의 사업 규모에 비하자면 이 바는 그야말로 취미 생활이나 다름없었다.

"그때 참 밤낮으로 둘 다 바빴는데…… 그래도 네가 있으니까 난 마음 놓고 술도 마시고 친구랑 놀러도 가고 여자도 꼬시고 그랬네."

해준은 오늘 따라 과거 얘기를 이것저것 늘어놓고 있었다.

"그런데 벌써 10년이라니, 세월 참 빨라. ……너 처음 봤을 때보다 별로 안 변한 거 같아."

"진짜요? 30대인데 안 변했음 다행이죠."

수연이 후후 하고 작게 웃었다. 해준의 말에 답을 하면서도 시선은 계속 문가를 헤매었다. 어제도, 그제도 오지 않았으니 오늘은 나타날 법한데 오지 않는다. 사람도 없고 아마 오지 않을 거다. 순간 화가 났다. 올지 안 올지도 모르는 누군가를 기다리는 게, 마치 짝사랑을 하는 여자라도 된 양 느껴졌기 때문이었다.

"그만 문 닫자. 손님 더 안 올 거 같은데."

해준의 말에 수연이 고개를 끄덕였다. 승주도 그 말을 들었는지 문 닫을 준비를 하기 시작했다.

"나 술 좀 더 마실 거니까 수연이 네가 내 상대 좀 더 해 줘."

해준이 뭔가 기분이 안 좋은 듯한 기색이었다. 아까 살짝 스칠 때 담배 냄새가 나던 걸 보면 담배도 좀 피우고 온 모양이었다. 분명 몇 년 전에 건강 생각해서 끊었던 것 같은데. 눈가의 잔주름을 보면 그도 이제 나이를 먹었구나 싶었다. 서른여섯 살이었던가. 수연보다 여섯 살 정도 많았으니까.

청소를 하고 있는 와중에도 해준은 한쪽에서 계속 잔을 기울이고 있었다. 순식간에 정리가 끝나고 마지막으로 해준과 수연만 남았다.

최근 바쁜 일이 많은지 잘 들르지 않던 해준이 와서 술을 마시는 걸로 봐서는 무슨 일이 있는 게 분명했다. 결국 그가 주머니에서 담배를 꺼내다가 아차 하는 표정으로 도로 집어넣었다.

"재떨이 찾아올게요."

"어, 미안."

이제 업장에서 흡연이 금지되어서 재떨이는 다 치워버렸다. 수연이 창고에 가서 재떨이를 찾아왔다.

"무슨 일 있으세요?"

"응, 오늘 정리가 끝났거든."

그가 자신의 이혼에 대해 담담하게 말하고 있었다. 재산 분할 때문에 법정까지 갔을 정도로 피곤한 일이었던지라 해준은 근 1년 가까이 그 일 때문에 진저리를 치고 있었다. 그가 수연과 눈을 마주했다.

"그 사람이 너도 많이 괴롭혔지?"

수연이 희미하게 웃었다. 5년 전쯤 해준이 선을 봐서 결혼한 그의 부인은 의처증이 심했다. 아무런 사이도 아닌 수연을 정부라고 완전히 믿고서 일하던 카페에 와서 난장판을 만든 적이 몇 번 있었다. 그 일 때문에 카페에서 바로 옮겼다.

부인은 수연과 그를 간통으로 고소 직전까지 갔다. 그러나 증거는 전혀 나오지 않았고 심부름센터 직원이 붙어서 아무리 따라다녀봤자 수연이 집과 바, 그리고 가끔 어머니 계신 요양원만 왔다 갔다 하는데 뭐가 나올 리가 없었다.

"가뜩이나 어머니 때문에 정신없을 텐데 괜히 심란하게 해서 미안해."

그가 수연의 손을 토닥였다. 하얀 손이 움찔하자 그걸 읽은 그가 손을 뗐다. 지난 10년간의 반복이었다. 그가 한 발 들이밀어도 수연은 절대 밀어내지 않지만 받아들이지도 않았다. 수연은 그에게 평생 갚을 은혜를 입었다고 생각하기 때문에 어떤 제안을 해도 수락할 뿐이었고, 그게 그의 자존심을 건드리기 때문에 차마 손을 대지 못했다.

처음 수연을 여자로 인식한 게 언제였더라. 처음엔 순수하기도 했고 아랫사람에게 손대는 게 정당한 것 같지 않았고 수연이 너무 어려서인지 아무 생각도 없었다. 어쩌면 부인이 그와 수연 사이를 의심하지 않았더라면 이렇게 쭉 갔겠지.

그러나 부인은 수연을 그의 정부라고 철석같이 믿었고, 남들이 수연을 그렇게 보는 걸 알게 되자 그에게도 수연이 점점 여자로 인식되었다.

앳되었던 20대 초반의 수연은 이제 여자로 만개해 있었다. 검정색 니트 원피스가 잘 어울리는 낭창낭창한 군살 없는 몸매, 요염하다기보다는 참하게 생긴 그 옆모습이 예쁘다고 생각했을 때 심장이 살짝 내려앉는 기분을 맛보았다. 30대 중반에, 남들이 보기엔 다 갖고 있는 것 같겠지만 그도 이제 제대로 정착해보고 싶었다. 초혼이라면 배경이 없는 수연을 부모님이 반대하시겠지만 재혼이라면 좀 다를 거라는 계산을 하고 있었다.

"사장님 담배 그만 피우세요. 끊으셨잖아요."

"잔소리는…… 오늘까지만 피울 거야."

그 말에 수연이 살짝 웃었다.

해준은 이제 노골적으로 수연을 바라보고 있었다. 그가 수연의 얼굴에서 제일 마음에 드는 곳은 눈이었다. 깊은 눈매에 동자가 크고 맑았다.

수연이 그의 시선이 너무 노골적이라 불편했는지 살짝 눈을 내리깔아 시선을 피했다. 그런 수줍음이 그를 흔드는 줄은 전혀 모르겠지.

요즘 들어 해준이 가끔 이런 기색으로 자기를 보곤 했다.

무슨 생각을 하는 걸까. 어떨 때에는 이 사람이 만약 손을 내민다면 그냥 잡아버릴 수 있을 거라 생각했다. 그러나 지금은 그가 수연에게 없는 오빠나 아빠 같은 가족처럼 느껴질 뿐이었다.

"사장님, 늦었어요. 피곤하실 텐데 그만 들어가서 쉬세요."

"그래, 늦었지……."

그가 담배 연기를 다시 공중에 내뿜었다. 하얀 연기가 어두운 조명 아래 흩어졌다. 그가 무슨 말을 더 하고 싶어 하는 눈치였다.

그때 수연이 다시 문 쪽을 쳐다보았다. 누군가를 기다리듯 무심결에.

왠지 마음이 콩밭에 가 있는 것처럼 평소처럼 집중하지 못하는 수연을 보고 그가 쓴웃음을 지었다.

"피곤할 텐데 들어가봐. 데려다줄까?"

"아니에요. 사장님은 대리 부르실 거잖아요. 먼저 들어가세요. 괜히 저희 집 들르면 돌아가야 돼요. 걸어가면 금방이잖아요."

수연의 정중한 거부에 그가 다시 눈을 마주했다. 막 시작된 초겨울의 새벽처럼 시리고 맑은 눈빛이었다.

"전 뒷정리 할 테니까 먼저 가세요. 장부도 좀 봐야 하고 정리할 일 좀 있어요."

수연의 완강한 거절에 더 말을 못 하고 해준이 먼저 일어났다. 엘리베이터 앞까지 배웅을 한 뒤에 뒷정리를 핑계로 남은 수연은 불이 반쯤 꺼진 바 안을 잠시 바라보았다.

이곳에서 벌써 9년을 있었다고 생각하니 웃음이 나오려 했다. 스무 살의 서수연, 아니, 이수연에게, '9년 정도 어떤 바에서 일할 거야'라고 말해주면 어떤 반응이었을까? 아마 믿지 못했겠지.

소등을 하고 나와 문단속을 하고 돌아섰을 때, 엘리베이터가 띵 하고 멈춰 섰다. 그 소리에 고개를 돌리니, 그였다.

닫기 전에 오려고 했는지 좀 뛰어온 듯 숨이 살짝 거칠었다.

"오늘 마감했습니다."

수연이 늦게 온 남자가 얄미워서 딱딱하게 말했다. 그가 시계를 들여다보더니 인상을 썼다.

"벌써요?"

이제 2시 반 정도. 평소보다 일찍 닫기는 했다.

"사람이 없어서 일찍 닫았어요."

남자가 작게 한숨을 내쉬었다.

"뭐 어쩔 수 없죠. 매니저님은 퇴근하시는 길인가 봐요?"

"지금 나갈 참이었어요."

얼떨결에 서 있는 엘리베이터를 같이 타고 내려온 것까지도 괜찮았다. 슬그머니 곁눈질로 본 그는 앉아 있을 때

보다 훨씬 더 커 보였다. 넓은 어깨에 재단이 잘된 트렌치코트를 입고 춥지도 않은지 검정색 칼라 위로 목이 그대로 나와 있었다.

엘리베이터가 띵 소리와 함께 1층에 서자 퍼뜩 정신이 들었다. 찬바람이 얇은 트렌치코트로 스며들었다. 팔에 으스스 소름이 돋았다.

"그럼 들어가세요."

인사하고 몸을 돌리려 걸어갔다. 집까지는 걸어서 10분 정도라 금방이었다. 얼마나 걸어갔을까, 누가 뒤에서 뛰어오는 소리가 들렸다. 수연이 무심하게 걸어가고 있는데 뒤에서 남자의 목소리가 그녀를 잡았다.

"매니저님."

수연이 그의 목소리에 놀라 뒤를 돌아보았다. 그가 쫓아온 모양이었다. 당황해서 어떡하지 하고 있을 때 남자가 갑자기 주머니에서 뭔가 꺼내 건넸었다. 얼떨결에 받아 쥔, 뜨거운 유리병에 수연이 살짝 당황했다.

"뭐예요?"

"추운데 드세요. 새벽이라 걸어가기 좀 쌀쌀하잖아요."

손 안에 있는 것보다 그가 자기를 쫓아왔다는 게 더 신경에 거슬렸다.

"저 걸어서 집에 가는 거 어떻게 아셨죠?"

"지난번에 늦게 집에 가다 봤어요, 혼자 가시는 거. 새벽에 혼자 다니면 위험해요."

"여기 가로등도 있고 방범 초소도 있고 좁은 골목길도 없어요."

"그보다 식기 전에 드세요."

그러고 보니 남자가 손에 쥐여준 것은 유리병에 든 꿀물이었다. 캔 커피도 아닌 꿀물이라니 조금 예상 밖이었다.

새벽이라 기온이 더 떨어져서 머릿속까지 뻗어오는 냉기에 뒷목의 솜털이 곤두서고 몸이 덜덜 떨려올 정도였다. 하이힐의 얇은 바닥으로 냉기가 타고 올라와 발은 이미 반쯤 언 듯했다.

"드세요. 꿀 마시면 몸이 따뜻해진다잖아요."

그러면서 손수 자기가 병을 열어서 내밀기까지 했다. 얼떨결에 병을 받으면서 남자의 길쭉한 손과 살짝 스쳤다.

사실 꿀물이란 걸 마셔본 적이 없어서 당황스러운 건지, 낯선 남자와 손이 스친 게 부끄러운 건지 알 수 없었다. 뭔가 미묘한 열기가 갑자기 얼굴에 확 퍼지는 듯싶었다.

그런 당황스러움을 쫓기라도 하듯 병을 들어 한 모금 마셨다. 달콤하고 뜨거운 것이 목을 타고 내려가 배 속에 닿는다.

아주 작은 온기.

"날도 추운데 어서 들어가세요."

축객령을 내리려 시도는 해보았다.

"저희 집도 매니저님 집 쪽이에요."

그러면서 같이 걷기 시작했다.

유흥가 뒤편의 주택가는 의외로 조용하고 근처에 공원도 끼고 있어서인지 공기도 좋았다. 가을에서 겨울로 넘어가는 차가운 새벽 공기가 폐 가득 들어왔다.

"집이 어디신데요?"

"공원 따라 있는 언덕길 아시죠?"

"네."

"그 언덕길 올라가자마자 바로예요."

수연이 사는 쪽으로는 작은 평수의 원룸이나 빌라들이 옹기종기 있지만 그쪽으로는 고급 빌라나 주택들이 꽤 많이 모여 있었다.

"와, 오늘 이렇게 추운데 날은 진짜 좋은가 봐요. 서울 하늘에 별이 보이네."

오후에 비가 오더니만 어느새 하늘이 개어 있었다. 구름 사이로 별이 나와 있었다. 하늘에 오리온자리가 보였다. 그 아래 전갈좌까지.

천체 관측은 오빠의 취미 생활이었다. 할머니는 차가운 밤공기에 몸이 약한 손자가 앓을세라 질색이었지만.

「저건 삼태성이라고 하는데 그 위에 있는 별들하고 연결하면 오리온자리가 돼.」

영원히 열여덟 살인 오빠 준연이 열다섯 살의 수연에게 말을 건넨다. 천체 관측이 취미였던 준연은 할머니가 폐에

35

찬바람 들어가면 안 된다고 잔소리를 해도 가끔 수연을 끌고 옥상에 올라가곤 했다.

준연이 죽은 이후 다른 사람과 같이 하늘을 보게 될 일이 있을 거라고 생각한 적도 없었다. 입에서 말할 때마다 하얀 입김이 나오고, 누군가와 걷는다. 같이 걷는다. 어두운 골목, 차가운 아스팔트길에 또각또각 구두 소리를 내면서 같이 걷는다. 그는 남자답게 긴 다리로 성큼성큼 걷지만 그녀에게 보폭을 맞춰주었다.

누군가 그녀에게 뭔가를 맞춰주며 같은 방향을 바라보면서 같은 동작을 하고 있었다.

"그러고 보니 매니저님 성함도 모르네요. 성함이 어떻게 되십니까?"

"서수연이라고 하는데요. 선생님은요?"

"전 정동원이라고 하는데, 선생님이라고 부르면 낯간지러우니까 그냥 이름 불러주시면 감사할 것 같습니다. 서수연, 서수연."

그가 마치 이름을 외우기라도 하듯 연달아 불렀다. 이제 불러주는 이가 많지 않은 그 이름을.

"전 여기서 꺾어져야 하는데요. 그럼 안녕히 가세요."

"네, 조심해서 가세요."

그 말을 하는 남자의 눈빛이 왠지 아쉬워 보였다. 수연이 먼저 골목으로 들어가긴 했다. 뒤를 돌아서 그가 보고 있는지 확인하고 싶은데 차마 부끄러워서 고개를 돌리지 못

했다.

결국 호기심을 못 이겨 돌아보았을 때, 남자의 넓은 등이 쓸쓸하게 어둠 속으로 사라지고 있었다.

그 넓은 등이 무언의 말을 건네고 있었지만 머릿속으로 잘 이해가 가지 않는다. 그는 무슨 말을 하고 싶은 걸까. 왜 그렇게 간절하게 그녀를 바라보곤 하는 걸까.

　　　　　·

또 습관처럼 문을 바라보고야 말았다. 그걸 깨달은 수연은 자기도 모르게 인상을 썼다. 연인을 기다리는 어린 아가씨도 아니고 서른이나 되어서 이게 웬 주책이람. 자책하고 있던 그때, 마치 기적처럼 문이 열리면서 그가 들어왔다. 긴 트렌치코트 자락을 날리며 들어온 남자가 수연을 쳐다보며 빙그레 웃었다. 평소보다 이른 10시쯤이었다.

"안녕하세요. 어제 늦게 왔던 게 억울해서 오늘은 좀 일찍 왔습니다."

수연이 어딘가 좀 창피해서 슬쩍 눈을 피했다. 얼굴이 빨개지면 어쩌나 싶었는데 다행히 조명 때문에 티는 안 난 듯했다.

그는 평소처럼 몰트위스키 온더록스 한 잔을 주문했다. 평소처럼 수연이 따라주고 그 앞에 안주 접시를 내려놔주었다.

손님과 개인적인 관계를 가져본 적은 한 번도 없었다. 손님은 손님이고 서수연은 서수연이다. 꽤 오래 이곳에서 일했고 단골도 많지만 적절한 선을 유지하는 것이 매우 중요했다. 그 사람들이 어떻게 생각하든지 간에 수연이 긴장을 놓으면 귀찮은 일이 벌어질 거라는 걸 잘 알았다.

어제 그 꿀물을 받은 게 과연 잘한 걸까. 작은 호의도 큰 대가를 바라고 있을 때가 많지 않았던가.

"실례지만 매니저님 나이가 어떻게 되십니까? 저는 서른다섯입니다."

남자가 사적인 접근을 하려는 듯한 기색에 수연이 경계했다.

"어머니가 여자 나이는 물어보는 거 아니라고 안 가르쳐 주셨나 봐요?"

"원래 여자는 스물다섯 이후로는 나이 세는 법 아니라고 그러셨죠."

"어머님이 재치 있으시네요."

"그래서 스물다섯 플러스 몇이세요?"

"스물다섯 이후에 떡국을 안 먹어서 모르겠어요."

"이런."

그가 아쉬운 듯 다시 술을 한 모금 마셨다.

"이거 여쭤본 건 그냥 호기심에서였어요. 아무래도 나이가 좀 있으실 거 같은데 어려 보이셔서요."

그 말은 많이 들었고, 결국 화장법을 좀 노숙하게 바꾸면서 그나마 덜 듣게 되었다.

"쉬실 때에는 뭐 하세요?"

"지금 저랑 선보러 오셨어요?"

수연의 농이 섞인 듯한 날카로운 방어에 그가 어색한 듯이 웃었다.

"그냥 궁금해서 그런 건데 불쾌하시면 더 안 물을게요. 그냥 동네 주민이고 하니까 친분 좀 쌓아보려고 별생각 없이 물어본 거예요. 이런 개인 정보는 어디에도 팔지 않습니다."

그가 수연의 긴장을 읽었는지 가벼운 농과 함께 변명을 늘어놓았다.

"그냥 집에서 책 보고 가끔 영화 보러 가고 그래요. 평범하게 지내요."

"주로 어떤 영화 보시는데요?"

수연이 짓궂은 표정을 지었다.

"호러 영화요. 책은 추리나 스릴러 같은 거 많이 봐요."

도전적으로 바라보는 여자에게 남자가 느긋한 표정을 지었다.

"어, 그럼 최근 그 영화 보셨어요?"

"뭐요?"

최근 개봉한 스릴러 소설을 원작으로 한 영화 얘기를 그가 가볍게 늘어놓았다.

"그 영화 평 괜찮던데요."

"소설도 괜찮아요."

이미 휴일에 보고 온 차였다.

"전 영화 쪽이 더 마음에 들던데요. 영화랑 소설은 매체가 다르고 사실 똑같이 옮겨놓으면 재미없는데 각색이 좋았어요. 그리고 그 집, 어떻게 만들지 궁금했는데 제법 잘 만들었더라고요. 아무래도 하는 일이 일이다 보니 그것밖에 눈에 안 들어왔기도 하고요."

집?

"아, 건축 일 하세요?"

"건축가죠. 명함 한 장 드릴까요?"

그러면서 그가 자연스레 명함을 한 장 내밀었다.

"혹시 집 지으실 일 생기시면 연락 주세요."

"저는 아니지만 저희 사장님이 아마 관심 좀 있으실 거예요. 나중에 저희 사장님께 드릴게요."

차마 거절은 못 해서 받았지만 난 관심 없어, 라고 돌려 말하는 의사 표현이었다.

"마음대로 하세요. 받는 사람 마음이죠 뭐."

그가 좀 마음 상한 것 같아 수연이 말을 돌렸다.

"주로 어떤 거 지으세요?"

"그냥 들어오는 거 거의 다 하죠. 가끔 공모전 같은 데도 내고. 가급적 재미있는 걸로 하려고는 하지만 뭐 그게 마음대로 되나요. 집도 짓고, 빌딩도 짓고, 뭐 그래요."

"최근에는 무슨 일 하셨어요?"

"집 리모델링요."

"어떤 집이요?"

"원래 살던 집이 있는데 좀 낡고 해서 손 좀 볼까 했는데 일이 커졌어요. 그래서 당분간 이 동네에 집 구해서 살고 있는 겁니다. 밤 산책 나왔다가 가볍게 한잔 하고 들어갈까 해서 들렀는데 온더록스에 카빙해서 제대로 된 얼음 넣는 거 보고 마음에 들어서 단골이 되었고요."

"원래 이 동네 사시던 게 아니군요. 그럼 집수리 끝나면 이사 가시겠네요."

"뭐, 아무래도 그렇겠죠. 그래도 이렇게 좋은 바는 흔한 게 아니니까 지금처럼 자주는 아니어도 종종 들르겠지요."

그가 수연의 생각을 읽기라도 한 듯 시원하게 웃었다.

평범한 회사원은 아닐 거라고 생각했는데 역시 좀 특별한 업종에 종사하는 모양이었다. 그리고 무엇보다 그에게서 풍기는 부의 향기 같은 게 있었다. 시중에서 흔히 볼 수 없는 신용 카드나 입고 다니는 옷, 여유 있는 몸가짐, 서비스직 사람들에게 절대 무례하지 않은 예절까지.

"누나가 그렇게 손님하고 긴 얘기 하는 거 처음 봤어요. 누나 원래 다른 사람 일에 큰 관심도 없고 손님하고 얘기하는 것도 크게 좋아하지 않으시잖아요."

바텐더인 승주가 잔을 천으로 닦으면서 조심스레 얘기했다. 바텐더나 서버는 자주 바뀌었는데 승주만 제법 이곳에서 일한 지 좀 되고 있었다.

손님이 말을 걸면 일을 만들어서 일부러 장부 정리를 하거나 다른 일을 하는 게 수연이었다. 실제로 성격상 사람 상대하는 일이 잘 맞지 않는데도 이 일에 억지로 맞추다 보니 자연스레 자기 방어가 더 단단해졌다.

밤에 일하는 여자라고 남이 얕잡아볼까 더 단단하게 자기를 무장하게 되곤 했다. 혹시 누가 해준과의 사이라도 의심할까 더 조심했고, 바에서 일한다 해서 가볍게 보지 않게 신경 썼다. 만약 친가 친척을 만났을 때 추궁을 당해도 하늘에 한 점 부끄럼 없게 하기 위한, 수연의 마지막 자존심이었다.

"누나가 남자 싫어하는 줄 알았어요. 누나가 좀 편하게 얘기하는 상대는 저랑 사장님 정도밖에 없잖아요."

"무슨 소리야. 나 남자 좋아해. 그냥 내가 좋아하는 남자가 안 나타나니까 그렇지."

"과연 그런 걸까요?"

승주가 히죽거리며 웃었다.

"그냥 누나 눈이 하늘처럼 높은 건 아니고요?"

"아니래도. 눈이 높다기보다는 그 사람이 제대로 된 사람이었으면 좋겠다는 정도지."

수연이 가볍게 눈을 흘겼지만 승주는 히죽거리며 웃을 뿐이었다.

여태 누군가 만날 여유 같은 게 없었다. 해준이 하는 사업을 돕고 엄마 뒷바라지를 하다가 보니 쉴 여유조차 생긴

게 겨우 요즘 들어서니까. 서비스직에 있다 보면 단골이라고 들이대는 남자가 없는 건 아니었다. 그러나 누군가를 만날 정신적 여유도 없었고 사람을 상대하다 보면 사람을 신뢰하기가 점점 어려워진다. 그게 가장 큰 문제였다.

건물로 들어가기 직전 습관처럼 하늘을 올려다보았다. 방금이라도 비를 흩뿌릴 것처럼 회색 구름이 하늘을 덮고 있었다. 이 비가 내리고 나면 계절이 바뀔 것이다.

7시가 좀 넘자마자 본격적으로 비가 내리기 시작했다. 유리창 너머에서 거세어지는 비를 보면서 한숨을 쉬었다.

이제 한 달 좀 넘게 남은 올 한 해도 착하게 살았는데 산타 할아버지가 크리스마스 선물을 주실까. 천만에, 그럴 리가. 열 살 이후에 크리스마스 선물을 받아본 기억은 없었으니까.

그는 오늘도 올까?

그를 생각하자 갑자기 얼굴에 열이 확 돌았다. 남자의 우수 어린 눈매와 자신만만함의 부조화, 지적이고 샤프한 외모와 섬세하며 민감해 보이던 분위기.

그냥 무시하면 될 텐데 남자의 간절해 보이던 그 눈이 잊히지 않고 머릿속을 유령처럼 떠돌았다. 그리고 남자의 길고 모양 좋은 손이 꿀물을 주면서 닿았을 때가 기억나자 보는 사람도 없는데 그대로 얼굴에 열이 나버렸다.

그의 길고 하얀 손가락이나, 강렬한 눈빛, 검은색 셔츠 위로 나와 있는 긴 목과 넓은 어깨가 머릿속에서 쉽게 지워지지 않았다. 그는 일주일 가까이 나타나지 않았다. 승주조차 그가 보이지 않는다고 지나가면서 말할 정도였다. 수연 역시 그가 나타나지 않으니 신경이 갔다.

"누나, 날도 춥고 이제 좀 있으면 크리스마스니까 캐럴 어때요?"

"비 오는데 무슨 캐럴이야?"

"비도 추적추적 오고 기분도 그렇잖아요. 좀 기분 좋은 거 들어야죠."

"승주 씨 아직 애구나. 크리스마스가 아직도 좋아? 우린 그날 나와서 일해야 하는 거 알잖아."

"그래도 크리스마스 다가오면 괜히 기분 좋아지잖아요. 비도 오고 하니 들어요."

그러면서 승주가 크리스마스 캐럴을 틀었다. 징글벨이 경쾌하게 울려 퍼졌다.

"이제 슬슬 트리랑 크리스마스 장식품도 꺼내야 되지 않겠어요?"

이미 몇 년째 쓰고 있는 것들이 창고에 가지런히 정돈되어 있었다.

"그래? 그럼 이번 주말 되기 전에 장식 꺼내서 달아야겠네."

그때 장신의 그가 바의 문을 열면서 들어왔다. 검정색 롱코트를 입고, 목에는 부드러워 보이는 푸른색 머플러를 둘

렀다. 어디 다녀오는지 평소에 잘 입지 않던 슈트 차림이
었다.

"어, 사장님 오랜만이시네요."

승주가 반갑게 맞자, 그가 승주에게 "어이." 하면서 인사
까지 했다.

"오랜만인가? 일주일 만인데 뭐가 오랜만이야."

격의 없이 농을 주고받았다.

"자주 오시니까 일주일 만인데도 되게 오랜만인 거 같아
요. 안 그래요, 매니저님?"

"아, 그러게요."

수연이 마지못해 승주의 능청스러움에 따랐다. 승주가
장난스레 수연을 향해 윙크를 날렸고 수연이 슬쩍 노려봐
주었다.

"평소 마시던 대로요?"

동원이 고개를 끄덕였다.

반갑긴 한데 그를 기다린 게 창피해서 수연은 새침하게
말도 건네지 않고 딴짓 하는 척 일부러 카운터 옆에서 노트
북으로 뭔가 들여다보았다. 그러다 슬쩍 곁눈질로 그를 바
라보았다.

온더록스 잔에 담긴 위스키를 그가 살짝 흔들면서 승주
와 잡담을 나누다 갑자기 수연 쪽으로 고개를 돌렸다. 눈
이 마주치자 그가 일어나 수연 앞으로 다가왔다.

그리고 주머니에서 뭔가 꺼내 바 위에 올려놓았다. 수연

이 멀뚱하니 바라보자 그가 수연 앞으로 밀었다.

"선물이에요."

포장도 하지 않고 건넨 것은 스노우 글로브(snow globe)였다. 투명한 유리구슬 안에 작은 집과 눈사람, 크리스마스트리가 있고 뒤집으면 은색 가루가 눈처럼 유리구슬 안 세계에 내려앉는다.

"일본에 일이 있어서 잠시 다녀왔어요. 크리스마스 시즌이라 그런지 백화점에서 팔고 있더라고요. 아들 거 사는 김에 수연 씨 것도 샀습니다."

수연은 홀린 듯이 스노우 글로브를 바라보았다.

어릴 때 아버지도 출장 갔다 돌아오면서 이런 걸 사다준 적이 있었다. 그 스노우 글로브는 아직도 그 집 피아노 위에 있을까.

수연이 멍하니 스노우 글로브를 뒤집었다 다시 원상태로 돌려놓자 하얀 눈가루가 마을의 지붕 위로 떨어지기 시작했다. 동그란 유리구 속의 세상은 평화롭다.

아마 장신구나 가방이나 화장품 같은 거였다면 거절했을 텐데, 선물로 스노우 글로브라니 거절할 수가 없었다. 때를 맞추기라도 한 것처럼 '화이트 크리스마스' 노래가 흘러나왔다.

유리구 속은 이미 화이트 크리스마스였고, 수연의 마음속엔 과거 추억이 눈처럼 소복하게 쌓였다.

어두운 조명 아래에서 그와 시선이 마주쳤다. 따스하게

바라보는 그는 그녀와 시선을 피하려 하지 않았다. 욕망이 가득한 시선, 뭔가 해보겠다는 욕망 어린 시선은 받아본 적 있지만 이런 다정한 시선은 낯설었다.

가슴에 직격탄을 맞은 것처럼 심장이 두근거리기 시작했다. 오랫동안 죽은 듯이 멈춰 있던 것이 삐거덕거리며 움직이기 시작했다. 기름칠조차 되어 있지 않은 기계를 큰 충격이 갑자기 움직이게 만든 것처럼.

"고맙습니다."

뒤늦게야 겨우 고맙다는 말을 한 수연이 홀린 듯이 유리 볼을 들여다보았다.

"마음에 드세요?"

"네. 어릴 때 비슷한 거 갖고 있었어요."

오랫동안 잊고 있었는데 갑자기 생각나버렸다.

수연이 갖고 있던 스노우 글로브는 이렇게 세련되고 정교한 게 아니었다. 아마도 크리스마스 시즌 직후였던가, 아버지가 학회 다녀오면서 사 온 물건이었다. 오래된 검정 피아노 위의 하얀색 레이스 손뜨개 커버 위에 놓여 있던 그 물건을 수연이 좀 갖고 놀려고 하면 할머니가 깨지니 도로 올려놓으라고 엄하게 잔소리를 하곤 했다.

"스노우 글로브는 19세기 프랑스에서 인기 있었다고 하더라고요. 왠지 신대륙인 미국에서 인기 끌었을 것 같은 물건인데 의외로 프랑스에서 유리 문진으로 썼다는 게 재미있어요."

동원의 말에 수연이 고개를 들어 그와 시선을 마주했다. 왠지 평소보다 좀 지쳐 보이는 표정이었다.

"오늘 일본에서 오셨어요? 좀 피곤해 보이시는 거 같은데……."

"저녁에 도착해서 짐 놓고 일이 있어서 들렀다가 오는 길이에요."

"그럼 빨리 들어가서 쉬세요."

"뭐, 그래야죠. 그래도 한 잔 마시고 들어가게요. 참, 그리고 이건 승주 씨 선물."

가방에서 유리병을 꺼내 승주에게 내밀었다.

"앗, 제 것도요?"

"별거 아냐. 내 술 사면서 산 거야."

"이거 받아도 될까 모르겠네요."

"비싼 거 아니래도. 부담 갖지 마."

"이거 손님한테서 술 선물 받아보긴 처음인데요."

승주가 멋쩍어하자 동원이 별거 아닌 듯 답했다.

"다음에 배로 뜯어낼 거니까 대기 타고 있어."

둘이 어느새 친해졌는지 승주에게는 말을 낮추고 있었다.

"그 말이 더 무서운데요? 뭘 부려먹으려고 그러시는지."

동원은 승주와 농담을 좀 주고받더니 피곤했는지 금세 일어났다.

"역시 술 한 잔 하니 피곤이 급 몰려오네요. 가서 쉬어야겠어요. 간만에 승주 씨랑 수연 씨랑 수다나 좀 떨까 했는데. 먼저 일어납니다."

그러더니만 금세 가버렸다. 그가 앉아 있던 카운터석을 수연은 잠시 멍하니 바라보았다.

"저 선생님 좀 독특하죠?"

"어, 진짜 그렇네."

수연이 멍하니 스노우 글로브를 만지작거렸다.

"바텐더 하면서 팁은 받아봤지만 이런 술 선물은 처음인데요. 사케 별로 싸 보이지 않는데. 이걸 왜 저한테 나눠주나 몰라요?"

"승주 씨가 얼음 카빙한 거 마음에 든다잖아. 그리고 칵테일 잘 만든다고 얘기한 적도 있었고."

"그런 거 갖고 선물 받아본 적은 처음이라 더 열심히 깎아야겠단 의지가 불끈 솟는데요."

승주가 농을 한 뒤에 바로 주문이 밀려들기 시작했다.

그가 돌아간 뒤 가게 문을 닫는 3시까지 시간은 평소처럼 지나갔다. 수연은 열심히 카운터를 정리하고 돈을 금고에 넣기 시작했다. 그동안 다들 청소니 뭐니 하느라고 바빴다.

마지막으로 뒷마무리를 하고 승주와 애들을 보내고 나니 3시 30분이 넘은 뒤였다. 가방 안에 그가 준 스노우 글로브를 챙겨 넣는 것을 잊지 않았다.

창 밖으로 빗줄기가 좀 거세지는데 호기롭게 나온 것까

지는 좋았다. 의외로 빗줄기는 셌고 집까지 10분 정도 거리라 택시를 타면 기사들이 싫어할 게 뻔했다. 그냥 비를 맞으면서 걸어야 하는데, 평소에 신고 있는 펌프스에 검정색 트렌치코트로 이 비를 막기엔 당연히 역부족이었다.

건물 앞에서 내리는 비를 멍하니 바라보며 그냥 뛰어가자고 의지를 다지고 있던 그때, 은색 세단이 수연의 앞에 섰다.

차의 유리창이 내려가더니 동원의 얼굴이 나타났다.

"타세요. 바래다드릴게요."

몇 시간 전에 여행에서 바로 돌아와 쉬러 간다던 사람이 차를 끌고 나타났다.

"쉬신다더니 왜 또 나오셨어요?"

"비가 오는데 수연 씨가 걸어갈 게 걱정돼서요."

그 말에 수연이 살짝 얼굴을 굳혔다.

"택시 타면 돼요. 괜찮아요."

사실 거리가 너무 가까워서 절대 택시가 그리 갈 리가 없었다.

"비 많이 와요. 타세요. 그 신발로 걷는 거 무리예요."

무리인 건 수연도 아는데 일단 고집을 부리고 싶었다. 얇은 구두 밑창을 타고 올라온 냉기로 몸이 부들부들 떨려오려 하는데도.

"집까지 금방이에요."

"10분만 걸어도 옷이랑 구두 다 젖어요. 우산도 없으신

거 같은데 타세요."

그가 운전석 문을 열고 나와 우산을 폈다. 우산을 빌려주려나 보다, 라고 생각할 때 그가 그녀의 팔을 잡아끌더니 조수석 문을 열었다.

"타세요."

"우산만 빌려주세요."

"어차피 저 집에 돌아가는 길입니다."

이미 구두가 벌써부터 젖으려는지 발이 시려왔다. 우산 쓰고 가도 발이 젖을 게 분명했고 이렇게까지 호의를 베푸는데 거절하는 것도 예의는 아니었다. 그냥 잠시 남의 호의에 조금이라도 기대고 싶었다.

"그럼 좀 실례할게요."

어렸을 적에 아버지가 모는 차에 타게 되면 수연의 자리는 언제나 뒷좌석이었다. 옆에는 엄마 아니면 오빠가 앉았다. 아버지와 얘기를 해본 기억도 없었고 아버지가 특별히 예뻐해준 적도 없었다. 언제나 그는 아버지였지 아빠였던 적이 없었다. 정동원, 그는 좋은 아빠겠지. 그냥 어려운 아버지란 대상이 아니라 진짜 아빠일 것이다.

차는 의외로 온기가 전혀 없었고, 그게 신경이 쓰였는지 그는 그녀가 타자마자 히터를 틀었다.

"미안해요, 이럴 줄 알았으면 히터 좀 틀어놓을걸. 평소에 히터 잘 안 틀거든요. 공기 차가운 걸 더 좋아해서."

남자의 사과에 수연이 고개를 저었다.

"아니에요. 그냥 태워주시는 것도 감사한데요."

남자는 조용히 뭔가 생각하는 듯이 앞만 바라보고 있었다. 틀어놓은 바흐의 골드베르크 변주곡이 공간을 채울 뿐이었다. 검정색 가죽 의자는 편안한데도 이 남자랑 같이 있으면 왜 이렇게 긴장되는 걸까.

검정색 스웨터 하나만 입은 남자의 단정한 외모, 핸들을 쥔 길쭉한 모양 좋은 손. 저 손이 핸들이 아니라 자기 손을 쥐게 된다면…… 생전 해보지 못한 망상을 한 걸 깨닫고 얼굴이 달아오르려 했다.

"더우세요? 히터 끌까요?"

"아, 아니에요."

당황했다.

"이 골목에서 꺾으면 되죠?"

"네. 두 번째 골목 앞 빌라 앞에 세워주시면 돼요."

그는 아무 말 없이 조용히 운전만 했다. 그녀의 불편한 심기를 이해라도 하듯.

"혼자 사는 집이라 차 드시고 가란 말은 차마 못 하겠네요. 태워주셔서 덕분에 편하게 왔어요."

"그럼 차는 다음에 하죠."

남자는 아주 단호하게 결정을 내리듯 말했다.

수연은 뒤통수를 맞은 것처럼 불쾌해졌다. 의견을 묻는 게 아니라 결정한 뒤에 말을 하는 것 자체가 거슬렸다. 권위적인 게 싫었다. 해준은 절대 권위적이지 않았다. 이 사람의 강한 인상과 그 위압감이 누군가를 연상시켜 자기도 모르게 삐딱해지기 때문이었다.

"네, 봐서요. 그럼 조심해 가세요."

수연이 정중하게 말한 뒤 차 문을 열고 나가 빌라로 쏙 들어가버렸다.

여자가 빌라 문을 열고 들어가는 걸 보고 동원은 다시 차를 돌렸다. 좁은 골목길을 빠져나가는 그의 마음은 미로에라도 들어간 듯 복잡했다. 그냥 전방을 보고 있지만 마음속에 떠오르는 것은 저녁에 병원에 들러 만나고 온 의사의 말밖에 없었다.

「아시겠지만 완치하려면 방법이 단 하나밖에 없어요.」

조급할수록 돌아서 가라 했지. 지금 그는 돌아서 갈 시간이 없는데 산등성이까지 길은 너무 구비구비 복잡했다. 그대로 고속도로를 내서 죽 올라가버리고 싶은데, 길이 보이지 않았다. 어쩌면 좋을까.

어떻게든 해야 했다. 무슨 수를 써서라도 낚아채야 했다.

그를 망설이게 하는 것, 여자가 조금만 더 세상에 닳았더라면 아무런 망설임이 없었을지도 몰랐다. 닳고 닳은 여자라면 오히려 더 얘기가 잘 통했을지도 모른다. 그러나 순

수하게 자기를 바라보는 여자의 눈망울 때문에 망설이게
되었다. 사실 그리고 처음 계획했던 것보다 더 돌아가는지
도 몰랐다.

/
2. You go to my head
/

수연이 종이컵을 들고 바쁜 걸음으로 바 안으로 들어가
자마자 승주가 수연을 호들갑스레 불렀다.

"누나, 누나. 빨리 와요."

"왜? 무슨 일인데?"

근처 카페에 가서 커피 한 잔을 테이크아웃 해갖고 온 사
이에 무슨 일이라도 있나 싶어 수연이 살짝 긴장했다. 아
직 이른 저녁 시간이라 손님도 거의 없어서 갔다 온 건데
혹시 일이 있나 싶었다.

"수연 누나, 누나 이름으로 퀵 왔어요."

"응, 퀵이?"

보낸 사람 이름도 없이 작은 박스 하나와 커다란 꽃다발
이 와 있었다. 화병에 담긴 꽃은 한겨울에 어디서 이렇게
큰 꽃을 구했나 싶을 정도로 송이가 크고 화려했다. 진하
고 화려한 색의 꽃. 꽃다발에는 카드 한 장 보이지 않아서
누가 보냈는지도 짐작할 수 없었다.

수연이 커터로 꼼꼼하게 포장해놓은 것을 풀자 작은 박
스가 들어 있었다. 박스에서 나온 것은 니트 장갑이었다.

꽤 긴 진한 푸시아 컬러에 목이 긴 장갑을 보고 수연이 당황했다.

그동안 바에 드나들던 손님에게서 선물 같은 걸 받은 적은 있었지만 이런 과감한 색상의 장갑은 처음이었다. 어릴 때조차 분홍색 옷은 입어본 적도 없는데 분홍색 장갑이라니. 감촉이 부드러운 게 캐시미어인 듯했다.

상자 안에는 하얀 봉투에 카드가 들어 있었다.

〈지난번에 보니까 장갑을 안 끼고 다니시는 듯하던데 이번 겨울 많이 춥다고 합니다. 걸어 다니실 때 조금이라도 좀 따뜻하게 다니셨으면 좋겠네요.〉

요즘 같은 시대에, 만년필로 쓴 활달한 남자 필체는 조금 당혹스러웠다. 이름이 적혀 있는 것은 아니지만 생각나는 사람은 단 한 명이었다.

"누가 보냈는지 짐작되세요?"

"어, 그, 글쎄?"

수연이 잠시 머뭇거렸다.

왠지 볼이 달아오를 것 같았다.

돌려보내야 하나? 이미 퀵이 놓고 갔고 물건에 반송 주소도 없었다. 게다가 자꾸 장갑과 꽃에 시선이 갔다. 한 번만 껴볼까? 감촉이 매우 부드럽다.

"안 껴보세요?"

"돌려줄 건데 왜 껴봐?"

"누가 보냈는지 모른다면서요."

"그래도……."

그때 다른 서버 여자애가 와서 보더니 눈을 동그랗게 떴다. 수연의 허락도 안 받고 장갑을 꺼내더니만 자기 손에 껴보기까지 했다.

"와, 예쁘다."

"야, 넌 누나가 아직 껴보지도 않은 걸 왜 너 멋대로 껴?"

승주가 옆에서 나무라자 여자애가 샐쭉한 표정을 지었다. 마지못해 벗으면서 한 번 더 장갑을 만졌다.

"진짜 비싸 보인다. 이거 캐시미어인가 봐요."

비싸거나 싼 게 문제가 아니었다.

"누가 보낸 거예요? 언니 연애해요?"

"연애 안 하고, 누가 보낸 건지도 몰라."

딱 잘라 말했다.

"정말 모르는 거예요? 짐작 가는 사람 있지 않아요?"

떠보는 듯한 말투였지만 승주는 짐작하고 있을 게 분명했다. 아마 다른 여자애도 그를 생각하고 있을지 몰랐다. 여자애들이 그에게 몇 번 말을 건 적이 있었지만 그는 별로 받아주는 기색이 아니었다. 오로지 승주와 수연하고만 얘기할 뿐이었다.

분홍빛 바람 한 줄기가 마음속을 뒤흔들었다. 대나무밭에 분 바람이 빠져나가지 않고 대나무 사이사이를 돌면서 가지를 흔들었다.

계속 그날 저녁 내내 수연의 시선은 바 위에 올려놓은 화병에서 떠나지 못했다.

그냥 돌려줘야 하는데 그러질 못하는 건 어릴 적의 그 소망을 건드려서일까. 남들 몰래 은밀하게 갖고 있던 분홍색 물건에 대한 욕망을 그에게 들킨 기분이 들어서. 할머니는 이런 색이 점잖지 못하다고 생각했고 엄마는 오렌지나 노란색 같은 원색을 좋아했다. 그런 엄마의 취향을 할머니는 점잖지 못하다고 구박했지.

돌려줘야 하는데……. 손님에게서 이런 물건을 받으면 안 된다는 것쯤 수연도 잘 알고 있었다. 머리로 아는 것을 가슴으로 받아들이지 못한다.

부드러운 그 장갑을 계속 껴보고 싶고, 만져보고 싶었다. 그 상자를 카운터 밑에 넣어놓긴 했지만 계속 초콜릿을 숨겨둔 어린애처럼 생각이 나는 건 어쩔 수 없었다.

그가 오면 뭐라고 말하지, 그런 고민을 내내 하고 계속 붕 떠 있을 때 휴대전화가 울렸다.

"네, 여보세요?"

— 여기 병원인데요…….

막상 그와 만난 것은 일주일 정도 지나서였다.

남자는 당연하다는 듯 그녀 앞에 앉았다. 그리고 손을 들어 보이자 승주가 와서 키핑해둔 위스키를 따른 뒤에 동그란 얼음을 넣어 그의 앞에 놓았다. 몰트위스키 잔을 가볍게 흔들며 그가 말했다.

"안 보이셔서 관두신 줄 알았습니다. 승주 씨가 집에 일이 있으시다고 말해주더라고요."

수연이 가볍게 미소를 지으려 했지만 입이 실룩거릴 뿐 웃어지지 않았다.

어머니 장례 이후 첫 출근 날이었다. 요양원의 연락을 받고 갔을 때 이미 엄마는 돌아가신 뒤였다. 하루 정도 병원 영안실에 두었다가 바로 다음 날 장례를 치러야 했다. 외가와는 연이 끊겼고 수연은 연락하는 친구조차 없어서 올 사람도 없었다. 혼자 장례식장에 있는 것도 못 할 짓이고 그녀 역시 올 사람이 없는 건 비슷했다.

"일은 잘 해결되셨어요?"

"네, 덕분에요."

장례 치르고 나서 바로 몸살에 걸렸는지 사흘을 내리 앓았다. 먹지도 않고 계속 잠만 잤다. 꿈에는 계속 엄마와 오빠가 나왔고 가끔 생령처럼 할머니가 나와 그녀에게 악담을 퍼부었다.

"몸이 안 좋으신가 보네요. 얼굴이 초췌해지셨어요."

그러나 수연은 답을 하지 않았다.

수연의 어두운 분위기 때문인지 그는 더 말을 건네지는 않았다.

그가 호박색 액체를 한 모금 입에 물고 가볍게 혀로 굴리더니 잔을 내려놓았다. 그리고 도전적으로 그녀를 바라보았다.

"집안일 때문에 안 나오신다는데 궁금했습니다. 연락해보고 싶은데 아는 번호가 가게 번호밖에 없더라고요. 전화번호 알려달라고 하면 민폐입니까?"

수연이 놀란 듯 눈을 동그랗게 떴다. 그러곤 가면처럼 미소를 지었다.

"저는 손님과 따로 연락 같은 거 안 해요. 일하는 애들한테도 그러지 말라고 하고요."

전에 손님과 하룻밤 잔 애한테도 바로 그만두라고 한 적이 있었다. 숨긴다고 제딴에는 그러지만 그녀의 눈을 피할수 있을 턱이 없었다.

"그러실 거 같았어요."

그리고 그가 다시 술을 한 모금 입에 물었다. 안주 없이위스키 한 잔, 30분 정도. 평소와 똑같았다.

"휴일에는 뭐 하세요? 보통 언제 쉬시나요?"

그 말에 수연이 짧게 웃었다.

수연도 일주일에 하루 정도는 쉬었다. 그날은 보통 승주에게 맡기곤 했다. 손님이 제일 적게 드는 월요일이 수연이 주로 쉬는 날이었다.

"보통 월요일에 자리 비우시더라고요."

"네, 일 없으면 월요일에 쉬어요."

그런 것까지 관찰했을 거라고는 생각하지 못했다.

"그럼 월요일 오후에 차 한 잔 어떠세요?"

월요일 오후라는 말에 수연이 움찔했다.

아, 맞다. 이제 월요일 오후에 갈 데가 없어졌구나. 전엔 휴일마다 엄마를 보러 경기도에 있는 요양원에 갔더랬지. 이젠 엄마는 없다. 그럼 이제 월요일 오후에 뭘 하지? 처음 맞는 월요일에 뭘 해야 좋을까. 그래, 차라리 그럴 때 이 사람 만나서 차라도 한 잔 마시는 게 나을지도 몰라. 방에서 혼자 가라앉아 있는 것보다는.

"그럼 그래요. 지난번 선물도 있고, 제가 커피 살게요."

"차 마실 곳은 제가 정해도 되죠?"

지난번에 장갑 받은 것도 있고 해서 인사치레는 해야 했다. 그러고 보니 그 장갑 고맙다는 말도 못 한 게 그제야 기억이 났다. 이제 돌려주기엔 너무 늦었겠지.

"그러세요."

어차피 수연은 잘 모르니까.

"다음 월요일 오후 3시에 모시러 가겠습니다."

그냥 다른 데서 만나자고 말을 했어야 했는데 승주와 시선이 마주치는 바람에 답을 하지 못했다. 승주는 이 흥미진진한 대화를 못 듣는 척하면서 잔을 닦고 있는 중이었다. 수연이 눈으로 뭐하는 거냐고 으름장을 놓자 승주가 모르는 척 씩 웃었다. 그러다 동원과 눈이 마주치자 윙크를 보냈다. 그걸 수연이 보고 살짝 눈을 흘겼지만 승주는 고개를 돌려 딴청을 부렸다.

시계를 보고 수연의 손이 바빠졌다. 아직 화장도 제대로 못 했는데. 허겁지겁 얼굴에 비비크림을 바르고 마스카라를 대충 칠했다. 입에 립글로스를 겨우 바른 뒤에 코트를 찾아 입고 허겁지겁 내려갔다.

그는 약속한 시각에 정확하게 왔다. 현관에 서서 그녀를 바라보며 손을 슬쩍 들어 알은체를 했다.

"어디 갈 거예요?"

남자는 웃었다.

"제가 잘 아는 곳이요."

"어딘데요?"

"따라와보면 알 거예요."

어두운 조명 없이 환한 대낮에 보니 뭔가 낯설어 보였다. 장신에 검정색 코트, 두툼한 케이블 코드 터틀넥 스웨터, 스웨이드 구두 차림의 남자가 너무 세련되어 보였다.

그가 가자는 대로 멍하니 옆에서 걷는데 요 며칠 날이 춥더니 길이 얼었던 모양이다. 빙판인지 모르고 디딘 곳에서 그대로 힐이 주욱 미끄러졌다. 앞으로 넘어지려는 걸 그가 잽싸게 허리를 낚아챘다.

"괜찮아요?"

놀라서 동그래진 눈으로 고개를 끄덕였다.

"길이 얼어서 조심해야 돼요. 이런 날은 힐 신지 말지."

사실 출근용 펌프스 말고는 신발이 없었다. 편안하게 신는 거라곤 산책할 때 신는 운동화 하나밖에 없었다.

"팔 잡아요."

"괜찮아요. 잘 걸어 다녀요."

"뭐가 괜찮아요? 잡으래도요."

동원이 되레 수연의 코트 위로 자기가 팔을 감아버렸다.

"이제 어린 나이도 아닌데 넘어지면 크게 다쳐요."

중얼거리는 말에 진짜 어이가 없어서 수연이 슬며시 눈을 흘겼다. 동원은 히죽거리며 웃기만 할 뿐이었다. 왜 이 남자가 고집을 부리는데 밉지 않은 걸까. 왜 그에게 이렇게 약해지는 걸까.

그는 수연을 끌고 익숙한 골목을 지나 공원 쪽으로 갔다. 그리고 공원 옆의 오르막길로 올라가더니 빌라로 데리고 들어갔다.

"어디 가시는 거예요?"

"집이요."

수연이 당황한 기색을 보이며 팔을 빼고 물러서려 했다.

"집에 아드님도 있을 거고 잘 모르는 사이에 집에 가는 건 예의가 아니죠."

"첫째, 아들은 지금 집에 없고 둘째, 난 차 마시자고 수연 씨 부른 거지 이상한 생각 한 거 아니니 그렇게 긴장 안 했으면 좋겠는데요."

"그럼 도둑이 도둑이야 소리치고 들어와요?"

어이없는 답이었다.

"커피 같이 마신다고 했잖아요? 내가 장소는 고른다고 했고."

"그랬죠."

"밖에서 사람 만나는 거 안 좋아해요. 손님 부르는 거 좋아해요. 커피만 마셔요, 커피만. 수연 씨가 아무리 미인이래도 마흔 바라보는 나이에 내가 무슨 짐승도 아니고 여자만 보면 정신 못 차리는 놈인 줄 아십니까……."

"그래도 대뜸 집으로 데려가는 건 좀……."

"그냥 집이 편해서 그래요. 할아버지 이름을 걸고 아무런 일 없을 거라고 맹세하죠."

"네? 왜 할아버지 이름이에요?"

"아들이 보던 만화영화에 나오는 대사예요. 범인 잡게 될 때 꼭 명탐정이었던 할아버지의 이름을 걸고! 라고 말하거든요."

"제가 범인이에요?"

"아니, 그런 건 아닌데…… 수연 씨 신변에 해가 될 짓을 안 한다는 보장은 해드려야 할 거 같아서."

남자의 엉뚱함에 수연은 결국 마지못해 따라 들어가긴 했다. 구두를 벗고 거실로 들어서는 순간 절로 탄성이 나왔다. 넓은 공원이 내려다보이는 전면 유리창에서 환한 오후 햇살이 쏟아지듯 들어오고 있었다.

탁자 위에 꽃병 안에는 크고 화려한 붉은 꽃들이 꽂혀 있었다. 나무 프레임으로 된 패브릭 소파, 오크 테이블이 있고 바닥에는 털이 길고 보드라운 러그가 깔려 있었다. 벽에 사진도 몇 장 걸려 있고 인테리어 잡지에서 튀어나온 것처럼 제법 신경 쓴 듯한 집인데 이상하게 휑했다.

그가 수연을 소파에 앉혀놓더니 부엌에 가서 물을 끓여왔다.

"뭐 마실래요? 커피, 홍차, 녹차, 우롱차, 코코아, 와인, 주스 등등 다 준비되어 있어요."

"저 잘 몰라요. 좋으실 대로 하세요."

"그럼 커피 마셔요. 며칠 전에 단골 카페에서 블루마운틴 사났으니까."

잠시 뒤에 그가 쟁반에 커피 두 잔과 간단하다고 하기엔 좀 거한 3단 접시가 실린 트롤리를 밀고 나타났다.

"이게 다 뭐예요?"

"내 성격이 좀, 뭐랄까, 그냥 뭐 하자 하면 다 해야 하는 성격이라 이래요. 캠핑 가야 되면 캠핑 장비 다 갖춰야 되고, 뭐 이런 사람 있잖아요. 좀 촌스럽다고 주변에서 놀림 많이 받는데 원래 이런 걸 어쩌겠어요."

그가 너스레를 떨었다.

"커피 식기 전에 드세요."

한 모금 마셔보니 꽤 좋은 커피였다. 해준의 사업에는 디저트 카페도 포함되어 있어서 당연히 수연도 바리스타 자격증을 따놓았다.

"맛있네요. 향이 진하고 밸런스가 좋아요."

"커피 좋아하시나 보네요. 커피만 마시면 속 쓰리니까 마카롱도 좀 드세요."

그가 접시 위의 색 고운 마카롱을 건네주었다.

커피 테이블을 두고 마주 앉은 게 아니라 기역자 소파의 한 면에 앉아 있다 보니 좀 더 가깝게 붙어 있게 되었다.

"그러고 보니까 말이에요."

"뭐요?"

"아무리 몇 달 동안 얼굴 봤다고 해도 잘 모르는 사람인데 이렇게 집까지 오는 건 좀……."

"정동원. 직업은 아시다시피 건축가고 나이는 서른다섯 살, 애 하나 딸린 홀아비. 뭐 더 알고 싶은 정보 있으세요? 키는 185센티미터에 몸무게는 75킬로. 취미는 사진, 오디오, 와인."

수연이 당황한 듯 조용히 커피를 마셨다.

"수연 씨는 취미가 뭐예요? 아, 지난번에 말했죠. 스릴러나 추리 소설 좋아한다고. 좋아하는 작가가 누구예요? 애거서 크리스티?"

"아뇨. 레이먼드 챈들러요. 폼 잡는 게 가끔 좀 웃기긴 한데 1년에 한 번 정도 생각나서 다시 보게 되더라고요."

"좀 남성 취향을 좋아하나 보네요."

사실 레이먼드 챈들러를 좋아했던 것은 추리소설 마니아였던 오빠였다. 어릴 때부터 오빠가 보던 괴도 뤼팽이나 셜록 홈스 같은 소설을 보다 보니 굳어진 것이었다. 오빠는 몸이 약해 밖에 잘 나가지 못했고 보통 그 나이대 소년들이 축구나 농구 같은 걸 하지 못해서 책을 많이 보고 영화를 좋아했다.

"왜 커피만 마셔요?"

"먹고 있어요."

이미 마카롱을 하나 다 먹었고 작게 자른 당근 케이크도 한 조각 먹었다. 타르트도 먹어보라고 해서 하나 다 먹었는데 또 먹으라고 하니 비명이 절로 나왔다.

"저 배불러요. 커피 한 잔만 마시기로 한 거잖아요."

"사람이 어떻게 커피만 마실 수 있어요. 보통은 디저트랑 같이 먹어야죠. 커피 다 마셨네. 기다려봐요. 한 잔 더 줄게요."

그러더니 부엌에서 커피를 한 잔 갖고 왔다. 아마도 에스프레소 머신을 좋은 걸 쓰는지 맛이며 향이 남달랐다.

"얼마 전에 좋은 치즈 사 왔는데 먹어볼래요?"

"아니에요. 괜찮아요."

그러나 그는 그녀의 말을 듣는 둥 마는 둥 하고 치즈 네 종류에 크래커까지 담아서 갖고 왔다. 크래커 위에 치즈를 얹어 내밀자 수연이 뒤로 주춤했다.

"맛봐요. 맛있어요."

수연이 손으로 조심스레 받아서 먹고 난 뒤부터 그는 계속해서 뭔가 들이밀었다.

"프로슈토 햄도 사다놨는데 드셔보실래요? 멜론도 사다

났어요."

그러면서 햄이랑 멜론을 썰어서 내왔다. 긴 손가락이 움직여 선홍색 얇은 햄을 들어 과즙이 물씬 솟아날 것같이 물컹한 멜론을 감싸더니 수연의 얼굴 앞에 내밀었다.

"안 먹어요?"

"제가 먹을게요."

손을 내밀려 하자,

"즙 묻어요. 그냥 먹어요."

결국 얼굴을 내려서 그의 손에 쥔 햄을 받아먹는데 그의 긴 손가락이 그녀의 입술을 살짝 스쳤다. 모르는 척하려 했지만 얼굴에 붉은 기가 살짝 올라올 것 같은 걸 애써 무마했다. 그냥 별 얘기 안 했는데 그는 재미있는 입담꾼이어서, 농담도 하고 업계 얘기도 하다 보니 어느샌가 밖이 컴컴해졌다. 분명 3시에 만나서 차 한 잔 하자였는데 시계를 보니 6시가 지나 있었다.

"벌써 시간이 이렇게 됐네. 저녁 먹고 가요. 뭐 먹을래요? 파스타는 30분이면 되는데."

"지금 저녁을 어떻게 먹어요!"

수연이 어이가 없다는 듯 바라보았다.

"여태 먹은 게 얼마인데? 이 치즈 먹어봤어요? 이러면서 치즈 꺼내다 크래커 위에 얹어서 먹이고. 프로슈토 사 왔는데 멜론도 마침 있고 먹어볼래요? 해서 그것도 먹었고, 계속 이것저것 먹였잖아요. 여기서 어떻게 더 먹어요."

"난 더 먹을 수 있는데…… 그럼 샴페인이나 한잔할래요? 마침 좋은 거 하나 선물로 들어왔는데."

거절해야 하는데, 수연은 거품이 보글보글 올라오는 샴페인을 좋아했다. 왠지 행복한 기분이 들어서였다. 다른 술이었다면 거절하겠지만 좋은 샴페인이라면…….

그가 수연을 간절하게 바라보았다. 뭔가 알 수 없는, 잠시만이라도 더 머물러 있어달라는 듯한 간절한 눈빛이었다. 만약 그가 강요했더라면 그냥 일어날 수 있었다. 남자는 약삭빠르게 그녀에게 간청했다.

"한 잔만 마시고 가요. 딱 한 잔만. 독거노인 위문 왔다고 생각하고요."

"그럼 한 잔만 마시고 갈게요."

그 말이 끝나기 무섭게 그가 부엌으로 가더니만 아이스버킷에 샴페인을 담아서 갖고 왔다. 그걸 내려놓고 난 뒤에는 또 크래커와 치즈 서너 종류를 썰어서 갖고 왔다.

"해 지니까 거실이 좀 썰렁하지 않아요?"

그러고 보니 약간 그런 듯했다.

"AV룸이 술 마시긴 좋아요. 그리 옮기죠."

그러더니 아이스버킷이랑 쟁반에 샴페인 글라스랑 접시를 담아 가뿐하게 들더니 따라오란 듯 고갯짓을 했다.

동원이 데리고 간 곳은 침실을 지나서 있는 연결된 방이었다. 의자도 없이 그냥 푹신한 러그를 깔아두고 바닥이랑 벽에 두툼한 쿠션을 대놓았다.

"이 방이 이 집에서 제일 따뜻해요. 그래서 하율이도 오면 여기서 자요."

누가 게임이라도 했는지 게임 컨트롤러랑 시디가 여기저기 널브러져 있었다.

"하율이 이놈, 게임 하고 치우라고 했는데."

동원이 누군가를 원망하면서 어질러진 컨트롤러와 게임 시디를 정리했다.

수연은 니렝스의 모직 H라인 스커트를 입고 있어서 앉기가 살짝 불편했다. 그걸 동원이 눈치 챘는지 붉은색 체크무늬의 모직 담요를 갖다주었다.

"앉기 불편하시면 담요 쓰세요."

수연이 얌전히 앉아 담요로 무릎을 덮었다.

"아드님 이름이 하율인가 봐요?"

"네, 정하율이요."

"이름 예쁘네요."

수연이 이름을 조용히 입안에서 굴려보았다. 하율. 운율이 좋다. 어릴 때부터 자신의 평범한 이름이 정말 싫었는데.

"영화 뭐 보실래요?"

"그냥 샴페인만 한 잔 마시고 갈게요."

"그래도 음악이든 영화든 틀어놓으면 덜 심심하잖아요."

그러더니 그가 멋대로 영화를 골랐다.

"그냥 보던 거 틀어놓을게요. '화양연화' 봤어요?"

"아뇨."

화려한 복고풍 치파오를 입은 여자가 움직이는 걸 수연이 멍하니 바라봤다. 샴페인은 그가 말한 대로 정말 달콤하고 탄산이 톡톡 튀었다. 뭔가 좀 어색해진 수연이 말을 걸었다.

"아이는 같이 안 사나 봐요?"

"아파서 지금 병원에 들어가 있어요. 그리고 원래 살던 집은 수리 중이어서 임시로 여기에서 사는 거예요."

"저런. 많이…… 아픈가 보네요?"

"백혈병이에요."

그가 별거 아닌 양 단조롭게 답했다.

"지금 치료 때문에 입원 중이에요."

말은 단조롭게 하지만 갑자기 남자의 잘생긴 얼굴에 짙은 우수가 내려앉았다.

아내는 죽고 아들은 아프다. 그것은 아마도 은수저를 물고 태어났을 이 남자의 부(富)로도 어떻게 해결할 수 없는 것이리라. 새 아내를 맞고 다시 아이를 갖는다고 과거의 고통이, 아픔이 그대로 사라질 것 같아? 시간이 가면 잊힌다고? 몸속 깊숙이 숨어 있는 기억들이 어느 날 갑자기 튀어나와 인생을 완전히 뒤집어엎고 헤집고 사라져버린다. 그걸 남들이 어떻게 이해할 수 있을까.

엄마는 그런 아픔을 견디질 못해서 망각의 세계로 도피해버렸다. 그 도피처에서 엄마는 행복했을지 몰라도 지켜보는 수연은 괴로웠다. 산 사람은 살아야지, 그 살아야지에 담고 있는 많은 의미들은 생존자들만 알 수 있는 것이었다.

"병원에 같이 안 있어도 돼요?"

"낮에 갔다 왔어요. 제가 병원에 내내 붙어 있는 거 하율이가 별로 좋아하지 않아요. 그냥 간병인 아줌마랑 있어도 되니까 제 볼일 보라고 주장해서요. 여자랑 데이트도 좀 하고 회사 일도 하라고 쪼아요. 그리고 무균실에 들어가 있을 때도 있고 해서 면회가 30분 정도만 가능해요."

"조숙하네요."

"애가 원래 좀 그랬어요. 속에 할아버지가 하나 들어앉은 것 같다고 애 엄마도 자주 얘기했죠."

아이 얘기를 하는 동원은 평소와는 조금 달랐다. 눈에서 힘도 빠진 듯하고, 얼굴이 좀 풀려 있었다.

"힘들지 않으세요?"

그가 거품이 올라오는 샴페인을 한 모금 마신 뒤 잔을 흔들었다.

"안 힘들다고 말하면 거짓말이겠죠. 몸이 힘든 것보다 정신적으로 많이 힘들어요. 지금 내 옆에 있지만 만약…… 아마 설희가 살아 있었다면 좀 달랐으려나, 뭐 이런 것부터 해서 생각도 많아져요. 내년에도 같이 크리스마스를 보낼 수 있을까. 초등학교 졸업하는 건 볼 수 있으려나, 중학교 가는 건, 고등학교 가는 건, 대학교 가는 건, 취직하고

72

결혼하는 거, 볼 수 있을까, 뭐 이런 생각도 하고. 아무래도 남자애니까 처음 여자친구 사귀어서 용돈 올려달라고 조른다거나 뭐 이런 거 생각하면…….”

그는 말을 흐렸다. 길쭉한 눈에 살짝 물기가 고인 듯도 했다.

“좋아지겠지 하고 믿는 것 말고 할 수 있는 일이 많지가 않아요. 그냥 병원에 열심히 가주고, 애한테 괜찮을 거라고 말하는데 그게 애한테 하는 거짓말인지 나한테 하는 거짓말인지 모를 때가 있어요. 한밤중에 열이 났다는 말 들으면 심장이 덜컹 내려앉죠.”

오빠가 병원에 갔다가 돌아올 때마다 부모님도 그랬던 것 같다. 오빠가 병원에 입원하면 집에 수연 혼자 남는 거나 다름없었다. 오빠 병원에 식구들 다 가 있으니까. 가끔 오빠가 미워서 죽어버렸으면 좋겠다 생각한 적도 있었는데.

수연은 동원이 눈물이 고인 것 같은 얼굴로 고개를 돌리는 것을 지켜보았다. 남자답게 잘생긴 얼굴이지만 오늘따라 약하게 보였다. 오빠 장례식 때의 아빠도 그랬다. 마냥 큰 산인 줄 알았는데 아들의 죽음 앞에서 그대로 무너져 내렸다. 축 처져 있던 아빠의 넓은 어깨. 엄마도 지탱해줄 수 없을 정도로 무너져 내린 아빠. 지금이라면 아빠의 어깨를 조금이라도 부축해줄 수 있을까.

그냥 무슨 생각인지 수연이 그의 어깨에 손을 대고 토닥

토닥해주었다. 격정적으로 동원이 수연을 안았다. 무너져내리는 자신을 보이기 싫다는 듯이 어깨에 무언의 통곡을 쏟아내듯 축축한 입김을 쏟아내었다. 수연은 그의 울지 못하는 고통을 이해한다는 듯 아무 말 없이 남자의 넓은 등을 토닥거려주었다.

나이 들 만큼 든 성인 남자를 안고 있는 게 어색하긴 했지만 그의 고통을 이해할 수 있었기 때문에 그냥 가만히 있었다. 입김이 니트 스웨터를 통과해 맨살에 닿는다. 등이 살짝 오싹해졌다. 남자는 그녀의 몸을 구원줄이라도 되는 양 놓아주려 하지 않았다. 잠시 숨소리가 안정이 된 듯해, 조심스레 물었다.

"괜찮으세요?"

잠시 뒤 그가 고개를 들었다.

울지는 않았지만 눈가가 벌겋게 되어 있었다. 수연이 건네주는 휴지로 코를 풀고 난 그가 멋쩍은 표정을 지었다.

"미안해요, 괜히 흉한 꼴 보여서."

수연은 낯선 사람과 졸지에 스킨십을 한 이 어색한 상황에 어찌할 바를 몰랐다.

화면 속에서 이제 남자와 여자는 은밀하게 밀회를 하고 있었고 좁은 공간은 긴장된 공기로만 가득했다. 영화를 보는 척하면서 샴페인을 한 모금 마셨다. 보글거리는 기포가 목을 자극하고 넘어간다.

"한 잔 더 드세요. 어차피 지금 안 마시면 버려야 되니까."

라고 하는 말에 수연은 옆으로 고개를 돌렸고, 그 순간 시선이 마주쳤다.

동원은 수연이 상상할 수 없을 정도로 강렬한 눈빛으로 그녀를 바라보고 있었다. 그 눈빛의 언어는 이해할 수가 없었다. 욕망, 간절함, 애원 등의 복잡한 시선이었다. 얼어붙은 듯이 그의 눈에 사로잡혔다.

그가 손을 들어 볼을 만질 때까지 수연은 넋 놓은 여자처럼 그에게 시선을 고정하고 있었다. 남자의 눈에는 복잡한 심정이, 어딘가 이해할 수 없는 싸늘함이 섞여 있는 듯했다. 수연이 더 이상 바라보지 못하고 시선을 아래로 깔아버렸다.

그때 그의 큰 손이 얼굴을 가볍게 감싸 안았고 입술이 다가왔다. 두툼한 남자다운 잘생긴 입술이 수연의 입술에 살짝 닿았다 떨어졌다.

"고마워요."

라는 속삭임과 함께.

수연이 당황해서 눈을 깜빡거렸다.

방금 전 입술에 와 부드럽게 부딪치고 찰나에 사라져버린 감촉이 간질간질하다. 짧은 찰나였는데 영원처럼 길었던 것 같은 화인을 남기고 가버렸다. 그렇게 얼어붙은 수연을, 그가 어깨를 감싸 안아 자신 쪽으로 끌어당겼다. 그 순간 눈을 감아버렸다.

그의 단단한 가슴에 끌려가 안겼다. 단단한 가슴에 자신의 가슴이 이지러진다. 그리고 등에 놓인 큰 손이 등을 쓰다듬었다. 어깨에서 약간 거친 호흡이 들려온다.

그리고 다시 남자가 그녀의 얼굴을 가볍게 쥐었다. 수연은 그냥 눈을 감고 뜨지 않는 것을 택했다. 커다란 손은 그녀의 얼굴을 정중하게 안고서 다시 입술에 자신의 입술을 살짝 부딪쳤다. 방금 전의 부드럽고 따스한 그것이 다시 그녀의 입술을 찾았다. 부드러운 입술이 그녀의 까끌거리는 입술을 살며시 부비고, 부드럽게 스쳐 지나간 그것은 이번에는 그대로 입술을 벌리고 입안으로 들어왔다.

남자의 큰 손이 등과 어깨를 부드럽게 쓸었다. 마치 살아 있나 확인이라도 하듯. 입고 있는 검정색 터틀넥 스웨터를 사이에 두고 그의 손을 느꼈다. 그의 손이 지나간 자리마다 열기가 올라왔다.

입술을 벌리고 들어온 혀가 온 입안을 휘저으면서 구석구석 확인을 하듯 움직였다. 마치 술래잡기라도 하듯, 피하려는 작은 혀를 좇아 그의 혀가 얽었다. 방금 전에 같이 마신 샴페인의 달콤한 맛이 그의 혀끝에서 느껴졌다.

온몸이 빙글빙글 도는 것처럼 정신을 잃을 것만 같았다. 자기도 모르게 그를 안아버렸다. 단단한 몸이 더 그녀를 강하게 안았다.

두툼한 혀는 정중하게 움직이는 듯싶다 점점 더 격해졌고, 나중엔 숨을 쉴 수가 없어서 점점 머리가 멍해질 찰나 그가 놓아주었다. 멍하게 그를 올려다보았다. 그의 눈에 들어 있는 것은 이제 슬픔이 아닌 다른 것이었다. 그녀가 전혀 모르는 낯선 감정. 남들의 눈에서 자신을 바라보는 그 시선. 탁한 것도 아닌 솔직한 욕구였다. 길쭉한 눈, 깊은 눈동자에 아까까진 알 수 없는 미묘한 시선이 있었다면 지금은 순수한 욕망만 감돌았다.

그가 검지로 그녀의 부풀어 오른 윗입술을 살짝 쓸었다. 잠시 그녀를 바라보던 그가 뒤로 물러났다. 그리고 따뜻한 체온을 잃은 수연은 정신이 번쩍 났다.

자신의 금기를 스스로 어기는 날이 올 거라고 누가 생각했을까.

그가 무뚝뚝하게 말했다.

"생각보다 늦었네요. 바래다줄게요."

"네?"

점잖은 축객령이었다.

갑작스러운 분위기 전환에 수연이 당황했다. 뭔가 실수라도 한 걸까. 술집 여자라 불쾌한 걸까.

그가 수연의 뺨을 다정하게 쓸었다. 수연의 당혹스러움을 읽기라도 한 듯 그가 조금 겸연쩍은 듯 말했다.

"미안해요. 첫 데이트에서 내 멋대로 덮치기나 하고. 이러려고 했던 건 아닌데…… 그런 사람 아니라고 말도 했는데…….."

그가 살짝 민망한 표정을 짓고 있었다.

"그럼 코트 입고 올게요."

그러더니 방으로 쏙 들어갔다.

소파에 벗어놨던 코트를 입고 머플러를 꼼꼼하게 둘렀다. 코트를 입으면서 멍하니 통유리 너머를 바라봤다. 언덕배기에 있어서 전망이 좋았다. 유리 너머로 불야성인 시내가 보이고 있었다. 반짝거리는 네온사인과 조명이 마치 트리에 매달아놓은 전구 같았다.

첫 데이트에 키스까지 하게 될 거라고는 수연도 생각 못 했던 일이라 당황하긴 했다. 물론 키스 정도는 안 해본 것은 아니었다. 다만 밤에 일하는 직업이라 쉽게 보이지 않겠다는 자존심이 있었다. 혹시 이 사람이 자기를 쉬운 여자 취급한 건 아닌가 싶어 입이 썼다.

"수연 씨, 전화번호 알려줘요."

수연이 망설이듯 그를 바라봤다. 그가 자기 휴대전화를 꺼내어 그녀에게 내밀었다. 번호를 찍으라는 듯이. 그래, 까짓 전화번호쯤이야. 불편하면 바꿔버리지 뭐. 이 사람, 내가 어디서 일하는지도 알잖아.

수연이 자기 번호를 꼭꼭 입력했다. 사실 전화번호부에 있는 번호라고 할 만한 게 많지도 않았다. 원래 좁았던 인간관계는 지난 10년간 거의 사라져버렸다. 고등학교 친구들은 수연이 바에서 일하면서 자연스레 떨어져 나갔고 대학교에 들어가서는 친구를 사귈 틈도 없었으니까. 지난 몇 년간 문자 주고받은 사람들이라곤 알바하는 애들 몇 명,

해준, 승주가 다였다.

"차 꺼내 올게요. 5분쯤 후에 내려와요."

"아니에요. 그냥 걸어갈게요."

더 이상 그와 같이 있기 싫어졌다.

"날 많이 추워졌어요."

"얼마 안 돼요. 걸어도 10분도 안 걸려요."

"그럼 같이 걸어요."

"혼자 갈게요. 나오지 마세요."

"바래다준다고 했잖아요."

그가 더 이상의 거절은 거부한다는 듯이 당연하다는 듯이 수연의 손을 잡고 자신의 코트 안에 집어넣었다. 뿌리치려 했지만 크고 따뜻한 손이 주는 온기에 자기도 모르게 가만있게 되었다.

"왜 장갑 안 끼고 다녀요?"

그러고 보니 장갑은 상자째 잘 보관 중이었다.

"너무 부담스러워서요. 비싼 거 같은데……."

"신경 쓰지 마요. 그렇게 비싼 것도 아니었으니까. 그냥 아들 옷 사러 갔다가 봤는데 수연 씨한테 잘 어울릴 거 같았어요. 그래서 사주고 싶었어요."

그는 별거 아닌 양 말하지만 수연에게 장갑은 너무 큰 물건이었다.

어깨를 마주하고 천천히 집까지 걷는다. 10분 남짓한 그 길을 그는 아쉽다는 듯이 아주 천천히 걸었다.

집 앞에 오자, 그가 아쉬운 듯 코트 주머니 안의 손을 꼼지락거리며 놓아주려 하지 않았다.

"추워요."

"미안해요. 수연 씨 추울 거 생각을 못 했네요. 날도 추운데 왜 그렇게 얇은 스타킹 신었어요. 좀 따뜻하게 입고 다니지."

일부러 신경 써서 입은 건데 그런 소릴 하니 조금 얄밉단 생각이 들었다.

그가 손을 마지못한 듯 손을 놓아주었다.

"빨리 들어가요."

"네, 그럼 살펴 가세요. 오늘 재밌었어요."

수연이 몸을 돌리려는 순간 그가 갑자기 수연의 손을 낚아채더니 자기 몸 쪽으로 끌어당겼다. 놀라서 눈을 동그랗게 뜬 수연에게 씩 웃어 보이더니, 순식간에 덮쳐왔다. 두툼한 입술이 열정적으로 그녀의 입술을 훑더니 아쉬운 듯 긴 여운을 남기며 빠져나갔다.

"들어가요. 추워요."

그가 웃으면서 들어가라고 손짓을 했다.

멍하니 빌라 안으로 들어선 수연은 대문 키패드의 비밀번호를 누르고 집에 들어갔다. 멍하니 코트를 걸어 옷장에 걸고 귀걸이를 빼내려고 화장대 거울을 바라봤다.

언제나 퇴근 뒤 피로에 지쳐 눈가에 다크 서클이 길게 늘어져 있던 창백한 얼굴이 아니었다. 발그레한 볼에 부드럽게 풀어져 있는 눈은 지상에서 한 발자국 붕 떠 있는 것처럼 뭔가에 도취되어 있는 듯했다. 사랑에 빠진 여자의 얼굴이었다.

이제 인정해야 했다.

서수연이 정동원에게 호감 이상의 감정을 품고 있다는 것을.

안 지 오래되지도 않은 남자에게 이렇게 순식간에 빠져서 뭘 어쩌자는 걸까.

오래 안 해준조차 조심스러웠는데 안 지 얼마 되지도 않은 남자에게 휘둘리고 있었다. 위험하다. 그처럼 완벽한 남자가 왜 자기 같은 여자에게 관심을 보이는지 이해가 가지 않았다. 아이가 딸린 홀아비라고 해도 그런 남자라면 여자들이 다 호감을 보일 테니까. 왜 자신에게 호감을 보이는 건지, 어떤 면에서 끌린 건지 통 이해가 가지 않았다.

아니야, 이건 아니야.

뭔가가 밑바닥 깊은 곳에서 수연에게 경고하고 있었다.

그런데 그녀를 안던 그 큰 손이나 입맞춤하던 그 달콤한 입술을 생각하면 마음은 흔들리고 있었다.

．　·　·　●　·　·

문이 열릴 때마다 수연의 얼굴은 기대를 품고 그쪽을 향하곤 했다.

아침에 다정한 문자가 와 있었다.

– 더 같이 있고 싶은데 수연 씨 피곤할 거 같아서 차마 잡을 수가 없었어요. 밤에 잠시 들를게요. –

사랑에 빠진 10대 소녀처럼 그 문자에 가슴이 뛰기 시작했다. 머릿속을 가득 채운 슬픔이 희미해지는 것만 같았다. 엄마가 돌아가신 지 얼마나 되었다고 남자에 빠져서 엄마를 잊니? 마음속 양심이 뭐라고 소리치지만, 엄마도 내가 행복한 걸 바라셨을 거야. 행복해지고 싶어, 행복해지고 싶다고! 이제 겨우 스무 살의 수연이 또 소리를 질렀다.

천국과 지옥의 열탕과 냉탕을 오가듯 마음속이 왔다갔다하지만, 결국 사랑에 빠진 소녀처럼 계속 휴대전화를 들여다보고 시계를 보면서 그가 언제 올지 이제나저제나 문만 바라보고 있을 뿐이었다.

그리고 마침내, 그가 차가운 공기와 함께 들어왔다.

"어서 오세요."

그가 앉자 수연은 위스키를 스트레이트 잔에 따라 그 앞에 놓았다. 그러자 그가 슬그머니 눈웃음을 쳤다. 시계를 보니 1시 반이다.

그는 아무 일 없던 사람처럼 평소와 다를 바가 없었다. 승주가 아는 척을 하자, 수연에게는 말을 붙이지도 않고 승주와 농담을 주고받을 뿐이었다. 그리고 한 잔 딱 마시더니 그냥 가버렸다. 서운함에 자기도 모르게 어깨가 축

처졌다.

머릿속에서 목소리가 말을 한다.

거봐. 그냥 너 만만하게 보고 놀아보려 한 거야. 그런 남자가 왜 너 같은 여자를 만나겠어?

본인도 그렇다는 걸 알면서도 어제의 그 따뜻한 손의 온기와 다정함을 떨쳐버리기란 너무나 어려웠다. 그래, 그냥 끝이야. 어제 잠시 놀아났지만 마지막 자존심은 지켜야지. 말하자, 앞으로 만나지 않겠다고. 연락 안 오면 안 오는 대로 좋겠지.

계속 이런 생각을 하며 다잡았지만, 퇴근할 무렵 주머니 속의 휴대전화가 진동하는 순간, 이런 생각은 또 사라져버렸다. 전화로 들었을 때 더 낮은 듯한 저음의 목소리가 부드럽게 속삭였다.

"편의점 앞 차에 있어요."

수연의 정면에서 자동차 헤드라이트 빛이 번쩍했다.

다시 한 번 마음을 다잡았다.

이 험한 세상에서 주먹 쥐고 혼자 일어나야 한다고 지난 십몇 년 전에 호되게 깨닫지 않았던가. 누군가 그녀를 봐줄 리가 없었다. 이 남자 역시 그녀에게서 단물 빨아먹고 뱉을 게 분명했다. 그 사람이 뭐가 모자라서 너 같은 여자를 만나?

마지막으로 만나서 얘기하자. 잘라내버리자.

그렇게 굳은 다짐을 하고 차에 다가서자, 그가 잽싸게 문을 열고 나왔다. 그리고 조수석 문을 열어주었다. 자신을 보는 다정다감한 눈길에 굳은 다짐이 또 흐물흐물 녹아내리려 했다. 다시 한 번 눈을 질끈 감았다.

아무 말 없이 조용히 앉아 있는 수연이 신경 쓰였는지 그역시 말을 붙이지 않았다. 집 앞까지는 5분도 아니라 3분 정도 걸린다. 그 짧은 시간이 더 짧아진 듯도 했다. 아, 조금만 천천히 가요.

결국 집 앞에 차가 섰을 때 수연은 떨어지지 않는 입술을 열었다.

"죄송한데, 어제 일은 그냥 잊어주세요. 아무래도 실수가…….."

"뭐가 실수였는데요?"

"우린 서로 아직 잘 아는 것도 아니고…….."

"잘 모르면 알아가면 되잖아요. 내가 수연 씨한테 결혼하재요? 그냥 사귀자고 하는 건데? 어제는 그렇게 다정하더니만 오늘은 이렇게 또 밀어내고? 지금 나랑 밀당해요?"

"네? 무슨 이게 밀당이에요? 그냥 서로 아직 모르기도 하고 저는…….."

수연이 말을 다 하기도 전에 그가 중간에 끊어버렸다.

"그건 별로 중요하지 않아요. 원래 처음부터 사람 다 알고 만나나요? 그래서 난 수연 씨를 더 알고 싶고, 더 친해지고 싶은 건데…… 왜 그렇게 사람을 못 믿어요? 정말 나를 못 믿어서 그런 거 아니에요?"

그 말에 수연이 한숨을 쉬었다.

"그럼 선생님은 저에 대해 얼마나 안다고 그러세요?"

그러나 동원은 수연을 다정하게 바라보며 조곤조곤 설득했다. 느물거리는 것도 아니고 웃으면서 싹싹하게 말을 받아쳤다.

"남자가 여자한테 관심 가질 때 모든 걸 다 알고 시작하는 건 아니잖습니까? 선봐서 집안 보고 만난 것도 아닌데 그게 이상해요?"

"그건 10대나 20대 초반에나 가능하죠. 30대에는 그냥 서로 호감만으로 관계가 되는 건 아니라는 거 아시잖아요?"

"그거야 천천히 사귀어가면 되죠. 잘 안 맞으면 그때 가서 생각할 문제고, 지금은 그냥 서로 알아가는 단계 아닌가요? 그리고 궁금한 거 있어요? 궁금한 거 있으면 다 물어봐요. 사실대로 다 말해줄 테니까."

수연이 입을 굳게 다물고 아무 말도 하지 않자, 그가 먼저 말문을 열었다.

"내가 왜 백수처럼 바에 매일 출근하는지 궁금하죠? 지금 휴직 중이에요. 원래 내 개인 설계사무소 운영했는데 지금은 간단하게 일 봐주러 일주일에 하루 들르는 것 외에는 안 나가요. 아들이 아프다고 말했잖아요. 지금 병원에 입원 중이어서 낮에는 병원에 가 있고 저녁 먹이고 나서 집에 와요. 밤에 잠도 안 오고 시간이 많이 남으니까 산책 많이 합니다. 또 뭐가 궁금해요? 아, 나이 얘기 안 했죠? 나이는 서른다섯. 무녀독남 외동아들. 안타깝게 부모님이 일찍 돌아가셔서 안 계시고, 대신 먹고살 만한 재산은 남겨주셔서 별 고생은 안 했죠. 한국대에서 건축학과 졸업 후에 군복무 끝내고 영국에서 학위받고 돌아왔습니다. 영국에서 2년 반 정도 일하다가 이제 한국 돌아온 지 4년 정도 되었습니다. 더 궁금한 거 있습니까?"

"지금 그런 얘기 하는 거 아니고, 선생님에 대해서 전 궁금한 거 없어요."

고집스레 말한 수연이 차에서 내리려 하자 그가 수연의 팔을 잡았다.

"그럼 나는요? 난 수연 씨에 대해 궁금한 거 정말 많아요. 수연 씨 나이는 어떻게 되고? 지금 혼자 사는지? 사귀는 남자는 당연히 없는 듯하고. 좋아하는 건 뭐고 싫어하는 건 뭐고, 이런 거 다 궁금해요. 나이가 어떻게 돼요?"

"서른 살요."

무심결에 답을 하고 나서 그에게 말려들었음을 알았다.

"몇 시에 출근해요?"

"오후 5시요."

"퇴근은 새벽 3시요?"

"네."

"그럼 몇 시에 자요?"

"집에 들어가면 바로 씻고 자요."

"몇 시에 일어나요?"

"늦어도 10시 전엔 일어나요."

그러자 그가 환하게 웃었다.

"그럼 내일 우리 아침 같이 할까요? 집에 밥 먹으러 와요. 해놓고 기다릴 테니까."

"안 그러셔도 돼요. 일어나면 별로 배가 안 고파서 점심 겸 아침으로 늦게 먹어요."

또 얼렁뚱땅 그에게 넘어가버렸다.

"어차피 나도 병원 가기 전에 먹어야 하는 거라 특별히 신경 쓰고 이런 거 아니에요. 기다릴 거니까 내일 와요. 매일 혼자 밥 먹는 거 좀 지겹더라고요."

"저 피곤해요. 그만 가볼게요. 조심해서 들어가세요."

그때 그가 낮게 한숨을 내쉬었다. 땅이 꺼질 것처럼 뭔가 답답함을 토해내는 긴 탄식에 손잡이에 가 있던 손이 주저하게 되었다.

"왜요?"

뭔지 모를 절망에 잠겨 있던 표정이 순식간에 사라졌다. 다시 평소의 온화한 표정으로 돌아온 그가 아쉽다는 표정을 지었다.

"그냥 아쉬워서요. 더 길게 있고 싶은데 수연 씨 피곤할 테니 이만 들여보내야 하고. 우리가 20대 청춘도 아니고, 더 오래 있자고는 차마 나도 말 못 하겠고, 뭐 이러니까요."

"저랑 선생님이랑 정식으로 사귀는 것도 아니잖아요."

"전 사귀지 않는 여자하곤 손도 안 잡는 남자인데요? 어제 키스한 이상 사귀는 거라고 생각했어요."

"그건 좀 오해가 있던 것 같은데⋯⋯ 어쩌다 보니 분위기에 휩쓸린 거였어요. 저랑 선생님은 사는 세계도 다르고 서로 잘 몰라요."

갑자기 그가 수연의 손을 쥐었다. 크고 따뜻한 두 손으로 작은 손을 다정하게 감쌌다. 수연이 어리둥절한 기색을 보였다.

"손이 차네요. 왜 장갑 안 끼고 다녀요?"

그가 손을 쥐자 심장 박동이 빨라지기 시작했다.

"손이 차면 마음이 따뜻하다면서요? 장갑 끼고 다녀요. 모자도 쓰고 다니고. 추울 때 모자 쓰면 열 손실을 막아줘서 좋대요. 목에도 머플러 잘 두르고 다니고요. 이렇게 춥게 입고 다니면 어떻게 해요?"

"10분만 걸으면 집인데요 뭐."

이렇게 수연을 걱정해준 사람은 오랜만이었다.

"그래도 춥게 입고 다니면 감기 걸려요. 장갑이 아니라 오리털 파카, 이런 거 선물할 걸 그랬어."

"장갑도 부담스러워요."

"좀 끼고 다녀요. 별거 아니래도."

동원이 계속 잔소리를 하려다가 피곤한 기색인 수연을 보더니 입을 다물었다.

"오늘은 수연 씨 피곤하니까 그냥 보내야겠네요. 키스하면 화낼 거 같으니까 대신……."

손등에 살짝 닿은 따뜻한 입술. 막 올라오기 시작한 수염 자국이 느껴질 정도로 입술을 오래 대고 있었다. 손을 빼야 하는데 자신을 바라보는 남자의 은근한 표정에 사로잡힌 것처럼 시선도 뗄 수가 없었다.

"손 정도는 좀 봐줘요."

하면서 잽싸게 손을 내려놓는 이 남자는 스마트하다. 물러날 때를 정확하게 알고 있는 듯했다.

집에 와서 정신을 차리고 보니 '거절'을 제대로 못 했다는 걸 깨달아버렸다. 능구렁이처럼 그 남자 손바닥에서 놀아난 게 아닌가 싶어 수연은 허탈하기까지 했다. 그런데 밉지도 않았고 이상하게 경계가 되지 않았다.

다음 날 11시가 되자마자 동원이 칼같이 전화를 했다. 마치 접근할 타이밍을 칼처럼 재고 있던 것처럼 조심스러웠다면, 이제는 거의 돌진하는 것처럼 밀어붙이고 있었다. 그냥 말로 치근거리고 귀찮게 하는 일이야 여태까지 몇 번 있었지만 이런 사람은 처음이었다.

─ 아래층이에요. 내려와요. 천천히 와도 돼요.

아직 일어난 지 얼마 안 된데다가 갈지 말지 고민 중이던 수연은 당황했다.

"출발 전에라도 미리 말씀해주셨어야 하는 거 아니에

요?"

자기도 모르게 신경질적으로 답해버렸다.

– 그러면 수연 씨가 오지 말라고 할 거잖아요.

넉살 좋은 남자에게 더 말을 못 하고 급하게 나갈 준비를 해야 했다. 일어나 세수도 제대로 안 하고 있었는데 세수하고 옷 갈아입고 허둥지둥 나갈 채비를 했다. 10분 만에 겨우 립글로스 하나 바르고 집을 나서야 했다. 오늘은 말해야지, 말해서 정리해야지, 이렇게 만나는 건 별로 좋지 않아, 또 다짐을 해보지만, 이 다짐이 과연 먹힐지는 자신도 의심스러웠다.

가고 싶지 않은데 데리러 오니 예의상 가야겠지, 라고 마음속은 거짓말을 하지만 진심이 그렇지 않은 것은 본인이 더 잘 알았다.

막상 환하게 웃는 동원의 얼굴을 보면 방금 전의 다짐은 기억도 나지 않았다.

그가 당연하다는 듯이 손을 뻗어와 수연의 손을 쥐었다.

"잘 잤어요?"

화장도 못 해서 눈가 다크서클도 신경 쓰였다. 아냐, 이렇게 추한 모습 보이는 게 나을지도 몰라. 이런 거 보고 정떨어지면 좋지. 외모 보고 접근했으면 이렇게 떨어뜨리는 게 낫지. 그러나 수연은 자신의 외모가 그다지 뛰어나지 않음을 알았다. 그냥 얌전하게 생겼다는 말 정도를 제일 많이 들었다. 도대체 이 사람은 내 어디가 좋아서 이러는 걸까.

수연의 퉁명스러운 표정에도 그는 아랑곳하지 않고 싱글싱글 웃었다.

도망이라도 칠까 걱정되었는지 앞에 차까지 대령해놓고서 기다리고 있었다.

"걸어가면 금방인데 왜 데리러 오세요."

"수연 씨가 안 온다고 할까 봐요. 배고프죠? 집에 준비는 다 해놨으니까 이제 가서 먹기만 하면 돼요. 좋아하는 게 뭔지 몰라서 제가 알아서 준비해놨어요."

"안 가려요. 남이 차려주는 밥이면 다 감사하죠."

지난 10년 이상 남이 차려주는 밥을 먹어본 기억이 없었다.

"그럼 내 마음대로 이것저것 해도 돼요?"

이러면서 그는 샐러드와 요거트, 감자수프, 갓 구운 빵과 치즈, 버터, 잼, 계란 프라이 등을 잔뜩 갖고 왔다.

"뭘 이렇게 많이 하셨어요?"

"그냥 하다 보니 수연 씨가 뭘 좋아하는지 몰라서요."

"병원에는 안 갖다 줘도 돼요? 식사 시간인데."

"무균실 들어가 있어서 면회가 하루 두 번밖에 안 돼요. 그리고 멸균식 먹어야 해서 내가 해줄 수도 없어요. 하율이 녀석 입도 짧아서 이거 다 해서 갖다 바쳐도 제대로 먹지도 않을 거예요. 걘 누구 닮아 그런가 몰라."

"부전자전이라고 아빠 닮은 거 아니에요?"

"뭐 그럴 수도 있고요."

동원은 별거 아닌 듯 어깨를 으쓱했다. 완벽하게 된 계란 반숙이나 집에서 만들어 꿀을 탄 요거트에 갓 짜낸 오렌지 주스며 커피까지, 그는 계속해서 이거 먹어보라, 저거 먹어보라고 권했다.

"더 못 먹겠어요. 진짜 배불러요."

원래 소식을 하는 수연이 평소보다 더 먹고 손사래를 치자 그가 괜히 섭섭해했다.

"수연 씨 위가 작군요. 지난번에도 좀 잘 못 먹더니. 혹시 입에 안 맞아서 그런 거 아니에요? 다음엔 한식 해줄까요?"

"입엔 잘 맞아요. 가리는 것도 없는 편이고요. 동원 씨가 계속 이것저것 먹어보라고 권해서 평소보다 두 배 정도 많이 먹었어요. 맛있게 잘 먹었어요."

"간만에 먹어주는 사람 있으니까 신나서 평소보다 좀 오버한 거 같네요. 요리가 취미 같은 거라서요. 먹는 거 좋아하기도 하고 기왕 먹는 거, 잘 먹으면 좋잖아요."

햇빛이 드는 넓은 거실에서 그가 차려주는 밥을 먹고 있자니 왠지 모르게 기분이 좋아지려 했다. 분명 어젯밤에도 다짐하고 또 다짐했는데 마음이 왜 이리 약해지는지.

"잘해주시는 건 감사한데요……."

"부담스럽다는 말 하려고 했죠?"

"네, 그래요, 정말. 앞으로는 그냥 개인적으로 만나는 건 안 하는 게 좋을 거 같아요."

"왜요?"

"몰라서 그래요? 왜 똑같은 대화를 두 번 해야 하는지 모르겠네요."

"수연 씨 고집 참 세네요. 솔직히 수연 씨도 나한테 작은 호감 정도는 있으니까 만나자고 하면 만나는 거 아니에요?"

그 말에는 할 말이 없었다. 정말 평소처럼 쳐내버리는 건 쉬운데 왜 이 사람한테 유독 약해지는가. 단골이 집적거린 경우가 한두 번도 아니었는데. 옆에서 보면 능수능란하게 잘 쳐낸다고 승주가 철벽녀라고 몇 번이고 놀리지 않았던가. 밤에 일하고 술을 팔면 유혹은 매일같이 있다시피 했다. 그걸 계속해서 막다 보면 좋아한다는 감정이 무엇인지조차 잊었다. 고목나무처럼 메말라버린 가슴에 작은 싹 하나가 돋으려 했다.

"그냥 부담 너무 갖지 말고 동네 친구 생겼다 하면서 만나면 되잖아요. 그러다 정 아니다 싶으면 그만둬도 되지 않아요?"

당신은 그럴 수 있을지 몰라도 난 아니거든요. 작은 희망조차 갖지 않으려고 애쓰면서 자신을 다잡길 10년, 이제 와서 내밀어진 손은 의미가 없었다. 그때가 아니라면.

수연의 고집스러운 표정을 그가 안타깝다는 듯 바라보았다.

"부담스럽게 굴 생각은 없었어요. 그러니까 그냥 좋은 친구로라도 지내요. 밤에 술 마실 때 누가 앞에서 말 건네주고 하는 게 좋았거든요. 얘기도 잘 통한다고 생각했고. 그리고 외롭기도 했고요."

그가 아련한 표정을 지었다. 다정다감하고 외모도 좋고 직업도 괜찮고 돈도 많아 뵈는 남자가 뭐가 부족해서 그렇지? 하룻밤 잘 여자들이라면 얼마든지 유혹할 수 있는 남자가? 수연은 이제 그가 도저히 이해가 안 갔다.

"왜 하필 난데요?"

"네?"

"바에 젊고 예쁜 애들 많잖아요. 그런데 왜 저죠?"

"그 아가씨들은 너무 어리기도 하고, 무슨 얘길 해요. 얘기야 거의 수연 씨랑 승주 씨랑만 했지. 이 나이쯤 되면 여자 외모가 다가 아니란 건 아는 나이 아닙니까?"

그러고 보면 그는 의외로 좀 내외를 하는지 어린 여자애들과는 말을 거의 하지 않는 편이었다. 처음부터 친밀하게 수연과 얘기를 자주 한 것도 아니고, 좀 몇 번 보고 안면 익히니 말을 하게 된 정도였다.

그가 벽시계를 보더니 살짝 인상을 썼다.

"병원에 가볼 시간이네요. 오늘 식사 간만에 다른 사람하고 재미있게 했어요. 가끔 밥이라도 같이 먹어요. 수연 씨도 어차피 혼자 살면 챙겨주는 사람 없잖아요. 커피라도 한 잔 더 마시고 싶은데 지금 면회 못 하면 안 되거든요. 그럼 연락할게요. 가는 길에 내려줄게요."

그 말을 하더니만 벗어놨던 재킷을 입었다.

"기분 상하셨어요?"

"상하다기보다 맥 빠진 거죠."

그가 힘없이 웃었다. 눈가에 잔주름이 깊이 파였다. 뭔지 알 수 없는 절망도 살짝 엿보였다. 왜 모든 걸 다 그녀에게 건 사람처럼 구는 걸까. 아들이 아픈 게 힘들어서?

수연은 그의 절망과 기대가 이해가 가지 않았다.

그녀를 내려주고 간 동원은 다정하게 문자를 보냈다.

– 병원이에요. 하율이가 오늘 컨디션이 좋은지 밥을 잘 먹었다네요. 그런데 심심하다고 난리예요. –

몇 번이나 문자를 썼다 지웠다 결국 전송 버튼을 누르고 말았다.

– 다행이네요. –

– 면회가 30분이라서 금방 끝나요. 오후에 간만에 사무실 들어가서 일 좀 해야 할 거 같아요. 밤에 시간 나면 들를게요. –

– 피곤할 텐데 집에 가서 쉬세요. –

– 수연 씨랑 수다 떨면서 술 마시는 게 내 피로 푸는 방법인데요. –

그는 잊을 만하면 계속 문자를 보냈고 그에 말려서 수연도 답문을 계속 보낼 수밖에 없었다.

구렁이 담 넘어오듯 그가 슬그머니 수연의 마음속에 침

입하고 있었다.

　　　　　　　　·　·　·
　　　　　　　　·　●　·
　　　　　　　　　·

"누나, 뭐 좋은 일 있으세요?"

"왜?"

"계속 휴대전화 들여다보셔서요."

구식 휴대전화를 계속 보는 수연이 승주의 눈에는 신기했던 모양이다.

"별거 아니야. 친구가 연락한다고 해서……."

별일 다 있다는 듯 승주가 눈썹을 찡긋 올렸다. 소셜 라이프라고는 이 바밖에 없어 보이던 여자가 휴대전화로 문자를 주고받아? 어디선가 연애의 냄새가 모락모락 풍겨오고 있었다.

"뭐, 누나가 그렇다니 그렇게 믿어줄게요."

"뭘 믿어주고 자시고야?"

수연의 새침한 말에 승주가 히죽히죽 웃었다.

동원은 바쁜지 오늘은 보이지 않고 있었다. 지난번에 그 대화가 있고 나서 동원은 적절한 거리를 유지했다. 가끔 살짝 도를 넘어서긴 해도 수연이 선을 그으면 다시 물러서고 하는 식으로 계속되었다.

오늘은 오지 않으려는 모양이었다. 11시쯤에 보통 들르곤 하는데.

그러나 건물을 나서자마자 1층 편의점 앞에서 동원이 기다리고 있었다. 매우 피곤한 얼굴로.

"왜 안 들어오시고요?"

"거의 끝나는 시간이라서요."

"바쁘셨나 봐요."

　요 며칠 보이지 않았더랬지. 문자도 거의 하지 않아서 은근 무슨 일인가 싶던 차였다. 아니, 이제 마음이 식었나 상심했을는지도 몰랐다.

"잠시만, 같이 있어줄 수 있어요?"

　어차피 둘 다 집까지는 같이 걸어가야 했다.

"왜요? 무슨 일 있으셨어요?"

　그가 갑자기 대뜸 손을 잡았다.

"잠시 걸어요."

　그가 우울해할 일은 단 하나밖에 없었다.

"많이 안 좋아요?"

　그는 답을 하지 않았다. 그냥 손에 힘이 들어갔을 뿐. 마치 구명줄이라도 되는 듯, 수연의 손을 꼭 쥐었다. 어떤 일이 있어도 놓지 않겠다는 듯이.

"아파요."

　그 말에 손에서 힘이 풀어지긴 했지만 놓으려 하지는 않았다.

　집 앞까지 아무 말도 하지 못한 채 걸어갔다. 쥔 손에선 그답지 않게 식은땀이 나고 있었다. 왠지 모를 긴장이 느꺼지기까지 했다.

"발병한 지 얼마나 됐어요?"

"3개월요."

"아이가 몇 살이에요?"

"곧 아홉 살 돼요. 열 살이 넘은 남자아이는 치료가 더 까다로워져요. 완치율도 급격하게 떨어지고요. 그래서 내년에 어떻게든 치료를 해야 하는데…… 이제 곧 퇴원하는데 몇 주 집에 있다 다시 병원에 가야 돼요. 거의 한 달을 병원에 있었어요. 항암 치료 하면 머리카락만 빠지는 게 아니라 눈썹이랑 속눈썹까지 다 빠지더라고요. 계속 토하고 입이 헐어서 이도 제대로 못 닦았어요. 그런데 이게 끝이 아니에요. 완치되려면 골수 이식밖에 답이 없는데 하율이랑 일치하는 사람은 아직 안 나타났어요."

수연의 손을 쥔 손에 힘이 들어갔다. 입술을 꽉 깨문 남자는 거의 울 것처럼 절망적인 표정이었다.

그를 보면 엄마가 생각났다. 수연이 도와줄 수 없던 엄마의 절망. 키가 크고 듬직해 보이는 이 남자도 죽어가는 아들을 지키지 못해 절망에 빠져 있다. 의사였던 아빠 역시 그러했겠지. 그의 절망이라면 도와줄 수 있을까.

집 앞인데도 그는 수연을 놓아주지 못하고 그냥 서 있기만 했다. 수연이 손을 풀자 울 것 같은 표정을 짓는 남자를 그만 꼭 안아주고 말았다.

그냥 이 사람이 다시 힘을 낼 수 있게 옆에서 도와주고 싶었다. 이게 동정인지 연애 감정인지 그건 모르지만 그냥 그것만 도와줬으면 좋겠다고 생각했다.

이 사람이 기분 좋게 웃는 걸 보고 싶었다. 이 사람이 행복했으면 좋겠다고 생각했다.

"우리 사귈까요?"

그 말에 동원의 표정이 살짝 싸늘해졌다.

"동정이라면 사양인데요?"

"그런 거 아니에요."

그 말에 살짝 표정이 누그러졌다. 그러나 그는 어딘가 못 믿겠다는 듯이 의심스러워 보였다.

"계속 사귀자고 한 사람이 누군데 그래요?"

수연의 타박에 그가 그제야 표정을 풀고 웃었다.

그리고 답 대신에 수연을 다시 끌어당겨 안았다. 그리고 살짝 입술을 겹쳤다. 잠깐이었지만 뜨겁고 강렬한 입맞춤은 순식간에 스쳐 지나갔다. 그의 손은 강하게 그녀의 등을 안고 있었다. 놓아주지 않을 것처럼.

"오늘은 여기까지만 할게요. 그만 들어가 쉬어요. 오늘은 나도 피곤하네요. 내일 병원에 일찍 가봐야 해요. 밤에 들를게요."

그 말을 한 그가 빌라 안으로 들어와 수연의 집 문 앞까지 바래다주었다.

"여기까지 안 와도 되는데…… 그냥 계단 몇 개잖아요."

"그래도 집에 들어가는 거 봐야 안심이 되어서요."

수연이 패스워드를 누르고 들어가는 걸 지켜본 동원이 겨우 몸을 돌렸다.

　대문이 닫혔고 현관 조명이 들어왔다 꺼져버릴 때까지 수연은 멍하니 서 있었다. 내가 무슨 짓을 한 거지? 맙소사! 부끄러워서 주저앉아버렸다.

/
3. *I'm a fool to want you*
/

　다음 날 그는 계속해서 문자를 보냈다. 어디예요, 뭐 먹었어요, 출근 언제 해요, 날이 좀 쌀쌀해졌네요, 뭐 먹고 싶은 거 없어요? 10분이 멀다하고 날아오는 문자에 수연이 웃을 정도였다. 사랑에 빠진 남자는 원래 유치해지나?

　밤에 일이 있어서 못 온다면서 퇴근 시간에 잠깐 보자고 문자가 날아왔을 때에는 가슴이 두근거렸다. 처음으로 누군가와 사귀어보는 것이었다. 서른 살이 되도록 제대로 남자를 만난 적이 없다는 걸 누가 믿어줄까?

　그는 편의점 앞에서 기다리고 있었다. 긴 코트를 입은 그가 코트 하나 걸친 수연을 보더니 목에 걸친 머플러를 빼서 둘러주었다.

　"춥게 왜 그러고 다녀요?"

　"고작 10분 걷는 건데요, 뭐."

　"그래도 그렇지. 여자는 몸이 따뜻해야 한다는데 좀 따뜻하게 입고 다녀요."

　"지난번에도 똑같은 잔소리 했잖아요. 전 좀 추운 게 좋아요."

완고하게 말하는 그에게 수연이 살짝 인상을 썼다.

"설희, 아, 하율이 엄마가 추위를 많이 타서 그런지 그생각만 했나 봐요. 미안해요. 잔소리 하려고 한 건 아니에요."

그의 변명에 수연이 입을 꾹 다물었다. 그가 예전에 결혼해서 아이도 있는 홀아비인 걸 거의 잊을 뻔했다.

"부인 이름이 설희인가 봐요. 이쁘네요."

그러자 그가 덤덤하게 말했다.

"눈 오는 겨울에 태어나서 그렇대요. 그런데 추위를 엄청 타서 겨울에 내복 없으면 못 살았어요. 4월까지 내복 입을 정도였어요. 다행히 하율이는 더위는 좀 타도 추위는 별로 안 타요."

그는 어떤 남편이었을까? 수연에게 하는 걸 보면 얼마나 다정하고 가정적이었을지 안 봐도 눈에 보였다.

"야식 먹고 가지 않을래요? 아까 저녁 일찍 먹었더니 좀 출출한데. 그냥 가벼운 걸로 뭐 간단하게 먹을래요?"

"원래 밤에 잘 안 먹어요."

"그러니까 이렇게 말했죠."

"밤에 뭐 먹으면 속 버려요. 가뜩이나 생활 불규칙해서 새벽에 먹으면 큰일 나요."

수연의 거절에 그가 간절한 표정으로 바라보았다.

"그럼 나랑 잠시만 있다 가면 안 돼요? 조금만. 응?"

덩치가 큰 남자가 강아지처럼 졸라대었다. 결국 넘어가고 말았다.

"30분만 있을게요. 야식은 괜찮아요."

"그럼 나도 먹지 말까 봐요."

그가 시무룩하게 말했다.

현관에 들어서자마자 그가 신도 벗기 전에 뒤에서 안았다. 그가 수연의 허리에 손을 감았다. 등 뒤로 남자의 단단한 가슴이 느껴졌다. 가만히 수연의 목에 고개를 묻고 그가 가만히 있었다.

잠시 후 그가 키스하려 하자 수연이 고개를 돌려버렸다.

"왜요?"

"이 안 닦았어요."

그러자 갑자기 그가 그녀의 손을 쥐더니만 욕실로 끌고 갔다. 욕실장을 열고 안 뜯은 새 칫솔을 주었다.

"이거 써요."

그러더니만 문을 닫고 그녀를 남겨놓고 가버렸다.

어떻게 해야 할지 몰라 일단 이를 닦고 나왔을 때 그는 없었다.

잠시 후 그가 방에서 나왔다. 성큼 다가오더니만 그녀를 안았다. 눈을 마주하고 다정하게 눈가에 주름을 잡으며 웃었다. 너무 다정하게 보니까 왠지 부끄러워서 시선을 아래로 깔자 그도 역시 고개를 내려 수연과 시선을 마주하려 했다.

"왜요?"

낮은 저음에 몸이 떨려왔다.

잠시 후에 부딪쳐오는 부드러운 입술에서 시원한 민트 향이 났다. 지난번에 키스한 뒤로 종종 그의 키스가 생각나곤 했다. 잔에 입을 대고 있는 걸 보면서 그때 생각이 나서 혼자 얼굴이 붉어진 적이 몇 번 있었다.

타인의 입술이 그녀의 입술을 탐험하기 시작했다. 윗입술을 물고 장난을 치나 싶더니 아랫입술을 끌어당겨 그 맛을 보았다. 곧 치아를 지나 입 속을 탐색한다. 느릿하게 움직이는 입술과 혀가 만들어내는 감각이 황홀했다. 눈을 감고 있는 세상이 돌고 있는 것처럼 어지러워지기 시작했다.

자기도 모르게 그의 목에 팔을 감았다. 바싹 붙는 남자의 단단하면서 뜨거운 몸이 좋았다.

그가 놓아준 것은 30분이 훨씬 지나서였다. 데려다주고 싶지 않아하면서도 신사답게 집 문 앞까지 바래다주고 돌아갔다.

동원이 조심성 많은 수연을 배려해서인지 사귐은 매우 느렸다. 매일같이 만나서 밥 먹고 잠시 같이 있다가 동원은 병원에 가거나 일 보러 가고, 수연이 퇴근할 때 마중 오고. 이런 상황이 2주 이상 지속되었다. 이미 너무 익숙해져서 문자에 답장이 늦어지면 무슨 일 있나 싶을 정도였다. 늘 10분 안에 답문이 날아오곤 하니까.

거리에는 캐럴이 이제 울려 퍼지고, 본격적으로 크리스마스 철에 들어섰다. 동원은 이제 바에는 자주 오지 않았고 주로 수연이 퇴근할 때 들르곤 했다.

"크리스마스는 같이 보내요."

"아드님은요?"

"하율인 그때 아마 병원에 있어야 할 거예요."

"그래도 아드님이랑 보내야 하지 않아요?"

"크리스마스이브 같이 보내고 아침에 집에 와서 자려고요. 하율이도 그렇게 하래요. 사실 이브랑 크리스마스 때 여자라도 만들어서 데이트나 하지 뭐하러 자기한테 오냐고 뭐라고 그랬어요."

"어머, 너무 조숙한 거 아니에요?"

"어릴 때 엄마가 돌아가셔서 그런지 많이 조숙한 편이죠. 그러니까 수연 씨는 걱정 안 해도 돼요."

무심한 듯 말하지만 수연은 그가 얼마나 섬세한지 기억했다. 그녀에게 선물하는 작은 것 하나하나에서도 그의 취향이 보였으니까. 거절할 정도로 부담스럽지 않은 정도였으며 그 간격도 절대 너무 자주도 아니고 딱 적당한 정도에 맞추었다.

"크리스마스에 늦게 끝날 텐데요?"

그날 바는 엄청 바쁠 터였다.

"괜찮아요. 어차피 늦게 끝나면 그전에 좀 자고 데리러 갈게요."

대수롭지 않게 말했지만 수연의 심장은 두근거렸다.

"누나, 오늘 좀 예뻐 보이는데요?"

승주의 농담에 수연이 슬쩍 눈을 흘겼다.

"뭐가? 평소랑 똑같은데."

"화장이 좀 다른 것도 같은데? 요즘 병원 다녀왔어요?
왜 피부도 좋아진 거 같지?"

"아니거든? 쓸데없는 소리 하지 말고 잔이나 닦아. 저기
쌓여 있는 거 안 보여?"

그 말에 승주가 투덜거렸다.

"누나는 참 매너 없어요. 칭찬하면 감사하게 듣지."

"어어, 그래. 고맙다."

정신없이 돌아가는 크리스마스이브 저녁이라 승주와 더
는 얘기를 하지 못했다. 계속 손목시계를 보면서 문 닫을
타이밍만 노렸다. 간만에 들른 해준이 수연을 보더니 살짝
놀란 표정을 지었다.

"무슨 일 있어?"

"무슨 일이라니요?"

"아니, 검정색 아닌 옷 입고 있어서."

"그냥. 이제 좀 유채색 옷 좀 입어보게요."

처음에 일할 때 너무 어리게 보여서 화장도 좀 진하게 하
고 옷도 무채색으로 입고 일부러 나이를 좀 올렸더랬다.
그게 그냥 쭈욱 가나 싶더니만 화장도 전보다는 연해졌고

늘 바르던 진한 립스틱 대신 핑크색 립글로스에, 늘 입던 정장 재킷과 스커트 혹은 원피스 대신에 몸에 적당히 달라붙는 원피스를 입고 있었다. 머리도 풀어서인지 평소보다 네댓 살 이상 어려 보였다.

"좀 수상하죠, 사장님?"

"좀이 아니라 많이 수상한데?"

"아니래두요, 참."

수연이 거듭 부정했지만 두 남자는 자기들끼리 수군거리고 있었다.

해준은 약속이 있다고 자정이 되기 전에 가긴 했지만 가기 전에도 무슨 얘기를 더 하고 싶어 하는 눈치였다.

결국 드디어 모든 일과가 끝나고 문을 닫은 것은 거의 5시가 되어서였다. 새로 산 부츠를 신은 발도 아팠지만, 무엇보다 지쳐서 손가락 하나 까딱하고 싶지 않았다.

역시나 편의점 앞에 서 있던 차가 그녀가 내려오자 등을 깜박거렸다. 수연이 타기 무섭게 차가 출발했다.

"좀 잤어요?"

그가 고개를 끄덕였다. 앞을 바라보는 남자의 어딘가 긴장한 듯한 표정에 살짝 마음이 무거워졌다.

"무슨 일 있어요?"

"아니, 일은 뭐. 자다 깼더니 머리가 멍해."

차가 주차장에 들어서고, 그가 조수석 안전벨트를 푸는 듯싶더니만 입술을 덮쳤다. 평소의 그답지 않은 거칠고 성급한 키스였다. 언제나 부드럽게 접근하던 것과는 다르게 폭풍처럼 밀어붙였다. 등 뒤로 돌아간 손이 그녀를 강하게 끌어당겼다.

코트 속으로 들어온 손이 허리 위로 망설임 없이 올라가려다, 갑자기 그가 수연의 몸을 놓았다.

"10대도 아니고…… 내가 뭐하는 짓인지 모르겠어요."

그 말을 하고는 문을 열고 나가버렸다. 수연이 코트를 정리하고 문을 열고 나오자마자 그가 기다리고 있던 것처럼 손을 잡았다. 도망가지 못하게 꼭 쥐었다.

느긋하게 계단을 올라가는 듯싶었다. 그러나 대문이 열리자마자 그녀를 집 안으로 밀어 넣었다. 그대로 떠밀려 들어가 어느새 벽에 밀린 채로, 입술을 구해오는 그를 마주했다. 다급하게 보채는 듯한 키스에 입술을 열어주긴 했지만 사실 좀 당황했다.

조명이 들어왔다 다시 나갈 때까지 그는 움직이지 않고 그녀를 안고 키스했다. 겨우 입술을 떼어주나 싶더니만 갑자기 앉아서 수연이 신고 있던 부츠의 지퍼를 내렸다.

"신 벗어요, 빨리."

수연이 신을 벗자마자 그대로 번쩍 들어 안았다. 자기 신발은 거의 발로 차는 것처럼 벗어 던지고 방으로 들어갔다. 수연이 당황해서 멍해 있는 사이, 그가 그녀를 조심스레 침대 위로 내려놨다. 그리고 그대로 덮쳤다. 치마 사이로 남자의 다리가 들어왔고, 그녀는 완전히 동원에게 깔려

108

버렸다. 남자의 몸은 육중했다. 그대로 자신의 하체를 짓누르는 그 무게에 약간 당황했다.

희미한 붉은 조명 속에서 그의 진한 눈빛이 그녀의 입을 막았다. 안 돼요, 싫어요, 라는 말을 할 수가 없었다.

그동안은 조심스러운 접근이었다. 절대 포옹과 키스 외에는 하지도 않았고 그녀가 부담스러워하면 더 이상 접근도 없었다. 그런데 오늘은 달랐다. 절대 놔주지 않을 것처럼 그녀의 몸을 강하게 껴안았다.

익숙한 입술이 폭풍처럼 덮쳐왔다. 숨을 쉬기도 벅찰 정도로 격하게 움직였다. 한참을 키스하고 난 뒤에 그가 입술을 떼었을 때 수연은 숨을 몰아쉬었다. 그의 입술은 쉬지 않고 그녀의 귀며 목을 적극적으로 헤매었다. 작은 귓불을 살짝 깨물기도 하고 목선을 따라 입맞춤을 퍼붓기도 했다.

가슴께를 헤매던 손이 조심스레 스웨터 안으로 들어갔다. 살짝 당황한 수연이 눈을 뜨자 그가 내려다보고 있었다.

"싫어요? 정말 싫으면 여기서 관둘게요."

말은 그렇게 하지만 손은 좁은 공간에서 멈추지 않고 움직였다. 그 손가락이 만드는 감각을 무시하기 힘들었다. 작은 유두가 꼿꼿하게 서는 게 느껴졌다.

그 말에 대답할 수가 없었다. 간청하듯 내려다보는 그에게 거절하기는 너무 어려웠다. 그녀는 눈을 감는 것으로 그에게 답했다.

그의 손이 적극적으로 움직이기 시작했다. 등 뒤의 스냅까지 풀고 손이 부드러운 가슴을 덮었다. 침착하고 천천히 움직이는 손이 점점 더 적극적이 되었다. 길고 남자답게 마디가 두꺼운 손가락. 그 손이 처음 볼 때부터 신경이 쓰였다. 그 손이 그녀 가슴에 닿아 있다고 생각하면 갑자기 얼굴이 화끈 달아오르는 듯했다.

부드러운 살을 그가 살짝 잡았다 놓았다. 그리고 가슴 끝 정점을 엄지손가락으로 훑었다. 그가 자기 가슴을 보고 있다고 생각하면 더욱 부끄러워지는 기분이었다.

사춘기 이후 체구보다 살짝 큰 가슴은 언제나 부담스러웠다. 할머니가 제 어미 닮아서 가슴만 크다고 그녀를 구박해서일까.

"수연 씨 가슴 예뻐요. 이렇게 예쁜 줄 몰랐어요."

그 말에 정말 쥐구멍에 들어가고 싶을 정도로 창피해졌다. 보지 말라고 하고 싶었다. 그러나 그가 찬찬히 그녀의 가슴을 어루만졌다.

그가 입술로 가슴을 애무하기 시작했다. 곤두선 유두를 살짝 깨물었을 때 수연은 자기도 모르게 살짝 "아." 하는 소리를 내었다.

"아파요?"

동원이 조심스레 물었다. 수연은 고개를 저었다. 아프지 않았다. 생각지 못했던 감각에 아랫배가 살짝 조이는 느낌

110

이었다. 다시 그가 입술을 내려 유두를 물고 빨다가 자근자근 깨물고는 혀로 쓸었다.

이런 성적인 자극은 처음이라 당황스럽기만 했다. 하지만 그 뒤가 미치도록 궁금했다. 평소의 조심스러운 서수연은 어디로 간 걸까. 밀려드는 감각의 파도가 수연을 더욱 조급하게 만들고 있었다.

그의 손이 스커트 위로 허벅지를 쓰다듬었다. 조심스레 더 안쪽으로 들어가고 싶지만 그녀에게 허락을 구하는 듯이. 강압적이지도 않았고. 다만 분위기 때문이었을까, 그에게서는 언제나 자신을 설득하는 묘한 힘이 발휘되고 있었다.

동원이 그녀의 스커트 지퍼를 내리고 스타킹을 벗기려다 잘되지 않자, 그답지 않게 거친 소리를 내었다.

"젠장, 미안해요. 올 나간 거 같은데."

갑자기 조금 웃겼다. 모든 게 다 능숙할 것 같은데 스타킹이 마음대로 안 되자 짜증을 낸다. 수연이 살짝 웃으면서 일어나 스타킹을 내렸다. 그의 시선이 등 뒤에서 느껴진다. 수연이 스타킹을 내리는 걸 보면서 그도 자기 옷을 벗었다. 이 사람이라면 옷을 벗고 나서 단정하게 개어놓을 것 같은데 그런 건 조금도 신경 쓰지 않고 아무렇게 벗어던져버렸다.

수연이 꾸물꾸물 스타킹을 내리는 게 조급했는지 등 뒤에서 덮쳤다. 목에 뜨거운 입김이 닿더니 그가 스웨터를 그대로 벗겨버렸다. 맨살에 닿는 그의 뜨거운 살과 이제는 익숙해진 그의 남성적인 체향에 수연이 크게 숨을 몰아쉬었다.

"다 벗었어?"

말이 짧았다. 수연이 답하기도 전에 그가 다시 침대로 쓰러뜨렸다. 그는 다른 생각을 할 수 없을 정도로 정열적으로 그녀를 구해왔다. 숨이 격해질 정도의 입맞춤이 오가는 사이에 그의 손이 속옷 속으로 들어왔다.

숨어 있던 작은 구슬을 엄지손가락으로 문질렀다. 수연이 움찔하자 잠시 멈췄지만 다시 문지르면서 조심스레 탐색하듯 중지가 더 아래의 입구를 매만졌다.

성인이니까 아는데도 이 순간이 무서웠다. 그가 실망하면 어쩌지? 아, 어떻게 해야 할까.

꼭 감고 있던 눈을 뜨고 보니 그의 눈 주위가 제법 벌겋다. 그리고 눈이 마주친 게 왠지 부끄러운 듯했다. 그가 긴 손을 들어 자신의 눈을 감겨주었다.

"보지 마요."

"왜요?"

어느새 그의 손가락이 은밀하게 그녀의 몸속으로 비집고 들어와 움직이고 있었다. 조금씩 움직임에 맞춰 촉촉해지고 있었다.

"수연 씨한테 나쁜 짓 하는 내가 창피하니까?"

그 말에 그녀가 작게 웃으려 한 순간, 좁은 통로를 움직

112

이는 낯선 감각에 수연이 짧게 숨을 들이켰다. 분명 조금 불편한 것도 같은데 겪어본 적 없는 감각들이 아랫배에 쌓이는 기분이 들었다.

"지금 당장이라도 들어가고 싶은데 이렇게 좁아서 못 넣겠네요. 수연 씨 아플 거 같아."

그가 불평을 하듯 짧게 투덜거렸다. 손가락이 조금 더 빨리 움직였고 그때마다 수연의 숨이 가빠졌다. 손가락이 어느새 두 개로 늘어나더니 안쪽을 헤집으면서 움직이자 수연은 이제 아무 생각도 들지 않았다. 낯선 감각들이 파도처럼 오가면서 머릿속에서 점점 생각을 날려버리고 있었다.

그는 수연의 반응을 관찰이라도 하는 것처럼 수연의 몸이 들썩거리는 곳을 정확하게 찾아내 집요하게 만졌다. 결국 수연이 입을 벌리고 탄성 같은 신음을 쏟아내고 말았다.

"아…… 하, 하지 마요, 하, 아……."

머릿속이 새하얗게 되었고 몸 깊은 곳에서 퍼져나가는 쾌감에 수연은 숨을 헐떡거렸다.

곧 그의 손이 빠져나가고 그가 허벅지를 벌리면서 몸을 겹치기 시작했다. 뜨겁고 단단한 것이 입구를 찾아 들어오려고 했다. 좁은 입구가 벌어지면서 그것이 채우기 시작했다. 묵직하게 들어오면 올수록 생소한 낯선 고통에 수연이 인상을 찌푸렸다. 아주 천천히, 조심스레 좁은 통로를 채우면서 진입하는 그 순간이 엄청 길게만 느껴졌다. 그리고 그가 짧게 탄성을 내뱉으면서 완전히 자신의 몸으로 수연의 몸을 채워버렸다. 생각보다 더 아팠다.

"아……."

가냘픈 신음을 흘리자 그가 당황한 듯 잠시 멈추었다.

"수연 씨, 너무 죄지 마요."

그게 마음대로 되는 게 아니었다. 그가 잠시 가만히 그녀가 적응할 시간을 기다려주기라도 하는 듯, 얼굴에 자잘하게 키스했다. 몸 깊숙한 곳에 박힌 쐐기가 맥동하는 게 느껴졌다.

그리고 수연이 어느 정도 익숙해졌다 싶을 때 그가 다시 움직이기 시작했다. 몸을 만질 때만 해도 그렇게 다정하고 여유 있던 사람이 갑자기 몸속에 들어오자 달라져버렸다.

"후읏!"

신음 소리를 내면서 그는 그녀의 몸에 매달려 몰아붙였다.

처음엔 단순히 고통스럽기만 했던 것 같은데 그가 움직일 때마다 뭔가 묘한 감각들이 생겨나고 있었다. 단순히 고통스럽지도 않은 낯선 감각들이 파도처럼 계속 온몸에 와서 부딪쳤다. 머릿속이 몽롱했다. 고통과 쾌감의 어딘가에 가 있는 듯하다. 아픈데 짜릿하다.

그녀의 허리를 쥔 손에 힘이 더 들어갔다. 그리고 그가 강하게 거의 자신의 몸 끝까지 밀어 넣기라도 하듯이 그녀

안으로 들어왔다.

안쪽에서 그의 분신이 부풀어 오르는 게 느껴졌다. 수연은 멍하니 자신 몸속의 그가 그대로 자신의 욕망을 쏟아 붓는 걸 알았다.

잠시 후 그가 그녀의 몸에서 떨어지고 등 뒤에서 감싸 안았다.

"아, 저기, 피임……."

"예전에…… 정관수술 했어요. 그리고 성병에 걸릴 정도로 마구잡이로 살지도 않았고."

그가 머뭇거리며 말하자 수연은 안심했다.

자기보다 더 큰 존재에게 안겨 있는 기분은 묘하다.

"왜 말 안 했어요?"

"뭘요?"

"처음이었잖아."

이런 얘기 나누는 것 자체가 부끄러웠다.

"밤에 바에서 일한다고 다 막 사는 거 아니에요."

"그런 얘기가 아니잖아요! 그런 건 미리 말 안 해주면 모르는 거잖아요. 처음부터 말해주면 좀 덜 아프게 하려고 노력이라도……."

"많이 안 아팠어요. 그리고 궁금했어요."

"단지 궁금하기만 했어요?"

수연이 답하지 않고 그에게 희미하게 웃어주었다.

뜨듯한 맨몸에 안겨 있다 보니 바쁘게 일한 하루의 피곤이 막 몰려들었다. 눈꺼풀이 무거웠다.

"졸려요. 집에 가야 하는데…….."

"여기서 나랑 같이 자요."

그가 그녀의 어깨를 꼭 안았다.

그의 가슴에 안겨서 심장 박동이 뛰는 걸 듣는 게 자장가보다 더 감미로운 듯했다. 졸음이 올락 말락 하는 와중에도 그의 손이 다시 음흉하게 그녀의 가슴에 와 닿아 있는 걸 알았다. 조몰락거리는 그의 손이 귀찮을 정도로 피곤하다.

"여자 없으셨나 봐요."

갑자기 그가 그녀의 가슴에 대고 웃어버렸다.

"수연 씨도 남자 없었나 봐요? 왜 하필 나예요?"

그건 수연도 알 수 없었다. 왜 그였을까? 왜 거기서, 안 돼요 하면 그가 놔줬을 걸 알면서도 그냥 있었던 걸까. 자기도 알 수 없었다.

눈을 번쩍 떴을 땐 아직 동이 터오기 전이었다. 희미한 여명 속에 낯선 체온이 느껴지고 누군가 숨을 쉬는 소리가 들렸다. 지난밤의 기억이 돌아오자 순간 얼굴이 화끈 달아올랐다.

전에 바에서 일하던 애 중에서 다른 데서 일할 때 가끔 손님하고 원나잇을 했다는 얘길 하던 애가 있었다.

'아침에 일어나서 얼굴 보는 게 제일 민망해요. 가급적 안 자고 그냥 집에 가는 게 나아요. 어차피 그러려고 만난

거니까. 그래서 늘 새벽에 나와버려요.'

지금은 복잡한 머리는 밀어두고 이 자리를 벗어나야 했다. 옷은 다행히 동원이 정리해서 침대 옆 협탁에 잘 놓아두었는데 어제 스타킹이 찢어졌으니까 다시 신기는 뭐하겠지? 옷이며 가방을 찾아서 들고 살금살금 걸어 나왔다.

안 쓰던 허벅지 근육이 결리고 몸 깊은 곳, 있는 줄도 몰랐던 곳이 쓰라리다. 자신에게 여성이란 한 달에 한 번 찾아오는 그 손님 같은 것 이상도 이하도 아니었다.

한 번도 남자에게 연애 감정을 느낀 적도, 누군가랑 손을 잡거나 안거나 키스하거나 자거나 하고 싶단 생각도 해본 적이 없었다. 왜 이 남자여야 했을까? 왜 몇 번 만나지도 않았고, 절대 손님과는 엮이지 않는다는 자신의 룰을 깨면서까지 이 남자와 자야만 했을까? 얼마 전에 엄마가 돌아가셔서 마음이 허하니까?

계속 머릿속으로 분석을 하면서 기계적으로 옷을 입고 코트 자락을 여몄다. 스타킹은 다시 신을 수 없을 정도로 올이 나가서 맨다리로 집까지 걸어가야 하는 게 좀 걸렸지만 별수 없었다.

건물을 나오자마자 닿는 차가운 공기. 새벽이라 바로 으슬해지고 다리엔 소름이 확 돋았다. 걸음을 빨리해보았다. 다행히 무릎까지 올라오는 부츠 덕에 살이 드러난 부분은 많지 않았다. 그러나 차가운 겨울 공기에 소름이 돋았다. 방금 전까지만 해도 그의 품에서 느낀 온기가 그립기까지

할 정도였다.

그녀와 그는 무슨 사이일까? 그에게는 그녀가 그냥 스쳐 지나가는 여자일까? 아니면 앞으로 만나서 섹스만 할까? 그는 그녀에게 원하는 게 무엇일까? 아니, 그녀가 원하는 것, 갖고 있는 감정, 그게 우선인데 지금은 아무 생각도 나지 않았다. 이런 것에 대한 답은 생각해보지 않았으니까.

· · ·
· • ·
·

출근하면서 계속 문이 열릴 때마다 쳐다보게 되는 건 언제 동원이 나타날지 몰라서였다. 분명 전화번호를 알고 있음에도 휴대전화에 문자 메시지 하나 오지 않았다.

머릿속에 이 남자가 사는 것처럼 계속 떠오른다. 노래의 후렴처럼 머릿속을 떠돌고 샴페인 글라스의 방울처럼 머릿속을 혼란스럽게 한다. 마치 노래 가사처럼.

그러나 그는 계속 나타나지 않았다. 단지 하룻밤이었을까. 그걸 바라면서도 바라지 않는다.

낙심해서 몸이 바닥에 깔리려는 때 그가 나타났다. 새벽 1시쯤이었다.

"오늘은 스트레이트로 주세요."

동원은 평소처럼 카운터 옆 바에 앉았고, 그 바람에 수연의 단골손님처럼 되어서 다른 애들은 당연히 수연이 해줄 줄 알고 메뉴도 갖다주지 않았다. 바에, 그것도 카운터 옆에 앉은 건 수연과 얘기를 하겠다는 강한 의사 표시니까.

동원의 시선이 술을 따르는 수연의 동작을 좇는다. 붉은 색 도발적인 매니큐어를 칠한 하얗고 가느다란 손이 능숙하게 위스키 병을 들고 술을 따른다. 마치 그녀 직업의 정체성을 보여주기라도 하듯. 그녀가 이런 일을 한다고 그 앞에서 과시라도 하는 듯했다.

미묘한 불쾌감이 머릿속에서 작렬한다. 철저하게 이성으로 다스리고 싶은 그의 머릿속이 복잡해졌다.

그리고 잔이 그의 앞 나무 바에 내려앉았고, 그녀는 몸을 돌렸다. 그를 피하려는 듯이.

그때 그녀를 잡으려는 듯이 그의 낮은 목소리가 귓가를 찔렀다.

"왜 그냥 갔어요? 스타킹도 없이 그냥 맨살로 이 추운 날 새벽에 나간 거예요? 왜 사람 바보로 만듭니까?"

평소보다 더 감정이 실려 있는 듯 약간 격하기까지 했다.

"저 여기 직장이에요."

그 말에 동원이 인상을 썼지만 다시 표정을 가다듬었다. 순식간에 얼굴에 있던 분노가 사라지고 평온한 표정이 되는 이 남자가 조금 무섭다고 생각했다.

다행히 승주는 오늘 쉬는 날이라 없었다. 아마 그걸 아니까 이 사람도 이러는 거겠지.

그는 그 뒤 별말 하지 않고 평소처럼 30분가량 앉아 있다 일어났다. 기다려주기를 바랐던 걸까. 그냥 평소처럼 점잖게 인사를 하고 나가는 그의 넓은 등을 원망스레 바라보았다.

마감하고 뒷정리를 하고 나오니 3시 반이었다. 평소라면 아무 생각 없이 기계적으로 집으로 발이 떨어지는데 무슨 일인지 그냥 멍하니 몸이 멈춰졌다.

이 지긋지긋한 겨울은 아직 끝나려면 두 달은 남았다. 올 겨울은 이상하게 100년의 겨울을 다 합쳐놓은 것처럼 추웠다. 마음속의 닻 하나가 떨어져나간 지금 이 상황에선 내년도 기약할 수 없다.

이제 30대 초반. 언제까지 이 일을 할 수 있을까. 기계적으로 살아온 게 10년. 여태 아무 생각도 하지 못했는데 이젠 미래에 대해 고민을 해야 할 때였다. 그동안 너무나 미뤄두고 그저 현실에만 급급했다. 미래를 걱정하면서도 실제로는 코트 속의 울리지 않는 둔탁한 휴대전화 기계를 꼭 쥐었다.

걸음을 떼려는 순간 근처에 주차되어 있던 차가 헤드라이트를 켜고 다가왔다. 은색 세단은 동원의 차였다.

그냥 이대로 몸을 돌려 도망가버릴까. 그러나 내일 가게로 또 찾아오면 오늘 도망간 게 말짱 헛수고다. 도망가고 싶은 마음과는 별개로, 그의 존재를 본능적으로 환영하듯 몸이 차 쪽으로 알아서 움직였다.

"얘기 좀 해요."

수연이 한숨을 쉬고 조수석에 탔다. 미리 난방을 켜놨는지 좀 훈훈했다. 동원은 인공적인 난방을 별로 안 좋아하는지 집도 수연이 갔을 때 따뜻하긴 했지만 그가 자는 방은 서늘했던 기억이었다.

자리에 앉자마자 그가 안전벨트를 매주었다. 그의 긴 몸이 자신 쪽으로 구부러지자 수연은 최대한 몸을 뺐다. 그걸 보고 동원이 더 안색을 굳혔다.

그는 정면을 바라보고 운전을 할 뿐 먼저 입을 열지 않았다. 그리고 그가 자기 집 주차장에 차를 세웠다.

"저 피곤해요. 얘기 빨리 끝내주세요. 그냥 여기서 하는 게 좋을 거 같아요."

동원의 인상이 더욱 안 좋아졌다.

"사람 어디까지 나쁜 놈 만들려고 그래요? 일어났을 때 내가 얼마나 황당했는지 알아요? 간다면 간다고 말하고 가지, 왜 말도 없이 사라지지? 문자라도 주면 좋잖아요."

"그럼 자는 사람 깨우고 가요?"

"왜 살금살금 도망갔는데요? 쪽지라도 남겨놓거나 문자라도 보내놓지."

수연은 그의 시선을 피해버렸다. 그런 수연이 답답하고 화가 나는지 그가 수연의 볼을 쥐더니만 자기 쪽으로 돌렸다. 자조하듯 그가 다정하게 말했다.

"나 당신이랑 섹스하고 싶어서 만나자고 한 거 아니었어."

"그럼 왜 잤는데요?"

"자고 싶었으니까. 당신처럼 매력적인 여자랑 연애해보고 싶은 생각 품으면 안 돼? 연애하면 안 되냐고? 내가 당신한테 호감 가져서 연애해보고 싶다는데 당신도 나 안 싫으니까 만난 거 아니야? 그래서 같이 잔 거고. 나 당신이랑 사귀고 싶다고 말하는 거야. 그냥 하룻밤이 아니라. 아침에 혼자 일어나서 당신 빠져나간 빈자리 보는 내 기분이 어땠는지 알아요?"

수연은 그 생각을 전혀 못 했음을 깨달았다. 그냥 화장도 제대로 지우지 않은 자기가 얼마나 추할까 싶어서 그 모습을 그에게 보여주고 싶지 않았을 뿐이었다. 아침에 일어나서 얼굴 보는 게 창피하고 낯설고 무섭고…….

"그냥 하룻밤 즐기고 버림받았구나, 이 생각 하니 허탈해지더라고. 내가 바보여서 방어막 치는 여자한테 차 마시자고 청하고 일주일에 두세 번씩 시간 내서 찾아가서 술 마시고, 그럴 사람으로 보여? 우리 사귀는 거 아니었어?"

그가 한숨을 길게 내뿜었다. 여전히 시선을 피하고 앞을 바라보고 있던 수연이 말을 꺼내었다.

"원래 크리스마스 케이크란 건 말이죠, 당일 지나면 버려야 해요. 그뿐이었어요. 그러니까 너무 신경 안 쓰셔도 돼요."

입으로 나오는 소리와 마음은 전혀 다르다. 원하지 않는데도 마치 밀어내려는 듯이 이런 말을 한다. 실망하게 될 거야. 상처받을 거야. 그렇게 되지 않으려면 이 남자를 밀어내야 해. 그냥 하룻밤으로 일장춘몽으로 끝나야 해. 자신에게 다짐이라도 하듯.

"내가 크리스마스 케이크란 소리야?"

거의 불을 뿜기 직전이었던 것처럼 얼굴이 벌겋게 달아올랐던 남자가 이젠 오히려 표정이 없어지더니 냉정해졌다.

"아니요. 제가 크리스마스 케이크란 소리였어요. 정동원 씨는 손님이고 저는 그냥 바에서 일하는 여자예요. 괜히 집안에서 저 같은 여자랑 얽힌 거 알면 난리 나실 테니 그냥 이쯤에서 서로 좋게 끝내죠."

"내가 좋아서 만난다는데 뭐라 할 사람 아무도 없어! 당신이 뭐가 어때서? 당신이나 나나 독신이고 성인인데 왜 만나면 안 되는 건데? 나랑 사귀기로 했잖아요? 성인 남녀 둘이 좋아서 잤다는데 그게 무슨 흠이에요?"

그리고 그녀의 볼을 쥐었다. 크고 따뜻한 손이 다정하게 차가운 볼을 잡고 엄지로 쓱 쓸었다. 그와 몸이 더 닿고 싶다는 열망이 일었다.

그리고 그런 감정을 그가 알았다는 듯 순식간에 얼굴을 내렸다. 심술을 부리려고 했는지 살짝 입술을 물었다. 놀란 수연이 아 하고 입술을 살짝 벌린 새 민첩하게 들어온 그의 혀가 온 입안을 휘젓는다. 샴페인 거품처럼 자신의 머릿속을 휘젓던 그가 자신에게 사귀자고 하고 키스한다. 온몸이 술에 취한 것처럼 노곤노곤해지면서 아무 생각도 할 수 없게 되었다.

그와 붙어 있는 몸 쪽에서 시작된 온기가 온몸에 퍼지고, 마치 여름날 오후의 아이스크림처럼 달콤하다. 너무나 감미로워 눈을 뜰 수 없고, 신기루처럼 사라져버릴까 이 순간이 아쉬워 그냥 눈을 감고 그에게 기대었다.

그가 마침내 입을 떼고 그녀를 안았다. 그대로 가슴팍에 안겨 서로의 거친 숨소리만 듣고 있자니 그제야 그가 귓가에 속삭였다.

"몸은 좀 괜찮아요?"

그대로 귀까지 빨개져버렸다. 스커트도 왠지 불편해서 오늘은 간만에 바지에 터틀넥 스웨터를 입었다. 하루 종일 걸을 때마다 여전히 느껴지는 이물감이 불편했다.

"새벽까지 서서 일하는데 몸은 괜찮을까 걱정했어요."

그녀가 그의 시선을 피해버렸다. 귀까지 빨개지고 늘 틀어 올렸던 머리를 풀어서인지 어려 보였다. 창피한지 눈 마주치는 것도 어려워하면서 웃었다. 마음속에 뭔가 복잡한 생각이 솟아나오려 했으나 동원은 그것을 막아버렸다. 여자의 입술을 무례하게 다시 차지해버렸다. 순순히 여자가 입술을 내주었고 그걸로 그는 상념을 잊었다.

동원이 놓아준 것은 어느새 시간이 꽤 지나서였다. 겨울이라 해도 늦게 뜨건만, 어둑어둑해졌던 하늘에 슬며시 여명이 깃들려 하고 있었다.

"집에 데려다줄게. 많이 피곤하지? 어제 늦게 자고."

"동원 씨야말로 내일 병원에 가봐야 하잖아요. 그만 쉬세요."

밤새 나기 시작한 그의 턱수염을 그녀의 가느다란 손가락이 살짝 쓸었다. 다정하게 그의 뺨을 손가락으로 건드리자, 그가 그 손을 잡고 손가락에 키스를 날렸다.

"태워다줄게. 그러니까 잠시만, 잠시만 이러고 있자."

그가 다시 수연을 안고 귓가에 살짝 키스했다. 그냥 서로 심장 고동을 들으며 상처를 핥는 강아지들처럼 잠시라고 생각했지만 꽤 긴 시간을 그러고 있던 듯했다. 그냥 안고서 아무 말도 없이 있는데도 시간은 가고, 아쉽기는 아쉽고, 어떻게 해야 할지 몰랐다. 동원은 내일 나가봐야 할 텐데 이렇게 못 자서 괜찮을까, 걱정은 되지만 그렇다고 보내주고 싶지는 않았다.

결국 동원이 아쉬운 듯 몸을 떼었다. 그리고 차에 시동을 걸면서 긴 한숨을 토해내고 멋쩍게 웃었다.

"다시 10대로 돌아간 거 같네."

그 말에 수연이 희미하게 웃었다. 결국 수연의 집 앞까지 왔는데도 수연이 내리기도 전에 동원이 내려서 조수석 문을 열어주고는, 그녀가 내리자마자 꼭 껴안고 긴 키스를 날렸다.

"날 추워요. 어서 집에 가서 잠깐이라도 주무세요."

"당신도 어서 가서 쉬어. 낮에 전화하든가 메시지 줄게."

그 말에 수연이 부끄럽다는 듯 멋쩍게 웃고 건물 안으로 들어갔다. 그리고 동시에 동원의 얼굴에 떠올라 있던 다정했던 표정이 순식간에 바뀌었다.

수연은 정신을 놓아버린 것 같았다. 그냥 바에 나가는 대신 동원과 같이 있고 싶었다. 매일 만나는데도 매시간 시간이 너무 즐거웠다. 아무런 얘기 하지 않아도 손만 잡고 있어도 몸만 닿아 있어도 느껴지는 행복에 중독이 되어버린 기분이었다.

더 다정하려야 할 수 없는, 그런 다정함에 수연은 녹아내릴 것 같았다. 보글보글 끓어오르는 기포 같은 행복감에 비명을 지르고 싶을 때도 있었고, 못 믿겠어서 볼을 꼬집고 싶을 때도 있었다. 어떻게 이런 사람이 자신을 좋아하나 자괴감에 빠졌다가도 동원의 문자 하나에 그대로 기분이 좋아진다. 하루에 천국과 지옥을 롤러코스터를 탄 듯 오르락내리락했다.

낮에는 계속 문자를 주고받고, 퇴근할 때면 그가 꼬박꼬박 데리러 왔다. 정신을 차려보니 그의 집에서 계속 자게 되었다. 한 번 들어가면 놓아주려 하지 않았다.

"아무래도 나 알코올 중독 될 거 같아."

카운터에 앉아 눈인사를 가볍게 주고받은 뒤에 슬그머니 주위를 둘러보곤 수연에게 말을 꺼낸다.

"왜요?"

수연이 좀 놀랐는지 눈이 동그래졌다.

"당신 보려면 술 마셔야 하잖아."

수연이 어이가 없는지 헛웃음을 쳤다.

"안 마시면 되잖아요. 왜 내 핑계를 대고 있어요."

"아니, 그럼 술집 와서 뭐 마시라고? 승주 씨 눈치도 보이고. 카운터에 앉아서 당신이랑 얘기 좀 할라치면 다 보고 있다고."

눈치 빠른 승주는 뭔가 짐작하는 게 있는 모양이지만 표면상으로는 아직 말은 못 하고 있는 상태였다. 해준이 알게 되면 좋은 얘기가 나오지 않을 텐데 그것도 걱정되었다. 곧 해가 바뀌고 남은 날도 많지 않았다. 거의 10년을 해준과 함께 일했지만, 한 번도 손님과 얽힌 적은 없었다. 어떻게 이럴 수가 있었을까. 그냥 직업적으로 다 스쳐 지나가는 사람일 뿐, 그녀에게는 아무 의미가 없었다. 다 고만고만한 사람들이었고 다 타인이었다.

단지 사장 해준만이 그녀가 아는 사람이었다.

그런데 그는 갑작스레 그녀에게 다가와 무장을 해제시켜버렸다. 높다랗게 쌓아놓은 성에 그대로 침입해서 그녀의 마음을 차지했다. 그는 마치 엄마가 주고 간 크리스마스 선물인 것처럼 느껴졌다.

동원은 바쁜 사람이었다. 아들 병간호 외에도 바쁜 일이 많았다. 출퇴근 시간이 다르다 보니 서로 엇갈릴 때도 많았다. 동원은 절대 수연이 불편할 말이나 행동은 하지 않았다. 눈치라도 보듯 딱 수연이 자르기 직전까지 가곤 했다.

"밤에 일하는 거 힘들지 않아?"

"익숙해져서 괜찮아요."

"그래도 불규칙적으로 일하면 여자 몸에 안 좋다고 해서……."

"괜찮아요."

수연의 단호한 말에 더 이상 말은 못 했다. 그는 그녀가 바를 그만두길 원하는 듯했지만 그걸 입 밖으로 꺼낼 정도로 무모하진 않다는 게 또 장점이기도 했다.

수연은 바를 가득 메운 사람들을 보고 한숨을 내쉬었다. 손님 나가자마자 한 그룹이 와서 주문을 받느라고 잠시 정신이 없었고 이제 숨 좀 고르려던 차였다. 한 해의 마지막 날을 술집에서 보내려는 사람은 많고 또 많았다.

동원은 아들 보고 집에 들어갈 거라고 문자를 보내왔다.

– 마감하기 전에 말해. 태우러 갈게. –

– 어차피 오늘 늦어요. 거의 5시는 돼야 마감해요. 먼저 자요. –

– 기다릴게. –

그는 기다린다고 말하면 진짜 기다렸다.

– 그냥 자요. –

그러나 답이 없었다. 고집도 참…… 그러나 크리스마스

와 마찬가지로 새해도 가게에서 보낸 것이 몇 년째인데, 오늘도 절대 일찍 끝날 리가 없었다.

자꾸 수연이 휴대전화를 들여다보자 승주가 히죽거렸다.

"남자친구예요?"

"주방 설거지 다 끝났나……."

수연이 대답하는 대신 딴청을 피웠다.

"누나, 먼저 들어가보세요. 남자친구 기다리잖아요. 어차피 5시는 돼야 문 닫으니까 일찍 가요. 크리스마스 때에도 누나가 마감했고 이번 주 내내 누나가 마감했잖아요. 매년 누나가 마무리했으니까 올해는 제가 할게요. 일찍 들어가세요."

"아직 손님 많잖아."

"거의 다 갔어요. 이제 올 사람도 없어. 이미 4시 다 되었잖아요. 빨리 들어가요. 나 마음 바뀌기 전에."

"정말 그래도 돼?"

수연이 긴가민가 싶어 승주의 눈치를 보았다.

"그래도 되니 말하는 거지. 사람이 말하면 좀 듣는 척이라도 해요. 가라니까. 누나 가도 된다니까. 여기 나 혼자 있어도 되니까 이제 들어가봐요."

"혹시 무슨 일이라도 있으면 어쩌려고?"

가라고 하니까 마음은 흔들리지만 혹시 사고라도 있을까 걱정이 되어 차마 발을 떼지 못했다.

"한 시간 정도 일찍 들어가는 건데 뭐가 문젠데요? 그냥 내가 뒷정리 할게요."

같이 일한 지 3년이 되었고 승주가 어련히 알아서 잘할 거란 건 알지만 그래도 걱정이 되는 건 사실이었다.

"누나 몇 년 동안 쉰 적 거의 없잖아요. 오늘 한 시간 일찍 들어간다고 무슨 일 없어요. 빨리 들어가요."

승주가 잔소리를 해댔다.

"그래도 출퇴근 시각은 정해져 있는 건데 사장님 아시면 어쩌려고 그래."

"누나 아파서 갔다고 말할 테니까 먼저 들어가요. 한 시간 늦는 건 괜찮고 일찍 들어가면 안 되나. 어서 가라고 할 때 가요. 네?"

승주가 거의 코트랑 가방까지 꺼내주면서 가라고 등을 떠밀었다. 얼떨결에 받아서 나오긴 하면서도 엘리베이터까지 따라 나오는 승주에게 신신당부를 했다.

"승주 씨가 그렇게까지 말하니까 그럼 나 먼저 들어갈게. 정리 잘하고, 혹시 무슨 일 있으면 전화하고. 정말 괜찮은 거지?"

"아, 진짜 괜찮다니까요. 제발 들어가요. 새해 복이나 많이 받고 내년에는 제발 연애를 하든지 시집을 가든지 해요!"

"남이사, 너나 잘해."

마지막 엘리베이터를 탔을 때 들리는 말에 수연이 웃고

말았다. 승주가 손을 흔들어주고 있었다.

엘리베이터 안에서 메시지를 보냈다.

— 저 지금 퇴근해요.

혹시나 싶어서 보낸 거였는데 바로 답이 왔다. 아직 깨어
있던 모양이었다.

— 데리러 갈게. 편의점에 들어가 있어.

— 괜찮아요.

그러나 그의 답은 없었다. 그런 걸 보면 이미 출발한 모
양이었다. 근처 편의점에 들어가 별로 마실 생각도 안 나
는 캔 음료를 산 뒤에 유리 너머에서 그의 차가 나타나길
기다렸다. 5분도 안 되는 동안인데도 심장이 엇박자로 뛰
기 시작한다. 이미 평소의 박자에서 벗어나기 시작한 심장
은 시도 때도 없이 두근거렸다.

그의 차가 보이자마자 수연이 달려 나갔다. 그제도 어제
도 잠깐 본 게 다였다. 그가 운전석 문을 열고 나와 지나가
는 사람이 있건 없건 그녀를 강하게 포옹했다. 마주 안는
게 어려운 일이 아님에도 늘 주저하게 되는 건 두렵기 때문
일 것이다. 사랑하는 것도, 사랑받는 것도 에너지를 써야
하고 감정 소모니까. 언제나 망설이고 또 망설였는데도 그
손을 잡게 된 건 단지 외로워서만이었을까. 어쩌면 이런
사람을 기다리고 있었던 것은 아니고?

"추운데 들어가서 기다리지 그랬어."

"차 오는 거 보고 나온 거예요."

그가 조수석 문을 열고 그녀를 태운 뒤 문을 닫고 운전석에 탔다.

"오늘 자고 가. 그래도 되지?"

그 말에 수연의 얼굴이 살짝 상기되었다. 사실 이날을 위해 백화점에 가서 속옷을 샀다. 손에서 차르르 흐르는 레이스 속옷을 남을 위해 산다는 게 이런 기분인 걸까. 그에게 뭔가 해주고 싶은데 너무나 완벽한 그에게 무얼 해줘야 할지 몰랐다. 받아서 싫어하면 어쩌지? 언제나 주저하게 되고 자신감을 잃게 된다. 완벽하게 쌓아올린 자신의 성이 그 앞에서 해체되어버린다. 무장해제된 채 전전긍긍하는 초라한 자신.

그는 완벽하고 자신만만하고 강하다.

수연은 불완전하고 숨고만 싶고 약하다.

이 둘에게 어떤 미래가 있을 수 있을까? 이 남자는 왜 자신에게 매력을 느끼는 걸까? 그냥 남들보다 약간 더 예뻐서? 그라면 20대 여자를 만나서 결혼하는 게 어렵지 않을 텐데, 왜 하필이면 자신인 걸까? 이런 고민들이 계속 머릿속을 맴돌며 그녀를 괴롭혔다.

어느새인가 차가 멈추어 있었다.

"안 내려요?"

"아, 미안해요. 딴생각 하고 있었어요."

수연이 화들짝 놀라 안전벨트를 풀고 허겁지겁 내리자, 그는 뭔가 불만스러운 듯 바라보았다.

문이 열리자마자 현관 조명이 켜지면서 그의 품에 갇혔다. 신발도 벗지 못한 채 그의 단단한 품에 안겼다.

"내가 얼마나 당신 보고 싶었는지 알아?"

밤이고 낮이고 보고 싶다고 문자를 보내고, 틈만 있으면 전화하고, 그는 정말 다정다감한 남자였다.

"보고 싶어서 계속 바에 찾아가고 싶은데 막상 또 그러면 당신한테 폐가 될 거 같으니까 못 그러겠는 거야. 오늘도 집에 오면서 들러서 보고 싶은데 한창 바쁜데 나까지 끼면 더 정신없겠구나 싶어서 참았어."

귓가에 속삭이는 밀어들에 정신이 몽롱해졌다. 리드미컬하게 낮은 목소리로 절절하게 속삭인다. 이미 조명등은 꺼진 지 오래이고 어두운 데서 그는 한창 그녀를 안고 있었다.

"들어가요."

그제야 그가 그녀를 놓아주었지만 신발을 벗고 마루에 올라서자마자 그대로 무릎과 허리에 손을 넣어서 번쩍 안아 들었다.

"꺅! 뭐하는 거예요!"

놀란 수연이 작게 외쳤지만 그는 그대로 그녀를 안고 방으로 들어갔다. 그대로 침대에 조심스레 내려놓고 자기 코트 단추를 풀더니 의자로 대충 던졌다. 그제야 그가 얼마나 급하게 나왔는지 알았다. 검정색 캐시미어 코트 속에는 셔츠 하나만 입고 있었다. 심지어 양말조차 신지 않은 맨

발이었다. 하얗고 길쭉한 뼈가 보이는 남자의 발.

어느샌가 그의 입술이 자신의 입술을 누르고 열정적인 접촉을 시작했다. 그의 손이 코트의 벨트를 허겁지겁 풀었고, 입고 있는 원피스의 지퍼를 내리고 그대로 팔을 잡아 벗길 때 순순히 협력해주었다. 그 사이에도 입술은 그녀의 입을 떠나지 않았다.

가쁜 숨을 몰아쉬면서도 그에게 몸을 꼭 붙었다. 동그란 가슴의 정점을 희롱하는 그 손, 어두운 조명이지만 몸이 다 보일 텐데 부끄러웠다. 이불 속으로 숨고 싶은데 그는 놓아주려 하지 않았다.

"왜? 추워?"

그는 그녀가 자꾸 숨으려는 게 못마땅한 모양이었다.

"창피해요."

수연이 눈을 피하며 이불로 몸을 가리려 했지만 그가 이불을 확 젖혀버렸다. 그리고 브래지어 끈을 풀어버렸다. 팽팽하게 조여져 있던 속옷이 벗겨지면서 가슴이 흔들리자 그가 갑자기 숨을 들이켰다. 가느다란 허리에 대조된 동그랗게 부푼 가슴, 연한 색의 유두, 하얀 살결.

"보지 마요."

이불 속에 숨으려고 드는 하얀 몸을 그대로 덮쳐버렸다.

어느새인가 다시 입술이 붙고, 그의 손이 가슴을 희롱한다. 그녀의 손도 어느새인가 그의 셔츠 속에 들어가 단단한 등 근육을 느꼈다. 작고 차가운 손이 그의 등뼈를 따라 움직인다.

그가 일어나서 셔츠 단추를 풀어서 뒤로 휙 벗어던졌다. 수연이 누워서 눈을 깜박거렸다. 붉게 달아올라서 눈이 부신 듯 가늘게 눈을 뜨고서 옷을 벗는 그를 바라보았다. 셔츠를 벗은 뒤 벨트를 푸르고 단추를 풀러 바지 역시 벗었다.

그의 남성이 성이 나 있는 건 이미 알고 있었다. 허벅지 근처를 쿡쿡 찌르는 단단하고 뜨거운 게 뭔지 모를 정도로 순진한 나이는 지났다. 몸에 딱 달라붙는 브리프 위로 성이 잔뜩 나 있는 것을 넋 놓고 보다 갑자기 정신이 들어버리면서 이불 속으로 숨어버렸다.

"갑자기 왜 그래요?"

수연은 이불 속에 얼굴을 묻어버리고 그와 눈도 마주치려 하지 않았다.

그대로 동원 역시 이불 속으로 들어와 그녀를 품에 안았다. 등을 돌린 그녀의 가녀린 몸을 자신의 단단한 몸으로 감싸 안았다. 그가 턱으로 벗은 어깨를 문질렀다.

"창피해요? 난 안 창피한데. 내가 수연 씨한테 반응하는 건데 왜 창피해요."

그가 속옷을 마저 벗더니 그녀의 손을 자신의 남성 위로 갖다대었다.

수연은 손에 와 닿는 뜨겁고 단단한 감촉에 잠시 긴장했다. 이렇게 부드러울 거라고는 생각해본 적 없는데 부드럽고 뜨거운 살결이 촉감이 좋았다. 단단하게 솟은 그것을 잡고서 가볍게 흔들자 약간 더 단단해지고 커지는 듯했다.

"아, 그렇게 만지지 마."

약간 낮아진 동원의 목소리가 귓가에 들리자 오싹해졌다.

"아파요?"

잘못 건드렸나 싶어서 수연이 멈칫했다. 그러나 동원이 다시 속삭였다.

"수연 씨 손 더럽히기 싫은데?"

그 말이 무슨 뜻인지 안 수연이 어둠 속에서 더 빨개졌다.

사실 벌거벗고 한 침대에서 서로의 몸을 만지는 것은 아직 낯설고 창피했다. 특히 그의 남성을 만져본 건 오늘이 처음이었다. 그냥 몸에 들어오는 것만 알지 실제로 본 적도, 만져본 적도 없었다. 그녀의 손에 자신을 맡긴 그가 그녀의 움직임에 가볍게 작은 신음을 흘렸다. 그게 짜릿했다.

점점 더 단단하고 커지는 그것이 신기했다.

"생각보다 크네요."

수연이 수줍게 신기한 듯 바라보다 한 소리에 동원이 호탕하게 웃었다.

"그거 나 기분 좋으라고 하는 소리인가?"

"아니, 이렇게 큰 줄 정말 몰랐어요."

얘기나 들었지 이렇게 보고 만지는 건 정말 처음이었다.

이렇게 큰 게 어떻게 몸속으로 들어갈까. 지난번에 아팠던 것도 이해가 갔다. 어떻게 해야 할지 몰라 당황하는 수연의 맘을 그가 알았는지 다시 품에 안고 가슴을 지분거리기 시작했다. 입에 유두를 넣고 핥다가 가볍게 이 사이에 물고 잡아당겼다가 가볍게 깨물었다. 유두는 바로 예민하게 부풀어 올랐다. 이제 쾌락을 아는 몸은 관능에 예민하게 반응하고 있었다.

"수연 씨는 가슴이 약한 거 같아. 살짝만 만져도 너무 예민하게 반응해."

"몰라요."

수연이 토라진 양 몸을 돌리려 했지만 그가 더 빨랐다. 다시 가슴을 크게 한입 물고서 이로 살짝 긁으면서 세게 빨아들였다. 이미 단단하게 서 있는 유두를 그의 이가 건드릴 때마다 아릿한 자극에 입이 벌어졌다.

아래쪽으로 내려간 손은 깊숙한 곳에 숨겨져 있는 진주를 찾아내어 희롱했다. 단단해진 그곳을 검지로 긁어내리자 수연이 작게 신음을 토해내었다. 아래쪽에서 건드리지도 않았는데 애액이 나오는 게 느껴졌다.

곧 중지가 촉촉하게 젖기 시작한 입구로 들어왔다. 벨벳처럼 부드럽고 여리고 따뜻한 곳을 손가락을 맛보면서 조심스레 벌려나갔다.

"아직도 좁아요. 언제쯤 수연 씨는 익숙해질까?"

다급하게 몸을 겹쳤다가 수연이 다칠까 걱정이 되는지

그는 내내 조심스러웠다.

조심스레 움직이던 손이 빨라지고 발끝이 쫘악 펴질 것 같은 감각에 수연이 숨을 헐떡였다.

"해도 돼?"

수연이 고개를 짧게 끄덕이자마자 그가 허벅지를 쥐었다.

다리가 벌어지면서 그가 본격적으로 자신을 그녀의 몸속으로 들이밀기 시작했다. 수연이 몸속 깊이 벌어지면서 뚫리는 듯한 통증에 살짝 인상을 썼다. 그 역시 얼굴이 시뻘겋게 되어서 찌푸린 채였다. 마치 뭔가에 집중한 듯한 표정으로.

"많이 아파?"

익숙하지 않은 그녀가 혹시 고통스럽지 않을까 그는 언제나 조심스러웠다. 전에 지나가는 말로 "나는 수연 씨랑 자는 거 정말 좋은데 수연 씨는 아닐까 그게 좀 걱정돼."라고 한 적도 있었다.

"아니, 괜, 괜찮아요."

헐떡거리면서 말하자 그가 다시 조금 더 자기를 집어넣었다. 몸이 벌어지면서 뜨겁고 단단한 것이 통로를 채우며 들어오자 수연이 숨을 헉 하고 들이켰다.

그는 점점 더 자신의 영역을 넓히면서 빨리 움직이기 시작했다. 열에 들뜬 듯 낮은 신음 소리를 간간이 흘리고 가끔 이름을 다정하게 불렀다. 목소리는 다정한데 몸은 너무나 열정적이어서 따라가기 벅찰 정도였다. 강한 손이 허리를 쥐고서 빠른 속도로 움직이고 있었다.

그때 수연의 가방에 들어 있던 휴대전화가 울리는 소리
가 났다. 방 어딘가에 들어오면서 떨어뜨렸는데 그 안의
휴대전화가 진동으로 시끄럽게 부르르르 떨었다.

"자, 잠시만요."

해준일 것 같다는 생각에 수연이 몸을 빼려 했지만 동원
이 놓아주려 하지 않았다.

그리고 입술에 감미롭게, 그러나 폭풍처럼 키스하기 시
작했다. 어느새인가 진동은 멈췄다.

"전화 안 받는다고 세상이 끝나지도 않지만, 나는 안 돼.
급하면 다시 걸 거야. 잠시만, 잠시만!"

그러면서 그가 그녀의 허리를 쥔 채 놓아주지 않았다. 하
체가 완전히 깔려서 움직일 수도 없었다.

그가 입술을 겹쳐왔다. 아랫입술을 잘근잘근 씹으면서
거의 집어삼키기라도 할 것처럼 수연의 입술을 빨아들였
다. 치아를 뚫고 들어온 혀는 작은 혀를 휘감아버렸다.

다시 그와의 애정 행각에 끌려들어갔고 방금 전 울리던
진동은 잊어버렸다. 머릿속을 채우는 열기에 모든 게 다
날아가버렸다.

그의 움직임은 더 격해졌고 입술마저 봉쇄되어 있어서
숨을 쉴 수가 없었다. 헐떡거리는 머릿속은 이미 감각들
로 녹아내려 아무 생각도 없었다. 그저 감각만이 존재했
다. 몸이 둥실 떠 있는 듯한 감각, 눈앞이 새하얗게 변해버

렸다. 폭죽이 터지듯 온몸의 감각들이 크고 작게 터지면서 절정을 맞이했다.

그 역시 거친 신음과 더불어 목을 들어 탄성을 내뱉었다. 잠시 후 몸속에서 그의 남성이 부풀어 오르더니 사정했다.

여전히 숨 쉬기는 힘들었고 머릿속은 멍했다. 동원이 얼굴을 부드럽게 감싸 안고 코를 비비며 자잘한 키스를 날렸지만 눈을 뜰 기운도 없었다. 그는 쪽 소리를 내면서 입술에 계속해서 키스했다.

정말 사랑받는 게 이런 걸까?

햇살이 눈을 간질였다. 아침까지 자야 하기 때문에 방에 암막 커튼을 쳐놓은 수연의 방에서는 있을 수 없는 일이었다. 인상을 쓰고 눈을 떴을 때 낯선 천장이 위에 보였다. 순간 놀라 일어났을 때 벗고 있는 걸 알았다.

어제 어떻게 잤는지 기억도 나지 않았다. 방을 둘러보아도 옷이 보이지 않았다. 어제 동원이 벗겨서 던져놓은 옷은 어디론가 사라지고 없었다. 옆에 동원조차 없었다. 어쩌지?

시트를 몸에 감은 채 어떻게 해야 할지 몰라서 난감해하고 있을 때 그가 들어왔다. 들고 있는 나무 쟁반에 뜨거운 김이 모락모락 올라오는 잔이 담겨 있었다. 커피 향이 퍼지자 입에 침이 고였다.

"커피로 깨울 참이었는데 수연 씨가 너무 일찍 일어났
어."

"일어나셨으면 깨우지 그러셨어요?"

"너무 곤히 자길래."

어젯밤에 그가 집요하게 괴롭혔으니 피곤했을 법도 했
다.

"저기, 저 제 옷이요. 어디에 치우셨어요?"

그의 시선이 시트 사이로 나온 가슴에 닿아 있었다. 햇빛
한 번 본 적 없는 속살이 햇빛에 빛나고 있었다. 그의 시선
을 느꼈는지 수연이 시선을 슬며시 피했다. 창피해서 볼이
살짝 발그레해졌다.

수연은 여전히 창피해서 시선을 피하며 이불로 몸을 가
리려 했지만 그의 손이 더 빨랐다.

"왜 감춰?"

"창피해요."

"예쁜데 왜?"

아래로 숙일 때 제법 무게감이 있는 가슴이 밑으로 쏠리
자 그의 시선이 급박하게 변했다.

동원이 쟁반을 탁자 위에 놓고 앉았다. 수연과 거의 몸이
붙을 정도로 마주했다. 위로 볼록하게 나와 있는 가슴선을
그의 기다란 손끝이 쓰윽 훑는다. 체온이 다른 손끝이 느
릿하게 가슴 언저리를 맴돌다가 시트 속으로 들어갔다.

수연은 마치 자동차 불빛 아래 사로잡힌 동물처럼 동원의 눈만을 바라보고 있었다. 그가 시트를 내려버리자 수연이 헉 하고 작은 소리를 내었다. 정신을 차리고 몸을 가리려 했지만 그가 더 빨랐다.

"배 많이 고파?"

"아, 아뇨."

그 말을 한 건 수연의 실수였다.

그대로 자신의 몸 쪽으로 끌어당겨서 맨 어깨에 턱을 비볐다. 막 면도를 한 수염에 어깨가 쓸리자 수연이 살짝 비명을 질렀다.

"꺅! 간지러워요!"

"그러라고 한 거야."

그가 다시 턱으로 어깨를 부비부비하더니만 얼굴을 쥐고 입술을 겹쳤다. 지난밤으로는 부족했는지 다시 손이 가슴 쪽으로 내려갔다. 간밤에 괴롭힘을 당할 대로 당해서 예민해져 있던 작은 유두를 엄지로 쓸다 검지와 중지 사이에 끼고 잡아당겼다.

살짝 홍조를 띠기 시작한 수연의 볼을 쓸면서 입술을 부비던 그가 몸을 떼었다.

"이런!"

"왜요?"

"곰국 올려놨는데 다 졸았겠네."

"곰국요?"

"수연 씨 떡국 끓여주려고 국물 내놨거든."

그가 아쉬워하면서 수연을 놓아주었지만 손은 가슴을 떠나지 못하고서 계속 만지작거리고 있었다.

"그런데 제 옷은 어디다 두셨어요?"

"맞다. 잠시만."

그가 드레스 룸에서 쇼핑백을 몇 개 들고 왔다.

"이게 뭐예요?"

"설빔."

"네?"

"수연 씨 설빔. 입어봐. 잘 맞나?"

그가 내민 쇼핑백은 하나가 아니었다. 속옷 세트부터 원 피스, 스타킹, 그에 맞는 가방, 심지어 귀걸이도 들어 있었다.

"하율이 옷 사러 갔다 수연 씨 것도 사 온 거야."

아들 이름이 하율인 건 알고 있었다. 울림이 좋은 이름이다.

"뭐해? 입어봐."

멍하게 바라보고 있는 수연을 재촉했다.

"나 부엌에 나가 있을 테니까 입어봐."

동원이 나간 뒤에도 수연은 멍하니 침대 시트 위에 펼쳐 져 있는 옷들을 바라봤다.

부드러운 새틴에 레이스가 달린 속옷은 평소에 면으로 된 단색으로 된 것만 입는 수연의 취향에 너무 화려했다.

레이스가 까슬거리지도 않고 보드라웠다. 새틴 리본도 귀엽기까지 하다.

"다 입었어?"

밖에서 동원이 재촉하는 소리가 들리자 허둥지둥 입기 시작했다.

박스에 들어 있는 것은 하얀 셔츠 원피스였다. 무릎 바로 위까지 오는 풍성한 하얀 셔츠였다. 언젠가 자고 일어나서 그의 셔츠를 입은 적이 있었다.

"맘에 들어? 지난번에 내 셔츠 입은 거 잘 어울리더라고. 그래서 백화점 간 김에 그 브랜드 가서 물어보니 여성복으로 나온 게 마침 있더라고."

어색하게 입고 나온 수연을 보면서 그가 마음에 든다는 듯 흡족한 미소를 지었다. 그는 몸에 적당하게 피트되는 검정색 캐시미어 스웨터에 베이지색 치노 팬츠를 입고 있었다. 마치 잡지 모델처럼 국자를 들고 서 있는 남자가 너무 이 세상 사람 같지 않아서 눈을 깜빡거렸다.

이런 사람은 수연 월드에는 존재하지 않는다. 마치 인형의 세계에라도 들어온 듯 낯설었다.

"고마워요. 난 준비 못 했는데…….."

"별 걸 다. 그냥 수연 씨 자체가 내겐 선물이야. 새해 복 많이 받아."

그가 국자를 내려놓고 그녀의 이마에 살짝 키스하면서 인사했다.

"구두도 맞춰주고 싶었는데 신발 사주면 그거 신고 도망간다고 해서 안 샀어."

그 말에 수연이 자기도 모르게 웃어버렸다.

간단하게 아침을 먹고 나서 거실에서 커피 한 잔 하려고 할 때 거실 탁자 위에 따지 않은 와인 병과 카나페용 크래커 등이 놓인 것을 보게 되었다.

"이게 뭐예요?"

그가 멋쩍게 말했다.

"어제 사실 와인을 따고 근사하게 해피 뉴 이어 하고 싶었는데 어쩌다 보니 이렇게 되었네."

"아깝네요."

"그럼 지금이라도 와인 한 잔 할까?"

"아직 정오도 안 됐어요."

"낮술 할 수도 있지 뭘 그래? 과음만 안 하면 되지."

"이거 나중에 따요. 아까워요. 한 잔만 마실 건데."

병의 라벨을 읽은 수연은 부담스러워했지만 동원은 전혀 신경 쓰지 않았다. 그가 능숙하게 오프너로 와인 병을 따버렸다.

"이미 땄으니까 한 잔 마셔요."

불룩한 레드와인용 크리스털 글라스에 와인을 따르고 가볍게 잔을 부딪친다.

옆에 앉은 그가 술을 마시면서 그녀의 어깨에 손을 얹었다. 그리고 잔을 내려놓고 가볍게 입술을 구하자 서로의

145

입에서 같은 와인의 맛과 향이 났다.

"와인이 더 향이 좋은 거 같아."

그 말을 하면서 다시 한 모금 마시고 입술에 키스했다. 입맞춤이 점점 더 진해지면서 그의 손도 또다시 대담하게 움직이기 시작했다.

"옷 구겨져요."

"세탁소에 보내면 돼."

단추를 푸는 손이 다급했다.

"제가 벗을게요. 옷 찢어져요."

"찢어져도 괜찮아. 다시 사면 되니까."

그 말에 살짝 기분이 상했지만 수연은 내색하지 않았다.

햇살 속에 수연이 하얀 셔츠를 벗자 안에서 하얀 실크 슬립이 나왔다. 진줏빛으로 햇살에 빛나는 속살을 보자 그의 눈빛이 진해졌다.

창피하기도 하고 약간 쌀쌀한 듯싶어 수연이 살짝 움츠러들자 그가 모직으로 된 붉은색 체크무늬 블랭킷을 둘러주었다. 까끌한 블랭킷이 어깨에 와 닿고, 그가 그녀의 몸을 자기 쪽으로 끌어들여 바짝 안더니 맨살 어깨에 부드럽게 키스했다. 처음엔 소파에 기대어 있었던 것 같은데 몸이 점점 더 아래로 내려가 결국 푹신한 러그에 묻혔다.

수연의 머리카락을 갖고 장난을 치던 그가 가볍게 물었다. 지난번에 지나가는 말로 꺼낸 뒤로 두 번째였다.

살짝 수연이 긴장했다.

"일하는 거 재밌어?"

"일을 재미로 하나요?"

"재미없는 일을 왜 해?"

배 속이 차가워지는 기분이었다. 목구멍에 뭔가 찬 듯한 답답함을 수연은 억지로 눌렀다.

"먹고살려면 일해야 돼요. 갑자기 그 얘기는 왜 꺼내요?"

"그냥 계속 같이 있고 싶어서. 밤에 당신 일하니까 못 보는 것도 불편하고 해서."

"다 이렇게 살잖아요."

"뭐 그렇긴 하지."

그는 수긍하며 더 이상 아무 말도 하지 않았다. 그러나 수연은 자신이 밤에 일하는 걸 그가 좋아하지 않음을 직감했다. 곧 그 얘기도 나올 것이고, 그러면 그 일로 충돌하다 헤어지게 되는 걸까.

하지만 곧 그 생각도 그가 다시 입술을 구하면서 어딘가로 사라져버렸다. 두툼하고 온도가 다른 입술이 달콤하게 그녀에게서 이성을 앗아가버렸다. 꿈속에서 헤매는 것처럼, 머릿속의 뇌수가 녹아내린 것처럼 아무 생각도 못 하게 되어버렸다.

/

4. I Can't Believe You're In Love With Me

/

　해준은 문을 열자마자 당연히 나올 수연이 나오지 않자 살짝 당황했다. 가게 안을 훑어보았지만 익숙한 수연의 모습은 보이지 않았다.

　"수연 씨는?"

　수연을 대신해서 카운터 앞에 있는 승주에게 수연의 행방을 물었다.

　"누나 일찍 들어가라고 했어요."

　"왜?"

　"몸이 좀 안 좋은 거 같아서요."

　"그래? 왜 나한테 전활 안 했지?"

　수연의 성격이라면 전화해서 보고하는 게 정상이었다. 수연에게 완전히 일임해놓은 상태라, 해준은 놀러 와서 술이나 좀 마시다 가는 정도고 사실 바에는 거의 신경을 쓰지 않았다. 그가 신경 쓰지 않아도 알아서 잘 굴러가고 있으니까.

　"들어간 지 얼마 안 됐어요. 시간이 좀 그래서 연락 못 했겠죠. 사장님 주무실지도 모르고. 누나가 좀 컨디션이 안 좋은지 오늘 좀 피곤해서 제가 먼저 들어가라고 했어요. 어차피 5시에 마감하는데 한 시간 정도는 괜찮을 거 같아서요."

"많이 안 좋아?"

"그냥 두통이라고 하는데…… 아시잖아요. 누나는 정말 쓰러져서 실려 가기 전까진 아무 말 안 하는 거."

실제로 독감인데 억지로 출근했다가 고열로 쓰러져서 응급실 신세를 진 적이 있었다. 그렇게 일찍 들어가면 해준에게 문자라도 보낼 텐데, 별 연락도 없이 일찍 간 게 걸렸다. 뭔가 이상하다 싶었지만 해준은 별말 하지 않았다. 그래, 처음 있는 땡땡이인데 이거 갖고 뭐라고 할 순 없지. 그런데 뭔가 좀 이상했다. 그가 오자 좀 당황한 승주도 그렇고.

수연이 없는 바는 낯설었다. 이 바의 시작과 함께 수연이 있었으니까. 정말 아픈 걸까. 승주는 뭔가 켕기는 게 있는 것처럼 그의 시선을 피하기까지 했다.

수연과 함께한 지 거의 10년이었다.

처음 수연과 만난 곳은 잔뜩 취해서 대충 들어갔던 모던 바였다. 그냥 같이 놀던 놈들이랑 몇 차인지 모르는 술을 마시고 다 집에 간 상태에서 택시를 잡으려다 왠지 한 잔 더 마시고 싶어 눈에 띄는 아무 데나 들어갔다.

다들 앞에 손님이 앉아 있는데 나무 테이블 너머에 서 있는 여자애 하나만 손님이 없었다. 그 자리에 앉자 여자가 메뉴를 건넸다.

진한 화장이 어울리지 않을 정도로 앳된 티가 확 났다. 근무한 지 얼마 안 되었는지 주문받는 것부터가 좀 어설펐다. 어차피 이런 바에서 제대로 된 걸 기대한 게 아니기 때문에 그는 별 신경 쓰지 않았다.

"너 몇 살이니?"

"스물이요."

그에게 칵테일을 내미는 여자애의 손톱은 보통 아가씨들이 길게 길러 매니큐어를 칠한 것과 반대로 단정하게 정리되어 있었다.

"정말이야?"

"민증 보여드려요?"

붉게 칠한 입술을 뾰족하게 내밀며 뾰로통하게 답했다. 그런데 그 눈은 겁에 질린 듯이 촉촉하게 젖어 있었다.

"일한 지 얼마 안 됐나 봐?"

여자애는 답을 하지 않았다. 그러나 겁먹은 듯한 눈이 긍정을 표시했다.

"여기 알바 시급 잘 줘?"

"네, 다른 데보다 나아요."

보통 20대 초반 여자아이 특유의 발랄함과는 거리가 먼 가라앉은 듯한 목소리였다.

"돈 벌어서 뭐 하게? 가방 사고 싶어 여기 왔니?"

그 말에 여자애가 눈을 깜박거렸다.

"가방이요? 가방을 왜 사요?"

웃음이 품 하고 나왔다.

"그럼 왜 왔는데? 학비 벌러?"

여자애가 욱했는지 눈빛에서 겁이 조금 사라졌다.

"먹고살려고요."

"편의점 알바 해도 먹고살 돈 나와."

"편의점 알바 시급이나 아세요?"

여자애가 속이 상했는지 빠르게 쏘아붙였다.

"2,500원. 법적 기준 최저 시급은 3,100원."

그 말에 좀 놀란 표정을 지었다.

"편의점 알바 밤에 하고 오후에는 패스트푸드 가고, 하면 나름대로 돈 백만 원 넘게 벌 수 있어."

"그걸로는 턱도 없어요."

"왜? 너 혼자라면 충분히 살 수 있잖아."

"다른 데 들어가는 돈이 있으면 얘기가 달라지죠."

세상 다 산 여자 같은 표정으로 덤덤하게 말했다.

"어디에? 원룸 월세?"

"아니요."

"그럼 혹시 가족이라도 부양해?"

"네. 엄마요."

"엄마는 돈 못 버시나 보네? 아니면 집에 빚이라도 많아?"

"지금 병원에…… 계세요."

"무슨 신파 영화라도 찍니?"

그의 비아냥거림에 여자애는 그다지 신경 쓰지 않았다.

"그러게 말이에요."

세상 다 산 여자처럼 여자애가 한숨을 쉬었다. 자존심이 강한 듯한 여자애는 그래도 그에게 동정을 호소하거나 하진 않았다. 술잔이 비면 눈치 빠르게 채워주었고 물도 갖다주곤 했다.

"엄마 많이 아프셔?"

"정신이 많이 아프시죠."

처음 보는 낯선 해준에게 어린 수연은 아무렇지 않게 말했다. 암이에요, 라고 하면서 울었으면 오히려 그렇구나, 하면서 달래주는 척이라도 했을지도 모른다. 그러나 수연은 그에게 싸구려 동정은 바라지도 않았다.

"정신병원에 장기 입원 중이세요. 나오면 그냥 죽을 거라서요."

별거 아닌 듯 말하는 여자애의 표정이 둔하디둔한 해준의 심장을 직격했다.

"다른 가족 없어?"

"아버지가 있었는데 재혼해서 이제 가족 아니에요."

이제 스무 살인 여자애. 세상에 혼자 서 있었다. 스물두 살 때 장해준은 뭘 했더라. 친구들이랑 술 마시고 사고 쳐서 아버지한테서 골프채로 맞을 뻔한 기억밖에 없었더랬지. 지금도 부모님 재산이나 까먹으면서 한량으로 사는 인생이었다. 그는 순수하게 수연에게 감탄하고 있었다.

"낮에는 무슨 일 해?"

"패스트푸드점요. 그나마 대기업이 잘 챙겨줘요."

"학교는?"

"……그만뒀어요."

수연이 체념한 표정을 짓는 것을 놓치지 않았다. 학교 계속 다니고 싶었구나. 그는 대충 졸업한 대학에 미련이 없는데 이 여자애는 엄마 병원비 때문에 대학도, 인생도 모두 포기했다.

"왜?"

당연히 돈이 없어서겠지.

"휴학해도 돌아갈 수 있을 거 같지 않아서요. 미련 안 가지려고 그냥 그만뒀어요. 엄마 언제 퇴원하시게 될지도 모르고요. 입원이라서 건강보험 적용돼도 돈이 많이 들어요. 죄송해요. 괜히 술맛 잡치는 얘기 계속 한 거 같네요."

어색하게 웃는 어린 수연이 뇌리에 깊이 각인되었다. 아픈 엄마도 못 버리고 짊어지고 가는 여자애라면 같이 일해 보는 것도 나쁘지 않겠다고 생각했다.

그날 얘기가 되어서 수연은 해준이 막 열려고 준비 중이던 바에 서버로 취직하게 되었다. 해준은 수연에게 제법 큰돈을 빌려줬고 수연은 계속해서 월급을 받아 돈을 갚았다.

그때부터 수연은 해준의 오른팔이었으며 믿고 의지할 만한 사업 파트너였다. 바가 자리 잡은 뒤에 수연에게 이 가게를 맡기고서 그는 다른 일을 벌였고, 수연은 그가 필요할 때마다 옆에서 비서처럼 도왔다. 이젠 이 가게는 그냥 용돈벌이나 취미 생활 정도였고, 여기저기 있는 빌딩이나, 투자, 레스토랑 등 돈 나올 구석은 많았다.

수연이 없는 인생은 이제 생각할 수 없었다. 그녀는 전 부인보다도 더 잘 그의 속내를 읽었다. 부모님의 강요로 선봐서 결혼했던 부인보다는 수연과 있을 때 마음이 더 편했다. 수연이라면 의리 때문에라도 그가 결혼하자고 하면 바로 고개를 끄덕였겠지.

지금 어디에 있는 걸까? 진짜 아픈 걸까?

요즘 들어 붕 뜬 눈빛으로 허공을 바라보던 수연을 생각하자 한숨이 나왔다.

며칠 전에 수연이 웃는 것을 보았는데 심장이 덜컥 멈추는 줄 알았다. 익숙해서 그냥 옆에 있던 수수한 정원의 화초인 줄 알았는데 만개한 꽃처럼 화사하게 웃는 수연은 그가 알던 평소의 그녀가 아니었다. 더 은밀했고 더 화사했다. 가지가 꺾일 듯 만개한 여름 장미처럼 공기 중에 그 향을 내뿜고 있었다. 평소에 희미하던 인상이 선명해지고, 창백한 듯 하얀 볼에 혈색이 감돌았다. 장밋빛 혈색, 반짝거리는 눈. 그게 무엇을 뜻하는지는 그 역시 알 만한 나이였다.

여자가 예뻐지는 데 '사랑' 외에 뭐가 있겠는가.

너무 어려서, 그리고 아랫사람은 건드리는 게 아니란 고집 때문에 여태까지는 수연에 대한 호감 같은 걸 눌렀다. 이제 갖고 싶은 건 꼭 가져야 직성이 풀리는 사람답게 해준은 그녀를 낚아챌 생각을 했다.

탁자 위에 놓아둔 휴대전화가 부르르 떨렸다. 전화 올 데가 몇 군데 없지만 습관상 꺼내놓긴 했다. AV룸에서 동원이 영화를 보자는 핑계는 대었지만 키스가 깊어지고 있었다. 수연이 휴대전화를 집어 들자 그가 등 뒤에서 투덜거렸다.

아니나 다를까, 해준이었다. 수연이 정색을 하는 걸 보고 동원이 등 뒤에서 목덜미를 애무하다 말고 멈추었다.

– 어디야?

잠시 말이 없었다.

"……집이요."

수연이 가볍게 인사를 건넸지만 눈치 빠른 장해준은 말이 끊겼다.

등 뒤에 있는 동원은 수연이 전화를 받는 걸 못마땅해하고 있었다. 일부러 입고 있는 스웨터를 들추고 목에 긴 입맞춤을 남겼다.

– 새벽에 갔더니 퇴근했더라고. 몸 안 좋다면서? 괜찮은 거야? 전화도 안 받고.

그제야 사장이 새벽에 다녀간 걸 알았다. 나중에 출근하면 승주랑 말 맞추는 작업이 있어야 할 것 같단 생각이 들었다. 한 번도 그런 일이 없었는데.

지난 새벽에 온 전화가 갑자기 기억이 났다. 서수연 정말 정신없구나.

"별거 아니에요. 그냥 가벼운 두통이 있었는데 승주 씨가 오버했어요."

– 그래? 그럼 다행이고.

잠시 둘 다 아무 말이 없었다. 그리고 동원의 입술은 계속해서 수연의 목에 자국을 남기기 바빴다. 아랫배에서 퍼져나가는 열기에 수연이 눈을 지그시 감았다.

– 나와!

"네?"

– 같이 저녁 먹자고.

그러나 수연은 아무 말도 없었다.

– 왜, 싫어? 아님 선약이라도 있니?

"……네. 죄송해요."

– 아냐, 괜찮아. 갑자기 저녁 먹자고 한 내가 잘못했지. 그럼 저녁 잘 먹고 쉬어. 내일 봐.

그 말을 한 해준은 전화를 그냥 끊어버렸다.

"전화 받는데 왜 난처하게……."

말은 그대로 입술에 막혀버렸다. 그대로 얼굴을 안고 동원이 입술을 구해왔다. 자연스레 머릿속에서 방금 전 전화는 그대로 잊혔다.

전화를 끊고 난 해준은 인상을 썼다. 아무래도 뭔가 이상
했다. 중간에 가끔 나던 쌕쌕거리던 호흡. 설마 남자랑 같
이 있었던 걸까?

수연이 노는 여자애였다면 쉽게 접근했을 것이다. 하지
만 오랫동안 지켜봤던 수연은 얌전한 성격에 말수도 많지
않은 편이고 너무 조심성이 많았다. 연약하고 섬세한 레이
스 같으면서 의외로 단단하고 꼿꼿했다. 꼿꼿하게 편 허리
선이나 단정하지만 절도 있는 그 태도, 늘 예절을 중시하
는 자세 같은 게 마음에 들었다. 한 번도 앓는 소리 안 하고
사생활과 일을 엄격하게 분리하며 늘 성실했다.

그 조용한 성정 속에 숨어 있는 삶에 대한 열정이나 우직
함, 아마도 그가 좋아하는 건 그런 점이었던 듯하다. 그 자
리에 버티고 서서 자기가 해야 한다고 생각하는 일은 다 했
다. 가끔 너무 무리하는 게 아닌가 싶기도 하지만 어떻게
든 해내는 그 고집이 대단하게 느껴졌다.

지난 10년 동안 수연은 계속 엄마 병원비를 대고 그와 함
께 일하며 살았다.

그런 수연이 변하고 있었다.

정말 남자라도 생긴 거니?

해준이 들어오자 수연이 환한 표정으로 반겼다. 평온해 보이는 얼굴, 평소와 같은 듯, 다른 듯, 그러나 어딘가 미묘하게 환해진 얼굴. 역시 연애인 걸까. 해준은 잠시 머뭇거렸다. 그답지 않게.

"수연 씨."

"네, 사장님."

"연애하니?"

"네?"

수연의 얼굴이 새빨갛게 달아올랐다. 그걸 본 해준의 표정이 굳었다.

"연애, 하냐고 내가 묻잖아."

대답은 들어봤자였는데 굳이 확인한 이유는 무엇일까.

"네."

"자주 오는 그 손님이지?"

몇 번 해준도 지나가면서 동원을 본 터였다. 바 스툴에 앉아 있는 남자는 키핑한 위스키만 마시고 수연이나 승주와 잠시 잡담을 나누다 사라지곤 했다. 그 사람을 해준이 눈여겨본 이유는 하나였다. 그런 사람은 여기 올 이유가 없었다. 승주와 얘기하면서도 수연을 좇는 눈동자. 분명 수연이 알아서 잘라내겠지 싶었는데…….

정곡을 찔린 수연은 이제 귀며 목까지 벌게져버렸다.

"그 사람은 아니야."

"네?"

어딘가 광신도처럼 맹목적으로 수연의 움직임을 좇는 그 남자가 해준은 수상했다. 분명 돈 과시하려고 오는 이 동네에 많은 한량은 아니었다. 8학군에서 태어나 자란 해준이 학창 시절부터 보아왔던 부류 중 하나였다. 분명 신상을 털면 겹치는 사람 한둘은 나올 듯한. 그러나 과연 좋은 사람일까? 그 나이대 남자가 독신일 가능성도 별로 없었고, 독신이라고 해도 수연을 진지하게 상대할 리가 없었다.

"그 사람 조심하라고."

"왜요? 나쁜 분 아니에요."

순진하게 되물으면서 제 남자라고 벌써부터 감싸는 꼴에 왠지 기분이 상해버렸다. 지금의 수연에겐 어떤 말을 해도 소귀에 경 읽기겠지.

"그럼 말고."

그 말을 한 해준이 털썩 일어섰다.

"나 간다."

"네, 그럼 들어가세요."

해준은 인사도 안 받고 그냥 나와버렸다.

끊었던 담배 생각이 나 편의점에서 담배 한 갑을 샀다. 그 남자를 어디선가 본 듯한데 어디서 보았는지 통 기억이 나지 않았다. 어디더라? 뭔가 자신과 동류인 듯 은수저를 물고 태어나 자란 듯한 아우라 같은 게 있었다. 그런 집안 배경이라면 수연에게 관심을 가지는 것 자체가 뭔가 이상했다.

해준만 해도 수연에게 호감이 있었다. 그러나 수연은 그가 술집에서 만난 여자애였고 부모님한테 소개할 만한 아가씨가 아니었기에, 갖고 있던 호감을 접었다. 차라리 수연이 손쉬운 여자였다면 가볍게 놀고 정리했겠지. 그러나 수연은 너무 얌전했고 그와 일정 거리를 유지하며 조심성이 많았다.

이제 어떻게 할지 결정했으니 움직여야겠지. 그는 수연이 그를 절대 거절 못 할 거라는 걸 너무나 잘 알았다. 담배가 썼다. 그렇게까지 해야 하는 자기가 구질구질하게 느껴졌다.

동원은 성실하고 다정한 연인이었다. 계속 문자를 주고, 짬만 나면 전화하고, 못 만나는 날에는 전화라도 걸어야 했고, 가끔 피곤한데도 일부러 만나러 와서 잠시라도 얼굴을 보고 갔다. 실제로 매일 만나다시피 했고 반쯤 동거하는 거나 다름없었다. 집에 들어오면 코스처럼 키스하고 침대로 끌려간다. 그런 그의 손을 수연이 살짝 저지했다.

"왜? 싫어?"

"아니, 그게 아니라……."

어딘가 모르게 동원의 표정이 불쾌해 보였다.

"왜?"

"아, 저기⋯⋯."

"저기 뭐?"

동원이 뭔가 기분이 상한 눈치였다.

"왜 그러는데?"

그러면서 허리 아래로 손을 내려서 배 쪽으로 향하자 수연이 슬쩍 몸을 옆으로 빼버렸다. 동원은 이제 완전히 기분이 상한 듯했다. 그는 거절에 익숙하지 않았다.

"생리 시작했어요."

그 말에 동원의 표정이 기묘해졌다. 동원이 정관 수술을 했다고 하는 말에 별달리 피임을 하지 않고 있었다. 약을 먹어야 하나 싶다가도 예전에 생리 조절을 하려고 먹었다가 별로 몸에 안 맞아서 고생했던 기억 때문인지 선뜻 손이 가지는 않았다.

"그래?"

그 말에 동원의 눈에 살짝 기묘한 게 비쳤다 사라졌다. 수연은 그냥 못 하는 게 아쉬워서 그런 거라 생각했다.

"주기가 어떻게 되는데? 당신도 보통 여자들처럼 28일이야?"

"네."

"생리통은 안 심하고?"

수연이 고개를 끄덕였다. 그냥 약간 몸이 무거운 정도지 생리통이 심하지는 않았다.

"이런 얘기 하면 좀 그런데, 주기 일정해?"

"아, 네. 건강해요, 저."

"그렇군."

그가 무슨 생각을 하는지는 모르지만 그녀의 목에 얼굴을 묻었다. 등 뒤에서 감싸 안고 목덜미에 가볍게 키스했다.

그러나 언제나 그를 보면서 마음 한편으로 의구심이 생기는 건 어쩔 수 없었다. 이렇게 괜찮고 잘난 남자가, 아무리 애가 있다지만 왜 자기 같은 여자에게 목을 매는 걸까?

"아."

동원이 목에 이를 세우는 바람에 놀란 수연이 잡념에서 깨어났다.

"지금 딴생각 했지?"

"아니에요. 안 했어요."

"거짓말. 내가 혼자 몸달아하는데 혼자 딴생각이나 하고."

그러면서 그가 다시 목에 얼굴을 묻자 수연이 살짝 그를 밀어내려 했다.

"하지 마요. 지난번에 목에 자국 나서 놀림받았단 말이에요."

별생각 없이 셔츠 위에 브이넥 스웨터를 입고 갔는데 목에 난 자국이 살짝 보였나 보다. 지난번에 승주가 보고 지나가면서 놀렸던 것이다.

「누나 남자친구가 굉장히 열정적인가 보네요.」

동원이 오면 헤실거리면서 놀린 적도 있었다.

"승주 씨가 지난번에 보고 놀랬단 말이에요."

동원은 이미 수연의 말은 무시하고 자기 좋을 대로 움직이고 있었다.

스웨터를 벗겨버리고 등뼈를 타고 내려가면서 입맞춤을 하기 시작하자 수연이 거의 반쯤 자지러졌다.

"꺅, 하지 마요! 아, 아…….'

수연이 짧게 신음하고 몸을 비틀면서 바동거렸지만 동원의 몸에 눌려서 팔만 버둥거릴 뿐이었다. 뜨거운 손이 배를 문지르면서 아프지 말라고 달래주듯 움직인다.

"도, 동원 씨, 잠깐만요, 잠깐만요."

그러나 동원은 들은 척도 하지 않고 수연의 등을 계속 괴롭혔다. 거의 수연이 자지러질 듯이 눈물을 흘릴 때쯤에서야 놓아주었다. 수연이 유독 간지럼을 잘 타는 걸 발견한 후로 그는 뭔가 심술이 나면 꼭 이렇게 등을 괴롭히곤 했다.

수연은 동원을 어떻게든 좀 달래줄 생각에 그냥 화제를 꺼냈다.

"동원 씨, 나 얼마 전에 잡지 봤어요. 무슨 인테리어 잡지에 자기 집 소개되어 있더라고요."

그 말에 배를 문지르던 손이 딱 멈추었다.

며칠 전에 미장원에 파마를 새로 하러 갔다가 기다리면

서 인테리어 잡지를 보게 되었다. 작년 봄 잡지였는데 건축가 정동원이라고 하면서 집이 소개되어 있었다. 아버지에게서 물려받은 집을 수리해서 산다는데 지금 사는 집이 아니었다.

꽤 넓은 단독 주택인데 분위기로 봐서는 강북 언저리에 있는 게 아닌가 싶었다. 그런데 왜 수리를 한다면서 뜬금없이 이 동네에서 사는 걸까.

아무래도 아이가 입원 중이니까 큰 집에서 혼자 살기 싫어서? 그러나 사무실 역시 이 집과는 꽤 먼 동네에 있었다. 그걸 생각하면 이상하다.

"그 집은 수리 들어갔다고 했잖아. 겨울이라 좀 불편해지기도 했고, 하율이 아파서 수리해야 할 데도 있고 소독도 할 겸, 당분간만 살려고 이리 나온 거야."

그가 무뚝뚝하게 받아쳤다.

"지은 지 오래돼서 수리할 데가 많더라고."

분명 잡지에는 싹 수리하고 들어갔다고 했던 것 같은데, 그가 수리 중이라면 수리 중인 거겠지. 그러나 지금 사는 집이 휑하다 싶을 정도로 가구도 없고 별로 사람 사는 집답지 않게 생활감이 부족하다는 걸 생각하면 약간 이상하단 생각을 지울 수가 없었다.

동원은 바쁜지 같이 있을 때에도 일을 하거나 밖에 나가 전화를 하고 오기도 했고, 수연이 출근 준비하러 갈 때면 늘 같이 나가서 어디론가 갔다. 아마도 병원이나 사무실에 가는 것 같은데 자세한 건 말해주지 않았다.

"춥지? 데리러 간대도."

10분도 안 걸리는데 매서운 겨울바람을 맞았더니 볼이
얼얼했다.

"춥다니까 왜 걸어와?"

"얼마 안 되는데 이거라도 걸어야죠."

수연이 살포시 웃었다. 날씨가 영하 10도 이하로 떨어졌
다 이제 다시 영하 5도 정도로 올라왔다.

"어제 자고 가라고 했잖아."

굳이 수연이 집에 간다고 해서 데려다주긴 했지만 그게
내심 못마땅했던 모양이었다.

"오늘 할 일도 있고 해서요."

"밥 안 먹었지? 같이 먹으려고 기다렸어."

동원은 내내 밥을 먹으면서 수연의 눈치를 살폈다.

"일주일에 하루만 쉬는 건 너무 불합리해 보여."

"우리 같은 서비스직은 어쩔 수 없어요."

"다른 일 같은 거 찾으면 안 돼?"

"저 할 줄 아는 게 이런 거밖에 없어서 안 돼요."

"그럼 내가 다른 일 구할 동안 생활비……."

그 순간 수연이 젓가락을 내려놓았다.

"그 얘기는 더 안 하기로 했잖아요."

"난 그냥 당신이 고생하는 거 보고 싶지 않고, 밤에 일하

니까 걱정도 되고 하니까……."

"그래도 난 그거 아니면 돈 못 벌어요."

"왜 내가 있는데 돈 벌 걱정을 해."

"동원 씨가 우리 부모님도 아닌데 왜 날 먹여 살리려고
해요?"

"난 그게 아니라…… 좋아, 그럼 혹시 우리가 결혼하게
되면 일 그만둘 생각 있어?"

"네?"

동원이 남자답게 손마디가 굵고 긴 손가락으로 벨벳에
싸인 박스를 수연 쪽으로 밀었다. 수연이 의아하다는 듯이
눈썹을 슬쩍 찡그렸다.

"이게 뭐예요?"

"열어봐. 열어보면 알잖아."

그는 아무렇지 않게 별것 아닌 양 말했다. 그러나 검정색
뿔테 뒤의 눈은 언제나처럼 그녀가 알 수 없는 기이한 빛
을 띠고서 그녀를 바라보고 있었다. 남자답게 마디가 굵으
면서 긴 손끝이 내미는 벨벳 상자의 촉감이 손에 닿자 오싹
전율이 일었다.

아무렇지 않은 듯 박스를 열자 눈에 들어온 것은 검정색
벨벳 위에 놓인 하얀 플래티넘 밴드였다. 아마도 다이아몬
드일 게 분명한 투명한 보석이 조명에 찬란하게 반짝였다.

"아……."

멍하니 바라보다 정신을 차려버렸다.

"이걸 왜 저에게……."

"결혼하자."

저녁 먹는 내내 그녀를 살피는 듯한 날카로운 눈빛과 어딘가 긴장해 있던 듯한 분위기가 이제야 이해가 갔다.

"네?"

"결혼하자고."

수연은 멍하니 자신의 앞에 있는 남자를 바라보았다. 퇴근하자마자 오라고 해서 오긴 했지만 이런 이벤트를 준비한 줄은 전혀 예상하지 못했다.

그와 만난 지 이제 겨우 두 달 좀 안 되었나, 결혼 생각을 할 정도로 오래 만난 것은 아니었다. 얼굴 알게 된 지 이제 겨우 고작 몇 달, 사귄다고 할 만한 것도 얼마 되지 않았는데 청혼을 해?

여자인 이상 결혼에 대해서 생각한 적은 있었다. 그러나 그냥 막연하게 생각만 해본 것과 반지는 전혀 다르다.

이걸 받아도 되는 걸까.

그녀가 이걸 받아서 그와 같이 가정을 이룰 수 있을까.

"싫어?"

그의 낮고 울림이 좋은 목소리에는 불쾌함이 깔려 있었다.

뭐라고 말을 해야 좋을지 몰라서 목소리가 들려오는 쪽으로 고개를 돌려 그를 바라보았다.

앉아 있어도 그녀보다 머리 하나는 더 큰 커다란 몸이 위협적인 성처럼 그녀 옆에 붙어 앉아 있었다.

단단하고 넓은 가슴, 거기에 그냥 아무 생각 없이 기대어 버리고 싶은 마음이 반, 그러나 이렇게 쉽게 다가온 기회 는 뭔가 이상하다는 생각과 그녀 자신에 대한 불신 때문인 지 쉽게 손이 가지 않는 마음이 반이었다.

마치 그런 생각을 하는 게 싫다는 듯, 그의 큰 손이 어깨 를 감싸 쥐었다. 단단하게 쥐는 따뜻하고 큰 손, 마치 외과 의사의 손처럼 섬세하고 긴 그의 손은 그녀에게 생각지도 못한 많은 즐거움을 안겨준 것이었다.

"이럴 때 딴생각 하면 예의가 아니지. 안 그래, 서수연 씨?"

마치 그녀가 이렇게 딴생각을 하는 게 싫은 듯, 그의 손 에 힘이 살짝 들어가고 그녀를 자신 쪽으로 좀 더 가까이 잡아당겼다. 멍하니 그를 바라보던 수연이 천장의 조명에 눈이 부셔 눈을 감았다. 그리고 그의 입술이 부드럽게 그 녀의 입술을 덮었다.

부드러운 입술 선에 닿은 그의 입술. 자신의 말라터진 입 술에 부드럽고 남자다운 두툼한 입술이 와 닿는다.

부드럽고 조곤조곤하게, 마치 말 대신 입술이 설득하기 라도 하듯, 솜사탕처럼 달콤하게 쪼는 듯한 키스가 계속되 었다. 꿈속에라도 들어간 양 황홀하게. 왜 자기와 결혼해 야 하는지.

지금도 이해할 수 없는 건, 왜 그녀는 그가 말을 걸었을 때 순순히 응했던 걸까 하는 거였다. 여전히 이유는 알 수 없었다. 그것은 인생의 미스터리.

왜 언제나 그의 설득에 쉽게 넘어가야 했을까. 첫 번째 데이트는 아니지만 만났을 때부터, 잠자리까지 언제나 그의 손에 쉽게 함락되곤 했다. 그가 자신의 인생에 미치는 이런 영향력에 거부감이 들 때가 있었지만 그것도 항상 혼자 있을 때뿐, 막상 만나면 그의 카리스마에 또 잊어버리는 것이었다.

다시 자신만의 세상에 빠진 듯한 수연을 이 세상으로 불러오려는 동원의 공격이 다시 거세어졌다. 앙상한 어깨를 쥔 커다란 손이 어느새인가 허리를 가볍게 쥐어 그녀를 그의 다리 위에 앉혀버렸다. 마주 보는 자세가 되었다.

"정말 나랑 결혼하기 싫어?"

부드러운 허스키한 목소리가 묻는다.

"싫은 게 아니라……."

"그럼?"

"그게, 우리 아직 사귄 지 얼마 안 되었고…… 아직 아드님도 아직 몸 안 좋은데……."

"하율이랑 우리 결혼이 무슨 상관이 있는데?"

그의 날카로운 말에 수연은 자기도 모르게 움츠러들었다. 하율의 얘기를 꺼내면 그가 병아리를 지키려고 달려드는 암탉처럼 날카로워지는 걸 잊은 자기가 바보였다.

"난 수연 씨랑 잘 살 자신이 있고 얼마든지 수연 씨 행복하게 해줄 수 있는데, 왜 수연 씨는 싫다고 하는지 안타깝네. 어떻게 해야 내 마음을 믿어줄까? 응?"

그가 볼을 맞대고 코를 문지른다. 높은 코가 자신의 코에 닿는 기분은 이상하다. 그리고 마치 자신의 상한 기분을 대변이라도 하듯 다시 다가온 입술은 거칠었다.

"싫은 게 아니에요."

"그럼?"

"그냥 생각할 시간을 좀……."

"생각할 시간을 달라고 하는 건 거절하기 위한 시간을 버는 거라는 거 몰라?"

그가 매섭게 잘랐다. 그리고 부드러운 입술에 자신의 입술을 눌러버렸다. 폭풍처럼 그녀의 입술을 가르며 들어온 남자의 두툼한 혀가 작은 혀를 찾아내어 휘감아버렸다. 숨을 빼앗아가기라도 하듯 강한 흡입에 숨 쉬는 것조차 잊어버렸다.

감미롭다가도 어느 순간 너무나 열정적이어서, 자신을 잊곤 했다. 지금 그는 설득의 도구로 키스를 사용하고 있었다. 그리고 다시 그녀를 놓아주고는 얼굴을 코앞에 대고 낮고 허스키한 목소리로 속삭였다.

"어서 한다고 말해!"

그의 거친 숨소리가 그도 몹시 흥분했다는 걸 보여주고 있었다. 수연이 작게 고개를 절레절레 저었다. 그동안은 계속 너무나 쉽게 그에게 함락되었지만 결혼만은 그렇게 어물쩍 넘어갈 수 없는 사안이었다.

"조, 좀 더 생각해……."

그 말이 끝나기도 전에 뒷말은 그의 입술에 삼켜져버렸다.

마치 달콤하게, 여기서 더 달콤해질 수 있을까 싶을 정
도로 달콤하게 입술을 휘감아온다. 그리고 그의 커다란 손
이 그녀의 스웨터 속으로 들어가서 속옷 위로 유두를 자극
했다. 얇은 천에 쏠린 부드러운 살이 부풀어 오르자, 그가
냉큼 손을 돌려 브래지어 후크를 풀었다. 그리고 스웨터를
위로 올려서 벗기고 그녀의 가슴을 맛본다.

어느새인가 그녀는 푹신한 소파에 눕혀져 있었다. 그녀
의 온몸을 누비는 혀에 허리가 저절로 휘어버렸다. 허벅지
사이에 들어와 있는 단단한 허벅지가 그녀의 부드러운 살
결을 자극하고, 어느새인가 손이 몸 깊은 곳으로 들어와
자극한다.

참을 수 없을 정도로 넋이 나갔을 때 그가 재차 물었다.

"나랑 결혼해줘, 응?"

이글거리는 눈에는 강한 욕망이 담겨 있었다. 그러나 그
뒤의 무언가 슬픈 표정이 그녀에게 애절하게 호소한다. 언
제나 그렇듯이. 그녀를 함락시키는 것.

그녀가 작게 고개를 끄덕였다. 그 순간 자신의 온 힘을
실기라도 한 듯이 그가 그녀의 몸을 꼭 안고서 돌진해버렸
다.

"아윽!"

자기도 모르게 소리를 작게 질렀지만 그의 귀에는 들리지 않는 듯했다. 폭풍처럼 그의 모든 것에 휘감겨버렸다.

어떻게 잠이 들었는지 기억나지 않을 정도로 열정적으로 안겨버렸다. 분명 시작한 곳은 소파 위였던 것 같은데 어느새인가 정신을 차렸을 때에는 침실의 침대 위였다.

온몸이 두들겨 맞은 듯이 피곤했다. 젖은 솜처럼 가라앉아 있다는 생각을 하면서 멍하니 누워 있었다. 옆에선 아직 동원이 잠들어 있는지 규칙적인 새근거리는 숨소리가 들려왔다. 자신의 배에 얹혀 있는 손, 등 뒤의 뜨뜻한 벗은 몸에서 나는 규칙적인 심장 박동.

결혼하면 매일 일상이 되겠지.

하지만 결혼은…….

그러다 손가락에 닿는 낯선 느낌에 화들짝 놀랐다. 그가 어느새가 손가락에 반지를 끼웠나 보다. 하얀 플래티넘 위의 다이아몬드가 아침 햇살에 반짝였다. 하얀 불꽃을 가만히 손끝으로 쓰다듬었다. 차가운 돌의 감촉, 마치 그처럼 차가운데 그렇게 빛날 수 있는 게 신기하기만 했다. 차갑고 빛나는 돌, 그의 이성적이면서도 열정적인 성질과 닮았다고 생각했다.

⁂

그가 건네주는 오렌지 주스의 유리잔에 왼손 약지에 낀

반지의 다이아몬드가 반사되어 반짝거렸다. 홀린 듯, 신기한 듯 바라보았다.

"날짜는 천천히 잡을 거니까 너무 부담 갖지 마."

소시지를 칼로 썰어 맹렬하게 입에 넣으면서 그가 말했다.

"만약 내가 무르고 싶다면……."

"그럼 언제든지 당신 원할 때 반지 빼도 돼. 그냥 내가 주고 싶어 그러는 거야."

아무렇지 않은 듯 말했지만, 그 말을 하는 순간 위협적으로 눈에 스치던 감정을 수연은 슬쩍 보았다.

"이제 만날 때가 된 거 같은데 하율이 한 번 만나볼래? 퇴원해서 외가에 잠시 가 있는데 곧 집에 데리고 올 거야."

별거 아닌 듯 말하지만 좀 긴장한 듯한 태도였다.

"언제 퇴원했어요?"

"좀 됐어."

그래서 그동안 바빴나. 그런 얘기를 통 안 하는 동원이 원망스러웠다.

"퇴원했으면 퇴원했다고 말 좀 해주지."

"같이 사는 것도 아니고 당신이 신경 쓸 게 없어서."

"지금 외가에 있어요? 왜 동원 씨가 안 데려오고요."

"하율이 외할머니가 좀 데리고 있겠다고 해서. 이제 컨디션도 좀 좋아져서 가벼운 외출은 가능하거든."

"동원 씨 친척들은요?"

173

"우리 부모님은 돌아가신 뒤에 아무래도 별 왕래도 없고, 원래 친척이 많지도 않았어."

그가 딱딱하게 말했다. 이래저래 서로 집안 사정은 대충 얘기했다지만 사실 그에 대해 모르는 게 참 많았다. 수연 쪽은 엄마가 최근에 돌아가셨고 아버지와 연락 끊긴 지 오래라는 것도 지나가면서 말은 꺼내놓았다.

"상견례는 안 해도 되니까, 그냥 결혼 준비만 할까? 사실 식장 잡고 결혼식만 준비하면 거의 할 거 없어. 당신 몸만 들어오면 돼."

별거 아닌 양 말하는 그에게 수연이 살짝 긴장했다. 왠지 그 말에 소름이 돋았다. 이 사람은 진짜 자기와 결혼을 하려고 한다. 그냥 이대로 사귀면 결혼 얘기가 오갈 수 있겠구나 생각은 했지만 이건 너무 급작스러웠다.

"내일 같이 밥 먹으려고. 집으로 부를 거야. 괜찮지?"

"내일 점심에요?"

당장 내일 점심에 하율이를 만나라니 수연이 당황했다.

"너무 급작스러워서 싫어?"

"아, 아니에요. 좀 당황해서요. 알았어요. 내일 들를게요."

실제로 이 결혼을 해야 하는 건지도 몰랐다. 동원은 좋다. 그러나 결혼은 전혀 다른 얘기였다. 이렇게 잘해주는데 왜 수상하게 생각해? 네가 다시 이런 남자 만날 수 있을 줄 알아? 별 볼일 없는 너랑 결혼하려는 게 이상하지 않아? 왜 하필 너지? 이 두 가지 생각이 마음속에서 계속 왔다 갔다 하고 있었다.

"하율이가 괜찮을까요? 난 아무래도 상관없지만……."

"걘, 나더러 데이트 좀 하라고 구박하는 애야. 당신 만날 때부터 얘기했어, 계속. 지난번에 만나는 사람 있다고 얘기했더니 수연 씨 사진 보여달라고 하더라고. 그래서 휴대전화에 있던 같이 찍은 사진 보여줬더니 글쎄, 나한테 뭐라고 했는지 알아? 수연 씨가 나한테 너무 어린 거 아니냐고 하잖아, 그 녀석이!"

"몇 살 차이 안 나잖아요."

"내가 그 얘기도 했지. 그런데도 수연 씨가 너무 어리다고, 아빠 도둑놈 소리 듣겠다느니 뭐니 그런 소릴 하잖아. 당신도 그렇게 생각해?"

"아니요. 다섯 살 차이밖에 안 나잖아요."

"수연 씨가 너무 어려 보이는 거 같아. 아직도 20대로 보이잖아."

수연은 일단 만나기로 하긴 했지만 뭔가 기분이 애매모호했다. 뭐라고 딱 집어서 말할 수는 없지만 그에게 휘둘리면서 그냥 끌려가고 있었다. 마치 피리 부는 사나이에게 끌려가는 하멜른의 어린이들처럼.

동원의 아들, 하율, 해가 바뀌어서 아홉 살, 남자아이. 이게 수연이 아는 전부. 사실 그 또래 애들을 본 적이 없기 때문에 어떻게 대해야 할지 전혀 알지 못했다.

선물을 사야 하나. 그러나 동원의 취향이 워낙 까다롭기도 하고 처음 볼 때 뭘 사줘야 할지도 몰라서 그냥 건너뛰게 되었다. 좀 알게 되면 그때 원하는 걸 사줄 수 있겠지.

집에 들어갔을 때, 하율은 거실 탁자 위에 지그소 퍼즐을 놓고서 맞추고 있었다. 천 피스 정도 되는 거대한 퍼즐 조각들이 큰 탁자에 가득 깔려 있었다.

"하율아, 이리 와. 아빠 여자친구 서수연 씨야. 인사해."

"안녕하세요?"

마스크를 쓰고 있어 웅얼거리는 작은 소리로 하율이 인사를 했다. 머리에 털모자를 쓰고 얼굴 절반을 가리는 마스크를 쓴 남자아이는 마르긴 했지만 키는 제법 컸다. 길쭉한 눈매나 콧대가 제법 높은 게 동원과 많이 닮아서 왠지 친근감이 들었다.

"수연 씨, 가서 손 씻고 가글하고 와요."

수연이 하율에게 손을 내밀자 동원이 질색하며 수연을 화장실로 보내버렸다. 아마도 위생 때문인 모양이었다. 평소에도 집에 오면 무조건 손부터 씻고 나오라고 할 정도로 위생에 철두철미했다. 그런 결벽증도 하율 때문인 모양이었다. 손 씻는 비누도 수술실에서 쓰는 안티 박테리아 세정제일 정도였으니까.

하율은 나이에 비해 키도 큰 듯했고 조숙해 보이는 아이였다. 머리가 다 빠졌는지 모자를 쓰고 있었다. 니트로 된 모자에는 HY라고 이니셜이 박혀 있었다. 동원과 길쭉한 눈이 닮았다. 약 때문인지 몸이나 얼굴이 퉁퉁 부어 있었다. 하지만 미묘하게 시선을 사로잡는 것이, 처음 보는 건데도 묘한 친밀감이 느껴졌다.

좀 어색한 분위기에서 동원이 명랑하게 하율과 수연에게 말을 건네었다. 하율은 그래도 평소처럼 대답도 하고 아빠와 무슨 얘기도 나누고 했지만 낯을 좀 가리는지 수연과는 별다른 얘기를 하지 못했다.

"아빠한테서…… 얘기 많이 들었어요."

수연을 뭐라고 불러야 할지 모르는지 얼버무렸다.

"아빠가 뭐라고 했는지 궁금한데, 아줌마는?"

하율이 뭐라고 부르면 좋을지 수연은 명칭을 알려줬다. 누나라고 하기도 어색한데 아줌마라고 하는 것도 수연의 나이를 생각하면 잘 안 맞는 듯했다. 어쨌든 아빠 여자친구는 하율에게도 좀 어려울 테니.

"예쁘고 좋은 사람요."

"정말 그랬어?"

"아빠같이 재미없는 남자랑 놀아주는데 안 좋은 사람일 리가 없잖아요."

동원이 하율이 말하는 게 어이없는 모양이었다.

"아들, 아빠 여자들한테 인기 많거든?"

"인기 많으면 뭐하나. 금방 재미없다고 다 도망가버리는데. 아빠가 데이트만 하는 거 한두 번 본 것도 아닌데."

177

하율은 엄마가 죽었고 아빠에게 여자친구들이 있다는 것에 별로 신경 쓰는 것 같지 않았다.

"너 그거 외할머니한테 말하지 마. 외할머니 섭섭해하시니까."

"외할머니 나 잡고 계속 물었어. 아빠는 언제쯤 재혼 생각할 거냐고. 나도 아픈데 재혼이라도 해야지, 뭐 이러시더라고. 외삼촌한테만 아빠 여자친구 생겼다고 말했는데 막 꼬치꼬치 묻더라고요. 아빠 재혼할 거래? 물어봤어."

"수연 씨, 내가 이래요. 사방에서 재혼하라고 계속 압력이 들어와서. 외삼촌이 그래서 전화했구먼. 어제 전화해서 한참 괴롭히더라니."

동원이 쓴웃음을 지었다. 동원의 계속된 청혼은 이런 압력에 굴복해서일까.

하율은 컨디션이 별로인지 좀 피곤해 보였다.

"하율이 너 안 피곤해?"

"어, 조금."

아들 컨디션은 기가 막히게 아는지 하율이 하품을 하자 동원이 바로 잠자리를 봐주었다.

"가서 좀 쉬어. 저녁 먹을 때 깨울게."

"그럼 저 좀 쉬다 올게요. 저녁 같이 먹고 가세요, 아줌마."

"그래, 알았어. 잘 쉬어."

하율이 순순히 자러 들어간 뒤, 명랑한 듯하던 동원이 몇 년 늙은 사람처럼 지쳐 보였다. 오빠가 병원에 들어갈 때마다 보던 엄마나 아빠의 표정과 별다를 바 없었다.

결국 오빠가 결국 죽었을 때 엄마는 얼이 빠진 것처럼 멍했고 아빠는 지친 표정으로 조문객을 맞았다. 그리고 그 장례식장에서 할머니가 많은 사람들 있는 데서 수연의 목을 졸랐다. 그 자리에까지 검은색 투피스를 곱게 차려 입고 세 줄짜리 진주목걸이를 우아하게 걸치고 온 할머니는 눈이 뒤집혀져서 정말 수연의 몸에 올라타버렸다.

「네년이 죽었어야 돼, 네년이!」

마치 배우처럼 예쁘게 손수건을 얼굴에 대고서 울고 있던 할머니는 수연이 나타나자 이성을 잃었다. 갑자기 수연을 덮쳤을 때 모두 얼어붙어 보고 있기만 했다. 수연이 목을 졸리면서 바둥거리기 시작할 때에야 비로소 사태가 심각한 걸 알았을 정도였다. 할머니 손아귀가 어찌나 우악스러운지 다들 겨우 떼어냈고 멍은 몇 주나 갔다. 벌벌 떠는 수연을 넋이 나간 엄마는 멍하게 보고만 있었다. 이 세상 일이 아니란 듯이.

아버지가 할머니를 끌어냈고 수연은 결국 오빠 장지까지도 따라가지 못했다. 입원이라는 명목으로 병원에 감금되어 있어야만 했다.

오빠가 죽었고, 엄마와 아빠가 이혼했고, 이제 엄마가

죽었다. 동원 역시 부인이 죽고 아들은 많이 아팠다. 둘이 서로 보듬어줄 수 있다면, 그냥 포기하지 않고 살아갈 희망이라도 줄 수 있다면 좋을 텐데.

"아직 어린데……."

자기도 모르게 수연이 중얼거렸다.

동원이 씁쓸하게 웃었다.

"올해 안에 어떻게든 해야 되는데, 일단 1차 치료에 성공은 했는데 완치는 추가 치료를 통해서만 가능하거든. 가족 간 반만 일치해도 이식이 가능해서 골수 이식을 시도해보려고 했는데 나랑은 그 반도 안 맞았어. 그게 안 돼서 자가로 했는데 이제 그 상태를 봐야 해. HLA라는 게 맞는 사람이 필요한데 아직 등록된 데에서는 없네."

"혹시 제가 해볼까요? 맞을 가능성은 별로 없지만 혹시 모르니 해볼게요."

수연의 말에 그의 눈이 번득였다.

"그래주면 고마운데…… 정말 해볼래?"

"가족도 아닌데 안 맞을 확률이 높겠죠, 아무래도. 그래도 혹시 모르니 해볼게요."

"요즘엔 옛날처럼 뼈에서 바로 척수 뽑는 것도 아니고 그냥 가볍게 수혈하는 식으로 하더라고. 병원에 연락해둘 테니까 내일 같이 가보자."

그 말을 하는 동원의 표정이 좀 밝아졌다. 지금 동원의 태양은 수연이 아니었다. 모든 게 다 하율의 중심으로 움직이는 걸 새삼 깨달았다. 아무리 수연이 동원을 사랑해서 그가 원하는 대로 모든 걸 해주고 싶어도 동원을 최종적으로 행복하게 만들어주는 존재는 하율이었다. 그걸 깨달은 순간 명치를 누가 때린 것 같은 고통이 느껴졌다.

엄마도 오빠바라기였을 뿐, 수연을 봐주지는 않았다. 이 사람도 그런 걸까. 아냐, 그냥 하율이가 아파서겠지. 동원은 그녀에게 절실하게 매달리고 있지 않은가. 계속 결혼하고 싶다고 하면서. 그냥 나랑 있는 것도 좋은 걸 거야. 그런 걸 거야. 마음속에서 뭔가 불안감을 느끼면서도 계속 자신을 설득하려 하는 자체가 이상한 일이라는 걸 머리로는 아는데 가슴으로는 받아들이지 못하고 있었다.

결국 다음 날 병원에는 다녀왔지만 며칠 뒤 결과는 동원이 알려줬다.

"반만 맞아도 가능성이 있었는데 반도 안 맞는다네."

"그럼 이제 어떻게 해요?"

"그냥 기다려야지 뭐."

막연하게 기다려야 하는 게 얼마나 피를 말릴지 차마 무서워서 물어볼 수가 없었다.

　　　　　·　·　·
　　　　　·
　　　　·　　·

수연은 바에 앉아 혼자 자작을 하고 있는 해준에게 다가가 말을 걸었다. 무슨 일이 있는지 12시 넘어 가게에 와서 승주랑 얘기 좀 하더니만 계속 술을 마시고 있었다.

"사장님, 늦었어요."

"어, 늦었네. 벌써 이렇게 됐어."

어지간하면 기다려주고 싶은데 해준은 통 나갈 생각을 하지 않았다.

"지금 퇴근하려고?"

"네. 이제 가봐야죠. 그만 들어가서 쉬세요. 대리기사 부를까요?"

사실 빨리 해준을 보내고 동원에게 가고 싶었다. 단 한 번도 해준이 귀찮다고 생각해본 적이 없는데 오늘은 그랬다.

"차 안 갖고 왔어. 택시 타고 들어가면 돼. 콜 부르지 뭐. 가는 길에 내려줄게."

"안 그러셔도 돼요. 걸어가면 10분인데요, 뭐."

동원이 연락조차 없는 게 신경이 쓰이는데, 가서 잠깐 얼굴이라도 보면 마음이 편안해지려나. 아까 문자로 집에 있다고, 잠시 좀 쉴 거라고 했는데.

"정말 연애해?"

"네?"

"연애하는 거 맞지?"

거기에 뭐라고 답을 해야 할지 몰라 그냥 고개를 끄덕였다.

"결혼할 거야?"

"아직 잘 모르겠어요."

확실히 그랬다. 이제 사귄 지 3개월 정도 되었고, 분명 같이 있으면 좋은데 왠지 떨어져서 이성적으로 생각해보면 뭔가 알 수 없게 되어버리는 기분.

"왜?"

해준이 수연의 눈치를 살피고 있었다.

"만난 지 얼마나 됐다고 벌써 결혼 얘기를 꺼내요."

"원래 남녀 관계 끝은 결혼 아니야? 수연이 넌 결혼 생각 없어?"

"없는 건 아닌데 지금까지는 전혀 생각 못 했죠. 엄마가 병원에 계시고 제가 생활이 안정적이 된 지도 얼마 안 됐고, 모아놓은 돈이 많은 것도 아니고. 이제 슬슬 학교에 다시 다녀도 되지 않을까, 뭐 이런 생각도 했었거든요. 연애는 원래 계획에 없는 일이었어요."

"계획에 없는 일을 할 정도로 그 남자가 좋은 거야?"

그 말에 수연의 얼굴에 살짝 화색이 돌았다.

만약 해준이 사귀자고 했더라면 어땠을까? 예전이라면 의리상 사귈 수도 있었겠지. 그러나 지금은 전혀 달랐다. 좋아하지 않잖아. 동원이 아니라 해준과 손을 잡는다는 생각을 해도 아무 느낌도 들지 않았다.

분명 해준도 잘생기고 돈도 많고 매력적인 남자였다. 178 센티미터의 중키, 헬스클럽에서 적당히 키운 몸, 곱상하고 해사해서 서생 같은데 어떻게 저런 육식 동물이 저런 몸에 갇혀 있는 건지 궁금했다. 무엇보다 해준은 수연이 믿고 의지할 수 있는 남자였다. 그러나 해준과는 연애를 생각할 수가 없었다. 거기에 어떤 차이가 있는지는 모르겠지만.

"이혼은 잘 정리되셨어요?"

"응. 뭐 대충."

"부모님이 많이 상심하셨겠어요."

"다 부모님 업보지. 내가 별로라는데 밀어붙이셨으니 책임지셔야지."

그다지 결혼하고 싶지 않았는데 그냥 밀려서 하듯 한 거였다. 거의 5년을 같이 살았는데, 아이도 없었고 부부 관계도 좋지 않았는데 어떻게 그런 결혼 생활을 이끌고 온 건지 가끔 궁금할 때도 있었다.

"나 닭 쫓던 개 된 거 알아?"

"네?"

"너한테 호감 있어."

수연이 당황한 듯 얼어붙었다. 다시 표정을 가볍게 하고 답했다.

"저도 사장님 좋아해요."

수연이 별일 아닌 양, 가볍게 답하려 했다.

만약 다른 때였다면, 정말 예전에 이런 얘길 했다면 그대로 넘어갔겠지. 격침당했을 거다. 그땐 누군가의 작은 온기라도 그리웠으니까. 한편으로는 동원이 다가왔기 때문에 그대로 넘어간 게 아닌가 하는 자기불신은 어쩔 수 없었

184

다. 누군가 나눠주는 작은 온기 한 조각에도 이렇게 흔들리는 걸까.

"난 지금 여자로서의 서수연이 좋다는 얘길 하고 있는 거야. 서수연 너랑 손잡고 싶고, 서수연 너를 안고 싶다는 소리라고!"

해준답지 않게 살짝 흥분했는지 언성이 올라가 있었다. 그 말에 수연이 잠시 바닥을 내려다보다 시선을 돌려 맑은 눈으로 해준을 바라보았다.

"제가 어떻게 하길 바라세요?"

수연의 덤덤한 반응에 해준이 한숨을 내쉬었다.

"무슨 반응을 바라겠어. 그냥 그렇다는 거지. 수연이 네가 지금 연애하는 중이라는데 거기에 초를 칠 수도 없고, 내가 그동안 너한테 해준 게 얼만데 당장 나랑 사귀어야지, 라고 말할 수 있는 것도 아니잖아."

농담처럼 말은 하지만 뼈가 있었다. 진짜 해준이 그 말을 한다면 어떻게 할까? 그동안 입은 은혜가 있는데 거절할 수 있을까?

"그만 가봐. 문단속은 내가 할 테니까. 나 술 좀 더 마실래."

어쩌면 옆에 있어주길 바라는 걸지도 몰랐다. 그러나 수연의 마음은 해준에게로 향하질 않았다. 아마 그때 수연은 이미 마음속으로 결론을 내린 건지도 몰랐다. 분명 의리상 옆에 있어줘야 하는데 그러고 싶지 않았다.

"네, 그러세요. 그럼 먼저 들어가보겠습니다."

해준이 시키는 대로 나오긴 했는데 기분이 묘했다. 새벽의 싸늘한 공기가 코트를 뚫고 들어왔다. 그때 주머니 속의 휴대전화가 진동했다.

– 어디야? 왜 이렇게 늦어?

어딘가 성마른 듯한 음성이었다.

– 지금 가고 있어요.

그 말에 동원이 아무 말 없이 전화를 끊어버렸다. 심기가 불편한 모양이었다. 휴대전화 액정을 보니 이미 4시가 훨씬 지난 시각이었다.

문 열리는 소리에 그가 서재 문을 열고 나왔다.

"늦었네."

뭔가 기분이 별로 안 좋은 모양이었다. 불퉁한 목소리에서 느껴질 정도로.

"네, 사장님이랑 얘기 좀 하느라고요."

"무슨 얘길 새벽에 해? 지금이 몇 신데? 낮에 만나서 하면 안 될 정도로 중요한 얘기였어?"

그가 평소답지 않게 화를 버럭 내자 수연이 눈치를 슬슬 보았다.

"그냥 돌아가는 일 얘기 좀 하신다고 해서요."

동원에게 사실대로 말했다간 더 큰 소리가 날지도 몰라 대충 둘러댔다. 밤에 나가 일을 하고 술을 팔고 남자를 주

로 상대한다. 한 번도 내색하지 않았지만 그가 자신의 직
업에 대해 신경 쓰고 있다는 걸 수연은 짐작했다.

이미 수염이 좀 많이 올라와서 거뭇거뭇해진 턱선. 안경
속의 눈에 살짝 핏발이 서 있었다.

"피곤하실 텐데 주무시지 그러셨어요?"

"당신이 안 오는데 어떻게 자."

어딘가 신경질적인 태도에 수연이 살짝 긴장했다.

"알았어요. 먼저 좀 쉬고 있어요. 저 씻고 나올게요."

요즘은 계속 새벽에 동원의 집에 왔다가 집에 가서 옷만
갈아입고 출근하는 생활의 연속이었다. 어쩌다 보니 속옷
부터 화장품 등등이 다 이곳에 있게 됐다. 동원은 당연하
다는 듯이 밤에는 자기 집으로 퇴근할 것을 종용했다.

잽싸게 샤워를 하고 나왔을 때에도 동원은 피곤하다면
서 누워 있지도 않고 거실을 서성거리고 있었다. 뭔가 조
급한 듯, 미간을 찌푸린 채 우리에 갇힌 야생동물처럼 어
슬렁거렸다.

"무슨 일 있어요? 기분 안 좋아 보여요."

"기분 안 좋지 않아."

그러나 미간은 여전히 찌푸린 채였다.

머리를 말리려고 드라이어를 들려 하는데 그가 수연을
잡아끌었다.

"머리 좀 말리고요."

수연이 웃으면서 그를 만류했지만 듣지 않았다. 그는 고

집이 세고 참을성이 없었다. 당장 안 들어주면 발을 동동 구르면서 성을 내는 어린애 같을 때도 종종 있었다.

"머리는 나중에 말려도 되잖아."

강한 손이 그대로 제압하듯 끌어안았다.

"5분이면 돼요. 잠깐만요."

수연이 그의 손을 살짝 쳐내려 했지만 그가 더 빨랐다. 그대로 덥석 들어 침대로 던지더니 육중한 몸으로 팔다리를 얽어 제압해버렸다.

"5분도 못 기다려요?"

수연이 살짝 짜증 난 목소리로 만류하려 했지만 그가 못 들은 척 고개를 숙였다.

입술에 닿는 그는 급하고, 거칠었다.

이제 막 자라기 시작한 수염이 여린 살을 스쳐 지날 때마다 따가웠다.

송두리째 빨아들이듯 키스하고 온몸을 오가는 입술과 손길은 조급하기만 했다. 뭐가 그리 급한지 허벅지로 내려간 손이 몸속으로 바로 파고들었다. 건조한 그곳을 그가 거칠게 만져대자 민감한 속살이 쓸렸다.

"아, 아파요."

놀란 수연이 그를 밀어내려 했지만 그는 꿈쩍도 하지 않았다. 그녀의 반항을 막으려는 듯이 다시 그의 입이 그녀의 입을 막아버렸다.

몸속의 손가락이 움직이면서 익숙한 것처럼 애액이 솟

아나자, 이제는 안에서 제멋대로 움직이기 시작했다. 수연은 이제 작은 자극에도 반응하게 되었다. 그가 그렇게 만들어버렸다. 계속 끈질기게 그녀의 몸을 탐닉했고 이제 몸은 쾌락에 익숙해져버렸다.

수연이 새된 소리를 내었지만 그 소리마저 제대로 나가지 못하게 다시 그가 입을 막아버렸다.

"아, 도, 동원 씨!"

수연이 애처롭게 불러봤지만 동원은 멈추지 않았다.

강압적일 정도로 자기의 욕구를 밀어붙이는 적은 많지 않았다. 가급적 부드럽게 그녀를 배려해주는 그였다. 그의 안에 숨겨진 본성인 걸까, 욕심 많은 사내는 순식간에 그녀의 몸에 들어와서 약탈을 시작했다.

그는 이제 그녀의 몸에 대해서는 수연 자신보다 더 잘 아는 듯했다. 어디를 만지면 간지럼을 타고 어디를 어떻게 만져야 신음을 흘리는지 너무 잘 알았다. 조심스러운, 가끔은 과감한 탐색을 거쳐 쌓아 모은 정보를 그는 적극 활용했다.

손이 계속해서 움직여서 작은 쾌감들을 쌓아 올리고 있었다. 아랫배가 묵직해지고 그의 손가락이 움직이면서 내는 소리가 빨라질수록 점점 더 숨쉬기 힘들어졌다. 그리고 참을 수 없는 그 임계치에 다다랐을 때 그대로 폭발해버렸다. 작은 별들이 반짝이듯 그대로 머릿속이 새하얘졌다. 머릿속이 멍해져서 아무 생각도 나지 않았다. 온몸이 잘게

189

경련하는 것만 느껴질 뿐이었다.

그리고 그 순간 그가 골반을 잡고 바로 페니스를 안쪽으로 밀어 넣었다. 묵직하게 들어오기 시작한 그것은 숨 쉴 틈도 없이 움직였다. 평소에는 달콤할 정도로 다정했다면 오늘은 입을 꾹 다문 채 밀어붙이기만 했다. 뭔가 불안에 쫓기는 듯한 거친 몸의 언어에 수연은 그를 어떻게 달래야 할지 몰랐다.

더 슬픈 건, 이런데도 그가 좋다는 것이었다.

그와 함께 있으면 아무것도 생각할 수 없었다. 아니, 그와 떨어져 있어도 그 생각밖에 나지 않았다. 이런 게 사랑인 걸까. 이렇게 하늘 위를, 구름 위를 둥둥 걸어 다니듯 걷는 것일까. 세상이 정말 핑크빛인 걸까. 올겨울은 춥다는데 왜 하나도 안 추운 걸까.

혼자 자는 침대가 외롭다는 생각을 해본 적이 없었는데 이제는 외로웠다.

텅 빈 방에 들어오는 게 싫었고 일요일 저녁에 그와 헤어지는 게 싫었다. 이제 주말은 언제나 그와 함께 보낸다. 평일이면 그가 매일 수연을 차에 태워서 그의 집으로 직행했다가 그녀가 저녁에 출근하기 직전에야 집으로 도로 태워다주곤 했다.

이래도 되는 걸까.

핑크빛 솜사탕에 둘러싸인 것처럼 달콤했다. 그러나 너무 행복한 데서 오는 죄책감과 막연한 불안감이 한기처럼

스멀스멀 올라올 때도 있다. 이게 정말인 걸까? 비현실적
으로 행복하고 완벽한 게 마치 영화 세트와도 같단 생각을
지울 수 없었다.

　도대체 나 같은 여자한테 왜? 내가 돈이 많은 것도 아니
고 어디 쓸모가 있는 것도 아니잖아, 그러면서 애써 스스
로를 달래곤 했지만 불안감은 지울 수 없었다.

5. My funny Valentine

2월 13일의 백화점 지하는 마치 개미굴에 개미가 득시글거리는 것처럼 젊은 여자들로 가득 차 있었다. 밸런타인데이를 맞아 임시 매장에 잘 차려입은 아가씨들이 열심히 초콜릿을 고르고 있었다. 밸런타인데이에 초콜릿을 주는 여자들이 세상에 이렇게 많은 줄 몰랐다. 단 한 번도 이런 데 합류해본 적이 없는데 그동안 받은 게 너무 많아서인지 금년에는 초콜릿 하나라도 주고 싶었다.

처음엔 만들어줄까 싶었는데 도저히 만들 시간을 낼 수가 없었다. 집에 간다고 하면 동원이 따라올 게 분명하니까. 무엇보다도, 요리를 잘하고 취향이 고급스러운 동원이 보고 촌스럽다고 하면 어쩔까 싶어 망설여졌다. 결국 백화점으로 오긴 했는데 뭘 사야 할지 몰라 망설여졌다.

유명 외국 초콜릿 브랜드로 결정하고 난 뒤에 단것을 별로 안 좋아하는 동원의 취향을 감안하고, 하율이 먹을 수 있을지는 모르지만 일단 아이가 좋아할 만한 걸로 두 개 골랐다.

"이거랑 이거 주세요."

"포장해드려요?"

"네. 포장 부탁드릴게요."

매장은 밸런타인데이를 맞아 이벤트로 포장 서비스를 하고 있었다. 점원이 능숙한 손길로 포장하는 걸 보고 있는데 휴대전화가 울렸다.

동원이었다. 오늘 일 때문에 약속이 있어서 나가봐야 한다고 했는데.

"여보세요?"

— 수연 씨, 지금 어디야?

"잠시 볼일 보러 나와 있어요. 왜요?"

— 그 볼일 오래 걸려?

"아뇨. 금방 집에 돌아갈 거예요."

— 다행이다. 미안한데 집에 가서 하율이랑 같이 있어주면 안 돼?

"무슨 일 있어요?"

— 지금 일 때문에 잠시 나와 있는데 내가 집에 갈 때까지 하율이랑 있어주면 돼. 원래 같이 있던 아주머니가 일 때문에 가셔야 하거든. 당신 출근 시간 전까진 갈게. 미안해.

무슨 일인지는 절대 얘기해주지 않는 게 조금은 섭섭했다.

— 아, 네. 제가 가 있을게요, 그럼. 일 마무리하고 천천히 오세요.

— 수연 씨 덕에 살았네. 고마워.

그 말만 하고 바쁜지 뚝 끊어버렸다.

집에 들러 백화점 쇼핑백을 놓고 동원의 집 쪽으로 뛰다시피 갔다. 현관 키패드에 패스워드를 누르고 집에 들어갔다. 기다리고 있던 듯 도우미 아줌마가 뛰어나왔다. 중년의 아주머니가 수연을 보고 웃었다.

"정 사장님 여자친구시군요. 하율이한테서 종종 얘기 들었어요. 하율이가 아가씨 보고 와서 예쁘다고, 아빠 눈 높다고 칭찬을 하더라고요. 더 얘기하고 싶은데 내가 지금 일이 급해서 먼저 가볼게요. 그럼 부탁할게요."

"네, 살펴 가세요."

중년 부인은 급하게 나가버렸다. 수연은 동원에게서 배운 대로 화장실에 가서 손을 씻고 가글을 하고 나왔다.

하율이 시큰둥하게 소파에 누워서 텔레비전에서 하는 애니메이션을 보고 있었다. 지루해서 온몸을 비틀고 있는 게 눈에 보일 정도였다.

"하율이 점심 먹었니?"

"아니요, 아직이요. 아줌마는요?"

"나도 아직 안 먹었어. 우리 같이 점심 먹을까?"

이미 도우미 아줌마가 차려놓고 간 식탁 앞에 둘이 앉았다. 하율은 먹는 양이 많지는 않지만 크게 가리는 것도 없는지 고루고루 잘 먹는 편이긴 했다. 아이가 아프기 때문에 먹지 못하는 게 이렇게 많은지 처음 알았다. 발효식품류도 권장하지 않아서 된장, 요거트, 치즈 등은 잘 주지 않는다고 했다. 생야채나 과일도 절대 그냥 먹어선 안 되고 다 전자레인지에 돌렸다. 차가운 음식 역시 절대 금지였다. 우유는 다 멸균우유로 소포장만 먹였다. 차가운 게 먹고 싶다고 투덜거려도 동원은 절대로 주지 않았다.

하율이 맛없다는 표정으로 대충 밥을 씹으면서 멍하니 창 밖을 바라봤다. 날이 춥다며 동원은 아이를 절대 밖에 내보내지 않았다. 하율이 밖에 나갈 때라고는 병원 갈 때와 건물과 건물 사이의 이동 시밖에 없는데 그것도 차로 이동해서 거의 외부 공기에 노출되는 일이 없었다. 아무리 혼자 게임을 하고 책 읽어도 심심하긴 심심하겠지.

"아줌마랑 밥 먹고 나서 뭐 하고 놀까?"

"갖고 온 책은 다 봐서 볼 것도 더 없어요. 아빠가 이 집에는 만화 별로 안 갖다두거든요. 게임은 너무 많이 한다고 지금 금지 상태예요. 그럼 집에 놀 걸 두든가. 차라리 원래 집에 있지 뭐하러 여기 와 있으라고 하는지 모르겠어요."

하율이 정말 무료하다는 표정을 지었다.

하율이는 평소엔 외가에 가 있다고 했는데?

"아줌마는 가족 있으세요?"

수연이 반찬을 집으려다가 멈췄다.

"지금은 혼자 살아."

사실대로 말할 수는 없었다.

"그럼 가족들은 다른 데 살아요?"

195

어린아이다운 순진함으로 하율이 물었다. 동원이야 대충 알고 있지만 지나가는 말로 잠깐 물어보고 그 뒤로는 전혀 궁금하다는 내색이 없었다. 그리고 자신의 얘기 역시 하지 않았다. 가끔 이렇게 날이 선 듯한 동원의 영역 관리에 섭섭할 때가 있었다. 내가 너에게 묻지 않으니 너도 묻지 말라는 거랄까.

"전에 엄마, 아빠, 오빠 다 있었는데 오빠랑 엄마는 죽었어……."

그 말을 하면서도 사실 좀 신경이 쓰였다.

"오빠는 왜요?"

아무래도 앓는 병이 있어서 그런지 하율이 관심이 많았다.

"감기랑 비슷한 병이 있는데 이건 오래 앓으면 목에 염증이 생겨. 그리고 후유증으로 심장병이 나타날 수 있대. 원래 보통 사람들은 간단하게 약으로 치료할 수 있거든. 근데 오빠는 그 약에 알레르기가 있었던 거야. 보통은 잘 안 죽는데 오빠는 운이 없었던 거지. 일찍 발견했거나, 알레르기가 없었거나, 오빠가 좀 더 건강했으면 살았을 텐데 운이 나빴던 거야, 정말."

감기인 줄 알고 그냥 해열제 정도만 먹였는데 실제로는 인후염이었고 이미 염증이 심장까지 침투해 있는 상황이었다. 후유증으로 류머티스성 심장염이 나타났고 결국 그 걸로 사망했다.

아마도 페니실린 알레르기만 없었더라면 손쉽게 치료할 수 있었을 텐데, 인후염이 심해져서 류머티스성 열이 되었을 때에는 이미 다른 항생제를 써야 했지만 약이 잘 들지 않았다. 몇 년을 앓다가 결국 약해진 오빠의 심장이 멈췄을 때, 오빠의 나이는 열여덟이었고 수연은 열다섯이었다.

"혹시 알레르기가 페니실린이에요?"

"페니실린 알아?"

"저도 페니실린 알레르기 있어요."

수연이 놀라 쳐다보았다.

"페니실린 알레르기가 있어서 감기가 폐렴이 되면 정말 위험하대요. 그래서 아빠는 집에 사람 오면 손 씻게 하고 가글하게 하고 되게 신경 써요."

수연은 머리를 한 대 얻어맞은 듯한 기분이었다.

페니실린 알레르기가 그렇게 흔한 건 아니지 않은가. 그래, 살다 보면 알레르기 있는 사람은 많다. 그런데…… 페니실린 알레르기는 모계 유전이었다. 이걸 수연이 아는 이유는 오빠가 병에 걸렸을 때 집안의 모든 원망이 엄마에게 쏠렸기 때문이었다. 할머니는 하나밖에 없는 손자에게 그런 몹쓸 유전자를 물려준 엄마에게 대놓고 악담을 늘어놓았다.

"아줌마, 괜찮아요?"

수연이 멍한 표정으로 하율을 바라보며 다시 웃으려고 했지만 입가만 움찔거릴 뿐이었다.

"그렇구나. 근데 하율아, 우리 오빠는 진짜 드문 케이스였고 하율이는 오빠보다 더 튼튼했잖아. 오빠는 태어날 때부터 미숙아여서 작고 늘 약했어."

어른들이 그렇게 숙덕거리곤 했다.

오빠가 미숙아로 태어나서 몸이 안 좋았던 거라고, 엄마가 안 좋은 알레르기를 물려줬다고 엄마 탓을 했다.

"저도 한 달인가 일찍 나왔대요. 엄마가 몸이 안 좋아서 일찍 꺼내야 했대요. 그래서 인큐베이터에서 일주일 살고 나온걸요."

하율의 말에 심장이 덜컹했다. 수연이 무슨 말을 할지 몰라서 당황한 기색을 보이자 하율이 오히려 수연을 툭 치면서 웃었다.

"아줌마가 나 힘내라고 그런 말 하는 거 아니까 신경 쓰지 마세요."

아홉 살인데 하율은 이미 어른이었다. 마치 그 나이 때의 수연처럼.

엄마는 죽었고 아빠는 바쁘고 본인은 아프다.

오빠는 죽었고 아빠는 관심이 없고 엄마는 자신을 잊었다.

이런 우울한 이야기는 더 하고 싶어지지 않았다. 마음속이 불편하다. 뭔가 생각날 듯 말 듯한 불안감이 있는데 그게 뭔지 정확하게 모르겠다. 에이, 아닐 거야. 설마 그럴 리가 없잖아.

"나는 엄마가 힘들게 낳은 소중한 아이라고 외삼촌이 그랬어요. 우리 외삼촌은 의사예요. 그래서 병원에 있으면 외삼촌이 가끔 들러서 놀아줘요. 외삼촌이랑 아빠랑 중학교 때부터 친구래요. 그래서 엄마랑도 옛날부터 알고 있었대요. 아, 엄마 얘기 하면 아줌마 듣기 좀 그러려나?"

"아냐, 괜찮아. 하율이 엄마잖아. 하율이 엄마는 어떤 사람이었을지 궁금해. 그러니까 나중에 얘기해줘."

이미 죽은 여자였다. 신경이 안 쓰이는 건 아니지만 죽은 사람과 경쟁할 수는 없었다. 그 여자 이름은 알고 있었다. 설희…… 겨울에 태어났다고 하는 얘기도, 늦가을에 죽었다는 얘기도 들었다.

"아줌마 설거지하고 있을 테니까 잠시 만화 보고 있어."

"네."

수연이 먹고 남은 걸 치우고 있을 때 문이 열리는 소리가 나더니 동원이 들어왔다.

"아빠!"

하율이 달려갔지만 동원이 급하게 화장실로 먼저 들어갔다. 손 씻고 가글하고 옷도 갈아입고 나와야 하율을 만져주겠지.

"정하율, 너 아줌마 안 괴롭히고 잘 놀았어?"

"내가 뭘 괴롭힌다고 그래!"

하율이 불퉁거렸다.

"너, 왜 마스크 안 쓰고 있어? 아빠가 마스크 쓰라고 했지?"

"귀찮단 말이야."

"그러다 감기 걸리면 얼마나 큰일인 줄 알아? 수연 씨, 앞으로 하율이 마스크 벗고 있으면 꼭 쓰게 해주세요."

"네, 그럴게요."

하율이 부루퉁한 표정으로 마스크를 찾아 썼다.

"아빠, 이 집 심심하단 말이야. 게임기도 없고 만화도 다본 거고. 나 심심해."

하율이 짜증이 났는지 떼를 좀 쓰자 동원이 눈을 부라렸다.

"너 지금 패드 내놓으라고 하는 거야?"

"마인크래프트 하고 싶단 말이야."

"아들, 아빠는 걱정돼요. 네가 게임 중독일까 봐. 이제 학교도 돌아가야 하는데 너 이대로 가면 유급이야. 친구들은 다 2학년 올라가는데 너만 1학년 다시 다닐 거야?"

"잉."

입을 내밀었지만 동원은 무시했다.

"일단 공부 40분 하면 게임 30분 하게 해줄게. 수업 진도 따라가야지. 책 갖고 와. 아빠가 옆에서 봐줄 테니까."

"왜 40분이야?"

"수업 한 시간이 40분이니까 그렇지. 빨리 책 갖고 와."

하율이 시큰둥하게 교과서를 갖고 오자 동원이 식탁에 책을 펼치게 하고 옆에 앉았다.

200

두 부자의 대화에서 수연은 철저하게 제외되었다. 일부러는 아니겠지만 하율이 있으면 수연은 언제나 동원에게서 밀려나게 된다. 아마 앞으로도 계속 이러겠지? 분명 동원과 사귀게 될 때 하율이 동원에게 우선일 것을 몰랐던 것은 아니었다. 그런데 이런 상황이 불편한 이유는 뭘까? 하율을 질투라도 하는 걸까?

수연은 착잡한 심정으로 멍하니 잠시 서 있다 결국 인사하고 빠져나오는 수밖에 없었다.

"저 이제 출근 시간 다 되어가니 그만 가볼게요."

"어, 미안해요. 얘기도 못 했네."

"괜찮아요."

수연이 코트를 입자 하율이가 꾸벅 인사를 했다.

"하율이 잘 있어. 그럼 저 가볼게요."

"전화할게."

수연은 고개를 끄덕이긴 했지만 별로 기대하지 않았다. 하율이 집에 와 있으면 동원은 연락도 뜸했고 일단 수연 역시 방문을 자제하게 되었다. 오늘도 혼자 자야 하는 모양이었다.

무엇보다 수연이 서러운 것은 그 둘 사이에서 자기가 불청객이 된 듯한 기분이 들어서였다. 그게 견딜 수가 없었다.

밸런타인데이 당일에도 동원은 바빴다. 오전부터 전화

해서 수연에게 하율을 잠시 부탁했다.

　－ 수연 씨, 내가 좀 오래 외출해야 하는데 하율이랑 같이 있어줄 수 있어?

　간만에 데이트를 기대했는데 그마저도 힘들게 됐다.

　"무슨 일 있어요?"

　－ 일 때문에 미팅해야 하는데 오후에 좀 오래 해야 할 거 같아서. 미안한데 하율이랑 저녁까지 같이 있어줘. 오늘 쉬는 날이잖아. 당신 피곤하면 사람 부르고.

　마지막 말은 약간 퉁명스러웠다.

　"아니에요. 지금 갈게요."

　동원은 간만에 코트에 슈트까지 좀 제대로 차려 입은 걸 보니 뭔가 중요한 미팅인 모양이었다.

　"정하율, 아빠 밖에서 회의하고 올 거니까 아줌마 말 잘 듣고 잘 놀아. 너 게임하는 시간 지켜."

　동원이 수연에게도 주의를 주었다.

　"수연 씨, 정하율 게임 딱 30분만 해야 하니까 30분 넘으면 바로 패드 뺏어요."

　"뭐 하고 놀라고?"

　"너 지난번에 도라에몽 보고 싶다고 해서 도라에몽 만화 책 다 사준 거 기억 안 나? 지난번에 로알드 달 책 사달라고 해서 그것도 사줬잖아. '찰리와 초콜릿 공장' 다 봤어?"

　"아니, 다 못 봤어요."

　"그럼 오늘 '찰리와 초콜릿 공장' 봐. 아빠가 그거 영화

디비디도 사줬는데 아직 안 봤잖아. 그거 오늘 오후에 보
면 되겠네."

동원이 폭풍 같은 잔소리를 한 뒤에 나갔다.

하율이 영화를 보고 싶어 해서 같이 AV룸에서 영화를 보
게 되었다. 전에 이 방에서 첫 키스를 했었지. 그때랑 별로
변한 것도 없어 보였다. 하율이 팝콘을 먹고 싶어 해서 수
연이 전자레인지에 돌려서 갖다 주었다.

하율은 영화를 보면서 계속 수연에게 말을 걸었다.

"아줌마, 언제 우리 아빠랑 결혼해요?"

"어, 글쎄. 아직 아빠랑 사귄 지 얼마 안 돼서 잘 모르겠
네."

"에이, 아빠랑 엄마는 사귄 기간은 짧대요. 아빠가 혼자
사는 거 싫다고 대학 졸업하기도 전에 결혼해서."

일찍 결혼한 건 알고 있었지만 대학 졸업도 하기 전에 결
혼한 건 모르고 있었다.

"할아버지랑 할머니가 아빠 대학 1학년 때 교통사고로
돌아가셔서 아빠가 그때부터 혼자 살았나 봐요. 그래서 엄
마랑 사귀게 된 뒤에 계속 집에 안 가고 외가에서 외삼촌
방에서 같이 자고 그랬대요. 그거 보기 싫어서 외할머니가
빨리 시집보냈다고 했어요. 크크크크. 웃기지 않아요?"

"그런 건 아빠가 말 안 해줘서 전혀 몰랐네."

"아줌마가 진짜 우리 새엄마 됐으면 좋겠어요."

"왜?"

"만약, 정말 만약인데, 저 엄마한테 가면 아빠 혼자 남잖아요. 아빠 혼자 남으면 불쌍하니까 아줌마가 아빠랑 결혼해줬으면 좋겠어요. 아줌마가 동생도 낳아주면 좋겠고요."

어른스러운 하율의 말에 수연은 가슴이 저몄다.

"왜, 옛날이야기에 보면 늘 새엄마가 구박하잖아. 그렇게 되면 어쩌려고 그래?"

수연의 농담에 하율이 화면을 보면서 무심하게 답했다. 화면 안에선 말을 안 듣던 심술궂은 여자애가 블루베리처럼 보라색으로 변해서 굴러다니고 있었다. 하율이 웃긴지 그걸 보면서 낄낄 웃었다.

"상관없어요.

"뭐가 상관없어? 상관 많지."

수연이 웃으면서 너무 덤덤한 태도의 하율더러 되레 뭐라 말했다.

"어차피 엄마도 친엄마가 아니었는데요."

멸균우유에 빨대를 꽂아 하율에게 건네주던 수연의 손이 멈칫했다.

"그걸 하율이가 어떻게 아는데?"

"엄마가 돌아가시기 전에 얘기해줬어요. 엄마 아플 때 내가 엄마 죽지 말라고 엉엉 우니까 귀에 대고 속삭였어요. '하율아, 사실 난 네 친엄마 아니야. 그러니까 네 친엄마가 언젠가 너 찾으러 올 거야. 난 가짜 엄마야. 가짜 엄마가 죽는 거니까 너무 슬퍼하지 마.'라고요."

그 말을 하는 하율의 목소리가 떨렸다.

"에이, 하율이 엄마가 하율이 안 낳았으면 어떻게 세상에 나왔겠니?"

"저도 그런 줄 알았는데, 엄마가 나 낳았잖아, 했더니 엄마 몸에서는 애기가 안 생긴대요. 아빠는 내 친아빠지만 엄마는 내 친엄마 아니랬어요. 어차피 엄마도 친엄마 아니었는데 아줌마가 새엄마가 돼도 뭐 어때요."

듣고 있던 수연의 얼굴이 창백해졌다. 수연이 떨리는 목소리를 가다듬고 창백해진 안색으로 물었다.

"그, 그럼 하율이는 어떻게 태어난 거라니?"

"엄마의 아기 알은 건강하지가 않아서 다른 건강한 아기 알 받아 와서 아빠 몸의 아기 씨앗과 합쳤대요. 나도 책 봐서 아기가 어떻게 태어나는지 알아요."

인공 수정을 했다는 건가, 대리모가 아닌 외부의 난자를 이용한. 그 순간 갑자기 등골에 소름이 오싹 끼쳐왔다. 그 크리스마스이브의 악몽이, 화장실 벽에 붙어 있던 그 스티커 조각이 머릿속을 스치며 등골에 식은땀이 났다.

잊으려 했고 잊었던, 그 과거의 악몽이 이제 형체를 서서히 드러내고 있었다.

수연은 그 악몽 앞에서 너무나 절망스러워서 주저앉고 싶은 기분을 꾹 눌렀다.

지끈거리기 시작한 머리를 눌러 억지로 두통을 참았다.

"아줌마 어디 아파요?"

"아까부터 두통이 좀 있었거든. 미안한데 잠시 혼자 놀래? 나 약 좀 찾아 먹고 있을게."

"네. 저 아이패드 갖고서 게임 30분만 해도 돼요? 마인크래프트 하고 싶은데."

하율이가 또래 남자애처럼 수연을 간절한 표정으로 바라보았다. 분명 동원이 30분은 허락했으니까 괜찮겠지.

수연은 어색한 미소를 지으며 작게 고개를 끄덕였다. 좋아라 아이패드로 놀기 시작하는 하율을 두고 수연은 방을 나왔다.

싱크대에 설거지감이 나와 있었다. 멍하니 기계적인 손놀림으로 설거지를 하기 시작했다. 손은 척척 움직였지만 머릿속은 복잡했다.

머릿속을 채우고 있는 것은 하율이 전 부인의 친아들이 아니라는 사실이었다.

뒤도 안 돌아보고 달렸던 과거가 다시 이렇게 뒤따라왔다. 달처럼 쫓아와 어느새 자신을 앞질러서 저쪽 앞에 서 있다 덮치려 한다.

아이가 알 리 없다. 어쩐지 낯익다고 하지 않았던가. 페니실린 알레르기가 그렇게 흔할 리가 없는데…… 설마, 설마 아니겠지.

그때 보았던 자기와 비슷한 키에 하얗고 고왔던 여자를 생각했다. 여자는 절실한 표정으로 수연을 보았더랬지.

아마도 오랫동안 불임으로 고생했겠지. 굳이 입양을 해

도 되는데 남의 난자를 사서 임신을 해 남자의 아이를 낳아야 할 정도로 여자는 남자를, 남자는 여자를 서로 사랑했나 보다. 아마도 5, 6년 전에 이 가정은 무척 단란하고 예뻤겠지. 훤칠한 아버지에 예쁜 엄마, 그리고 잘생기고 건강한 아들.

가정은 어쩌면 이리도 섬세하고 가냘파서 외부의 작은 사건에도 파삭 하고 깨져서 잘 주저앉는 걸까. 수연은 아주 오래전에 자신이 속했던 그 작은 공동체를 생각했다.

계속 마음에 걸리는 건 하율이 한 얘기. 머릿속에서 메아리치듯 반향하며 퍼져나간다.

수연은 창 밖을 바라보며 한숨을 쉬었다. 늦은 시간에 영하로 내려간 날씨 때문인지 편의점에 찾아오는 사람마저 별로 없었다. 다음 학기 등록을 해야 하는데 등록금 낼 돈도 없다. 학자금 융자를 받으면 되지. 그런데 생활비가 없었다. 그리고.

아, 엄마…….

엄마와 함께 그 집에서 쫓겨난 게 고1 올라가던 해였다.

고3 때 엄마는 첫 번째 자살 시도를 했다. 수면제를 먹은 걸 발견한 수연이 119로 병원에 싣고 가서 위세척을 했다. 그때 알았다. 한국의 의료보험 체제에서 자살은 보험에 해당하지 않았다.

사실 본가에 전화를 했더랬다. 엄마가 두 번째 자살시도를 했을 때 정말 막막했다. 수연은 갓 스무 살이었고 이젠 진짜 돈이 없었다. 나온 지 3년이 넘었는데 여태 기억하고 있는 자신이 신기했다. 제발 아버지가 받길 희망하면서.

그러나 예상 밖으로 우아한 익숙한 목소리가 "네에, 연희동입니다."라고 할 때 소름이 돋았다.

수연은 말이 나오지 않았다.

— 여보세요. 연희동입니다.

신경질적인 목소리. 할머니였다.

"저 수연이에요."

그 말에 할머니가 잠시 침 삼키는 소리가 들렸다.

— 무슨 일이야?

"저 대학 합격했다고요."

할아버지와 아버지가 나온 대학에 합격했다고 알려드리고 싶었다. 의대는 아니지만 같은 학교였다.

"그래? 용건이 그거니? 아버지 오면 내 전해주마."

그리고 바로 전화를 끊을 기색이었다. 다급하게 말했다.

— 할머니, 엄마가 아파요.

"그래서?"

— 엄마 병원비 좀 주시면 안 돼요?"

— 너 지금 나이가 몇이니. 스물이 넘었잖니. 그럼 성인이다. 주민등록증도 나왔지? 네 엄마는 이제 이 집안이랑

연 끊어진 사람인데 왜 그 일을 갖고 여기에 전화하는지 모르겠구나. 네 엄마 건사는 네가 해야지. 안 그러니? 네가 딸이잖아. 딸이 알아서 해야지.

자분자분한 그 목소리에 수연은 등에 소름이 오싹 돋아버렸다.

– 네 아버지 재혼해서 곧 아들도 태어나는데 꼭 지금 전화해야겠니? 좋은 소식도 아니고. 이만 전화 끊어라. 아범에게 전화할 생각은 꿈에도 하지 마라.

그 말을 한 할머니가 전화를 끊고 났을 때부터였던가, 그때는 이미 좁은 집으로 옮긴 뒤였는데 그때부터 엄마는 병원에 입원시키지 않으면 정말 큰일 날 것 같았다.

날이 추워지면서 엄마의 우울증은 더 심해졌다. 이제는 술까지 손을 대는 모양이었다. 소주병 치우는 것도 일이었으니까. 엄마는 점점 밖에 나오지 않게 되었고 나중엔 공황 장애까지 와서 아예 병원에서 심장마비로 죽을 때까지 거의 외출을 하지 않았다.

마침 다음 타임 알바생이 왔다.

"미안, 미안, 남자친구랑 얘기할 게 있어서. 다음엔 빨리 올게."

수연은 입을 꾹 다물고 아무 말 없이 가방을 들고 나왔다. 다음 알바를 할 패스트푸드점 쪽으로 가는데 대학교 정문 앞에 있던 아줌마가 수연의 손에 뭔가 쥐여주는 것이었다. 명함 크기의 작은 광고지에 적혀 있는 새빨간 고딕의 큰 글자.

〈난자 삽니다〉

건강한 여대생의 난자를 구한다는 짤막한 문구와 '후사함'이라는 빨간 글자가 머리에 턱하니 박혔다. 전화번호가 두 개 인쇄되어 있었다.

손에 자기도 모르게 힘이 들어갔다.

난자를 팔면 얼마를 줄까?

돈이, 돈이 간절하게 필요했다.

해선 안 되는 걸 알면서도, 당장 절실하니까 그 작은 종이쪼가리에 신경이 쏠렸다.

그걸로 어떻게든 잠시만이라도 때울 수 있다면 어떻게 되든 상관없다 생각하면서도 막상 전화를 걸게 되지는 않았다. 아무리 그래도 거기까지 떨어질 순 없는 노릇이었다.

아버지한테 전화해볼까? 그러나 다신 연락하지 말라고 했던 할머니의 그 모진 말이, 아버지의 행복한 듯한 얼굴이 가슴을 더 답답하게만 했다. 너는 집안에 화를 불러오는 애니 네 아버지나 이복동생 근처에 얼씬도 말라 하셨다.

유리창에 비친 자신은 안색이 창백해서 한창 피어나는 20대 초반의 나이답지 않게 생활의 고단함이 덕지덕지 붙어 있었다. 이 더럽고 누추한 인생 따위 얼마든지 끝내버리고 싶었던 게 한두 번이 아니었다. 그러나 언제나 작은 얼굴이 떠올라서 아무것도 할 수 없었다. 늘 그 얼굴은 열여덟 살에 머물러 있고 수연만 나이를 먹고 있다.

막상 전화를 건 것은 한참 뒤였다. 더 이상 돈의 압박을 이기지 못해 전화를 걸 수밖에 없었다. 물론 그쪽도 수연의 신상 조사부터 시작해서 난자를 채취하기 전에 질병 검사, 유전 질환 검사, 호르몬 검사와 배란 검사로 난소의 기능도 확인했다. 과정 하나하나가 고통스러웠지만 난자를 뽑게 될 경우에 받게 될 돈 때문에라도 참아야 했다.

생각보다 수연의 난자를 원하는 사람은 빨리 나타났다. 사무실에 잠깐 들르라는 전화가 와서 의뢰인과 만났었다. 여자는 혼자 왔는데 가냘프고 수연보다 약간 작은 키에 여리여리하게 생긴 젊은 여자였다.

"혈액형도 맞고 키나 외모도 고객님이랑 비슷해서 괜찮을 거 같아요. 게다가 학벌도 괜찮고요."

이미 수연의 신상명세서는 다 보았겠지. 그중에 고르고 골랐을 테니까.

여자가 말간 눈으로 수연을 살폈다.

"언제쯤 가능할 거 같아요?"

"바로 병원이랑 스케줄 잡아서 시작하죠, 뭐."

실장이라는 여자가 가볍게 말은 했지만 과정 자체는 생각해보지 못한 고통이었다.

211

보통은 난자를 주사기로 빼내는 것만 생각하기 쉬운데 과정 자체가 고통이었다. 생리가 시작되고 난 뒤 3일에서 5일 이후, 이틀에 한 번꼴로 과배란 유도 호르몬을 주사하거나 알약을 먹는다. 생리 시작 열흘 정도 뒤에 초음파 검사로 난자 상태를 보고, 호르몬 주사를 놓아서 배란을 유도한다. 그리고 수면 마취 후 양쪽 난소에 긴 주삿바늘을 꽂아 난포를 찔러 배란 직전의 난자를 채취한다. 의외로 길고 복잡하며 고통스러운 과정을 거쳐야 했다.

난포 여러 개를 한꺼번에 발달시켜 과배란을 유도하면 난소과자극증후군이라는 병이 생길 수도 있고 복수가 차서 고생하는 경우도, 난소가 붓는 경우도 있다고 의사가 설명해주었다.

다행히 수연은 호르몬 수치가 괜찮아서 주사 대신 알약을 먹을 수 있었고 큰 부작용 같은 게 없었다.

그게 무려 거의 10년 전이었다. 그리고 잊었건만, 어느새 자신의 다리에 그 업보가 매달려 있었다. 돈에 신체를 팔았다는 그 과거는 마치 성매매와 마찬가지로 무겁게 수연의 마음을 억눌렀다. 돈에 난자까지 팔아야 했던 처참한 과거는 뒤에 두고 왔다고 생각했는데……

그날 보았던 여자의 말간 눈이 머릿속을 떠나지 않았다. 너무나 절실하게 그녀를 바라보던 여자의 눈이 동원과 비슷했다.

그 순간 숨이 틱 하니 막혀왔다.

"아닐 거야. 아니어야 돼."

혼잣말을 하고 있을 때 하율이 왔다.

"아줌마 뭐 해요?"

"어, 어, 설거지 했어."

"그거 내일 아줌마가 와서 할 텐데 뭐하러 해요?"

"그냥 심심해서. 게임 다 했어, 벌써?"

"네. 30분 돼서 껐어요."

하율이 칭찬을 바라는 것처럼 자랑스레 말했다.

"어, 벌써 그렇게 됐구나. 아줌마가 몰랐네."

그러고 보니 이 집에 생활감이 없다고 생각한 이유 중 하나가 동원과 관련된 개인적인 물건이 없어서라는 게 생각났다. 흔한 가족사진 액자 하나도 없는 게 이상할 정도였다.

갑자기 확인을 해야 할 것 같은 생각이 들었다. 이대로 물러서서 덮을 수는 없었다. 확인해야만 했다. 입술을 꾹 깨물었다.

"아줌마가 좀 어려운 부탁 해도 돼?"

"뭐요?"

"아줌마가 말이야, 하율이 어릴 적 사진 같은 거 한 번도 못 봐서 궁금하네."

"사진요? 사진 많아요. 잠시만요."

하율이 주방을 나가더니 AV룸에 두고 온 아이패드를 갖고 왔다. 패드에서 사진을 열었다.

213

"이거 제 돌 사진이에요."

젊은 남녀가 아기를 안고 찍은 사진이었다.

지금보다 젊어 보이는 그와 아기 엄마 같지 않게 하얗고 고운 여자가 아직 어린 하율을 안고 있었다. 어린 하율을 안고서 웃고 있는 젊은 여자는 수연이 보고 싶어 하지 않았던 과거의 그 얼굴이었다.

⁕

"늦었네요."

"응, 진짜 중요한 일이었거든. 미안해. 내가 많이 늦었지? 하율이는?"

"자요."

이미 자고도 한참 지났을 시각이었다. 꽤 지쳐 보이는 듯한 얼굴로 찬바람을 묻히고 들어온 그가 수연을 덥석 껴안았다.

수연은 멍하니 그의 품에 안겨 생각했다.

갑작스레 접근해서 사귀자고 하던 동원의 이상한 행동들, 여태 이상하다고 생각만 했던 모든 게 아귀가 맞고 있었다. 오, 맙소사.

동원이 드레스 룸에 가서 옷을 갈아입고 나왔다.

"왜 그래? 무슨 일 있어?"

뭐가 멍한 듯한 수연이 이상했나 보다.

"하율이가 아까 재미있는 이야기를 하더라고요."

수연이 멍하게 이야기를 풀었다.

"뭐라고 했는데?"

그가 지쳤는지 침대에 주저앉았다. 젤을 발라 뒤로 넘겼던 머리가 한 가닥 앞으로 흘러내려와 있었다. 눈 밑이 어두운 게 지친 기색이 역력했고, 그의 지친 미소에 잠시 마음이 흔들리기까지 했다. 아직도 이렇게 보면 좋은데 하율이 한 얘기가 사실이라면…… 그건 확인하고 넘어가야 했다.

"무슨 얘기?"

무심한 듯하면서 눈에 기이한 광채가 돌고 있었다.

"죽은 동원 씨 부인이 친엄마가 아니었다는 소리를 하더라고요."

"뭐?"

그가 매우 당황한 표정을 지었으나 곧 다시 표정을 가다듬었다. 농담이라도 들은 듯 가볍게 말하려 했지만 이미 눈에 띤 예기가 날카로웠다.

"자식, 이상한 소릴 다 해! 하율이가 뭘 잘못 알고 있나 보네."

"하율이는 자기가 인공 수정으로 태어났다고 했어요. 엄마가 죽기 전에 알려줬다고 하더라고요."

동원의 얼굴에 낭패한 기색이 역력했다. 그러자 약간 무뚝뚝하게 답했다.

215

"자식 별걸 다 얘기해. 수연 씨 정말 믿었나 보네. 하율이가 뭔가 오해하고 있는 거야. 내일 좀 긴 얘길 나눠볼게. 왜 그런 생각을 했는지. 하율이 엄마가 자기 죽고 난 뒤에 하율이 걱정을 많이 했는데…… 아마 그래서 그런 소릴 했나 보네."

그건 사실이었다. 죽은 설희가, 천사처럼 마음이 고왔던 그녀가 자신이 죽고 난 뒤 엄마가 죽은 상실감에 괴로워할 하율을 위해 알려준 선의의 진실이었을 것이다. 그러나 동원의 표정은, 그 떨리는 손끝은, 그 눈은 전혀 다른 얘기를 하고 있었다. 왜 하율이는 그걸 이 여자에게! 지금 이 순간에!

"하율이 누구 애예요?"

"당연히 내 아들이지! 아니라면 내가 이렇게 살리려고 갖은 애를 쓰겠어!"

동원이 단호하게 말했다. 뭔가 격앙되어 있는 듯한 긴장된 분위기가 고조되었다.

"그래서 아이 가지려고 하는 중이고요? 아이 가지면 제대혈도, 형제간엔 골수 이식 확률도 높아지죠. 부모 자식 간보다는."

수연이 던진 말에 동원이 아무 말도 하지 못했다. 사실이었으니까.

"그런 이유로 나한테 접근했던 건가요? 왜 하필 나예요?"

216

"내가 당신이랑 만난 건 애 때문 아니라고 했잖아."

동원은 이제 기분이 완전히 나쁜지 전에 본 적 없는 냉정하고 차가운 표정을 짓고 있었다.

"하율이가 페니실린 알레르기더라고요."

"하율이가 그런 것까지 얘기해? 자식, 별소릴 다 하네."

"페니실린 알레르기, 모계 유전인 거 알아요?"

"왜? 무슨 문제라도 있어?"

"오빠가 페니실린 알레르기였어요. 그래서 간단한 감기조차 약을 쓰기가 힘들었죠."

진실의 동심원 한가운데로 가기 위해 수연은 빙빙 돌아서 중심으로 다가가기 시작하고 있었다.

"하율이 처음 봤을 때 왜인지 모르게 낯이 익더라고요. 이상하죠? 나는 없지만 오빠한테 있던 페니실린 알레르기가 있는 것도 그렇고, 혈액형도 같고, 그래서 하율이가 친근하게 느껴지나 봐요. 안 그래요?"

"무슨 말이 하고 싶은데?"

이 집 자체가 연극 무대나 다름없었다. 왜 사람의 온기가 없는지 이해할 것 같았다. 임시로 사는 집이어서가 아니라 무대였기 때문이었다.

"하율이, 누구 애예요?"

"당연히 내 자식이지."

그러나 수연은 물러서지 않았다.

"하율이 생물학적…… 어머니가 누군가요?"

217

동원은 잠시 한숨을 쉬었다. 그러나 이글거리듯 불타오르는 눈은 수연의 눈을 마주 보고 있었다. 눈의 핏줄이 터질 정도로 흥분한 게 눈에 들어왔다. 언제나 침착하고 평온했던 그와 전혀 달랐다. 그녀가 안다고 생각했던 그 사람이 이제 와서 누군지 전혀 알 수 없어졌다.

"정말 알고 싶어? 정말 진실을 알고 싶냐고!"

목에 핏대가 서고 있었다. 움켜쥔 주먹으로 매트리스를 내리쳤다.

수연은 창백해진 얼굴로 바라보았다.

"하율이 엄마는 결혼한 지 얼마 안 되었을 때부터 아이를 갖고 싶어 했어. 1년은 내가 우겨서 피임했지만 그 이후로 피임을 안 해도 아이는 생기지 않았지."

세 살 위인 설희는 서른이 되기 전에 아이를 가져야 한다는 강박증이라도 있는 듯 매달렸다. 배란기에 맞춰서 관계를 가져야 했고, 술 담배는 일절 금지였으며 운동도 해야 했다. 설희 역시 마찬가지였다. 그러나 아이가 생기지 않자 조바심이 생겨 그때부터는 병원에 다니기 시작했다. 원래 생리 주기가 안정적이지 못한 편이었다. 배란일에 맞춰서 과배란을 유도하는 주사를 맞기도 했다.

"당신도 맞아봤으니까 과배란 주사가 어떤지 알 거야. 아침마다 그걸 놓으면 같은 자리는 아니더라도 비슷한 자리니까 그 자리가 시커멓게 되면서 단단해지지. 그리고 복통도 생기고. 온몸이 팅팅 부을 정도로 부종이 생겨. 안 아

픈 데가 없어서 괴로워하면서도 아이를 꼭 가지고 싶어 했
지."

수연은 멍하니 듣고 있었다.

"그렇게까지 했는데도 아이는 생기지 않았고 시험관 아
기까지 세 번 이상을 했어. 설희 난자가 문제였어. 결국 최
후의 방법으로 선택한 게 난자를 사는 거였어. 그렇게 절
실하게 아이를 원했던 여자 마음 같은 거 당신이 알아? 그
고통의 10분의 1이라도 이해하냐고?"

아이를 살리기 위해 목숨까지 내놓았을 여자는 알았다.
그리고 그 아이가 죽었을 때 산 사람이되 산 사람이 아니게
된 여자도 알고 있었다.

"인공 수정하셨다면, 그때 수정란이 더 있었을 텐데 냉
동해두지 않으셨어요?"

수연은 마치 자신과는 아무런 상관이 없는 듯 무뚝뚝하
게 물었다.

"……대리모라도 구하려고 냉동해뒀던 수정란을 확인
해봤는데 변질되어 있더군. 척수액을 뽑고서 기절했던 하
율이가 깨어나 울면서 아빠를 찾았어. 하율이를 위해 내가
못 할 일이 뭐가 있었겠어?"

"어떻게 나를 찾았어요?"

그 말에 그의 눈썹이 슬쩍 올라갔다. 여자가 울든가, 화
를 내든가 했더라면 말하는 게 주저되었을지도 몰랐다. 여
자는 표정 없이 딱딱하게 남자를 취조했다. 점점 기분이

더러워졌다.

"세상에 돈으로 안 되는 일이 있을 거 같아? 당신 신상명세서는 갖고 있었고, 심부름센터에 의뢰해서 찾았어. 중간에 성을 바꿔서 찾는 게 좀 오래 걸렸지만, 이수연 씨."

그전의 아버지 성을 일부러 불러 그가 그녀의 과거에 대해 얼마나 알고 있는지 확실하게 인지시켰다.

"그래도 찾으니까 나오더라고. 주민등록번호는 안 바뀌었으니까."

그러더니 그가 침대 옆 서랍을 열고 파일을 하나 던졌다.

누런 마닐라지 봉투 속 파일에는 수연의 주민등록등본이 들어 있었다. 복사 상태가 안 좋긴 해도 알아볼 수는 있었다.

한숨을 일단 크게 한 번 쉬었다.

"그래서 나에게 아이를 갖게 하기 위해 유혹한 거예요? 차라리 난자를 다시 달라고 하지 그랬어요?"

"내가 그런 생각 안 해본 것 같아? 현행법상 법적 부부가 아니면 인공 수정은 안 되는 거 몰라? 어떻게 대리모 구한다 쳐도 태어나는 애를 사생아로 만들어?"

"그럼 나는요? 내가 무슨 죄를 지었던가요?"

"당신이 판 난자야. 책임져야 할 거 아냐. 생각 안 해봤어? 하율이가 저렇게 아픈 게 당신 유전자 때문 아니야? 하율이가 페니실린에 알레르기만 없었어도 저렇게 고생할 거 같아?"

백혈병 환자들에겐 감기도 치명적일 수 있기 때문에 병원 입원은 일반적이었다. 그러나 하율이처럼 페니실린 알레르기가 있는 경우는 굉장히 드물었고 훨씬 더 위험한 경우가 잦을 수밖에 없었다. 페니실린 알레르기는 아무래도 어머니 쪽 유전일 확률이 높으니, 하율이의 그 유전에 대해 수연에게 책임이 있을 수는 있었다.

"그렇다고 왜 내가 그 책임을 져야 하나요?"

"비용 댈게. 백혈병 발생 이후 1년 안에 형제에게서 골수를 받을 경우에 살 확률이 얼마나 높아지는지 알아? 당신이 만약 오빠가 백혈병이었으면 골수 이식 안 했을 거 같아? 당신 알아보지도 못하는 어머니는 정신병원에 10년이나 모셨잖아? 당신은 그런 사람이잖아! 그런데 당신 자식 위해서 그 정도도 못 해줘?"

그는 지금 자신의 아들을 살리기 위해서 새로운 아이를 만들려 하고 있다. 이게 과연 도덕적으로 옳은 걸까. 아니, 그 이전에 자신이 난자를 매매했다는 것 역시 엄격한 윤리적 잣대로 볼 때 문제가 있다.

그렇다면 새로 태어나게 되는 아이는 어떻게 되는 걸까? 그 아이는 호적에 자신과 이 사람의 자식으로 기록될까.

그는 자신에 대해 모든 것을 알고 있었다.

이러저러한 것들을 생각하자 머리가 복잡해졌다. 그러나 아직 거절할 수는 없었다. 무언가 머릿속에서 거부하고 있다. 일방적인 그의 말에 머릿속이 새하얘졌다. 세상은 언제나 그녀에게 불리하게 돌아간다.

수연이 그의 시선을 무시하듯 고개를 돌려버렸다.

"더 얘기할 거 없어요. 그만 가볼게요."

일어나려 한 순간 그가 어깨를 잡았다. 억센 손아귀 힘에 수연이 짧게 비명을 질렀다. 그러나 그는 놓아주지 않았다. 대신 비열한 웃음을 띠고 이죽거렸다.

"그래도 유사 연애 즐거웠잖아, 안 그래? 내가 당신 원하는 대로 해주고 사랑해주고 즐기지 않았던가?"

수연이 자기도 모르게 손이 먼저 나갔다. 그는 손이 날아오는 걸 보면서도 피하지 않았다.

"내가 나쁜 짓 한 건 인정해. 그러니 한 대는 맞아주지."

아무렇지 않게 그가 다시 그녀를 노려보며 말했다. 별로 세게 때리지도 못했던 걸 후회했다.

"어떻게 나한테 이럴 수가 있어요! 어떻게 애 고치기 위해서 멀쩡한 여자 유혹하고, 그 여자랑 결혼해서 애를 가질 생각을 해요?"

"입 닥쳐. 당신이 뭘 안다고 그래? 그러는 넌 얼마나 깨끗한 인간인데? 너의 도덕과 윤리는 얼마나 고결한데? 그래서 난자 매매한 거야? 당신, 장 사장 만난 데 술집이었잖아."

수연은 그대로 얼어붙었다. 그가 그녀에게 고의적으로 접근했다는 가장 큰 증거였다. 그녀의 과거를 알고 있다.

"내 뒷조사까지 했어요?"

"그럼 뒷조사 안 하게 생겼어? 당신이 어디에서 어떻게 살고 있는지 알아야 할 거 아냐."

"몸을 판 적은 없어요! 술집에서 일하긴 했지만 술을 팔았지 몸을 팔지는 않았어요."

겨우 한 변명이 그거였다. 그녀가 그와 잠자리를 갖기 전에 처녀였다는 건 그가 더 잘 알 터였다. 그런데 그런 말로 그녀를 몰아붙일 수 있다는 게 더 믿기지 않았다.

"밤에 술집에서 일한 건 잠재적으로 몸도 팔겠단 생각 하고 나간 거 아니었어?"

야비한 시선이 몸을 훑자 그 시선을 피하기 위해 눈을 감았다. 울지 않기 위해서 이를 악물었다. 마지막 자존심이었다.

"열심히 산 게 죄인가요? 그때 그것밖에 내가 할 수 있는 일이 없었을 뿐이에요. 세상이 나를 버렸는데 나더러 어쩌라고요? 내가 어떤 심정으로 거기 나가서 술 따랐는지 당신이 알아요?"

"당신 어머니를 위해 그랬겠지. 미쳐서 10년 동안 병원에 입원해 있었다지! 자살 시도도 두 번 하고."

수연의 치부인 어머니까지 들추어낸 남자에게 아무 말도 할 수 없었다.

"10년 동안 술집 나가면서 어머니 뒷바라지 할 정도라면, 당신이 낳지 않았어도 당신 자식인 하율이를 위해서 애 낳아줄 수 있지 않아? 기껏해야 1년 정도인데? 내가 돈은 섭섭하지 않게 지급하지."

마치 호의를 베풀겠다는 듯 뻔뻔한 제안이었다.

"적반하장이군요. 어떻게 당신은 사기꾼이 되어서 그렇게 당당할 수가 있어요? 오히려 내가 피해자인데 왜 나한테 뭐라고 하냐고요?"

"밖에 나가서 사람들에게 물어봐. 술집에서 술 따르는 여자랑 내가 연애를 해서 결혼한다고 하면 주변에서 뭐라고 할 거 같아? 다들 뜯어말리겠지. 당신 주변에서는 대어 잘 물었다고 하겠고. 이게 그런 차이야. 그러니까 당신이 희생자라고? 웃기는 소리 하지 마. 내가 여태 당신이 원하는 대로 비위 맞춰주고 잘해준 이유가 뭔데? 당신 역시 마찬가지 아니던가? 당신이 원하던 거 내가 다 줬잖아. 안 그래?"

초콜릿처럼 달콤했고 한여름의 낮잠처럼 나른했던 그와의 관계를 생각해보면 늘 이상하다 하면서 어디가 이상한지 몰랐던 자신의 둔한 감각. 그냥 사랑에 눈멀었을 뿐이었다. 엄마처럼 살지 않겠다 했는데 결국 엄마처럼 되어버렸다. 아, 별수 없구나, 서수연. 그 유전자가 어디 가는 게 아닌 모양이었다. 오빠가 죽은 게 엄마를 쓰러트린 원인이긴 했지만 다신 일어설 수 없게 만든 건 아버지였다.

"돈 받고 난자 판 여자가 얼마 전까지 면식 없던 어디서 굴러먹었는지 모를 놈팡이랑 결혼해서 애 낳는 게 미친 짓이라는 건 당연하지. 근데 당신이 대단해봤자 얼마나 대단해서 그 미친놈에게 애 생명 포기하라는 말을 할 수 있지? 나 우리 하율이 살리기 위해서라면 무슨 짓이든 할 수 있어!"

으르렁거리듯 잇새로 흘러나오는 말에 소름이 돋았다.

"애 낳아. 당신이 애 낳으라고. 돈 주면 될 거 아니야!"

그 말에 무너져 내렸다. 다리에서 힘이 풀리면서 수연이 거의 주저앉아버릴 뻔했다.

"왜 다들 나한테만 희생하라고 해요? 내가 무슨 죄를 졌길래요? 왜 나한테만, 나한테만……."

거의 울기 직전이었다.

"누가 당신더러 희생하라고 했어? 어차피 돈 받잖아. 당신이 그렇게 원했던 돈! 돈 줄게. 돈 얼마 줄까? 하루 벌어 하루 먹고사는 인생. 안 그런가? 이제 엄마가 없으니까 돈 안 필요해?"

'엄마'라는 단어에 수연이 갑자기 돌변했다. 비틀거리던 그녀가 미친 것처럼 그에게 덤벼들었다. 그가 버둥거리는 그녀의 양팔을 꽉 잡았다.

"내가 아까 말했지, 한 번만 맞아주겠다고. 두 번은 안돼."

무섭게 노려보는 남자의 시선을 수연이 피하지 않고 받아쳤다.

잠시 서로를 노려보고 있다 수연이 살짝 힘을 빼자 손자국이 나게 잡고 있던 남자가 힘을 살짝 늦추었다. 그리고 그때를 틈타 수연이 발로 무릎을 차버렸다. 곧 엎치락뒤치락하면서 몸싸움이 시작되었고 남자가 그대로 수연의 몸을 쓰러트려서 내리눌러버렸다.

위에서 내려다보는 남자를 노려보며 씨근덕거렸다.

"그렇게 나한테 강요해서 아기 낳고 그 제대혈로, 아니면 그 아기 골수 이식으로 하율이 건강해지면 당신은 행복해질지 모르지만, 나는 어떻게 되라고?"

이 남자, 분명 나쁜 사람은 아닐 텐데 이렇게 몰아가는 것은 뭘까. 마치 교회에 나가기만 하면 하나님이 오빠를 살려줄 것이라 맹목적으로 믿고 싶어 하던 엄마의 모습이 떠올랐다.

수연의 동그랗게 뜬 눈에 습기가 고이려 했다. 옆으로 고개를 돌리면서 눈물을 떨쳐내려 했다. 그런 수연의 동작을 그는 오해했던 모양이다. 갑자기 눈을 가늘게 뜨면서 어딘지 야비한 표정을 지었다.

"이런 얘기는 들어봤어? 보통 강간당한 여자 임신율이 올라간다는 거? 여자는 신체적 위협을 받으면 순간적으로 배란이 일어난다더군. 그래서 나 지금 당신 강간해서 임신시킬 수 있으면 그거 할 거야. 그래, 내 애 살리려면 내 영혼 지옥에 갖다 팔 수 있어. 살아 있는 유일한 내 혈육이야."

광기 어린 남자의 눈에는 절망밖에 없었다. 거센 손길이 얇은 니트를 뚫고 몸을 압박했다. 순식간에 몸을 겁박하듯 쥔 채로 입술을 먹어치웠다. 고개를 돌리려 하는 수연의 턱을 강하게 움켜쥐어 고정하기까지 했다. 턱이 얼얼하고 숨을 쉬기가 힘들어서 온몸의 힘이 저절로 빠져버렸다. 거친 숨을 씨근덕거리면서 남자가 귓가에 속삭였다.

"돈 얼마 필요해? 돈 줄게. 돈 주면 될 거 아냐. 아들 살리는 건 못 할지 몰라도 돈은 오지게 많거든. 쓸데없이 많은 돈 주면 될 거 아냐."

방에서 자고 있을 아들이 듣고 있을까 걱정이 되는지 큰 소리가 아니었다. 그러나 거의 오열하듯 말하는 목소리는 너무나 절망적이었다. 반항하려 허우적거리던 손에서 힘이 빠지게 만들 정도였다. 이 남자가 어떤 짓을 해도 이제는 더 이상 중요하지 않았다. 진실은 언제나 가혹하다.

입술을 물어뜯듯 거친 키스에 입에 상처라도 났는지 쇠맛이 났다. 그러나 남자는 멈추지 않았다. 거친 손이 속옷 속으로 파고들어가 브래지어 스냅을 풀고 가슴을 한 움큼 거머쥐었다. 가슴을 쥔 손은 여전히 뜨거웠지만 이제는 그냥 달콤하기만 했던 연인이 아니었다. 그 손은 자신의 욕망을 노골적으로 드러내고 있었다. 전에는 망설였다면 이제는 그런 것이 없었다. 흉포한 짐승이 우리에서 튀어나오듯 그의 욕망도 그대로 폭발적으로 발산되었다.

그대로 스웨터를 걷어 올리고 한입 가득 물었다. 가슴 끝을 짓이기듯 물고 빨았다. 한 손으로는 여전히 그녀의 다른 쪽 가슴 끝을 손가락 끝에 끼우고 잡아당겼다.

입고 있는 바지의 버튼을 풀고 그대로 내려버린다. 그가 사준 속옷이 날카로운 소리를 내었다. 그리고 그가 준비도 제대로 되지 않은 그곳으로 밀고 들어오기 시작했다.

쐐기처럼 단단한 것이 몸을 강제로 벌리며 들어오기 시작했다. 준비가 안 된 속살에 상처를 입히며 제멋대로 들어온 그것이 몸속을 유린한다.

가냘픈 비명을 흘리기만 할 뿐이었다. 눈물이 흘러내렸다. 하지만 아린 속살에 신경 쓰지 않고 그가 움직이기 시작했다. 얼마나 되었다고 곧 익숙해진 몸이 그가 만들어내는 욕망에 동참하기 시작했다.

거친 숨소리, 살이 부딪치는 소리만 있을 뿐, 그 어떤 소리도 존재하지 않았다.

거세게 파고들어 몸이 유린당하는 것이 아픈 게 아니라, 믿었던 사람에게 배신당하는 것과 사랑이라 생각했던 게 아니었다는 걸 아는 것, 그리고 이용당하는 게 슬펐다. 그래서 마음을 가위로 잘게 오려내는 것처럼 피를 철철 흘렸다. 그런 마음의 고통은 아무도 알아주지 않는 것이었고 그녀 혼자 감내해야 하는 것이었다.

눈물이 굴러 떨어졌지만 동원은 다른 데 바빠서, 아니, 일부러 그녀의 눈물을 보지 않으려 했다.

동원은 그날 수연을 놓아주지 않았다. 밤새 괴롭히던 그 손길에서 벗어났을 때는 거의 동이 터올 무렵이었다. 어둑어둑한 익숙한 침대 위에 누워 있는데 옆에 누워 있는 사람은 그녀가 알던 그 사람이 아니었다. 아니, 그 사람이 처음부터 존재하긴 한 걸까.

　어린아이처럼 그녀의 가슴을 놓지 못하고 잠이 든 남자를 내려다보았다. 긴 속눈썹이 내려앉은 그 눈가에 피곤 때문인지 어두운 그늘이 있었다. 이제 막 돋기 시작한 수염, 모양 좋은 긴 손. 변한 것은 없었다. 그의 길고 하얀 손을 살짝 쓸어보았다. 그 손이 좋았더랬다. 그 긴 손가락으로 자신을 조심스레 만질 때 사랑받는 듯한 착각이 있었다.

　그러나 그가 귓가에 속삭인 말은 수연에게 현실을 일깨워줬다.

　「그래, 나 하율이 살리려면 내 영혼 지옥에 갖다 팔 수 있어.」

　질끈 감은 눈에서 눈물이 배어나오려 했다.

　입이 깔깔하고 눈이 부어서 아프다. 수연은 그대로 조용히 일어났다. 정말 지쳤는지 동원은 숨소리까지 내면서 깊게 잠들어 있었다. 그대로 일어나 기계적으로 움직인다. 머릿속은 공허하다.

　바닥에 구겨진 채 널브러져 있는 속옷들이나 옷들. 오늘 입을 때만 해도 전혀 신경 쓰지 않았더랬지. 도대체 왜 예쁜 속옷을 입고 그에게 잘 보이려고 옷 같은 걸 산 걸까.

그냥 조용히 거실에서 옷을 챙겨 입고 코트와 가방을 찾았다. 나가기 전 가방에 들어 있던 초콜릿 박스를 꺼내어 탁자 위에 올려놓았다. 핑크색 포장지에 핑크색 새틴 리본으로 장식한 박스는 너무나 달콤해 보였다. 마치 그동안의 연애처럼.

무거운 발을 떼어야만 했다. 엄마를 병원에 두고 나오던 그날처럼, 무거운 발을 떼어야만 했다. 서수연은 살아야만 하니까.

큰길가로 걸어 나오면서 머릿속으로는 동원이 밤새 했던 단편적인 이야기를 떠올렸다.

이제 밝아가는 하늘은 파랬다. 그 시릴 정도로 파란 하늘, 코끝에 닿는 차가운 공기, 2월의 냉기가 코트를 뚫고 파고들었다.

몸속이 얼어붙는 것 같은 고통, 괴롭혀진 몸 안쪽이 움직일 때마다 고통스러웠다. 몸이 고통스러운 건지, 마음이 아픈 건지 몰랐다. 한 발 한 발 내딛을 때마다 바늘로 콕콕 쑤시는 것 같은 고통과 오한이 온몸을 파고들었다. 그의 집에서 한 걸음씩 멀어질 때마다.

동원은 눈을 감은 채로 깊은 곳에서 나오는 한숨을 억눌렀다. 옆에서 수연이 조심스레 움직이는 걸 알았지만 차마 일어나 잡을 수가 없었다. 여자는 조용히 일어나 옷을 챙겨 밖으로 나갔고 잠시 후 대문이 닫히는 소리만 들렸다.

그리고 눈을 번쩍 떴을 때 들어온 것은 수연이 끼고 있던 반지였다. 테이블 위에 덩그러니 놓여 있는 반지가 수연의 의사를 알리고 있었다.

"누나, 무슨 일 있어요?"

수연이 아무 일 없다는 듯 승주에게 웃어 보이려고 했다. 입은 쭈욱 올려서 웃는데 눈은 웃고 있지 않다. 승주는 더 말을 꺼내지 못했다.

"몸 안 좋으면 일찍 들어가지 그러세요? 누나 오늘 출근도 늦고 안색도 안 좋고, 정말 어디 아픈 거 같은데."

조심스러운 승주의 말에 수연이 고개를 짧게 저었다.

"아냐. 그냥 컨디션 조금 안 좋은 거야."

컨디션이 안 좋은 정도가 아니었다. 요 며칠 거의 잠을 자지 못하고 있었다. 피곤해서 한숨 잤으면 좋겠다고 생각하는데 잠이 오지 않았다. 뜬눈으로 멍하니 누워서 어둠만 보는 것에도 지쳤다. 심장 한가운데에 구멍이 난 것만 같았다. 머릿속이 동원 생각으로 가득했다.

차라리 집에서 멍하니 아파서 울지도 못하고 괴로워하느니 바에서 일하는 척하면서 움직이는 게 나았다. 단 한 번도 좋아해보지 않았던 이 불야성의 환락이 오히려 더 수연을 위로했다. 그녀에게 남은 세계는 이제 이게 다였다.

231

그러나 바는 새벽 3시에 문을 닫고, 수연이 아무리 시간을 끌어봤자 집에는 가야 했다. 혼자 걸어가는 이 10분이 전에는 그렇게 짧더니만 지금은 너무나 길었다. 뼈에 스미는 겨울바람. 몸이 추운 건지, 마음이 추운 건지 알 수 없었다.

집에 들어갈 수가 없었다. 집에 들어가지 못하고 새벽 찬 공기 속을 미친 듯이 헤매다가 결국 해가 뜰 무렵 겨우 들어가서 씻고 자기를 반복했다. 그렇게 하지 않으면 미쳐버릴 것 같았다. 혼자 있고 싶지 않았다. 혼자라면 계속 생각해야 하니까. 과거를, 그 악몽을. 가슴을 쥐어뜯을 수만 있다면 쥐어뜯고 싶었다. 이 감정을 파헤쳐 버리고 싶었다. 머릿속에 계속 떠다니는 이 기억들을 지울 수만 있다면. 과거의 그 많은 고통들이 모두 생살을 도려내듯 아팠는데 이것은 또 다른 고통이었다. 왜, 왜, 왜!

오토록이 닫히는 소리가 등 뒤에서 들렸다. 현관의 센서등도 꺼지고 다시 어둠.

수연은 눈도 깜박이지 않고 어둠을 노려봤다.

자동적으로 신을 벗고 들어가 침대에 앉았다.

그냥 산다. 사는 거다. 시간은 흘러간다.

너, 어떻게든 이겨냈잖아. 그 힘든 시간 어떻게 살았는데…….

엄마가 두 번째로 자살을 기도해서 병원 응급실에 실려 갔을 때, 원무과에서 보험도 적용되지 않는 병원비를 내고 나서 정말 땡전 한 푼 남지 않았을 때, 그때가 더 힘들었어. 지금은 그냥 너를 이용한 남자랑 헤어진 것뿐이야.

그런데 왜, 그때보다 더 힘든 것 같지?

죽어버리고 싶었다. 다 잊고 싶었다. 잠만 자고 싶었다.

계속 머릿속으로는 그와의 대화만 곱씹을 뿐.

이렇게 좋은 기억이 가득한데 그게 다 가짜였다는 게 믿기지 않았다.

한여름 밤의 꿈처럼 끝나버린 좋은 꿈을 회상하는 것처럼, 불과 며칠 전 일이라는 게 믿기지 않았다.

머리를 무릎에 붙이고 안은 채 코트를 벗지도 않고 그냥 멍하니 앉아 있었다.

엄마도 이랬을까? 옆의 딸도 보이지 않을 정도로 남편을 잃어버렸다는 것만으로도 절망적이고 더 살고 싶지 않았을까? 남편도, 아들도 없으면 아무리 딸이 잘해줘도 소용없었을까? 자신은 딸조차 없지 않은가? 누가 자신을 돌봐줄까? 이대로 잊히고 아무도 기억하지 못하는 존재.

물을 마셔야겠단 생각도, 뭔가 먹어야겠단 생각도, 자야겠단 생각도, 아무 생각도 들지 않았다. 책임감으로 똘똘 뭉쳐 있던 서수연은 어디론가 가고 없었다.

절망적이고 또 절망적이어서 그저 어둠만 노려보고 있었다.

잠이라도 자면 좋으련만 잠도 오지 않는다. 그저 어둠을, 자신을 잠식해오려는 어둠을 노려보았다.

이대로 살 순 없다. 이미 심장이 피를 너무 많이 흘렸고 정신도 공허했다.

누구를 위해, 무엇을 위해 살았던가.

그가 나눠준 한 움큼의 온기에 허겁지겁 달려들었던 자신.

빵이 없으면 케이크를 먹으면 되잖아.

마치 마리 앙투아네트의 말에 격분한 군중들처럼 자신도 마찬가지였다. 먹고 죽을 빵조차, 조그만 온기조차 없는 여자.

너무 아프면 진짜 눈물이 나지 않는다. 심장이, 심장이 숨을 쉴 수가 없이 아프고 답답해서 뭔가 숨통을 틔우고 싶었다.

멍하니 잠도 자지 못하고 그대로 밤을 새웠다.

깨어 있는 것도, 자는 것도 아니고 코트를 입은 채 누워 있다.

그러나 일상은 평소처럼 흘러갔다.

해가 뜨는 걸 보고 정신을 잃었다가 정신을 차려 퉁퉁 부은 눈으로 씻고 멍하니 있다 바에 나가고 퇴근하고 하는 일상. 그 일상은 계속되었다. 말라비틀어진 종이처럼 사각거리는 마음은 흘릴 피눈물도 없었다. 바삭거리면서 얇아지다가 점점 더 희미해져 어느 순간 사라져버릴 것만 같았다.

잠도 자지 못한 채 아픈 가슴을 쥐어뜯으며 어둠을 바라보길 몇 날 며칠.

죽도록 누군가의 온기조차 그리워졌다.

너무 아파서 그냥 잊고 싶었다. 처음에 몰랐더라면 알지 못했을 이런 감정들은 무방비한 수연의 마음을 할퀴고 깊은 상처를 낸 채로 아물지도 않은 채 곪아만 갔다.

동원과 그렇게 헤어지고 난 뒤 그는 연락도 없었고 수연 역시 연락할 생각조차 하지 못했다. 핏발이 선 눈을 보고 승주마저 걱정할 정도였다. 먹지도, 마시지도 못할 정도로 피곤한데 눈을 감아도 잠은 오지 않았다. 2주 동안 동원은 연락조차 없었다. 그렇게 자주 오던 바에조차 발길을 끊어 버렸다.

그의 코빼기도 못 본 채 2주일이 지나갔다는 걸 안 수연 은 달력을 보고 혼자 자조하듯 웃었다. 2월이 거의 다 지나 가버렸다.

정말 끝났구나.

그리고 이제 수연도 끝내야 했다.

/

6. *Good Morning Heartache*

/

수연은 건너편에 앉은 해준이 자신의 얼굴을 살피는 걸
알았다. 아무리 진한 화장으로 감춰도 창백한 안색은 어떻
게 못 하겠지. 누가 봐도 몸이 안 좋거나 뭔가 안 좋은 일이
있는 사람의 얼굴이었다. 아무리 화장으로 감춘다고 해도
잠을 제대로 못 자 생긴 눈 밑 다크 서클이나 어딘가 공허
해 보이는 표정, 충혈된 눈은 감출 수가 없다는 걸 본인도
알고 있었다.

"어디 안 좋아? 왜 이렇게 살이 빠졌어?"

해준이 인상을 살짝 썼지만 수연은 모른 체했다.

"몸 안 좋은 거 같은데 한 달 정도 휴가라도 다녀오는 거
어때?"

"지금 휴가 쓰면 승주 씨가 저 목 조를 거예요. 지금 승주
씨가 휴가라는 말에 저 노려보는 거 보셨죠?"

요 며칠 동안 일하던 서버가 둘이나 갑자기 그만둬서 다
들 정신없을 정도로 바빴다. 승주가 컵을 닦으면서 절대
안 된다는 듯이 해준에게 고개를 흔들었다.

"사람 구해지면 안식년처럼 한 달 정도 휴가 다녀와도

돼. 해외라도 나가서 놀고 오든가. 리조트라도 갈래? 내가 예약해줄 테니까."

"괜찮아요. 지난번에 일주일 쉬었잖아요."

그 일주일도 어머니가 돌아가셔서였다. 동원과 연애를 해서 좋았던 것이 단 한 가지 있다면 엄마가 더 이상 세상에 없다는 걸 잊게 해줬다는 점이었다. 그렇게 엄마의 존재는 조금씩 희미해졌고 그 상실감은 다른 걸로 대체되고 있었다.

얼마 전까지는.

"정말 괜찮은 거야?"

수연이 아주 약간 웃으려 했다. 입은 올라가지만 눈으로 웃을 수는 없었다. 언제나 무슨 일이 있어도 '괜찮아요.'라고 할 수 있었는데 이번에는 진짜 그 말도 제대로 나오지 않았다.

해준은 무슨 할 말이라도 있는 것처럼 입술을 달싹이다가 다시 잔을 들어 한 모금 마셨다. 해준은 문 닫을 시간이 될 때까지 그 자리에 계속 있었다.

"퇴근 안 하세요?"

"어, 이제 집에 가야지. 수연이도 집에 갈 거면 내려줄게."

집…… 이란 단어에 수연은 살짝 인상을 썼다. 집에 가기 싫었다. 끔찍하게 싫었다. 혼자 있으면 스멀스멀 생각나는 게 싫었다.

"사장님, 저랑 술 한잔하실래요?"

수연이 해준에게 단둘이 뭔가 하자고 제안한 것은 처음 있는 일이나 다름없었다. 둘이 밥을 먹은 적은 많았지만 단둘이 술을 마신 적은 없었다. 나이 차이가 있지만 상사와 부하 직원이었고 남자와 여자였다. 그래서 어느 정도의 긴장감이 있었고 서로 약간의 거리감을 유지했다. 지금 수연이 그에게 먼저 어떤 제안을 한 것은 거의 처음이나 다름없었다.

"좋아. 어차피 내일은 스케줄도 느긋하니 괜찮을 거 같네."

수연이 빙긋 웃었다.

술집에서 바텐더로 일했고 해준이 와인 바를 차릴 때 와인 공부를 하기도 했다. 술에 약하진 않지만 그렇다고 아주 좋아하진 않았다. 취하는 게 싫었다. 엄마는 우울함을 참지 못하고 빈속에 소주를 마시곤 했다. 술에 취해 울었다. 오빠 이름을 부르면서. 그래서 수연은 술이 싫었다. 그런데 자기는 술을 팔고 있다. 우습기 그지없었다.

"어디서 마실까. 여기서 마시기는 좀 그렇지?"

수연이 고개를 끄덕였다.

"우리 집에 가자. 종류별로 다 있으니까."

당황스럽긴 했지만 알 게 뭐람. 이젠 모든 게 다 부질없는 짓인 듯했고 그냥 서수연은 일탈이 하고 싶었다.

"나도 이제 30대 후반이라서 옛날처럼 막 놀진 못해. 그러니 괜히 허튼 걱정은 하지 마라."

해준의 농담에 수연은 명치를 세게 맞은 듯한 기분이었다. 숨이 잠시 멎었다. 예전에 비슷한 말을 들은 적이 있었다. 불과 몇 달 전에. 갑자기 가슴을 후벼 파는 듯한 고통에 숨이 턱 막혀왔다.

「밖에서 사람 만나는 거 안 좋아해요. 손님 부르는 거 좋아해요. 커피만 마셔요, 커피만. 수연 씨가 아무리 미인이래도 마흔 바라보는 나이에 내가 무슨 짐승도 아니고 여자만 보면 정신 못 차리는 놈인 줄 아십니까…….」

다 잊을 거야. 살아야 하니까, 모조리 다 잊을 거야. 이제 몰라. 아무것도 기억 못 했으면 좋겠어. 자기한테 호감을 보여주는 이 남자가 유혹하는 걸 알았다. 그래, 한 번쯤 일탈해도 좋을지도 몰라. 뒷일은 나중에 생각할래.

해준이 어떤 사람인지 그녀는 알았다. 오랜 세월 동안 믿고 의지한 사람이었다. 그는 그녀를 믿고 기회를 주었고, 신뢰를 쌓아 여기까지 왔다. 늪에 빠져 허우적대던 수연을 구해준 사람은 다름 아닌 해준이었다. 그러면 절대 수연을 배신하지도, 아프게 하지도 않을 것이다.

"지하 주차장에서 차 빼 올 테니까 밖에서 기다리고 있어."

요 며칠 날이 좋아서 얇은 코트를 입고 나온 게 실수였던 모양이다. 그새 기온이 내려가서 새벽 추위가 제법 매서웠다. 하늘을 올려다보았다. 흐리멍덩한 하늘에 별 같은 건 보이지도 않았다. 그녀 인생에 빛줄기는 없을 모양이었다.

해준이 차를 세우더니 운전석에서 나와 조수석 문을 열어주었다. 이런 대접은 처음이었다. 이 사람이 여자에게 이렇게 다정한 사람이었나. 가끔 이런 대접을 받아보는 것도 좋지.

"왜 이렇게 얇게 입었어? 아직 겨울 안 끝났는데. 감기라도 걸림 어쩌려고."

자연스레 등을 감싸 안는 손을 전이라면 뿌리쳤을지 모르지만 지금은 아니었다. 잊을 수 있다면 무슨 짓이라도 하고 싶었다.

15분 정도인데 차 안에 묘한 긴장이 있었다. 그와 처음 남자로 여자로 한 공간에 있는 것이었다. 따끔따끔할 정도로 긴장되어 자기도 모르게 바싹 마른 입술을 혀로 축이다 눈이 마주쳤다. 해준이 그녀를, 아니, 수연의 입술을 넋 놓은 듯 바라봤다.

"사장님, 신호 바뀌었어요."

뒤에서 난 클랙션 소리에 해준이 차를 다시 움직였다.

빌라 주차장에 차를 세웠다. 주변엔 큰 외제차가 줄줄이 세워져 있는 게 무슨 전시장 같았다.

엘리베이터를 타고 올라갈 때에도 해준의 손은 수연의 등에 가 있었다. 수연은 뿌리치지 않고 그냥 얌전하게 따

240

랐다. 이렇게라도 잊을 수 있으면 이렇게 할 거야. 동원에게 복수하고 싶었다. 그를 아프게 하고 싶었다. 그의 희망을 꺾고 싶었다.

해준이 현관문을 열어서 수연의 등을 살짝 밀었다.

"이사 온 지 얼마 안 돼서 좀 어수선해."

여기까지 와서 거절은 말도 안 되지. 그럼에도 발이 잘 떨어지려 하지 않았다. 등에 닿은 해준의 손이 너무 따뜻했다. 그 온기에 기대고 싶었다. 그것이 수연을 유혹했다.

언젠가부터 해준의 눈길이 자신에게 집요하게 달라붙어 있는 것을 알았다. 약간만 타협하면 인생이 편해질 것을 누가 모를까. 하지만 그것은 서수연의 사는 법이 아니었다. 다만 멀리서 지켜만 볼 뿐, 해준이 다가오려 하지 않았기 때문에 수연은 그를 믿었는지도 몰랐다.

"뭐 마실래?"

해준이 거실 한쪽에 있는 장식장 앞에 서서 물었다. 꽤 큰 장식장 안에는 술병이 가득했다. 이것 외에도 와인을 넣어두는 저장고가 따로 있다는 얘기도 전에 지나가는 말로 들은 기억이 났다. 그의 아버지가 그에게 좋아하는 술장사라도 해보라고 얘기한 의미를 알 듯했다.

"코냑요. 오래된 거면 더 좋고요."

그는 늘 몰트위스키를 마셨지. 그걸 피하듯이 코냑을 떠올렸다.

일어나는 순간부터 가슴이 저미듯 아파와서 쓰러져 잘

때까지 그가 머릿속에서 떠나지 않았다. 전에는 달콤하게, 이제는 아픔으로. 그와 그의 얘기만이 머릿속에서 늘어진 테이프처럼 계속 돌아가고 있었다. 헤어졌지만 그는 여전히 수연의 머릿속을 장악하고 있다. 그의 영향력을 떨쳐낼 수 있는 거라면 뭐든 하고 싶었다.

해준이 코냑 병과 잔을 함께 내놓았다.

그 뒤 부엌에 가서 뭔가 갖고 올 모양이었다. 수연은 병을 따서 진한 황금빛을 띤 액체를 잔에 가득 따랐다. 그리고 한 모금 입에 물었다. 독한 알코올과 코냑의 달콤한 맛과 풍미가 입안을 가득 점령했다. 그대로 꿀꺽 삼켰다. 그리고 잔을 들어 그대로 한 잔을 다 들이켜듯 마셔버렸다. 동원을 머릿속에서 몰아내고 싶었다. 딱따구리처럼 머리를 쪼는 고통에서 벗어나고 싶었다.

"천천히 좀 마셔. 평소답지 않게 왜 그래? 무슨 일이라도 있어?"

해준이 놀라 치즈를 얹은 크래커를 내밀었다. 수연은 그걸 받아서 먹었지만 다시 혼자 술을 따랐다.

"아, 맞다. 사장님도 드셔야죠."

맞은편에 앉은 그의 잔에도 술을 따랐다. 찰랑거리는 황금빛 액체를 보고 있는 것만으로도 기분이 좀 좋아지는 듯했다.

"건배라도 하지? 뭐에 건배할까?"

수연이 살짝 웃었다. 배 속이 뜨거워진다. 빈속에 먹어서 그런지 금방 술이 오르는 기분이었다.

"그러게요. 뭐에 건배하죠?"

"이미 새해도 지났고 하니 건강? 아니, 행복?"

행복이란 단어에 수연이 웃었다. 너무나 서수연과는 멀어 보이는 단어, 행복. 서수연은 언제쯤 행복해질 수 있는 걸까.

"그래요. 행복을 위해서 건배해요."

두 개의 크리스털 잔이 경쾌한 소리를 내며 부딪쳤다. 조명에 반짝거리는 잔을 수연은 멍하니 들여다보았다. 찰랑거리는 좋은 냄새가 나는 술. 이걸 마시면 행복해질까. 적어도 기분은 좋아지겠지. 모든 게 알 게 뭐야. 엄마는 죽었고, 좋아했던 남자는 그녀를 속였고, 서수연은 여전히 불행하고 혼자다.

외로움과 더불어 취기가 왈칵 몰려오는 기분이 들었다. 수연이 살짝 소파 등받이에 몸을 기대었다.

"왜, 별로야?"

"아니요. 그냥 좀 어지러워요. 빈속이라 그런가 봐요."

"그러게 천천히 마시든가 하지. 물 좀 마셔."

해준이 잽싸게 잔에 얼음물을 따라 건네줬지만 수연은 멍했다.

"내일도 출근해야 하는데 괜찮겠어? 빈방 많으니까 그냥 자고 갈래?"

그가 그런 수연을 바라보다 걱정이 됐는지 옆에서 조바

심을 내고 있었다. 그 말에 수연이 재미있는 농담이라도 들은 듯 웃어버렸다.

"제가 출근 못 할까 걱정되세요?"

"아니, 그런 게 아니라……."

해준의 의도가 어떤 건지 수연이 모를 리가 없었다. 수연이 그를 똑바로 바라보며 말했다.

"그럴게요. 어차피 저 집에 간다고 누가 반겨주는 것도 아니고."

대담한 발언이었다. 이제 더 이상 누군가 자기 인생을 혼란으로 몰고 가는 걸 원하지 않았다. 진짜 세상에 혼자 남았다. 그게 너무 무서워서 누군가 믿고 의지하고 싶었다. 만일 자기가 교통사고를 당한다면 누구를 제일 먼저 부를까. 아무리 생각해도 해준밖에 없었다. 그게 슬펐다. 동원에게서 도망만 칠 수 있다면 해준과 무슨 일이 있어도 상관없단 생각이 들었다.

"저기, 나도 이래 봬도 남자인데 너무 나 믿는 거 아니니?"

그 말에 수연이 눈을 살포시 내리깔며 묘한 표정을 지었다.

해준의 눈빛이 변했다. 아, 이 사람도 남자였지. 그가 자기에게 호감이 있는 것은 눈치 채고 있었다. 지난번 그 일 이후 그는 감정을 숨기려고도 하지 않았다. 그들의 공식적인 관계는 지난번 해준의 고백 이후로 좀 변해버렸다. 수연은 거기에 이제 답을 하고 있었다.

"사장님 잔 비었네요."

애교 있게 수연이 술병을 들고 술을 따라주었다. 그러더니 자기 잔을 보고 한숨을 쉬었다.

"전 오늘 날이 아닌가 봐요. 술이 안 받는 거 같아요."

평소보다 빨리 마셔서 그런지 술에 잘 취하지 않는데 오늘은 술기운이 좀 빨리 올라오고 있었다. 아마 목까지 다 벌겋게 되었겠지. 그와 눈이 마주치자 일부러 눈웃음을 쳤다.

"괜찮아?"

"에이, 이 정도는 괜찮아요. 술장사 경력이 몇 년인데요."

말은 그렇게 하지만 몸이 나른해서 소파에 거의 기대게 되었다. 다리를 끌어 올려 비스듬히 등받이에 기대었다.

그가 멍하니 스타킹을 신은 다리를 바라보다 헛기침을 하면서 시선을 올렸다. 허공에서 눈이 마주쳤다. 어두운 조명 아래 복숭앗빛으로 상기된 얼굴로 그에게 은밀하게 미소를 흘렸다. 살짝 졸려 그런지 눈이 반쯤 감기려 하고 있었다. 왠지 모르게 호흡이 거칠어져 약간 쌔근거리면서 수연은 멍하니 있었다.

수연의 내리깐 눈과 풍성한 속눈썹이 평소보다 더 그윽해 보이는 표정으로 해준을 유혹했다. 그가 끌리듯 옆자리로 옮겨 앉아 자신의 어깨에 수연의 목을 기대게 했다. 수연은 편하게 자신보다 더 큰 남자의 어깨에 작은 머리를 얹었다. 삶의 무게를 누군가와 나누고 싶었다. 그의 손이 가녀린 어깨를 감싸 안았다. 이대로 모든 게 다 끝났으면 좋겠다.

마치 꿈을 꾸는 것 같았다. 뭔가 이런 상황 자체를 수연이 원했던 건 아니었지만 짐작 못 했던 것도 아니었잖은가. 그냥 가만히 있으면 그가 알아서 하겠지.

뭔가 이상한 걸 해준이 모를 리가 없었다. 하지만 그는 기회를 놓치는 남자가 아니었다. 목가에 느껴지는 촉촉하고 뜨거운 숨에 심장 고동이 거칠어졌다. 결국 해준이 얼굴을 내려서 기다리고 있었다는 듯이 꽃처럼 벌어지는 입술을 구했다. 촉촉한 입술은 농밀하게 익은 과일처럼 달콤하게 벌어졌다.

술기운에 기대어 해준을 유혹한 것은, 새벽마다 튀어나오는 기억들을 잊고 싶어서였다. 죽은 오빠와 엄마, 어딘가 살아 있는 아버지, 동원과 그녀의 생물학적 아들 하율…… 이 사람들을 모두 잊고 싶었다. 아픈 기억은 모두 두고 가고 싶었다. 새롭게 시작할 수 있으면 얼마나 좋을까.

수연이 가만히 있자 해준이 긍정의 뜻으로 받아들였는지 어깨를 잡고 있는 손에 힘을 주기 시작했다. 그대로 끌어안고 푹신한 소파에 묻혀버렸다. 같은 남자인데 동원과 해준은 다르다.

밤마다 올라오던 동원의 까끌거리던 면도 자국, 두툼한 입술, 입술의 온도, 키스하는 방식…… 이 모든 게 다 달랐다. 멍했다. 이렇게 다르구나.

"정말 괜찮아?"

그의 낮은 목소리에서 진한 욕망이 느껴졌다. 그래, 이런 걸 바랐지. 다 잊을 테야, 다 잊고 새롭게 시작할 거야. 수연은 대답 대신 그의 목에 가느다란 팔을 감고서 머리를 끌어당겨버렸다.

해준은 수연이 아는 그의 성격답게 느긋하면서 조심스러운 접근을 시도했다. 부드럽게 다가온 입술은 따뜻했다.

조심스럽게 아랫입술을 감싸고 머금고서 천천히 움직였다. 입술의 모양을 살피는 것처럼 움직이던 혀가 머뭇거리며 입술 안쪽으로 들어왔다. 해준은 수연이 놀라 도망갈까 어르는 것처럼 느긋하게 치아 안쪽과 입천장까지 조심스레 살피듯 움직였다. 그리고 가만히 있던 수연의 혀를 휘감으며 농밀하게 움직였다.

마치 꿈속에서 몸을 빠져나온 혼이 자신을 보는 것처럼 수연은 멍하기만 했다. 그러다 스타킹을 신은 허벅지 위에 손이 얹히자 갑자기 제정신이 번쩍 났다. 살짝 겁이 난 수연은 무거운 눈꺼풀을 들고서 해준의 손 위에 자신의 손을 얹었다.

"그…… 만할까?"

해준의 낮은 목소리에선 욕망이 묻어나고 있었다.

정말 여기서 그만하고 싶은 거야? 마음속으로 물었다. 해준이 무서웠다. 그런데 혼자 있는 것도 싫었다. 동원을 잊고 싶었다. 다 잊을 거다, 모조리 다. 그녀를 지탱해주던 모든 게 다 박살 난 지금, 새로 시작하고 싶었고 누군가에게 의지하고 싶었다.

"여기선 싫어요."

수연이 해준을 살짝 밀고 앙탈을 부리듯 속삭였다.

해준은 눈치 빠른 남자답게 그 의미를 감지해냈다. 벌떡 일어나더니만 수연을 생각보다 가볍게 들고서 앉았다. 그의 목에 팔을 휘감은 수연은 가슴에 고개를 파묻었다. 익숙하지 않은 체향, 동원의 묵직한 향…… 해준은 상큼하고 가벼운 세련된 향이다. 아…… 해준의 모든 걸 동원과 비교하는 자신이 우스웠고 짜증이 났다.

"내일 내가 허리 아프다고 하면 파스라도 한 장 사다줘."

그의 농담에 목을 더욱 강하게 껴안으면서 가슴에 얼굴을 파묻었다.

그가 침대에 내려놓는다. 등에 와 닿는 푹신한 매트리스. 수연은 깔깔거리면서 웃다가 일어나 그대로 입고 있던 니트 원피스를 벗어 던졌다. 차가운 공기가 드러난 어깨에 와 닿았다. 과감한 수연의 액션에 해준의 목울대가 꿀꺽 움직였다.

검은색 슬립만 입은 채 수연은 등에 그의 거친 숨결을 느꼈다. 이걸 선택한 건 너야. 더 이상 동원은 없다. 수연은 눈을 질끈 감고 몸을 돌려 해준의 목에 팔을 감고 가슴에 몸을 기댔다.

그 순간 그대로 밀려서 침대로 넘어졌고 바로 해준의 몸이 덮쳤다. 두 손이 얼굴을 잡고 고정했다. 소중하다는 듯이 부드럽게. 하지만 막상 겹쳐온 입술엔 강한 욕망이 담겨 있었다.

그냥 눈을 꼭 감아버렸다. 눈을 감자 온몸의 모든 감각이 다 해준과 닿아 있는 몸에 연결된 것 같았다. 부드럽게 쥐고 있는 커다란 손의 온기가 다정했다. 입술을 열고 들어온 혀는 조심스러웠다. 모든 게 다 완벽한 것 같았는데…….

그런데 그는 동원이 아니었다.

수연이 눈을 번쩍 떴다.

갑자기 모든 게 구역질이 나려 했다. 온몸에 소름이 돋으면서 긴장으로 굳어졌다. 그의 손이 허벅지에 닿았을 때에는 더 이상 견딜 수가 없어졌다. 결국 가슴을 밀어내는 손에 해준은 어쩔 수 없이 옆으로 몸을 돌렸다.

"싫어?"

그 말에 대답할 수가 없었다.

수연은 고개를 옆으로 돌려 해준의 시선을 피했다. 무슨 짓을 했나 싶은 자책감에 결국 손바닥으로 얼굴을 가려버렸다. 너무 부끄러웠다.

해준의 긴 한숨 소리가 들렸다.

"싫다고 하는 여자 안는 나쁜 취미는 없어. 잘 거면 내가 다른 방에 가서 잘 테니까 여기서 쉬어."

끝까지 해준은 다정했다. 그가 문을 닫고 나가는 소리에 수연은 몸을 말고 울기 시작했다. 터져 나오는 눈물은 소리도 없이 시트를 적시고 있었다.

마음속 모든 감정이 눈물과 함께 사라졌으면 좋겠는데 절대 그렇게 되지 않았다. 자괴감, 죄책감, 미움, 증오, 사랑, 애증, 모든 게 혼탁한 어둠이 되어 수연을 어지럽게 만들었다.

눈을 번쩍 뜬 수연은 자기가 깜빡 졸았다는 걸 깨달았다.

얼마 전과 비슷한 기시감. 그 얼마 전이 두 달 전이었다. 그런데 지금 또 다른 남자의 침대로 기어들어갔다.

동원과 잔 날도 이랬지.

그날로 돌아가 자신을 죽이고 오고 싶었다. 죽어버리고 싶었다. 그를 몰랐던 그때로, 마음의 평정을 유지하던 그때로 돌아가버리고 싶었다. 행복하지 않더라도 평정을 지키던 그때로. 왜 내가 행복하고 싶어 했을까, 사랑받고 싶어 했을까. 왜 내 것이 아닌 감정들을 욕심냈을까. 그 결과가 이런 것이라면…….

동원에게서 도망가봤자, 머릿속에서 그는 절대 나가지 않을 터였다.

그대로 옷을 입고 뛰어나와 택시를 잡아탔다. 새벽안개

가 자욱한 도시를 가로지르는 택시 안에서 수연은 멍한 눈으로 안개 너머를 바라보았다.

안개 속을 헤치며 나타나는 좀비처럼 흐느적거리며 계단을 올랐다. 습관적으로 패스워드를 누르고 집에 들어서는데 웃음이 나왔다. 다른 남자와 밤을 지새웠다. 누군가가 본다면 그녀를 타락한 여자라 할 것이다. 절로 비웃음이 났다.

어떻게 해도 그녀는 그를 잊을 수도 없고 용서도 못 할 테지. 그렇게 살아야 할까.

미쳐버릴 것 같았다. 히스테릭하게 웃고 싶었다. 눈물도 나지 않을 정도로 아픈 마음을 그대로 답답하다는 듯 심장이 있는 왼쪽 가슴을 코트 너머로 두드리기도 했고 긁기도 했다.

그때 눈에 띈 건 테이블 위의 투명한 스노우 글로브였다.

어두운 방 안에서 혼자서 반짝 투명한 빛을 발한다. 유리 안 마을은 저렇게 평화로운데 수연의 마음은 계속 거무튀튀한 감정으로 시커멓고 벌겋다. 하얀 눈이 쌓인 평화로운 마을이 수연을 비웃는 듯했다.

발작적으로 그걸 들어 벽에 던져버렸다. 유리 조각이 사방으로 튀면서 수연의 볼에도 튀었다. 눈 오는 하얗고 예쁜 마을은 수연의 마음처럼 조각조각 부서져버렸다.

미친 여자처럼 웃고도, 울고도 싶었다. 고개를 뒤로 젖히자 뜨거운 눈물이 흘러내렸다.

흐느적흐느적 비틀거리다 조각에 발이 찔려버렸다. 피가 나는데도 알지 못했다. 가슴을 쥐어짜고 파헤치는 이 고통에 육체의 아픔은 느껴지지 않았다.

그때 반짝거리는 얇은 유리 조각이 눈에 들어왔다. 길쭉하게 잘린 그것으로 손목을 파헤치면 이 답답한 마음이 해소가 될까.

손에 닿는 유리는 차가웠다. 그걸로 그대로 손목을 그어버렸다. 한 번 그을 때의 그 고통과 더불어 뭔가 터져 나온다는 자각. 아, 시원하다. 그래, 한 번만 더, 두 번, 세 번…….

엄마도 이랬으려나. 마음속에서 흘러내리는 피눈물이 이제 실체화되는 기분이었다.

붉은 피가 침대를 적시면서 나오기 시작했다. 그래, 이대로 죽어버리자. 이러면 하율이는 희망도 뭐도 없어지겠지. 언젠가 제공자인지 뭔지가 나타날지는 모르겠지만 그때까지 동원은 맘 졸이면서 살겠지. 그 생각을 하자 속이 시원해졌다. 내가 이렇게 아픈데 당신도 아파야 돼. 그 생각을 하자 갑자기 무슨 용기가 났는지 코트 주머니 속의 휴대전화를 꺼냈다.

익숙한 번호를 찾아 전화를 건다. 지금 새벽인데 그가 일어나 있을지, 아닐지 염두에도 두지 않았다.

– 여보세요? ……수연 씨?

익숙한 목소리가 들리자 다시 가슴이 뻐근해졌다. 막 잠에서 깼는지 낮은 목소리였다.

자기도 모르게 흐느낌이 나오기 시작했다. 보고 싶었다. 그리웠다.

비몽사몽 그에게 하고 싶은 말을 했다. 웃음이 나왔다.

이제 속이 시원해진 수연은 그대로 눈을 감아버렸다.

눈을 뜨면 좀 더 평온한 세상이길 바라면서.

아니, 다 잊길 바랐다. 엄마처럼.

동원은 눈을 번쩍 떴다. 처음에 정신을 못 차리고 눈을 깜박거렸다. 머릿속엔 아직도 저만치 가던 수연의 모습이, 잡힐 듯 말 듯했던 수연과 손에 닿던 옷자락의 감촉이 남아 있었다. 시계를 보니 이미 아침 6시가 훨씬 지난 시각이었다. 깜박 잠이 들었던 모양이었다. 낮에 병원에 들렀다 밤부터 내내 기다렸으니 피곤한 게 당연했다.

분명 몇 번이나 바 앞까지 갔다 되돌아오길 수차례.

하율의 하나밖에 없는 희망이 수연인 것은 확실했다. 그러나 그도 인간이라 차마 그 얘기를 할 수는 없었다. 그녀를 만나 용서를 빌어야 하건만 용기도 나지 않았다.

오늘은 어떻게든 얘기라도 해보자 하고선 차마 바에는 못 들어가고 밖에 차를 대놓은 채 기다리고 있었다.

수연이 나오는 게 보이기에 나가려고 문손잡이를 잡았을 때, 지하 주차장에서 차가 한 대 빠져나와 수연 앞에 섰다. 운전석에서 내린 남자가 수연에게 조수석 문을 열어주었다.

그리고 그 차를 타고 그의 눈앞에서 사라져버렸다.

멍해졌다. 집과 가게만 시계추처럼 왔다 갔다 하던 서수연이 이 시간에 다른 남자의 차를 타고 어딘가 간다고?

동원은 분노가 솟았다. 나랑 헤어진 지 얼마나 되었다고 벌써? 아직 2주밖에 되지 않았는데…….

그때 휴대전화가 울리기 시작했다. 이 새벽에? 수연이었다.

"여보세요? ……수연 씨?"

그러나 전화에서는 이상한 소리만 나올 뿐이었다.

"수연 씨? 수연 씨?"

― ……하율이는 완치될 수 없을 거예요.

작은 목소리로 술에 취한 것처럼, 흐느끼는 듯한 목소리였다.

"무슨 소리 하는 거야?"

― 내가 없어지면 하율이는 살기 힘들겠죠? 내가 아픈 만큼 당신도 아팠으면 좋겠어.

소름이 온몸에 돋았다.

"수연 씨? 지금 어디야? 집이야?"

그러나 수연은 대답하지 않고 그대로 전화를 끊어버렸다. 그대로 옷도 제대로 입지 않고 뛰쳐나간 동원은 차를 몰아 수연의 집으로 향했다.

수연이 사는 층을 올려다봤지만 불은 켜져 있지 않았다.

전화를 해도 신호만 갈 뿐이었다. 아직 안 들어왔나, 그냥 포기하고 집에 갈까, 잠시 고민했다. 수연의 집 앞에서 벨을 눌렀지만 인기척은 없었다. 문손잡이를 잡고 돌려보았지만 당연히 잠겨 있었다.

혹시 몰라 싶어 지난번에 봐두었던 비밀번호를 눌렀다. 오토록이 삐리릭 소리를 내며 열렸고 그가 조심스레 문을 열자 정면으로 보이는 침대에 누워 있는 수연이 눈에 들어왔다.

죽은 것처럼, 문 열리는 소리가 났는데도 그녀는 여전히 누워 있었다. 동원이 신을 벗고 다가가서 보자, 수연의 왼쪽 손목에서 흘러내린 붉은 피가 거의 웅덩이처럼 이불 위에 고여 있는 것이 그제야 눈에 들어왔다.

"수연 씨!"

놀란 그가 허둥지둥 주변을 둘러보다 욕실에 가서 수건을 들고 나왔다. 수건을 그대로 찢어 양쪽 손목에 친친 감았다. 금세 하얀 천을 뚫고 붉은색이 배어나왔다.

119에 전화를 하려고 코트 주머니 속의 휴대전화를 찾는 손이 덜덜 떨리고 있었다.

"예, 여기 삼성동인데 지금 많이 다쳤거든요. 피가 많이 나요."

– 주소가 어떻게 되세요?

"주소, 주소가 어떻게 되더라……."

그때 탁자 위의 고지서가 보였다.

"여기 주소가요, 삼성동…….."

떨리는 목소리로 주소를 불러준 뒤에 잠시 후, 다행히 새벽이라 아직 교통량이 많지 않아서 금방 앰뷸런스가 도착했다.

병원으로 향하는 차에 같이 탄 동원은 덜덜 떨리는 양손을 꼭 마주 잡고 있었다. 죽은 사람처럼 퍼런 기가 도는 창백한 얼굴, 요 며칠 잠을 못 잤는지 눈 밑의 진한 그늘. 마치 죽기 직전의 아내를 보는 듯한 기시감에 그는 가슴을 움켜쥐었다.

잠을 제대로 못 자서인지 머리가 깨질 것처럼 아팠다. 그러나 그가 처리할 일은 아직 많이 남아 있었다. 응급실에서 대기 중이던 의사가 곧 수연을 실어갔다. 의사가 빠른 말로 뭐라고 옆의 간호사에게 말하고 있었다.

"혹시 무슨 약물 같은 거 복용했는지 아십니까?"

"전혀 모르겠는데요."

약 같은 걸 먹었을까?

"그래도 모르니 혈액 검사는 해보겠습니다. 위세척 같은 거 해야 할지도 모르니."

"저, 잠시만요…….."

조금 망설이긴 했지만 혹시나 싶어서 미리 말해두는 게 좋을 듯했다.

"혹시 임신…… 한 경우에 문제가 생길 수도 있을까요?"

"환자분 임신하셨습니까?"

"그냥 가능성이 있어서요."

"그럼 그것도 체크해보겠습니다."

의사가 수연의 가는 팔에서 피를 약간 뽑아서 간호사에게 넘겨주었다.

응급 조치가 되는 동안 동원은 옆에 조용히 서서 기다려야 했다. 다행히 상처는 깊지 않았지만 대신 피를 많이 흘려서 수혈을 해야 한다고만 했다.

붉은 피가 가느다란 관으로 들어가는 걸 동원은 멍하니 보고 있었다. 병원은 이제 지긋지긋했다. 아내도, 하율이도, 이제 수연까지. 가슴이 콱 막힌 듯했다.

멍하니 서 있는 동원을 담당의가 살짝 불렀다.

"평소에 정신적으로 문제가 있으셨습니까?"

동원은 침을 꿀꺽 삼켰다.

수연에게 어떤 정신적 문제가 있었던가. 그랬다면 그가 알았겠지. 어머니가 우울증과 자살 시도로 정신병원에 오래 입원해 있던 걸 얘기해야 하나.

"그냥 결혼 문제로 가볍게 말다툼을 벌였을 뿐인데……
좀 싸움이 격했었나 봐요."

거짓말이었다. 의사는 안경을 고쳐 쓰며 살짝 인상을 썼다.

"처음이에요?"

"네, 처음입니다. 원래 성격이 그렇게 격정적이지도 않고 조용한 사람이라서 이런 사고를 칠 거라고는 조금도 예상하지 못했습니다."

그건 사실이었다.

"그래서 지금 어떤가요?"

"다행히 동맥은 빗나가서 생각보다 피를 많이 흘리진 않았습니다. 지혈도 잘되었고 손목은 봉합해놓았는데 흉이 좀 남을 겁니다. 그리고 의뢰하신 혈액 검사 보니까 약혼녀분이 임신…… 중이시네요."

혹시나 싶었는데 그 말에 동원의 안색이 새파래졌다.

"다행히 워낙 초기여서 유산되진 않았는데 많이 조심하셔야겠네요. 아무래도 임신하면 호르몬 불균형으로 우울증이 오는 경우가 많습니다. 초음파 해보면 정확하게 알 거 같은데 해보시겠습니까?"

머릿속에 스쳐간 생각은, 이걸 절대적으로 숨겨야 한다는 것이었다.

"선생님, 부탁이 있는데, 저 사람 어머니가 두 번 자살 기도를 했고 우울증으로 병원에 입원해 계셨거든요. 지금 상태가 안 좋다면 당분간은 임신 사실을 숨겨주시는 게 좋을 것 같습니다. 저 사람이 조금 안정이 되면 그때 검사를 받는 게 아무래도…… 지금 알고 나면 더 자책할 거 같거든요."

"이제 겨우 착상된 거라서 이게 제대로 갈지 아닐지는 아직 확실한 게 아니니까, 그럼 그냥 당분간은 몸조심하는 정도밖에 할 게 없겠네요. 그럼 그렇게 하시고, 자살 기도 환자는 통상 입원해서 정신과 진료 받아야 하니까 일주일 정도는 입원해 있는 걸 추천합니다."

동원이 알겠다는 듯이 고개를 끄덕였다. 그리고 조심스레 물었다.

"저, 혹시 안정제나 이런 게 아이한테 영향이 많이 있을까요?"

"아까 의뢰하시지 않으셨으면 워낙 초기여서 아무래도 좀 기다려야 검사로 잡힐 겁니다. 혈액 검사에서 발견한 것도 거의 우연이나 다름없었어요. 이제 막 자리 잡은 때라서요. 워낙 초기여서 지금 유산될 수도 있거든요. 지금은 그거 확인할 단계가 아직 아닙니다."

임신이라고?

거의 포기한 순간, 기적처럼 정말 얇디얇은 동아줄 하나가 하늘에서 내려왔다. 그는 무슨 수를 써서라도 이걸 잡아야 했고, 그러기 위해선 수연을 살려야 했다.

침대 위에 창백한 얼굴로 누워 있는 여자를 바라보았다.

역시 자주 이렇게 누워 있던 다른 여자. 살고 싶어 했지만 살 수 없었던 여자, 살 수 있지만 살기를 포기한 여자. 아이를 갖고 싶어 했지만 아이가 생기지 않았던 여자, 아이를 원하지 않으나 임신한 여자.

언제나 설희가 원하던 걸 수연은 갖고 있었고, 수연은 그걸 원하지 않았다.

그게 화가 났다. 왜 당신은 살고 싶어 하지 않는데 이렇게 살고, 설희는 죽고 싶지 않았는데 죽은 거지? 왜? 행복하게 가정을 이루고만 싶었는데, 단지 아들을 살리고 싶었을 뿐인데…….

솟구치는 증오에 동원은 몸이 떨려올 정도였다. 그러나 이런 증오가 자기혐오임을 그는 역시 알았다. 스멀스멀 올라오기 시작한 죄책감에 그는 머리를 감쌌다. 머릿속에서 욱신거리는 두통에 이제 위장까지 요동쳤다.

어디까지 떨어져야 하는 걸까.

누구보다도 결백하고 도덕적이고 윤리적으로 세상을 살았는데, 아들의 병 앞에서 그는 무기력했고, 순수한 여자를 유혹하고 배신했다. 그는 자기가 어디까지 떨어져야 할지 그 바닥을 알 수 없어 좌절했고, 스스로가 증오스러워서 괴로웠다. 당장은 이 연극을 계속해야 한다는 것도 그를 힘들게 하고 있었다.

자신을 포기할 정도로 그를 증오하는 이 여자를 살리기 위해서, 그는 이제 온갖 수를 다 내야 했다. '사랑하는 척'이라도 해야 했다.

그때 여자가 깨어나려는지 눈꺼풀을 가늘게 떨었다. 냉정하게 바라보던 그는 심호흡을 하며 방금 전까지 격정적으로 치솟으려 했던 감정을 억눌렀다.

다시 가면을 쓸 때였다.

얼굴 근육을 움직여 걱정 많이 했다는 듯한 연민 어린 표정을 만들었다.

무거운 눈꺼풀을 억지로 들어 올렸다. 눈이 말라붙어 잘 뜨이지도 않았다. 온몸이 땅에 묶여 있는 듯이 손발 하나 까딱할 기운조차 없었다. 왼쪽 손목에서 둔중한 고통이 느껴진다. 몸이 천근만근 무겁고 머리가 핑핑 돌았다.

아, 여기가 어디지.

입술이 말라 비틀어져서 입술조차 떨어지지 않았다.

누가 입가에 스트로를 대주었다. 무의식중으로 빨아 차가운 물을 한 모금 마셨다.

"천천히 마셔."

옆에서 낯익은 목소리가 걱정스럽다는 듯 말했다.

깔깔한 입안을 적시고 내려간 물은 달콤했다. 정신없이 물을 마시고 난 뒤에 잘 뜨이지 않는 눈을 뜨려고 할 때였다.

"이제 좀 정신이 나?"

다정한 목소리. 아…… 그였다.

익숙하면서 낯선 타인.

수연은 잘 뜨이지 않는 눈을 게슴츠레 떴다. 낯선 천장이 희미하게 보였다. 멍하니 눈을 깜박거렸다.

여기가 어디지…….

어릴 적부터 익숙한 소독약 냄새가 기억을 깨웠다.

아, 병원이구나.

손목의 통증이 지난 새벽의 기억을 되돌려놓고 있었다.

해준의 집에서 나와 집에 들어서자마자 스노우 글로브를 집어던지고서 그 조각으로 손목을 찌르고 또 찔렀다. 피범벅이 되어서 쓰러지면서 동원에게 전화를 걸었더랬지. 한순간에 그 짧은 찰나의 기억들이 머릿속에 해일처럼 밀어닥쳤다.

오한이 덮치면서 입술이 덜덜덜 떨려왔다.

가슴속에 담아둔 많은 복잡한 생각들이 튀어나올 것 같은데, 너무 많은 말들이 가슴속에 있어서 서로 무슨 말부터 나올지 싸우려는 듯했다.

그리고 지금 옆에 그녀가 그렇게 바라면서 미워했던 남자가 서 있었다.

"어떻게 당신이……."

겨우 끄집어낸 말이 그거였다.

남자는 수연을 다정하게, 또 안타까운 듯 바라보며 얼굴의 잔머리를 옆으로 치워주었다. 그의 손이 닿자 수연이 고개를 돌렸다.

얼굴만 봐도 눈물이 날 것 같았다.

"의사가 다행히 별일은 없을 거라고 했어. 피를 좀 흘려서 당분간은 좀 빈혈로 고생할 거야."

수연은 아무 말도 하지 않고 눈을 감아버렸다.

"지금 무슨 말을 해도 당신이 믿어주지 않겠지만…… 내가 당신한테 잘못한 게 너무 많아서 연락하기가 쉽지 않더라고."

수연은 고집스레 고개를 돌리고 시선을 마주하지 않았다.

"내가 당신한테 정말 못된 짓 많이 했지만 당신 이러길 바란 적은 정말 없어. 그냥 사실대로 말 못 하고 당신 이용한 꼴만 되어서…… 정말 미안해."

남자의 목소리는 정말 진실한 것처럼 들리긴 했다.

어쩌면 찾아와서 용서를 빌고 다시 시작하자 했으면, 그 달콤한 거짓말에 수연이 넘어갔을는지도 모른다.

은연중에 지금이라도 찾아와서 다시 시작하자고, 여전히 좋아한다고 달콤하게 속삭이길 바랐으니까.

그런데 이제는 전혀 모르게 되어버렸다.

그녀가 사랑했던 남자가 누구인지도 모르게 되어버렸으니까. 그녀의 사랑은 너무나 가치 없는 휴지쪼가리처럼 휴지통에 수많은 눈물과 함께 버려졌으니까.

이제 다 끝났다 싶었을 때, 다시 그가 다가왔다. 흔들린다. 당연히 악어의 눈물이란 걸 알면서도 흔들렸다. 그냥 그 달콤해만 보였던 사랑이 당의정을 입힌 쓰디쓴 독약이었는데도 그 달콤함을 믿고 싶었다.

고개를 돌려 그와 마주했다. 그의 눈을 보고 싶었다. 과거에 그의 눈을 볼 때마다 진짜 이 사람이 사랑에 빠진 건지 의심하지 않았던가. 말은 너무나 상냥하고 부드러운데 그 사람의 눈은 차가울 때가 종종 있었다. 살피는 듯한 시선을 종종 느끼지 않았던가.

지금 그는 정말 안타깝다는 듯 아련하게 자신을 바라보았다.

그 눈길을 믿을 수 없으면서도, 한편으로는 그의 다정함에 기대고 싶었다. 마음이 너무나 가난하고 추워서 그 작은 온정 하나가 간절했다.

"내가 이대로 죽어버릴까 봐 겁나죠? 하율이한테 치료하려면 아이 낳아줘야 하는데…… 내가 죽으면 기증자 나타날 때까지 기다려야 하잖아요. 당신 속셈 모를 줄 알고? 이제 와서 내가 이러니까 겁나요? 무섭죠? 내가 죽으면 당신 아들도 죽잖아. 안 그래?"

거친 쇳소리로 수연이 악다구니를 쓰며 의기양양하게 동원을 바라봤다.

당신만 무기를 갖고 있는 게 아니야. 나도 갖고 있어. 네가 칼로 찌르면 나도 찌를 거야. 매섭게 동원을 노려보았다.

동원은 허탈한 표정으로 수연을 잠시 보다 고개를 돌려버렸다. 그의 뭔가 허탈해 뵈는 옆모습에 가슴이 철렁 내려앉았다. 수연의 거친 숨소리만 들릴 뿐 병실 안은 조용했다. 동원은 수연이 잠시 진정되는 걸 기다렸다 침착하게 말을 꺼냈다.

"수연 씨가 하율이 유일한 희망인 건 맞아. 하율이를 돕건 안 돕건 그건 수연 씨 마음에 달린 거지, 처음부터 강요하려고 했던 건 아니야. 믿어줄지 모르겠지만 처음부터 당

264

신한테 그럴 생각으로 접근하려 했던 건 아냐. 처음엔 그냥 얘기만 좀 나눠볼 생각으로 바에 갔던 거고, 그러다 보니 이 사람이라면 어떻게든 정상적으로 사귀거나 만나볼 수 있겠다 싶었어. 손 하나 잡고 싶지 않은 여자였으면 아무리 남자인 나라도 당신이랑 자고 싶지 않았을 거야. 당신한테 점점 호감이 가기도 했고, 점점 더 알고 싶어졌고, 나중엔 정말 사귀고 싶었어.

당신한테 상처 준 건 나도 미안하게 생각해. 그날…… 일은 내가 정말 미안해. 좀 흥분해서 내가 막 나간 거 인정해. 너무 미안하고 부끄러워서 연락 못 한 거고, 당신이랑 이렇게 끝낼 수는 없어……."

"뭘 어쩌자는 거예요?"

그가 아무 말 없이 다정하게 수연의 눈가에 흘러내린 눈물을 닦았다.

"당신 지금 좀 아파. 그러니까 지금은 그냥 쉬고 아무 생각 하지 마. 응?"

그가 다정하게 머리를 쓰다듬었다.

"한숨 더 자. 많이 피곤해 보여. 더 자고 일어나서 그때 생각해도 안 늦잖아? 응?"

그가 그녀의 볼을 다정하게 쓸어주었다. 머리를 쓰다듬어주기까지 했다. 크고 따뜻한 손이 머리를 부드럽게 쓰다듬으면서 미안하다고 몇 번이나 얘기했다.

"처음부터 그러려던 건 아니었어. 당신에게 접근했던 건 어떻게 얘기를 꺼내야 할지 몰라서였어. 그런데 얘기를 해 보면 해볼수록 당신이란 여자, 생각했던 거랑 많이 다르더라고. 과연 돈 얘기 해서 넘어올까. 그래서 어떤 사람인지 알고 싶어서 계속 가서 얘기를 하다 보니까 당신한테 정이 들더라고. 전혀 몰랐던 하율이랑 닮은 점도 눈에 들어오고. 그러다 보니 당신한테 끌렸어. 그냥 그뿐이야.

그렇게 알게 해서 정말 미안해. 그때 나도 많이 흥분해서 당신한테 못 할 말 많이 했던 거 알아. 정말 미안해. 아무리 여러 번 미안하다 해도 당신 상처 없어지지 않겠지. 나 원망 많이 할 거고. 그래서 더 미안해. 너무 미안해서 당신 만날 용기조차 나지 않았어."

낮은 목소리로 귓가에 조곤조곤 속삭였다.

"하율이가 아프니까 나도 예민해져서 괜히 당신한테 짜증 부렸나 봐. 진짜 미안해. 단지 하율이 때문에 접근한 거였으면 그냥 사실대로 말했을 거야. 당신한테 인간적으로 호감을 느꼈기 때문에 그러질 못했어. 좋아하는 여자한테 어떻게 그런 얘길 꺼낼 수 있었겠어."

눈가에 눈물이 주룩 흘러내렸다.

"난 이제 아무것도 모르겠어요. 정말 모르겠어요."

의심하면서도 믿고 싶었다.

바보 같은 서수연이라고 욕하면서 그 말이 진실이길 바랐다. 진실이어도 바뀌는 게 있던가. 없었다. 그가 하율이 생모여서 그녀에게 접근했다는 건 사실이었다.

266

의도적이 아니었다는 그의 주장에 마음속에선 이성이 말을 했다.

'네가 매 맞는 아내야? 그렇게 당하고도 또 당하려고? 정신 차려, 서수연.'

지금은 너무 혼란스러웠다. 그의 처량한 시선과 달콤한 말이 너무나 설득력 있게 느껴졌으니까.

왼쪽 손목에서 오는 고통보다 정신적인 게 더 컸다. 왜 이런 미친 짓을 한 걸까. 감정이 한순간 솟구치는데 그걸 자제하지 못한 데서 오는 자괴감도 컸다. 당분간 일 같은 거 못 하겠지. 일단 전화는 해야 하는데…….

"내 휴대전화 어디 있어요?"

동원이 멍한 표정으로 있다 그녀의 말에 답했다.

"일 때문에 그런 거면, 바에는 내가 연락해뒀어. 당신 다쳐서 당분간 못 나갈 거 같다고."

수연이 눈을 깜박거렸다. 새벽의 기억이 돌아왔다. 그렇게 해준의 옆에 있다가 뛰쳐나왔는데 어떻게 그 얼굴을 다시 볼 수 있겠는가.

"누구에게 연락했어요?"

"승주 씨한테 연락해뒀어. 전에 명함 받은 거 있었거든. 놀라서 문병 온다고 하는데 당분간 오지 않는 게 좋을 것 같다고 해뒀어. 당신 휴대전화 챙겼어야 했는데 내가 병원에 오느라고 경황이 없었네. 지금은 일단 쉬어."

며칠 동안 잠을 제대로 못 자서인지, 그가 옆에 있는 것만으로도 이상한 안도감이 드는 듯했다. 그렇게 미워하는데 옆에 있는 게 좋을 수 있다니, 사람은 참 신기하다. 엄마가 미쳐 있어서 자신을 기억도 못 했는데 뭐가 좋다고 10년을 뒷바라지를 한 걸까. 서수연은 바보다, 정말 바보다.

점점 잠이 스며들기 시작했다. 생각들이 뭉쳐버리고 의식이 희미해졌다.

창백한 얼굴로 잠이 든 수연을 보고 동원은 긴 한숨을 토해 냈다. 수연의 뼈마디가 드러날 것처럼 가냘픈 손에는 링거 주삿바늘이 끼워져 있었다.

병원이라면 이제 그만 오고 싶을 정도로 지긋지긋한데 또 병원이었다. 설희가 얼마나 병원 생활을 했더라? 하율이 태어난 뒤에 1년에 두세 번은 입원했고, 막판에는 거의 병원에서 퇴원하지를 못했더랬지.

돈이 그렇게 많은데도 할 수 있는 게 거의 없었다. 마지막 희망은 심장 이식이었는데 그마저도 알아보던 중에 결국 죽고 말았다.

하율 역시 비슷한 상황이었다. 더 이상은 이렇게 무기력하게 있고 싶지 않았다. 설희를 보낼 때처럼 하율을 보낼 수는 없었다. 그래서 여기까지 왔는데, 겨우 여기까지 왔는데…… 다시 전의를 다지며 동원은 주먹을 불끈 쥐었다.

그도 인간인데 수연에게 아무런 마음이 없을 수는 없었다. 수연에게 아무 마음도 없었더라면 좋았을 텐데. 그래서 더 죄책감이 컸다.

그러나 지금은 하율이 먼저였다. 하율이 살아난 뒤에 죄는 나중에 갚아야 했다. 그러니까 지금 당장은 수연을 이용하는 수밖에 없다. 그때까지 미안하다는 말은 할 수가 없었다.

똑똑, 노크 소리가 났지만 대답하지 않았다. 어차피 들어올 사람은 동원밖에 없었다.

그가 들어오자 정적이었던 공간이 갑자기 살아 움직이기 시작하는 듯했다.

"간호사한테 물어보니까 식사 많이 안 했다면서?"

"입이 깔깔해서 뭐 안 들어가요."

수연이 마지못해 답했다.

"그럴 거 같아서 집에서 죽 만들어 왔어."

들고 있던 가방에서 보온 도시락이 나왔다.

"입맛 없는데요."

"밥 안 먹으면 퇴원 못 해. 조금이라도 먹지 그래? 입 깔깔해서 못 먹겠으면 수액이라도 더 놔달라고 할까?"

말은 부드럽게 하지만 절대 물러서지 않았다. 마지못해 수연이 또 지고 말았다.

"그럼 조금만 먹을게요."

그러자 그가 직접 숟가락에 김이 모락모락 올라오는 죽을 호호 불어 식혀주었다. 매일 메뉴를 바꿔서 만들어 오는 죽은 정성이 그득 들어가 있었다.

"저 오른손은 쓸 수 있어요. 숟가락 주세요. 제가 먹을게요."

그러나 그는 못 들은 척 숟가락을 내려놓지 않았다. 수연이 마지못해 몇 입 받아먹었다. 아기 새처럼 입을 벌리는 게 귀여운지 그가 웃었다.

"오늘은 그래도 좀 식욕이 도나 봐. 어제보다 잘 먹는 거 같네."

그 말에 수연이 살짝 당황했다.

"그래요?"

"응. 어젠 진짜 몇 숟가락 못 먹었잖아."

몇 숟가락 더 먹긴 했지만 조금 먹고는 고개를 돌렸다.

"더 먹지그래? 몇 입 안 먹었어."

"더 못 먹겠어요. 아까 밥도 먹었고 해서 배불러요."

동원이 한숨을 쉬더니 보온병에서 따뜻한 차를 한 잔 따랐다. 달콤한 과일 향에 수연이 코를 킁킁거렸다.

"그게 뭐예요?"

"모과차. 집에 모과나무가 있어서 매년 가을에 따서 담아놔. 어릴 적부터 매해 늦가을에 엄마가 모과청을 만드셨는데 한겨울마다 밤에 저녁 먹고 한 잔 마시곤 했거든. 그래서 사 먹는 건 좀 마땅찮고 해서 그냥 우리 집 모과로 내가 만들어."

엄마……

"다 커서 엄마라고 하니까 좀 그렇지? 어머니라고 불러 보기도 전에 돌아가셔서 그런지 엄마가 입에서 안 떨어지네."

그가 조금 멋쩍어했다.

수연이 뜨거운 차를 한 모금 마셨다. 꿀 향이 감도는 달콤한 차가 입에 달라붙듯 순식간에 넘어갔다.

"보온병 두고 갈 테니까 생각날 때마다 조금씩 마셔. 내일 또 갖다줄게. 참, 뭐 먹고 싶은 거 없어?"

"없어요. 생각나면 말할게요."

확실히 병간호를 많이 해봐서인지 그는 능숙했고 필요한 게 뭔지 금방 알았다. 계속해서 그는 병원에 와서 머물고 있었다. 아무 일도 없는 것처럼 수연 옆을 지키고 있었다. 그녀에게 말은 안 걸어도 옆에서 혼자 책을 보거나 노트북을 들고 와서 일을 하거나 했다.

"하율이는 어쩌고요?"

"집에 간병인도 있고 도우미 아주머니도 있어서 걱정 안 해도 돼. 요즘 상태가 많이 나쁜 것도 아니어서."

그는 점심 즈음에 와서 저녁 먹을 때까지 계속 수연의 옆에 붙어 있었다. 바에 전화해서 당분간 못 나간다고 연락도 해줬고 수연이 필요한 건 다 갖다주었다. 심심하지 않게 태블릿 피시에 영화도 넣어서 갖고 오고, 책도 사다주고, 잡지도 갖다주었다.

"동원 씨는 안 먹어요?"

"난 하율이랑 먹고 왔어."

"참, 저 휴대전화 챙겨 왔어요?"

그가 가방에서 휴대전화와 충전기를 꺼내었다.

"방전되어 있더라고. 그래서 충전기도 챙겨 왔어."

"고마워요, 매번."

그는 어깨를 으쓱할 뿐이었다. 무슨 할 말이 더 있는 듯이 계속 눈치를 며칠째 보고 있었다.

전원이 들어오자마자 해준과 승주에게서 온 문자와 부재중 전화가 잔뜩 와 있는 게 보였다. 연락해야 하는데 차마 손이 잘 가지 않았다. 마음이 너무 무거웠다. 이렇게 해준과 승주와의 인연이 끝나는 모양이었다.

그러고 보니 이제 현실이 서서히 들이닥친다. 병실이 1인실이라 입원비가 상당히 많이 나올 게 분명했다. 게다가 자해라서 건강보험도 적용되지 않을 테니 엄청난 금액이겠지. 10년 전의 경험으로 이미 대충 병원비가 얼마나 나올지 짐작이 되고도 남았다. 종합병원 1인실은 꽤 비쌀 텐데.

"치료비…… 얼마 정도 나왔어요? 여기 하루에 얼마 해요?"

"그거 지금 신경 쓰지 마."

"입원비는 나중에 정산해드릴게요."

"그럴 필요 없어. 내가 알아서 할 테니까 그냥 가만있어. 응?"

이제 몸도 많이 좋아졌고 상처도 많이 아물어서 곧 퇴원 수속만 남아 있었다.

"퇴원하면 어떻게 할지 결정했어? 당신 집은 아직 못 치웠어. 그러니까 그거 치울 동안만이라도 우리 집에 와 있는 게 어때? 손도 불편해서 혼자 지내기는 좀 불편하잖아."

좋은 핑계였다.

예전이라면 단순한 통보였을 텐데 이제는 슬그머니 눈치를 보며 말을 꺼내고 있었다. 수연의 입에서 피식 비웃음이 새어나오려 했다. 이러려고 손목을 그은 걸까. 이렇게라도 그에게서 관심을 받으려고? 그런데 한편으론 이런 관심이 사실 좋았다. 어릴 때에도 제대로 못 받아본 거였던지라.

"낫는 동안만이라도 좀 편하게 있는 게 좋지 않겠어? 다 나은 뒤에 돌아가도 되잖아. 일단 실밥 푼 뒤에나 가는 게 어때?"

살살 달래는 듯한 말에 심통을 부려보았다. 사실 마음속으로는 좋으면서, 또 못 미더워서 그를 시험해보게 된다.

"내가 한 번 속지 두 번 속아요? 내가 바보예요?"

마치 그의 인내를 시험해보듯 하루에도 몇 번씩 그를 긁어대곤 했다.

"내가 죽을까 봐 무서운가 봐요. 내가 죽으면 하율이도 죽을까 봐. 그래서 그렇게 들러붙어 있어요?"

그 말에 그가 안색을 굳히더니 한숨을 길게 내쉬었다.

"당신이 죽는 게 무서운 건 당연하잖아. 하율이 때문이 아니더라도, 적어도 나는 당신에게 충실했어. 내가 당신에게 끌린 건 사실이야."

"몇 가지 중요한 사실은 말하는 걸 까먹었고요?"

수연의 비아냥거림에 그가 살짝 이마를 찌푸렸다.

"하율이가 당신 궁금해해."

"아이를 방패로 내세우지 마요."

히스테릭하게 수연이 잘라버렸다.

"하율이는 죄 없잖아. 나쁜 놈은 나지, 하율이는 아니잖아."

그 말을 하는 목소리에는 울음 같은 게 묻어 있는 듯했다. 수연을 흔드는 건 아픈 아들을 살리기 위해 뭐든 할 수 있다는 아빠였다.

"다시 사귀자는 거 아니야. 이제 당신한테 바라는 거 없어. 그냥 내가 미안해서 그런 거니까 낫는 동안만이라도 돌보게 해줘. 부탁하는 거야, 이건."

"피곤해요. 잘래요. 그만 가봐요."

그가 긴장했던 어깨를 잠시 누그러뜨리더니 순순히 고개를 끄덕였다.

"그래. 그럼 쉬어. 내가 한 말 생각해보고."

그녀의 말에 따라 그는 평소보다 일찍 돌아가버렸다. 혼자 있는 병실은 외롭다. 또 혼자 남겨진 기분이 들었다. 분명 춥지 않은데도 뭔가 허전하고 냉기가 감도는 듯했다.

그리고 숙제처럼 남아 있는 휴대전화가 못내 거슬렸다. 망설이고 또 망설이다 결국 해준에게 전화를 걸었다. 몇 번 발신음이 나더니 그가 바로 받았다.

— 장해준입니다.

"사장님, 저 수연이에요."

— 지금 어디야?

"병원이요."

— 많이 다쳤어?

어떻게 다쳤는데, 라고 묻고 싶지만 차마 못 물어보는 거겠지.

"네. 다행히 신경엔 손상이 없대요. 그런데 당분간 손 쓰기 힘들 거 같아요."

— 그래, 이 참에 좀 쉬어. 몇 년 동안 휴가도 제대로 안 가면서 일했잖아. 병원 어디야?

"안 오셔도 돼요. 바쁘시잖아요. 괜히 저 때문에 더 정신 없으시겠네요."

— 승주에게 연락한 사람 누구야?

뭐라고 말을 해야 할지 몰라 잠시 망설였다.

— 대답하기 곤란하면 하지 마. 그리고 한 달은 그냥 쉰다고 생각하고 푹 쉬어. 그러고 나서 얘기하자.

수연이 무슨 말을 하기 전에 해준이 정리해버렸다. 무슨 말을 하고 싶은 건지 미리 예상 답안이라도 짜놓은 것처럼.

불 꺼진 방 어디선가 삐빅거리는 소음, 복도의 걸어 다니는 소리도 들린다. 이불을 뒤집어쓴 채로 잠도 오지 않는 불면의 밤을 또 보내야 했다.

어떻게 하지. 분명 이 손으로는 씻는 것도, 먹는 것도 문제였다. 그렇다고 남의 손을 빌리자니 아는 사람도 없었다.

자꾸 과거의 기억이 유령처럼 스멀스멀 기어 나오려 했다. 오랫동안 봉인해둔 기억이 유령처럼 수연의 마음을 헤집었다. 눈물을 누르려 했다. 최근 들어 감정이 격해져버렸다. 한 번 꺾여버리니 그 뒤로 눈물이 시시때때로 솟구치는 듯했다.

지난 10년 그렇게 사는 게 힘들었니?

다행히 해준을 만나 별 탈 없이 무사히 10년을 지낼 수 있었다. 그런데 그 세월 동안 '외로움' 같은 걸 전혀 몰랐다. 그만큼 바빴고, 시간은 빨리 흘러갔다.

수연에게 외로움이라는 걸 알게 만든 사람은 동원이었다.

동원 때문에 동토처럼 얼어붙어 있던 수연의 마음이 녹아내렸고, 봄바람에 흔들리는 나뭇가지처럼 흔들렸다. 그리고 자기가 겨울나무처럼 한겨울 바람에 혼자 서 있는 걸 깨달아버렸다. 그가 떠난 빈자리는 너무 크고 허전했다.

그가 돌아와 그 자리를 채워준다고 하는데 그게 당의정이란 걸 알았다. 그 속엔 얼마나 쓴 약이 있는 걸까. 그런데도 마음속이 천국과 지옥을 오가듯 왔다 갔다 했다.

그래, 그렇게 자해해서 남자 붙잡으니 좋아? 엄마랑 다를 게 뭐가 있어? 그 사람을 또 믿을 수 있어?

그러나 그가 있으면 왠지 모든 게 다 해결될 것 같고, 좋았다.

지옥불에 던져진 듯 복잡한 마음도 그의 웃음 한 번에 싹 사라져버리는 이 알 수 없는 마음에 수연은 혼란스러웠다. 면역력이 약한 어린아이처럼 한 번도 다른 사람과 깊이 교류하지 못했기에 이 사람에게 집착하는 걸지도 몰랐다. 그런 자신을 분석하면서 수연은 그를 끊어내고 내치지 못했다.

그에게 마지막으로 전화했던 건 왜일까? 잡아주길 원했던 거니? 이렇게 그의 관심을 받으니 좋아? 당연히 좋았다. 흡족했다. 이렇게라도 그를 잡으니 좋았다.

그 사람 때문에 이런 거니 그 사람더러 책임지라 하지, 뭐.

그 인간이 무슨 생각 하는지 몰라서 그래?

머릿속에선 두 가지 생각이 계속 치열하게 싸웠다. 이성적으로는 말이 안 되는 걸 알면서도 다시 한 번 그를 믿고 싶었다. 그가 주는 작은 온기에라도 매달리고 싶었는지도 몰랐다.

그 사람이 그녀에게 무엇을 원하는지는 알지만 이제 선택권은 온전히 그녀의 손에 달려 있었다. 이번에는 그녀의 차례였다.

다음 날 동원이 왔을 땐 하율과 함께였다.

"안녕하세요."

무방비 상태에서 하율을 보게 된 터라 수연은 심장이 철렁 내려앉는 느낌이었다. 하율은 지난번 보았을 때보다 혈색도 더 좋아졌고 살도 약간 찐 듯했다.

"어, 하율이 왔어?"

수연이 엉거주춤 인사했다.

"아줌마 진짜 많이 아프신가 보다. 살 빠지셨어요."

"어, 그러니?"

수연이 억지로 웃으려 했지만 입가가 실룩거릴 뿐이었다. 동원을 매섭게 흘겨보았다. 눈이 마주치자 동원이 시선을 피했다.

"하율이가 당신 꼭 보고 싶다고 해서. 곧 입원해야 하거든."

최종적으로 완치 판정을 받으려면 골수 이식밖에 답이 없겠지. 그래서 더욱더 동원은 수연에게 매달리고 있었다.

"아빠, 나 안 가면 안 돼?"

"안 되는 거 알잖아. 병원에 가야 병도 낫는 거야."

"지난번엔 한 번만 받으면 된다고 했잖아."

"한 번으로 안 끝날 수도 있다고 했어. 좀 힘들어도 들어가야 돼."

하율이 병원에 가기 싫은지 투덜거렸다.

"아줌마, 병원에 있는 거 답답하지 않으세요?"

"응, 좀 답답해. 그냥 손 다친 정도라 퇴원하면 되는데 왜 안 시켜주나 모르겠어."

잠시 들렀던 의사들은 수연을 굉장히 조심스레 대했다. 아무래도 자살 시도를 해서 그런 걸까. 우울증 상담을 받지 않겠냐고 하는 걸 단호하게 거절해버렸다. 왜 그랬지? 자기가 생각해도 이해가 안 갔다.

"아줌마, 저 병원에 가 있는 동안 아빠 좀 데리고 놀아주세요."

"아빠랑 같이 있는 거 싫어?"

"잔소리쟁이예요. 간병인 아주머니도 있고 간호사 누나들도 있는데 옆에서 계속 붙어 있으니까 답답해서 미칠 거 같아요. 심지어 매일 숙제도 내주고 검사도 하고, 게임 더 할까 눈에 불을 켜고 감시하고. 병원에 있는 동안만이라도 좀 놀고 싶은데 나중에 학교 돌아가야 하는데 진도 떨어지면 어떻게 하냐고 엄청 괴롭혀요."

동원이 답답한지 아빠 흉을 보았다.

"그나마 요즘 아빠가 연애하느라고 자리 좀 비우니까 조금 살 만했거든요."

"아빠 네가 게임 중독될까 걱정돼서 그랬지. 마인크래프트 좀 그만해라. 수연 씨, 마인크래프트 알아요?"

"아뇨, 전혀요."

"어, 진짜 몰라요?"

갑자기 하율이 자기 폰을 꺼내서 앱을 하나 열었다. 스마트폰이라고 있기는 한데 잘 쓰지 않는 수연으로서는 하율이 마냥 신기했다.

"레고 같은 블록으로 집짓기 같은 거 하는 건데 요즘 애들이 아주 이거에 환장해요."

레고…… 그러고 보니 오빠도 레고를 좋아했다. 어릴 적에 오빠가 블록으로 수연에게 집이니 뭐 그런 것을 만들어주곤 했다. 몸이 약한 오빠는 밖에 잘 못 나가고 집에서 놀았는데 그때 자주 갖고 놀던 장난감도 블록이었다.

진짜로 오빠를 닮은 걸까.

수연은 하율을 찬찬히 뜯어봤다. 얼굴이나 체형은 동원과 많이 닮았을 듯했다. 아파서 마르긴 했지만 일단 키도 큰 편이었고 갸름한 얼굴이나 길쭉한 눈은 아빠 판박이였다.

폰을 놀리는 아이의 손을 보는 순간 웃음이 나왔다. 동원이 손바닥보다 손가락이 엄청 길쭉하다면 하율은 생각보다 손이 작았다.

"하율이 손이 작은 편이네요."

"발은 큰데 손은 작아요."

동원이 옆에서 알려줬다.

오빠나 수연 둘 다 손이 작았다. 작은 손에 비해 손톱은 유독 길쭉하고 예쁜 편이었다. 아이의 손이 왠지 오빠의 손과 비슷해 보였다.

하율이 자기와 같은 피를 갖고 있다는 생각을 하자 어딘가 닮은 데가 있나 눈에 불을 켜고 찾게 된다.

"정하율, 넌 문병 와서 게임하냐?"

"조금만. 이거 조금만 하면 돼요. 잠시만."

"정하율!"

동원이 더 잔소리를 하기 전에 수연이 말렸다.

"좀 하라고 해요. 혼자 심심하잖아요."

"그래도 문병 와서 게임하면 안 되지."

동원은 아픈 아들을 위해 최선을 다하지만 엄한 아빠이기도 했다. 인간적으로 정동원은 그녀에겐 나쁜 남자였지만 아들에겐 좋은 아빠임이 분명했다. 아들을 위해 도덕적이나 윤리적으로 나쁜 짓을 할 만큼. 금수저를 물고 태어난 이 남자가 태어나서 이렇게 나쁜 짓을 한 건 처음이었겠지.

아니, 저 사람이 한 나쁜 짓을 왜 내가 이해해줘야 하지? 난 희생자잖아.

마음속에 복잡한 기분이 들었다.

이성과 감정이 따로 논다. 이성은 분노하고 감정은 그를 동정한다.

아옹다옹하는 두 부자를 보는데 왠지 울컥할 것 같았다.

281

"동원 씨, 아까 그 얘기 있잖아요. 갈게요. 집에 가봤자 혼자 아무것도 못 할 거 같아요."

심술을 부려보고 싶었다. 이럴 때라도 그에게 기대고 싶다.

"정말 그럴 거야? 하율아, 아줌마 퇴원 뒤에 우리 집에 온댄다. 오라고 해도 절대 안 온다더니 하율이 너 보니까 온다고 그러네."

"정말요?"

하율이 수연이 온다니까 좋은지 활짝 웃었다. 양심의 가책이 느껴졌다. 네 아빠 괴롭히고 싶어서 그래. 네 아빠에게 희망을 줬다 뺏고 싶어서 그래. 네 아빠도 나처럼 아프길 바라서 그래.

•

"잠시 원무과 갔다 올 거니까 옷 갈아입고 있어."

그가 쇼핑백을 내밀었다.

"내 옷 어디 있어요?"

"너무 많이 묻어서 버렸어. 그래서 새 옷 사 왔어."

"집에 옷 많은데……."

"들를 틈이 없었어. 그러니 그냥 이거 입어."

거의 원피스처럼 내려오는 터틀넥 스웨터에 레깅스였다. 두툼한 카디건과 머플러까지 있었다. 양말에 새 신발까지 꼼꼼하게 챙겨 왔다.

잠시 후 돌아온 그가 안타깝다는 듯 수연을 바라보았다. 움푹 파인 볼을 살짝 쓰다듬었다.

"많이 말랐어. 잘 먹여야겠다, 수연 씨."

수연은 건조한 눈길로 그를 쳐다보다 고개를 돌렸다.

"어디 가는 거예요?"

그의 집으로 가는 길은 이 길이 아니었다.

"본가로 가려고."

"본가요?"

"응, 원래 집."

"전에 그 수리 중이라던 거…… 그것도 거짓말이었죠?"

그가 답을 하지 않았다. 수리 중이라던 자택은 그냥 핑계였겠지. 갑자기 기분이 또 상해버렸다. 뭔가 고장 난 것처럼 과거의 평정을 유지하던 서수연은 없었다. 작은 일에도 서럽고 억울하고 분하고 기분이 상했다.

"집에 갈래요."

가볍게 심통을 부려봤다. 당연히 그가 잡아주길 바라면서.

"어차피 집에 가도 혼자 있잖아. 손 다쳐서 당분간은 힘들어."

수연의 고집스러운 입매를 봐서인지 그가 다시 다독이려 했다. 앞을 보다가 가끔 그녀 쪽을 돌아보면서 잡았다.

"제발 내 말 좀 들어, 수연 씨. 다 걱정되어서 그러는 거야. 응?"

그가 다정하게 운전을 하면서 수연과 눈을 마주하려 했다. 애원하는 듯한 표정에 또 마음이 약해졌다. 몇 번이나 그는 그녀가 높이 쌓아놓은 벽을 허물고 넘어서 다가오곤 했다. 바보 같아, 서수연. 정말 바보야.

"먹고 싶은 거 없어?"

"별로요."

"잘 생각해봐. 뭐 먹고 싶은 거 없어? 지난번에 해물 파스타 맛있게 먹지 않았어? 따뜻한 국물 있는 거라도 해줄까? 삼계탕 같은 건 어때? 몸보신이라도 해야 하는데."

수연이 계속 시큰둥한 기색이자 그는 안달을 했다.

"왜, 내가 당신 때문에 자살 시도라도 하니까 죽어버릴까 두렵기라도 한가 봐요?"

"맞아. 무서워. 당신이 죽을까 봐."

수연이 거칠게 쉿소리 나는 웃음을 터트렸다.

동원은 그런 수연을 슬픈 눈으로 바라볼 뿐이었다.

"하율이한테는 좀 조심해줬으면 좋겠어."

그의 조심스러운 말에 수연은 심장을 뭔가 딱 조이는 듯한 느낌을 받았다. 잠시 숨을 멈췄다 도로 내쉬었다.

"뭘요? 내가 하율이 친엄마라는 거요?"

수연이 쉿소리가 날 정도로 거칠게 말했다.

"그것도 그거지만, 하율이한테 당신 손목 그었단 얘긴

안 했으면 좋겠어. 하율이랑 도우미 아줌마한테도 그냥 사고로 다쳤다고 말해뒀어. 아줌마는 이 근방에 사시는데 매일 아침 8시에 와서 저녁 6시에 가시는 분이야. 나 없을 때 부탁할 거 있으면 아줌마한테 말하면 돼. 우리 집 일 오랫동안 봐주셔서 잘해주실 거야."

"그건 나도 말할 생각 전혀 없어요. 괜히 얘기했다가 책임질 일 생기면 어쩌라고요."

수연이 차갑게 받아쳤다.

"당신한테 해가 되는 일은 없게 할 거야. 그건 염려 놓아도 돼."

그가 조금 안심하는 표정을 지었다. 그게 왜인지 모르게 가슴이 아팠다.

"지금 아픈 애 혼란스럽게 하고 싶지 않아서 그래."

"그건 당신이 알아서 할 일이에요. 내 일 아니에요."

차갑게 말하는 수연을 그가 어딘가 냉담한 표정으로 바라보았다. 잠시 뒤 다시 표정을 바꾸더니, 일어나는 수연을 도왔다.

"저 갈아입을 옷도 없어요."

"그럴 거 같아서 속옷이랑 집에서 입고 있을 옷이랑 사다뒀어. 나중에 필요한 거 있으면 당신 몸 좀 좋아진 뒤에 같이 챙기러 다녀오면 될 거 같아서."

미리 다 준비해놓고 통보하는 거나 다름없었다.

빈혈인지 두통이 심했다. 가볍게 멀미도 나는 듯했다.

결국 수연이 눈을 감아버렸다.

"도착하면 깨워줄 테니까 좀 쉬고 있어."

/
7. *Am I blue?*
/

　창문 너머로 거리가 휙휙 지나가고 있었다. 낯선 동네,
낯선 집, 익숙한 듯 낯선 사람. 유리창 너머로 계절이 바뀌
고 있었다. 사람들의 옷이 얇아졌고 해도 길어졌다. 수연
의 마음은 아직 봄이 아니었다.

　의사는 또 수연을 두고 동원과 무슨 얘기를 하는 듯했다.
아마도 상담 치료를 받으라는 얘기 정도가 오갔겠지. 상처
는 마음과 달리 잘 아물고 있다고 의사가 말했다. 상처는
아물어서 흉터를 남기겠지만.

　"다 왔어. 안 내려?"

　어느새인가 차가 멈춰 있었다.

　동원의 집은 지상 2층, 지하 1층으로 된 저택이었다. 넓
은 마당은 거의 정원이라고 할 정도로 잘 가꾸어져 있었
다. 돌아가신 그의 어머니가 생전에 가꾸었다는 정원에는
온갖 꽃나무가 있었다.

　마당 담벼락에 있는 목련 나무에 봉오리가 올라오고 있
었다. 옛날 집에 있던 오래된 목련 나무는 매해 봄마다 하
얀 등처럼 예쁜 꽃을 피웠다. 그럴 때면 수연의 2층 방 창

문까지 올라온 그 꽃을 보곤 했다.

"아직 날이 쌀쌀해. 피곤할 텐데 빨리 들어가서 쉬지?"

가만히 현관에 멈춰 선 채로 있는 수연이 이상한지 그가 살짝 등을 감싸 안은 채로 끌어안았다. 그의 말대로 햇빛은 따뜻해도 아직 날이 쌀쌀해서인지 으슬으슬 한기가 돌았다.

"다녀오셨어요?"

하율이 거실에서 텔레비전을 보다가 나왔다.

"하율이 너 게임 얼마나 했어?"

"한 시간 하고 껐어요."

아이가 동원에게 뚱한 표정으로 답했다.

"하율이 정말 한 시간만 했어요."

부엌에 있던 최 여사가 웃으면서 하율이 편을 들어줬다. 꽤 오랫동안 이 집 도우미였다는 최 여사를 동원은 꽤 신임하고 있었다.

"아줌마, 병원에서 뭐래요? 언제 실밥 푼대요?"

하율은 수연의 상처에 관심이 많았다. 하율은 수연이 팔목 다친 걸 그냥 사고 정도로 이해한 모양이었다. 어른스러워서 혹시 이상한 생각이라도 하는 건 아닐까 걱정했는데 다행히 동원의 설명을 믿은 모양이었다. 그래도 걱정이되는지 수연이 손이라도 좀 쓰면 잔소리를 해대곤 했다.

"많이 나았대요?"

"응, 이제 일주일에 한 번만 와서 드레싱만 하면 될 거래."

며칠간은 매일 가서 드레싱과 소독을 했는데 이제는 많이 나아서 자주 오지 않아도 된다고 했다.

"다행이다. 흉은 많이 남는대요?"

"여름이 아니라서 덧나지도 않을 거래. 흉터는 좀 생기겠는데 옷으로 가리면 잘 안 보여."

수연이 성실하게 하율에게 답을 해줬다. 하율이 환하게 웃었다.

수연은 눈을 감아버렸다.

하율이 넌 모르겠지만, 네가 웃을 때마다 네 얼굴에서 난 죽은 오빠 얼굴을 보곤 해. 그리고 죽은 엄마 얼굴도. 넌 내가 낳지 않은 아이인데, 생물학적으로 내 아이라는 걸 알게 되었을 때 너무 충격적이었거든. 그런데 왜 난 갈수록 네가 좋아지는 걸까? 왜 너는 그렇게 사랑스러울 수가 있는 거니?

처음에는 몇 번 밀어내려 해보았다. 하율이 와서 말을 걸 때마다 차가운 말로 "미안한데 아줌마 지금 좀 피곤해."라고 밀어내었다. 하지만 하율의 풀이 죽은 얼굴을 보면 어느새 죄책감을 느끼게 되곤 했다. 자기 눈치를 보며 친해지고 싶어 하는 하율, 그리고 저쪽에서 그런 그 둘을 관찰하는 동원. 동원은 수연이 하율을 밀어낼 때마다 자기가 마음이 아픈 것처럼 인상을 쓰곤 했다.

"수연 씨, 하율이랑 짧게라도 좀 잘 지내면 안 돼? 아픈 애잖아. 그냥 좀 불쌍하게 생각해줘. 집에서 심심하고 외로워해. 내가 좀 부탁할게."

좋아하는 남자가 부탁해 올 때 처음에는 짜릿한 쾌감이 느껴져서, 그리고 불쌍해서 그가 원하는 대로 해주고 싶었다. 그리고 하율의 존재 자체가 수연을 흔들고 있었다.

결국 항복한 채로 그냥 당분간은 이대로 지내는 걸 받아들여버렸다. 밀어내려 할 때마다 다시 아이에게 끌리는 이 마음은 뭘까?

결국 수연이 하율을 인정하게 된 것은 우연히 본 사진 한 장 때문이기도 했다. 동원의 서재에서 볼 책을 고르다가 책상 위 액자에 든 사진을 보고 말았다. 지난번에 본 사진보다 더 어릴 때 찍은 것 같았다.

"하율이 어릴 적 사진이에요?"

파란색 복건을 쓴 하율이 주먹을 쥔 채로 의자에 앉아 있었다. 뒤쪽에 책장과 책상이 있는 것을 보니 그때 살던 집인 모양이었다. 돌상도 앞에 있었다.

복건을 쓴 하율은 젖살이 올라 오동통했다. 이미 제법 자라서 한 살로는 보이지 않을 정도였다.

"돌 사진이야. 런던에 있을 때라서 내가 직접 찍은 거야."

수연이 빙그레 웃었다.

"하율이는 뭐 집었어요?"

"믿기지 않겠지만 실 잡았어."

실을 잡으면 장수한다지. 오빠는 붓을 잡았다고 했던가. 오빠도 실을 잡지. 사진 속의 하얀 볼이 토실토실한 하율은 마치 어릴 적 사진 속의 오빠 같았다. 오빠 돌 사진이 오래된 피아노 위에 있던 게 기억났다. 그 사진은 아직도 그 오래된 집에 있을까. 조부모와 같이 살던 그 집은 수연이 태어나 자란 집인데도 생각하면 가슴을 꽉 조이는 듯한 답답함이 느껴지곤 했다.

높은 천장에는 크리스털 샹들리에가 걸려 있었고 거실 한쪽에는 고모들이 치던 검정색 피아노가 있었다. 하얀 레이스 뜨개가 덮여 있는 그 피아노를 엄마는 뚜껑 한 번 열어보지도 못한 채 닦고는 했다. 그 피아노 위에 가족사진들이 놓여 있었는데 엄마랑 수연은 거기에 끼어본 적이 없었다. 두 사람은 그 집의 가족이 아니었던 모양이다. 그러니 그렇게 쉽게 내쫓았겠지.

"이런 말 하면 좀 이상한데…… 우리 오빠 닮은 거 같아서요."

정말 작은 소리로 수줍게 말했다.

수연은 정말 사진을 뚫어지게 바라보았다.

·　·　·　•　·　·

오랫동안 밤에 하는 일을, 사람을 상대하는 일을 했다고 하지만 수연은 아직 보드라운 품성을 간직하고 있었다. 병원에 가면, 드레싱을 할 동안에는 자기 상처도 못 보고 고개를 돌려버리곤 했다. 이런 사람이 도대체 어떻게 그런 짓을 저질렀는지 이해가 가지 않았다.

"임신 초기에는 원래 심리적으로 격해져요."

의사의 말에 따르면 수연은 지금 임신 초기로 감정이 격해질 때였다.

처음 집에 와서 하율을 보았을 때 수연은 유령을 본 것처럼 창백해졌다. 분명 예전에 하율과 조금 친해졌던 것 같은데 지금은 높은 벽을 세우는 것처럼 보였다. 아니, 수연은 하율을 무서워하고 있었다. 그런데 배 속의 아이는 받아들일 수 있을까.

그날 어떤 일이 있었는지 동원은 짐작만 할 뿐이지 정확하게 알지 못했다. 그날 새벽 어디로 갔고, 다녀와서 왜 그랬는지 알고 싶을 때가 있었다. 혹시 필요할까 싶어 심리 치료를 받지 않겠냐고 말해봤지만 수연은 단호하게 거절했다.

"혹시 몰라서 그래. 한 번 받아보는 게 어때?"

눈치를 보면서 물어오는 동원에게 수연이 고개를 저었다.

"안 해도 돼요."

분명 가면 의사든 상담가든 잡고 구구절절 자기 어린 시절의 얘기를 늘어놓고 한참 울고불고 하겠지. 그건 너무 구질구질했다. 그냥 지나온 세월 얘기를 하는 것 자체가 너무 가슴이 아파서 말을 못 한다. 입에서 한 마디도 나오지 않게 꾹꾹 눌러가며 여기까지 왔는데 한순간에 쉽게 어떻게 말을 할 수 있을까.

"이제 괜찮아요. 다시는 그런 멍청한 짓 안 할 거예요."

언제든 죽을 수 있었는데도 지금까지 살았는데, 더 힘든 때도 있었는데 왜 내가 죽으려고 했을까. 수연이 생각해도 참 이상했다.

병원에서 초음파 검사를 해본 바에 의하면 아직 아기집이 형성도 제대로 되지 않은 상태였다. 우연찮게 혈액 검사 정도로나 나올 법할 정도로 초기였다. 의사는 아마 좀 지나서 다시 와서 제대로 초음파를 해봐야 할 거라고 했다. 과연 수연은 언제 자기가 임신한 걸 알게 될까. 수연이 눈치 채기 전까지 그는 최대한 오래 감춰야만 했다.

사실 이제 슬슬 산부인과에 데려가서 초음파 검사를 받아야 할 때였다. 항생제를 아주 약간이라도 썼기 때문에 아이에게 무슨 문제라도 있을지도 몰랐다. 어쩌면 초기에 유산이 될 수도 있었다.

그 문제로 동원은 전전긍긍하고 있는 중이었다.

"왜 그러고 있어요?"

혼자 딴생각에 잠긴 동원을 수연이 이상하다는 듯 봤다.

"어, 별거 아냐."

그가 수연의 관심을 하율에게로 쏠리게 만들었다.

"하율이 내일 병원 가야 하니까 짐 쌀 준비 해야 되는 거

293

안 잊었지? 뭐 갖고 갈 거야?"

하율이 힘이 빠진다는 듯이 한숨을 푹 내쉬었다.

"병원 가도 거기서 공부해야 하니까 교과서 제대로 챙겨. 아빠가 검사하게 하지 말고."

하율이 입을 삐죽 내밀면서 마지못해 답했다.

"네에에에에에."

"하율이 병원에서도 공부해요?"

수연이 조심스레 물었다. 수연은 하율과 말을 하거나 보는 건 부담스러워하면서도 하율의 일에 관심이 많았다.

"아프다고 집에만 있을 순 없잖아. 학교 가야 친구들도 만나는데 진도는 대충 좀 따라가야지."

병원에 있으면 게임을 하고 만화만 볼 뿐, 사실 할 일이 많지가 않아 동원이 꽤 걱정을 했다. 어린이 병동에서 여는 수업에도 참가하거나 가급적 하율이 심심하지 않고 좀 활기차게 보낼 수 있게 노력하는 게 동원이 할 수 있는 다였다.

"이거 갖고 가도 돼요?"

하율이 태블릿 피시를 들어 보였다. 동원이 안 된다고 하려다 고개를 끄덕였다.

"대신 오전에 한 시간, 오후에 한 시간만이야."

"애니메이션 보고 싶어서 그래요. 아빠가 노트북도 못 갖고 가게 하잖아. 가서 인터넷으로 공부도 해야 하잖아. 이걸로 아빠가 만화책 결제해주면 내가 만화책 안 들고 가

294

도 되고."

"알았어, 갖고 가. 아무튼⋯⋯."

하율의 주장에 동원이 졌다.

아빠랑 아들이 이런 걸로 툭탁거리기도 하는구나.

아빠는 어떠셨더라. 권위적이어서 오빠도, 수연도 아빠가 무슨 말만 하면 그냥 그대로 따라야 했다. 엄마도 아빠에게 눌려 지내셨고. 아빠는 할머니에게 꼼짝 못했더랬다. 그냥 불합리해도 어른들 말 그대로 따라야지, 라며 어떤 의견도 낼 수 없었다.

동원은 좋은 아빠였다.

만약 수연이 임신한다면⋯⋯ 그는 역시 좋은 아빠가 될까?

그 생각에 수연이 살짝 몸서리를 쳤다. 그럴 일은 없을 거야. 이제 다신 저 사람 손에 놀아나지 않아. 고개를 살짝 흔들며 혼자 다짐을 굳게 했다. 하율이가 아무리 불쌍해도 아이를 가질 순 없어.

멍하니 텔레비전을 보고 있던 수연은 2층 복도에서 나는 작은 소리에 고개를 돌렸다. 남자애들이 입을 법한 애니메이션 캐릭터의 파란색 잠옷을 입은 하율이 계단에 서 있었다. 분명 동원이라면 절대 사주기 싫어서 질색팔색을 했을 텐데, 하율이 졸라서 어쩔 수 없이 사줬겠지. 역시 남자애는 남자애인 걸까.

"텔레비전 재밌어요?"

수연이 고개를 저었다. 뭘 보는지도 모르고 그냥 틀어놓고 있는 것뿐이었다.

하율이 수연 옆에 앉았다. 시계를 보니 밤 11시가 조금 넘은 시각. 동원은 아이가 늦게까지 안 자고 깨어 있는 걸 별로 좋아하지 않아서 꼭 10시 전에 재우러 보내곤 했다.

"하율이 자는 거 아니었어?"

"자다 깼는데 목말라서 잠시 내려왔어요."

핑계였다. 하율의 방에는 혹시 자다 깨서 마실 것에 대비해 늘 물이 준비되어 있었다.

"아줌마, 있잖아요……."

"응?"

"저는 아빠랑 아줌마랑 헤어진 줄 알았어요."

사실 그랬었지. 하율은 어리지만 눈치가 빨랐다.

"왜 그렇게 생각했는데?"

수연이 억지로 웃었다. 아직도 하율과 얘기하는 게 조금 무서웠다. 자신이 낳지 않은, 하지만 자신과 같은 유전자를 공유한 생명에 대해서 어떤 태도를 취해야 하는 걸까. 이제껏 없던 모성애 같은 게 갑자기 샘솟을 리도 없지 않은가. 그러나 한편으로는 하율에 대해서 알 수 없는 친밀감 비슷한 감정을 느끼고 있다는 걸 본인도 알고 있었다.

"그날 내가 쓸데없는 얘기 했다고 아빠한테 혼났거든요. 그리고 그런 거 알고 있으면 진작 말했어야지 왜 말 안 했냐고도 했어요. 그래서 한동안 아빠가 저기압이었어요. 작은 일에도 투덜거리고, 화내고, 신경질 부리고. 그래서 아, 연애가 잘 안 되나 보다 했죠. 삼촌도 그런 거 같다고, 뭐 아는 거 없냐고 물어봤었어요."

"아아, 그냥 원래 남자랑 여자는 이유 없이 그냥 싸우기도 해. 너도 커서 연애하면 다르지 않을걸?"

"진짜 그래요?"

수연이 웃으면서 고개를 끄덕였다. 너한테는 제발 이런 일 없길 빌어. 그냥 건강하게 회복해서 좋은 여자 만나서 별거 아닌 걸로 싸우기도 하면서 행복하게 가정 이루고 천수를 누려줘, 제발.

"그러고 싶지 않은데……. 아빠는 엄마한테 꼼짝 못 했거든요. 엄마가 그러는데 아빠 같은 남편 세상에 없다고 그랬었어요. 그래서 나중에 그런 남편이 되고 싶었어요."

전 부인에게 동원이 얼마나 잘했을지 짐작이 갔다. 그러니 본인은 별로 갖고 싶지 않은데 억지로 아이를 만들고, 부인이 죽은 뒤로도 하율에게 끔찍한 거겠지.

수연이 살짝 언짢은 안색이었는지 하율이 잽싸게 눈치를 봤다.

"아, 맞다, 아빠가 엄마 얘기 하지 말랬는데……."

"괜찮아. 일부러 하려고 한 것도 아닌데 뭐 어때. 그리고 오늘 얘기 우리끼리 비밀로 하자. 아빠 아시면 또 화내실지도 몰라. 아빠 화내면 무섭더라."

진짜 무서웠다. 하율이 수연에게 이런 얘길 한 걸 동원이 알면 몹시 화내겠지.

"아줌마가 다시 아빠랑 사귀는 거 같아서 다행이에요. 그냥 이 말이 하고 싶었어요. 아빠도 힘들잖아요. 아줌마라도 아빠랑 같이 있어주니까 마음이 좀 놓여요. 우리 아빠 좀 성격이 까다롭긴 해도 그렇게 나쁜 사람은 아니에요."

이제 겨우 아홉 살인데 애어른이 된 하율을 보면서 수연이 복잡한 미소를 지었다.

"알았어. 늦었다. 어서 가서 자. 아빠 나오셨다 보면 혼나."

그 말에 하율이 꾸벅 인사를 하고 두다다 계단을 올라갔다.

"아빠한텐 말하지 마세요."

"알았어. 빨리 가서 자."

수연은 긴 한숨을 내쉬었다. 하율의 존재 자체가 작은 쐐기처럼 심장에 박혀 있었다. 거슬리는데 빼내지 못하는 가시처럼.

다음 날 하율이 병원에 입원하러 가는 길을 최 여사와 수연이 마중했다.

"그럼 저 다녀올게요."

학교에 가는 것처럼 씩씩하게 나서는 하율을 보고 최 여사가 살짝 눈시울을 적셨다.

"하율이 먹고 싶은 거 있으면 아줌마한테 전화해. 알지?"

"네, 그럴게요."

어차피 들어가면 무균실이라서 먹고 싶은 게 생겨도 만들어줄 수가 없었다.

"하율이 씩씩하게 치료 잘 받고 와. 아줌마가 보러 한 번 갈게."

"자주 오세요. 심심하단 말이에요."

하율은 가기 싫으면서도 아빠 차에 타서 두 여자에게 손까지 흔들어주었다.

"어휴, 저 어린 게…… 하늘도 무심하시지. 사모님 가신지 얼마나 되었다고……."

그 말을 한 뒤 살짝 수연의 눈치를 살폈다. 수연은 최 여사에게 민망한 듯 살포시 웃어주었다.

"저 신경 안 쓰셔도 돼요. 어차피 저보다 그분 먼저 오래 아셨잖아요."

"그래도 미안해요, 수연 씨. 사장님이 수연 씨 앞에서 조심하라고 했는데."

그래도 이 집에 남아 있을 그의 아내의 흔적이 완전히 없을까. 그의 서재의 사진 속이나 여기저기에 많이 남아 있었다. 도회적인 그와 달리 소녀적인 취향의 것들을 볼 때마다 아, 그녀의 것이구나 짐작하곤 했다.

"날 아직 쌀쌀해요. 빨리 들어가요. 옷도 얇게 입으셨잖
아요."

최 여사가 수연을 끌고 다시 집으로 들어갔다. 봄바람이
살짝 쌀쌀했지만 간만에 바깥 공기를 마셔서 그런지 찬 공
기가 폐를 시원하게 식히는 듯했다.

차고에 차를 넣고 집 쪽을 바라보았다. 거실에 불이 환하
게 들어와 있는 걸 보니 수연이 아직 자고 있지 않은 모양
이었다. 집에 그를 기다려주는 사람이 있는 것은 꽤 오랜
만이었다.

"안 자고 있었어?"

그가 문을 열자 수연이 무심결에 고개를 돌렸다 텔레비
전으로 시선을 되돌렸다. 못 볼 걸 본 사람처럼. 수연은 무
심하게 텔레비전을 보고만 있었다.

손을 다치고 나니 할 수 있는 게 별로 없어 그냥 계속 앉
아서 텔레비전으로 드라마나 영화를 보는 게 다였다.

넓은 집에 혼자 있는 게 사실 조금 무서워서 혼자 침실에
있을 수가 없었다. 얇은 담요를 덮고서 넋을 잃은 채 화면
가득 펼쳐진 푸른 바닷물을 보고 있는 수연 옆에 그가 앉았
다. 그의 옷에서 희미하게 병원 냄새가 나는 듯도 했다.

"뭐 보고 있어?"

수연은 그를 의식했는지 별말을 않고 살짝 몸을 틀어 옆
으로 비켰다. 그때 화면이 바뀌고 푸른 열대의 바다가 화

면을 가득 채웠다.

"와, 예쁘다."

수연이 자기도 모르게 소리를 내었다.

"실제로 가서 봐도 저래. 바닷물 색이 에메랄드그린이라서 실제로 보면 저것보다 더 환상적이야."

"가봤어요?"

그러자 동원이 고개를 끄덕였다.

"물이 얼마나 깨끗한지 10미터 아래의 물고기까지 보여. 스쿠버 다이빙 하면 열대의 알록달록한 물고기들이 얼마나 신기한지 몰라. 당신 몸 좋아지면 같이 갈까?"

"하율이는요?"

"하율이 퇴원하고 좀 차도가 보이면 잠시 외삼촌한테 부탁하고 갔다 올 수 있을 거야."

"어떻게 그래요?"

낮에는 병원에서 보내고 밤에는 환자인 수연과 같이 지내는 이 남자는 어떤 심정일까.

지친 듯한 얼굴을 보면 수연은 저도 모르게 마음이 누그러졌다. 병원에 있다가 집에 오던 엄마의 얼굴이 떠올랐다. 엄마 하고 달려와 안기는 수연을 엄마는 포근하게 안아주곤 했다. "수연아, 미안해. 수연이는 다 이해하지?"라고 말하면 고개를 끄덕였다.

사실 이해하지 못했다. 엄마가 오빠만 신경 쓰는 게 싫었다. 오빠가 미울 때도 있었다. 나만 봐줬으면 좋겠다고 생

301

각했다. 지금도 동원이 나만 봐주면 좋을 것 같은데, 하율이 걸렸다.

하율이 아픈 게 싫다. 하율이 건강했으면 좋겠다. 하율이 살았으면…… 좋겠다.

"하율이 괜찮아요?"

"어, 그냥 뭐 버티고 있긴 해."

항암 치료라는 게 그냥 주사 몇 대 맞아서 끝나는 게 아님을 알고 있다. 암을 앓는다는 자체보다 항암 치료가 더 힘들다고도 했다. 체력이 되어야 그것도 버틸 수 있다. 중간에 치료를 포기하는 사람도 있을 정도인데 어린 하율이 그걸 견딜 걸 생각하자 마음이 짠했다.

다시 등골이 오싹해졌다.

하율이…… 수연의 생물학적 아들.

이 남자는 그녀에게서 하율의 동생을 원했다. 하율을 치료하기 위해서.

수연의 표정이 다시 차가워졌다. 왜 이 남자와 미래 얘기를 하는 걸까.

"날 좋아지면 같이 가자."

동원이 다정하게 어깨를 감싸 안았지만 수연은 그의 손을 앙칼지게 뿌리쳤다.

미래 얘기를 하지 말라고! 같이 가는 미래의 얘기를!

"나한테 잘 보이려고 그래요?"

그러나 동원은 그냥 수연의 어깨를 다시 안으면서 이마

를 수연의 머리에 대었다.

"바닷물이 얼마나 맑고 투명한지 산호초도 보이고, 색이
고운 열대어 떼도 그냥 배에 타고만 있어도 보여. 그냥 아
무것도 안 하고 바닷가 선베드에 누워서 일몰 바라보면서
시원한 음료수 한 잔 마시면서 쉬고 싶어. 옆에 당신이 있
으면 더 좋을 거 같아. 그냥 아무것도 안 하고 파도 소리 들
으면서 해 지는 거 보고 싶어."

다정하게 속삭이는 그를 차마 내칠 수가 없었다. 수연이
내치지 않자 그가 더 용기를 얻었는지 이마에 가볍게 입술
을 눌렀다.

"당신 몸 좋아지고 하율이 병원에서 나오면 잠시 준희한
테 부탁하고, 3박4일이나 4박5일이라도 다녀오자. 응? 따
뜻한 데 가서 며칠 있으면 기분도 좀 나아질 거야. 전에 여
행 가본 지 오래되었다고 그랬잖아? 둘이 가본 적 없으니
까 이번 기회에 갔다 오자."

부드러운 밀어를 속삭였다. 안고 있는 다정한 손, 기댈
수 있는 단단한 가슴. 그냥 모든 걸 다 잊고 왜 그에게 맡길
수 없는 걸까. 이미 한 번 배신당했는데, 이미 그의 속셈을
다 아는데 왜 뱀의 혀처럼 달콤하게 말하는 그의 손을 뿌리
칠 수 없는 걸까.

"자주 갔었나 봐요?"

"전에 스쿠버 다이빙 했었거든."

그런 건 처음 듣는 얘기였다. 둘이 꽤 긴 시간을 같이 보

303

냈는데 서로 취미도 잘 모르는구나. 잘 안다 생각했던 건 착각이었던 게 분명했다. 무슨 얘기를 해야 할지도 이젠 모르겠다. 왜 나는 여기 있는 거지? 그냥 집으로 택시 타고 가버리면 되잖아. 그런데 왜?

집에 가서 침대에 있을 그 흔적들을 봐야 하는 게, 또 혼자여야 하는 게 무서웠다. 마주 보지 못한 채 피하고 도망치는 자신이 비겁하다 싶으면서도, 이번만은 그냥 내가 원하는 대로 하면 안 되나 싶은 자기변명을 하곤 했다.

짜증이 갑자기 치솟았다. 요즘 들어 이유 없이 감정이 왔다 갔다 하곤 했다. 왜 작은 일에 이리도 눈물이 나고 서운한 걸까. 그냥 리모컨을 눌러 텔레비전을 꺼버렸다. 그러곤 벌떡 일어났다.

"어디 가?"

벌떡 일어났지만 갈 곳이 없다. 어딜 가지? 뭐라고 말하지?

"머리 감게요."

그냥 튀어나온 말이었다.

"아직 혼자 힘들잖아."

손목에 물이 닿으면 안 된다고 해서 샤워도 비닐로 손목을 감고서 하고 있었다. 게다가 샤워도 동원이 도와줘서 겨우 하는데. 동원이 따라올 기색을 보이자 수연이 인상을 썼다.

"이제 혼자 해도 괜찮아요."

"아직 무리야."

그러나 수연은 계속 인상을 썼다.

"내가 욕실에서 목이라도 맬까 봐 그래요?"

그가 한숨을 길게 내쉬었다.

"욕조에 물 받고 부를 테니까 준비하고 있어."

"혼자 해도 되니까 물만 받아줘요."

"상처에 물 들어가면 안 되는 거 알잖아. 그냥 도와주기만 할 거야. 이상한 생각 같은 거 없어."

"이제 아무 사이도 아닌데 맨몸 보이는 거 싫어요."

"물 받고 머리 감는 것만 도와줄게. 그럼 되지?"

그가 그녀를 달래듯이 말하는 이 상황 자체에 묘한 희열을 느끼는 것도 사실이었다. 그녀의 말 한 마디에 그의 인상이 달라지는 걸 보면 쾌감과 더불어 가슴이 아팠다. 내가 당신을 기쁘게도 슬프게도 만드는 게, 내가 당신을 좌지우지할 수 있는 게 기뻐! 이런 이기심에 구역질이 날 것같으면서도 자기연민에 상처를 핥다가도 하는 게 요즘 수연의 마음이었다.

"싫다고 말했잖아요."

"상처에 물 들어가면 안 되잖아. 그래서 그래."

그의 애원하는 표정에 마음이 약해져버려 수연이 결국 또 그가 원하는 대로 해줬다.

수연이 목욕 가운을 입기 위해 조심스레 옷을 벗어 옷걸이에 걸었다. 이제 아무 사이도 아닌데 맨몸을 보인다는 게 여간 수치스러운 일이 아니었다.

동원이 수연의 몸을 보고 걱정스러운 표정을 지었다.

처음 수연이 목욕 가운을 벗고 물속으로 들어가는 걸 보고서 동원은 충격을 좀 받았다. 전에도 뼈대가 가늘고 마른 체격이라는 건 알았는데 지난 몇 주 동안 급격하게 살이 빠졌는지 거의 뼈만 남아 있는 듯했다. 갈비뼈가 드러날 정도로 말라 있는 걸 보니 겁이 덜컥 났다.

몸을 물속에 담근 채 쭈그리고 앉은 여자의 몸이 너무 가냘팠다.

의사는 그에게 아기를 지키려면 산모를 절대 안정시켜야 한다고 강조했다. 수연의 상태로 봐선 아이가 제대로 태어날 수 있을지조차 의심이 된다면서.

동원이 수연의 머리를 천천히 적시면서 샴푸를 짜서 거품을 내었다.

"아프거나 불편하면 말해."

수연은 듣는 기색조차 없었다. 동원의 큰 손이 조심스럽게 수연의 머리를 어루만졌다. 영화의 한 장면처럼 낭만적이기까지 했다. 처음 해본 솜씨는 아닌 듯했다. 목 뒤를 꾹꾹 눌러 지압을 해주고 시원하게 머리를 감겨주었다. 그냥 그의 손에 넋이 나간 듯 수연은 멍하니 고개를 뒤로 젖힌 채 누워 있었다. 그가 머리를 다 감긴 뒤에 수연의 목 뒤와 어깨를 꾹꾹 눌러주었다.

"목이 좀 굳은 거 같아."

너무 다정한 손길에 넋이 나갈 것 같았다. 정신 차려야돼, 서수연. 또 이 남자의 뱀같이 요사스러운 거짓말에 넘어갈 수 없어. 두 번은 안 돼, 두 번은!

"이제 혼자 있고 싶어요."

"정말 괜찮겠어?"

"필요하면 부를게요. 그만 나가요."

수연의 짜증스러운 기색에 동원이 순순히 손을 떼고 일어났다.

"그럼 필요하면 불러."

넓은 욕실에 수연 혼자 남았다. 입욕제 향이 감도는 욕조에 앉은 채로 멍하니 있었다.

물에 안 닿게 방수 밴드가 친친 감긴 손목을 들여다봤다. 다행히 다친 손은 왼손이라지만 일상에 큰 지장이 많았다. 옷 입는 것에서부터 온갖 일 하나하나까지 다 불편했다.

어쩌자고 이런 일을 저지른 걸까. 즉흥적인 성격이라고 생각해본 적이 없는데, 내가 왜 이러지? 내가 왜 이렇게 화가 나고, 슬프고, 감정적인 걸까?

미친년 널뛰는 것처럼 요동치는 마음이 스스로도 이해가 가지 않았다.

갑작스레 꽁꽁 묶어둔 감정들이 쏟아져 나오고 있었다.

엄마가 돌아가셨고, 갑자기 좋아하는 사람도 생겼고, 배신도 당했다. 이 모든 게 짧은 시간 안에 벌어져서일 거야. 너무 충격이 커서 그렇겠지. 설마 나도 엄마처럼 병원에서 여생을 보내게 될까? 나는 병원비 댈 딸도 없잖아.

딸…… 아이, 아, 하율이…… 이 세상에서 서수연이 사라져도 서수연의 유전자 반쪽은 남아 있다. 하율을 생각하자 갑자기 눈시울이 시큰해지는 기분이 들었다.

있는지도 몰랐던 아들의 존재에 왜 이런 걸까?

멍하니 김이 올라오는 욕조에 누워 있자니 라벤더 향기에 잠이 솔솔 오기 시작했다. 더 누워 있다간 그냥 여기서 자게 될 것 같았다.

나와서 거울 앞에서 물기를 닦는데 거울 속의 여자가 보였다. 퀭한 눈을 한 여자가 자기를 바라보고 있었다.

수연이 살짝 인상을 썼다. 거울 속의 여자가 자기에게 이마를 찌푸렸다.

날이 따뜻해지면서 손목의 상처도 아물기 시작했다. 그러나 흉은 남겠지. 마음속의 깊은 상처는 아직도 벌어져서 벌건 속살을 내보이고 있었다.

미친 여자처럼 동원에게 퍼부으면서도 여전히 사랑받길 원하고 있었다.

몸을 닦고 옷을 입자 피로가 몰려왔다. 머리를 말려야 하는데 너무 졸려서 견딜 수가 없었다. 그냥 베개에 수건을 깔고 침대에 누워버렸다. 제법 길게 자란 머리카락은 수건두 개 정도를 써야 겨우 말릴 정도였다. 이대로 자면 감기에 걸리는 걸 잘 아는데도 지금은 자야 했다.

비몽사몽 눈을 감은 채로 있을 때 누가 어깨를 가볍게 흔들었다.

"수연 씨 머리 말리고 자. 감기 걸려."

수연이 잠투정을 하는 어린애처럼 그의 손을 툭 쳐버리고 돌아누워버렸다.

"머리 아직 축축한데 좀 말리고 자야지?"

그러나 눈꺼풀이 너무 무거워서 움직이지가 않았다.

"너무 졸려요."

수연이 거의 비몽사몽인지 눈도 제대로 못 뜨는 것을 보고 그가 한숨을 쉬었다.

잠시 후 드라이어 소리가 들리더니 미지근한 바람이 두피에 느껴졌다. 기다란 손가락이 머리카락이 엉키지 않게 훑으면서 머리 안쪽부터 천천히 말리기 시작했다. 마치 어린 시절 엄마가 머리를 만져주는 듯한 기분에 수연이 잠결에 희미하게 웃었다.

동원은 수연이 기분이 좋은지 눈을 접으면서 웃는 걸 보았다. 우울이 걸려 있던 여자의 얼굴에서 어둠이 싹 걷히는 것처럼 편안하게 웃고 있었다. 구름 사이로 나온 달처럼.

마음이 덜컹 내려앉는 기분이 들어 잠시 손길이 멎었다.

만약 사실을 안다면 당신은 어떻게 할까?

어린아이처럼 몸을 만 채로 잠든 수연을 보는 동원의 기분은 복잡했다. 우울한, 신경질적인 여자가 아닌 너무 연

309

약해 보이는 수연의 모습은 그를 뒤흔들었다.

이렇게까지 해야 하는 걸까.

사람이 또 다른 사람을 이렇게까지 몰아넣어야 하는 걸까.

동원은 눈을 감은 채로 한숨을 작게 내쉬었다.

수연은 옆에 놓인 머그잔을 들어서 홀짝거리려 했다. 그러나 입에 닿는 게 없다. 어느새 다 마셔버렸는지 입에 닿는 게 없었다. 수연의 아쉬운 표정을 최 여사가 본 모양이었다.

"더 줘요?"

최 여사가 슬그머니 웃었다.

점점 건강이 괜찮아지고 있었다. 의사도 팔목 상처가 잘 아물고 있다고 했다. 항생제도 겨울이라서 최소한의 양으로 줄일 수 있었다.

자기도 모르게 한 잔을 다 마신 걸 보고 수연이 깜짝 놀란 표정을 지었다.

"맛있었나 봐요?"

수연이 겸연쩍은 표정으로 웃었다. 안색도 안 좋고 홀쭉해서 많이 아파 보였는데 요 몇 주 잘 먹어서인지 볼 살도 좀 오르고 표정도 많이 밝아졌다.

최 여사가 레몬생강차를 한 잔 더 만들어서 갖다주었다.

나른하다. 봄볕이 좋아서 그런지 소파에 기대어 있노라

니 졸음이 솔솔 왔다.

몸이 안 좋아서인지 계속 피곤하기만 했다.

뭔가 새콤한 게 먹고 싶다. 이를테면 딸기라든가, 아, 딸기 셰이크 맛있겠지. 아니, 딸기 시폰케이크 같은 것도 맛있겠다. 그런데 요즘 케이크나 빵을 먹으면 소화가 잘 안되어서인지 속이 더부룩하곤 했다.

전에 소화는 잘되는 편이었는데 요 몇 주 내내 밥을 먹고 나면 속이 좀 불편해서 먹는 양이 조금 줄긴 했다.

무심하게 다 팔목 그었던 후유증일 거라고 생각하며 그냥 넘기고 있었다.

그나저나 오늘이 며칠이더라? 신선 바둑 두는 걸 구경한 것도 아닌데 왜 이리 시간이 빨리 가는지.

문득 탁자 위의 달력을 본 수연은 뭔가 이상하다는 생각을 했다. 미처 생각지 못하고 있던 뭔가가 머릿속에서 살랑거리고 있었다. 이 불편한 느낌. 있어야 할 게 없었다. 뭐더라, 뭐더라, 아차…….

생리…… 한 달 이상 없었다.

뭐, 가끔 건너뛰기도 하는 거긴 한데…… 밤에 일하다 보니 불규칙하긴 하지만 그래도 매달 하는 편이었는데…….

그때 머릿속을 스치고 지나간 생각이 있었다. 그러고 보니 몸의 낯선 반응들이 지난번 그 자살 시도 때문이라고 생각했는데 설마?

잠이 확 달아났다. 소파에 늘어져 있던 수연이 벌떡 일어났다.

병원을 가야 하나? 아니, 일단 약국에 가서 테스터를 사 보자.

급하게 방으로 가서 옷도 안 갈아입고 대충 찾아 걸쳤다.

"어디 나가시게요?"

최 여사가 보고서 약간 긴장한 표정을 지었다.

"잠시 나갔다 올게요."

"어딜 가려고요?"

최 여사가 살짝 긴장한 듯했다. 동원이 절대 수연 혼자 두지 말라고 신신당부를 했던데다 수연 본인도 절대 외출 을 삼가고 있기 때문에 이렇게 갑작스레 나간다니 당황했 다.

"좀 답답해서 산책이라도 하게요."

"같이 갈까요?"

어차피 집안일이라고 해봤자 다 했다. 예전에 일주일에 사흘 정도 왔다면 이제는 수연 때문에 하루 종일 내내 와 있었다.

"아니, 그냥 혼자 있고 싶어요. 잠시면 돼요. 그냥 답답 해서 조금 걸으려고요. 30분 안에 돌아올게요."

"사장님 오시면 같이 나가지 그래요? 아직 동네 잘 모르 잖아요."

동원과 몇 번 볕 좋은 날 나가긴 해서 집 위치는 대충 알 았다. 차 타고 왔다 갔다 하면서 보기도 했고.

"그냥 혼자서 좀 걷고 싶어서 그래요. 계속 늘어져 있었더니 더 처지는 거 같아서 그래요. 나간 김에 뭐 좀 사 오려고요. 저 어디 안 가요. 한 시간 안에 돌아올게요. 그냥 산책하고 싶어요. 오늘 날이 좋아서 그런지 좀이 쑤셔요. 조금만 걷고 올게요."

수연의 간절한 말에 최 여사가 마지못해 허락해주었다.

"그, 그럼 그래요."

수연이 아무렇지 않은 척 집을 나섰다. 산책하는 척하면서 동네를 돌며 약국을 찾았다.

중년 여자 혼자 있는 약국 문 앞을 몇 번 왔다 갔다 했다. 이 나이에 테스터를 사는 건 아무것도 아닌데 혼자 민망해서 서성이다 결국 용기를 내서 들어갔다. 젊은 여자가 테스터를 사는 게 이상하지 않은데도 왠지 그 말을 하기가 너무나 창피했다.

"저, 테스터 하나 주세요."

수연이 아주 조심스레 말했다. 여자 약사는 별일 아닌 양 하나 꺼내서 주었다.

돈을 치르고 집으로 오는 발걸음이 무거웠다.

설마. 아닐 거야, 아닐 거야. 내 인생이 여기서 더 엉망이 되진 않을 거야.

그러면서도 왜 동원이 굳이 이 집으로 데려온 건지 답이 나오는 듯했다. 아마도 병원에 있을 때 의사가 무슨 말을 했을는지도 몰랐다.

충격과 분노, 자괴감…… 온갖 감정이 용광로처럼 한데 혼탁하게 뒤섞였다.

박스를 뜯는 손이 부들부들 떨렸다. 박스 안의 포장지가 잘 뜯어지지 않을 정도로 긴장되었다. 조금 있으면 동원이 올 터였다. 그가 오기 전에 알아야 했다.

한숨을 크게 내쉰 뒤에 테스터를 바라보았다.

잠시 후 붉은 선 두 개가 올라왔을 때 수연은 그대로 주저앉았다.

눈앞이 캄캄했다.

분명 동원은 알고 있었다.

병원에서부터의 행적이 머릿속에 그려졌다.

그래서였구나……. 그 모든 다정한 행동이 얼마나 위선적이었던가.

같이 바다 보러 가자고 말할 때의 다정함은 독사의 혀처럼 날름거리며 그녀를 기만한 속임수였을 뿐이었다.

이 이상 떨어질 바닥이 있던가.

이제 그녀는 더 이상 직장도 없었고 고졸의 30대 여자였다. 아무것도 없는.

세상을 다 잃었다.

분노와 충격이 해일처럼 온몸에 덮쳐왔다. 충격으로 온몸이 떨려오면서, 피가 차갑게 식는 듯했다. 이불을 머리 끝까지 뒤집어쓰고 누웠다. 엄마 배 속의 태아처럼 온몸을 감싸는 자세를 취해도 추위는 가시지 않았다. 피가 식는 듯한 충격과 공포에 머릿속이 새하얘져 있을 뿐이었다.

"수연 씨, 수연 씨, 일어나. 저녁이야."

누군가 조심스레 몸을 흔들고 있었다. 귀에 익숙한 저음
이 그녀의 이름을 불렀다.

"피곤해도 조금만 먹고 자지그래?"

다정한 목소리에 수연은 퍼뜩 눈을 떴다.

동원은 샤워라도 하고 나왔는지 아직 머리가 젖어 있었
다. 검정색 목욕 가운을 입은 그가 그녀를 다정하게 바라
보았다. 너무 다정하고 달콤했던 그. 이제 그의 미소가 두
려웠다. 그러나 두려우면서도 한편으로는 가증스럽게도
다시 그에게 끌렸다.

수연이 벌떡 일어나 앉자 동원이 당황한 표정을 지었다.

"놀랐어?"

그러나 수연은 멍하니 그를 바라보았다. 무슨 얘기부터
꺼내야 할지 모르겠다. 뒤엉킨 감정이 북받쳐 울지도 몰랐
다.

"점심 먹고 내내 잤다면서? 저녁 좀 먹어야 하지 않겠
어? 약도 먹어야 하는데."

그 말에 수연이 눈을 깜박거렸다. 눈가에 고이려고 하는
눈물을 떨쳐내고 싶었다.

얼마나 잔 거지? 이미 해는 져서 꽤 늦은 시각인 듯했다.

"몇 시예요?"

315

"8시 좀 넘었어. 간단하게 뭐라도 먹고 다시 자든가 해. 아줌마가 너무 곤히 자서 못 깨웠다고 하시더라고."

머리는 여전히 멍했다. 그는 여전히 다정했고, 그게 슬펐다. 다정한 이유를 아니까.

"빨리 일어나. 밥은 먹고 자야지. 빈혈 있으면 힘들어 져."

"입맛 없어요."

"입맛 없어도 조금만 먹어."

협탁 위의 물 컵을 들어 한 모금 마셨다. 미지근한 물이 목 안을 적시고 내려갔다.

"잠시 얘기 좀 해요."

"여자가 얘기 좀 하자는 말이 제일 무섭다는 거 알아?"

그가 웃으면서 농처럼 받아쳤다.

이곳에서 무방비하게 얘기하고 싶지는 않았다. 끝까지 따질 거야, 이번에는.

"서재에서 얘기해요. 하고 싶은 얘기가 있어요."

"먼저 가 있어. 마실 것 좀 갖고 갈 테니까."

"네."

그의 서재에 들어오는 건 지난번에 하율의 사진을 본 이후 처음이었다. 그의 영역이기 때문에 혼자선 절대 접근하지 않았더랬지.

멍하니 창 밖을 바라보았다. 책장에는 두툼한 건축 관련 책부터 시작해서 미술과 인테리어 관련, 화보, 소설 등이 가득 꽂혀 있었다. 그가 이렇게 책을 좋아했구나. 그에 대해 아는 게 뭐가 있지?

술을 좋아하는 것? 요리를 잘한다는 것? 달콤한 말을 잘했지만 그녀에게 맞춰주기 위한 것일 뿐. 그냥 신기루였다. 그와 그녀 사이에는 여전히 아무것도 없었다.

잠시 후에 그가 쟁반에 모과차 두 잔을 들고 올라왔다. 커다란 머그에서 김이 모락모락 올라오면서 달콤한 향이 공기 중에 퍼져나갔다.

"아주머니가 그러시는데 당신이 모과차 좋아한다고 하더라고."

한 모금 입에 물자 새콤한 걸 반기던 몸이 그대로 반응했다. 전에는 단 음료를 거의 마시지 않는데 요즘 들어 왜 이리 생각나나 했더니만…….

수연은 한 모금 더 마시고 숨을 가득 몰아쉬었다. 수연 앞의 투명한 유리창에 입김이 퍼져나갔다. 심호흡을 하고 용기를 내었다. 이젠 얘기해야 할 때였다.

"나…… 임신, 한 거 언제 알았어요?"

남자의 평온했던 표정이 살짝 미묘해졌다. 그가 다시 온화한 미소를 지었다.

"어떻게 알았어?"

"오늘 여태 생리 없던 게 이상해서 테스트 해봤어요. 알고 있었죠?"

동원이 입꼬리를 올려 웃었다. 수연에겐 그 웃음이 절의

야차상처럼 보였다. 남자는 미친 듯 기뻐하고 있었다. 그동안 드러내놓고 내색할 수 없던 기쁨을 마음껏 표현하고 있었다. 그 표정이 너무나 충격적이어서 수연은 기절할 것만 같았다.

또 속았구나…….

병원에서 알았겠지. 그랬으니 집으로 데려다놓고 감시하며 말도 안 해주고 애가 배 속에서 자라길 기다린 거다. 몇 개월쯤 되었을까. 마지막으로 생리를 한 게 거의 두 달쯤 전이었던 걸 생각하면 아이는 3개월이 넘었을 터였다. 몸이 무겁다고만 생각했고 그냥 아파서 그런 줄 알았는데 그게 아니었던 거다.

올라오는 토기와 분노에 몸이 덜덜 떨렸다.

남자가 다정하게 선언했다.

"아이, 유산될 수도 있어서 얘기하지 못했어. 다행히 착상이 잘되었나 보네. 이제 3개월 정도 되었으니까 내일 병원에 가보자."

남자의 단호한 말에 수연은 그를 멍하니 바라보았다.

자기 의사도 아닌 그의 의사에 따라 만들어진 아이를 그녀의 생각 같은 건 조금도 배려하지 않고 낳는 걸 기정사실화했다. 수연에겐 자기 몸에 대한 권리가 전혀 없었다.

"내일 같이 병원에 가보자. 당신이 정신적으로 충격을 받을까 걱정이 되어서 미리 말해주기가 뭐했어. 자연스레 알게 해주려고 여태 기다린 거야. 아이가 건강해야 하는데……."

다정하게 수연을 바라보는 남자의 표정에 두 번 속지는
않았다.

그냥 허탈했다.

원하는 게 있던가. 서수연이 원하던 게 뭐였지. 평생 원
하던 거. 가질 수 있을 거라고 꿈에도 생각해본 적 없으면
서 남들에게서 가장 부러워했던 것.

그걸 이 남자가 줄 수 있을 리가 없었고, 수연도 그것을
원한 것은 아니었다.

그리고 아이는 조금 다른 얘기.

"나를 조금이라도 좋아하긴 했어요?"

그 말에 남자가 그녀의 눈을 지그시 바라보았다.

동원 역시 사람인지라 그 말에 흔들리지 않았다면 거짓
말이었다. 조금이라도 호감이 없었더라면 싫다는 여자를
안을 수 있었을까.

전혀 아니었다.

처음 조사한 파일을 보고 한숨이 나왔다. 너무 불행한 삶
이어서 동정심이 일었고, 그러니까 말을 잘하면 될지도 모
른다고 생각했다. 그렇게 찾아갔는데, 막상 봤을 때 입이
제대로 열리지 않았다.

여자는 사진보다 훨씬 예쁘고 맑았다. 그냥 돈 얘기를 쉽
게 꺼낼 수 있었다면 그 편이 더 쉬웠을 거다. 그런데 생각

보다 더 순수한 여자에게 내 아이를 살려야 하니 난자를 주고 아이를 낳아달라고 입을 열기 힘들었다. 그래, 차라리 정상적으로 연애를 하는 거야 하고 노선을 자기 멋대로 틀었다. 여자가 알게 되고, 모든 희망은 날아가고, 그 역시 절망했다. 그냥 아이를 살릴 수 없는 것에? 아니면 연애가 끝난 것에? 무엇에 절망한 거지?

기적적으로 수연이 임신을 했고 이제 아이도 낳고 어떻게 잘될 것 같은데…… 저 말에 답하기가 힘들었다.

좋아했나…….

양심이 불쑥 대나무 순처럼 올라왔다. 대나무 순에 임금님 귀는 당나귀 귀라고 외치던 것처럼 그 역시 어딘가 소리치고 싶었다.

차마 말할 수가 없었다.

그 순간 눈을 질끈 감았다.

이 편이 그를 위해서나, 수연을 위해서나, 하율이나 배 속의 아이를 위해 더 좋을 듯했다. 결론을 내렸으면 수를 던져야지.

"당신 몸은 좋았지."

평온한 어조로 동원이 답했다.

"달콤하고 나긋나긋해서 안는 맛도 있었고 처녀인 것도 좋았어. 당신 술집에서 일하는 거 보고 혹시 막 산 건 아닌가 싶어 걱정했는데 그나마 다행이다 싶기도 했고."

뜨거운 것이 솟아나 자존심을 구기기 전에 수연이 고개

를 돌렸다.

"아이 자라게 하려고 못 지우게 그동안 기다린 거예요?"

그 작은 온정이나마 기대려 했던 자신을 또 바보로 만드
는구나.

그렇게 나를 짓밟고 또 밟으면서 나한테서 얻어내는 게
그렇게 좋은가요?

그가 긍정의 표시로 고개를 작게 끄덕였다. 그녀와 시선
을 마주한 채로. 절대 피하지 않았다. 마치 자신은 잘못한
것 없다고 강경하게 말하는 듯했다.

"아이 낳아. 원하는 대로 해줄 테니까."

"내가 원하는 게 뭔데요?"

그 말에 남자가 입을 다물었다. 서수연이 원하는 것, 그
것에 대해선 그도 생각해본 적 없었다. 단 한 번도 그녀에
게 물어보지 않았다. 처음에 골수 검사도 수연이 자진해서
받았다. 만약 처음 만난 그 순간부터 수연에게 정직했더라
면 뭔가 많이 달라졌을까?

"당신이 뭘 원하는지는 모르지만 내가 줄 수 있는 건 물
질적인 것밖에 없어."

남자의 말에 헛웃음이 나왔다. 돈 따위가 내가 원하던 거
였단 말인가. 돈이 너무나 좋아서 밤에 바에서 일하며 웃
음을 팔고…… 그냥 돈을 벌고 싶었던 것뿐이었고 돈이 필
요했을 뿐이지, 돈을 간절하게 원한 건 아니었다. 이젠 돈
을 벌 목적도, 이유도 사라졌으니까.

"아이는 낳아. 낳는 거야. 당신이 양심이 있다면 낳아.
하율이 치료할 수 있는 유일한 희망이니까."

양심이라는 말을 아무렇지 않게 내뱉는 남자의 입을 멍
하니 바라보았다. 어두운 구멍과도 같았다.

"그럼 이 아이나 나나 뭐가 돼요? 단지 하율이 하나만을
위해 존재하는 건가요?"

하율이가 아프지 않았다면 이 남자가 찾아올 이유가 없
었겠지. 그게 아니라면 보잘것없는 서수연에게 관심도 보
이지 않았겠지.

"다 계획된 것이었나요?"

그 말에 동원은 대답하지 않았지만 눈을 피하지도 않았
다.

"왜 처음부터 말을 못 했어요? 아이가 아프다, 아이를 또
가지고 싶다, 이렇게 얘기하면 안 되는 건가요?"

"첫째, 당신이 난자 줘도 내가 재혼하지 않으면 법적으
로 인공 수정 못 해. 둘째, 대리모 쓰려고 하면 그 과정이
더 복잡해지고 길어져. 차라리 몇 달 안에 당신을 유혹해
서 결혼으로 밀어붙이는 편이 돈은 더 들더라도 훨씬 쉽고
간편했어."

기계적인 그의 설명에 수연은 이제 덤덤했다.

"하율이 아프지 않으면 나 안 찾았을 거죠? 나 같은 여
자랑 말 한 마디 안 섞었을 거잖아요. 단지 하율이가 아프
니까 나랑 결혼해서 아이 만들려고 일부러 연애하는 척하

고, 사랑하는 척하고 해서 원하는 대로 아이 갖고 나니까 기분 좋으세요? 이 아이는 뭐예요? 나중에 자기를 그럴 목적으로 만든 거 알면 어떻겠어요?"

"아이도 내 아이니까 하율이랑 똑같이 키울 거야."

"그러시겠죠!"

머릿속이 새하얘졌다. 이 아이 역시 또 자기와 똑같은 전철을 밟게 될까. 딸이라서 버림받고 자기를 기억조차 못하는 엄마의 병원비를 대면서 10년을 살았다. 배 속의 아이는 시작부터 좋지 않았다.

일단 모권이라는 측면에서 아이를 낳고 안 낳고는 자기의 권리였다. 그런데 이렇게 억지로 아이를 만들어놓은 뒤에 낳으라는 건⋯⋯ 폭력이다.

생긴 아이를 낳지 않겠다고 죽일 수도 없고, 준비도 되지 않고 어차피 빼앗길 아이를 낳는 것도 끔찍했다.

"당신이 원하는 대로 해줄 거니까 원하는 걸 말해."

수연이 고개를 저었다.

"원하는 거 없어요. 당신이 내 인생에서 빨리 꺼져주는 거 외에는."

"아이 태어나면 바로 꺼져줄 거야, 말 안 해도. 그러니까 원하는 거 말해. 다시 말하지만 나는 당신에게 물질적인 보상밖에 해줄 수가 없어."

수연이 씁쓸하게 웃었다.

"당신의 양심을 위해서 내가 돈을 받아야 하는 거라면 받지 않을게요. 그런 돈 필요 없어요."

"필요할 거야. 당신 일도 못 할 거고 혼인 신고도 할 거니까. 나중에 위자료로 챙겨주지. 내일 병원 들러서 진단 받고 혼인 신고 하러 갈 거야."

수연이 뒤로 돌아서려다 멈칫했다.

"어차피 애 낳고 나면 끝인데 굳이 그래야 해요?"

"그럼 내 애를 사생아로 만들 작정이야?"

그의 단호한 말에 다리가 후들후들 떨렸다. 그대로 등을 돌린 채 올라오는 뜨거운 것을 삼켰다. 왜 나는, 나는 그렇게 생각 안 해줘요? 뜨거운 울음을 억지로 삼켰다.

"그럼 나는…… 애 태어난 뒤에 어떻게 되는 거예요?"

그는 답하지 않았다. 마치 수연에게 모든 의사 결정권이 있는 것처럼. 그러나 수연은 그들 가족 속에 자기 자리가 없다는 걸 알고 있었다.

그는 너무 영리했고 수연을 잘 알았다. 수연이 나쁜 마음을 먹을 수 있다면 좋을 텐데, 10년 동안 아픈 엄마의 병원비를 댄 착한 딸이었던 수연이 그러지 못한다는 걸 잘 알고 있기 때문에 더 배짱을 부리는 듯했다.

"내가 더 독했으면 좋았을 거 같아요."

수연이 자조적으로 말했다.

처음엔 세상과 부딪쳤다. 할머니에게 전화하고 아빠를 찾아가고 악다구니를 썼다. 그러나 아무것도 바꾸지 못했다. 서서히 지쳐가고 혹시나 하던 희망도 점점 사그라졌다. 이제 남아 있는 건 자조일까.

"당신 사정 같은 거 조금도 이해 못 했으면 좋았을 텐데."

후들거리는 다리로 억지로 일어났다. 더 이상 이 차가운 남자와 대면할 수가 없었다. 계란으로 바위 치기겠지. 그에게 대항할 수 있는 게 그녀에겐 아무것도 없는 듯했다.

"하율이가 아픈 게 나랑 무슨 상관이 있겠어요? 내 손으로 키운 애도 아니잖아요. 그냥 몰랐으면 애가 살든 죽든 나랑 무슨 상관이 있겠어요?"

흐느끼듯 작은 소리로 수연이 말했다.

"이제 와서 이게 다 무슨 소용이에요. 어차피 애는 생겼고 나는 생긴 애 없앨 정도로 모질지도, 독하지도 못하잖아요."

그 말을 하고 돌아서야 했다. 지금 어떤 선택지도 수연에게 남아 있지 않았다. 남자는 무슨 수를 써서라도 아이를 지켜낼 터였다. 그렇다고 수연이 아이를 죽일 정도로 나쁜 마음을 먹을 수 있는 것도 아니었다. 그냥 낳는 것 이외에는 어떤 길도 없었다.

언제나 운명은 수연에게 선택할 수 있게 해주는 게 아니라 몰아가곤 했다. 이번에도 마찬가지였다.

모니터의 흑백 화면에 수연의 자궁이라는 게 보이고 있다고 했다. 자세도 그렇고 옆에 동원이 있는 것도 불편했다. 몸에 들어와서 움직이고 있는 초음파 기계도 불편했다.

"착상은 제대로 되었네요."

"아이는 건강한 건가요?"

"지금으로서는 정상적으로 보이네요. 크기도 표준이고요. 산모수첩 드릴 테니까 그거 보고 병원에 체크하러 오시면 돼요. 보통 3개월 정도까지는 유산이 많으니 조심하시고, 이제 입덧 시작할 거니까 탈수증 안 오게 조심하시고요."

수연의 배 속에 작은 점 같은 것밖에 없는 것 같은데 그게 자라서 아이가 된다니 조금은 신기한 기분이었다.

"이 사람이 손을 다쳐서 병원에 입원해 있었는데 아이는 괜찮을까요?"

"항생제 많이 쓰셨어요?"

"다행히 초기에 알아서 치료해주신 선생님이 배려해주셨지만 그래도……."

역시 그때부터 다 알고 있었구나.

마치 수연이 애완견이라도 된 것처럼, 주인과 수의사의 대화와도 같았다. 분명 주체는 수연과 배 속의 아기인데 여기에 그녀의 의견이란 요만큼도 없었다.

"그건 아이가 좀 자라서 기형아 검사 해보기 전까지는 몰라요. 지금은 산모 건강도 나쁘시지 않은 것 같은데 그래도 당분간은 좀 조심하셔야 할 것 같네요. 혹시 집안에 유전병 같은 거 알고 계신 거 있으신가요?"

"유전병은 아니지만 첫애가 백혈병입니다."

하율의 말에 의사가 좀 기묘한 표정을 지었다.

"페니실린 알레르기가 있고, 엄마가 심장마비로 돌아가
셨어요."

수연이 가느다란 목소리로 말했다. 엄마의 심장마비는
지병이 아닌 타살이었다. 오랜 기간에 걸친.

"철분제랑 엽산 꼭 챙겨 드셔야 하고, 산모가 너무 말라
서 영양제도 좀 드셔야겠네요. 이제 입덧 시작하면 처음에
체중 많이 빠지거든요. 보호자분이 신경 많이 써주세요."

의사가 하는 말은 수연의 귓속에 들어왔다 그냥 빠져나
갔다.

햇살이 좋았다. 거의 정오에 가까운 시각이라 그런지 유
리창 너머 세상은 더 화창해 보였다. 달력으로는 봄인데,
아직 진짜 봄이 오려면 한참 남은 듯했다. 아직 수연의 마
음은 겨울과 같았다.

잠시 빨간 신호라 멈췄을 때 동원이 조심스레 말을 꺼냈
다.

"하율이한테 알려주려고."

"뭐라고요?"

"결혼할 거라고. 그리고 동생이 생긴다고 말해야지. 앞
으로 같이 살 건데."

"꼭 그래야 해요?"

"아기 사생아 만들고 싶진 않아."

그 말에 수연의 안색이 흐려졌다. 그의 말에도 일리는 있었다.

"난 아직 내가 임신한 게 잘 안 믿겨요."

무의식중에 배를 손으로 어루만졌다. 어제까지만 해도 있는 줄 몰랐던 게 눈에 보이게 되는 게 신기하고 놀랍고 당혹스러웠다. 무섭기까지 했다. 과연 애가 건강하게 세상에 나올까. 모성애라는 게 하루아침에 만들어지는 게 아니어서인지 아직 배 속의 아기에게 어떤 정 같은 것은 없었다.

"당신은 아무 생각도 하지 말고 그냥 아이 건강하게 출산할 생각만 해. 그 뒤는 걱정하지 않아도 돼."

그의 굳은 입매를 보고 수연은 한숨을 쉬었다. 씨받이도, 대리모도 아니고 내 새끼 내가 낳는 건데 어떻게 그렇게 잔인하게 말할 수 있어요? 그런 말을 하고 싶은데 차마 그 말도 하지 못하고 아직 나오지도 않은 배를 그냥 쓰다듬었다.

과학적으로 태교 같은 걸 믿어본 적이 없는데도 이상하게 좋은 생각을 하고 가급적 좋은 기분으로 있어야 할 것 같았다.

술꾼의 푸념을 듣거나 은근한 접촉을 피하거나 하는 건 간단했는데 왜 이런 일엔 둔감했을까. 왜 이 남자를 조금도 의심하지 못한 걸까. 의도적인 접근이라고 생각 못 한 자기가 병신 같았다.

"하율이한텐 우리 혼인 신고할 거라고 말할 거야."

그건 이미 결론을 혼자 내린 뒤의 통보일 뿐이었다.

"결혼하면 방은 같이 써야 한다고 아이들은 생각해. 나는 당신이 내 아이들의 엄마인 이상 당신을 존중하고 싶고 진짜 가족처럼 꾸려나가고 싶어. 당신도 협조해줬으면 좋겠어."

"그래서 가족놀이를 하자고요?"

동원이 고개를 끄덕였다. 여태 수연이 혼자 손님방에 있었다면 이제는 동원과 같은 방을 쓰라는 소리였다.

"잠은 혼자 편하게 자고 싶어요."

"하율이가 곧 퇴원하고 집에 올 건데 우리가 방 따로 쓰는 거 보고 무슨 생각 하겠어? 지난번에 당신하고 헤어졌을 때 하율이가 당신 안 만난다고 굉장히 걱정하면서 무슨 일 있냐고 물었어. 그런데 우리가 방 따로 쓰면 이상하게 생각할 거야. 그러니까 제발 방은 같이 써줬으면 좋겠어. 내가 약속하는데 절대 당신한테 손댈 일 없을 거야. 하율이가 당신이랑 나를 정상적인 부부로 봐줬으면 좋겠고 태어나는 아기도 그렇게 생각해야 해. 그리고 하율이는 당신 좋아해."

그 말에 수연의 입술이 굳게 다물렸다. 그게 나랑 무슨 상관인데요? 당신이 당신 자식 사랑하는 거랑 나랑 무슨 상관인데요?

그는 보통 외출했다 집에 들어오면 하율은 나오지도 못하게 하고 바로 들어가서 샤워하고 옷을 갈아입고 나온 뒤에 아들을 안았다. 얼마나 손세정제를 많이 쓰던지 손이 갈라질 정도였다.

퇴원하고 오면 온 입안이 헐어서 밥도 제대로 못 넘긴다고 했다. 죽만 겨우 먹는 아들 뒤를 숟가락을 들고 쫓아다니는 아빠였다. 제발 한 숟가락만 아빨 위해 먹어줘, 라고 애절하게 말하는 그였다.

그렇게 사랑하는 아들에게 아빠와 새엄마의 불화를 알릴 수는 없겠지. 도대체 어떤 아버지가 아들을 이렇게까지 사랑할 수 있을까? 아버지도 이랬던 걸까? 엄마도 이렇게 오빠를 사랑했을까? 할머니는? 어떻게 이렇게 큰 사랑을 받을 수 있을까? 그걸 받는 기분은 어떨까? 궁금하기까지 했다. 만약 자신이 저런 사랑을 받는다면 황홀할까? 저렇게 사랑받았던 그의 부인은 어떻게 그를 두고 죽을 수 있었을까?

"설마 내가 당신 건드릴까 걱정하는 거야?"

그 말에 수연은 미처 생각하지 못한 얘기라 눈을 동그랗게 뜨고 쳐다봤다.

"임신한 여자 건드릴 정도로 내가 막 나가지도 않고, 그렇게 절제 못 할 정도로 모자란 남자도 아니야."

"하기야 볼일 다 보셨을 텐데 뭐하러 손대시겠어요?"

수연의 비아냥거림에 남자가 무서운 눈으로 노려보더니만 다시 시선을 앞으로 돌려버렸다.

"가급적 빨리 혼인 신고 하러 갈 거야."

그 말을 한 동원은 그 뒤로 더 말이 없었다.

　　　　　　·　　·　·　●　·　·

싱크대 앞에서 부산히 왔다 갔다 하던 최 여사가 수연이 외출할 채비를 하고 나타나자 당황한 표정을 지었다.

"어디 다녀오게요?"

"네. 산책 좀 하고 싶어서요. 집에만 있었더니 답답하네요."

최 여사가 약간 당황한 표정을 지었다.

"곧 사장님 돌아오실 텐데, 같이 나가지 그래요?"

유리창 너머는 그림처럼 화창한 봄날이었다. 하얀 목련이 피고 나무마다 연초록 새순이 돋기 시작하고 있었다. 왠지 모르게 좀 쑤셔서 집이 답답해졌다. 그냥 무기력하게 앉아만 있기 싫을 정도로 화창한 날이었다. 두툼한 카디건을 입고서 숄을 온몸에 두르고 나서려고 했다.

"오늘 꽃샘추위라 추워요. 그냥 집에 있지."

아주머니가 수연을 말리려 했다.

"옷 잘 껴입었어요. 답답해서 그래요. 좀 걷고 싶어요."

"사장님이 아시면 안 좋아하실 텐데…… 홀몸도 아닌데

지금 좀 안정해야 하는 시기니까 혼자는 안 나가는 게 좋을
거 같아요. 나중에 사장님 오시면 같이 나가지 그래요?"

지난번에도 수연이 외출하는 걸 말리더니 이제 동원이
안 좋아할 거라고 노골적으로 들먹거리고 있었다. 동원이
뭐라고 귀뜸한 모양이었다.

"그냥 잠깐만 나갔다 올게요. 휴대전화 갖고 나가니까
무슨 일 있으면 전화할게요."

그 말을 하자 최 여사가 뭐라고 말려야 할지 모르겠다는
듯이 따라나섰다.

"새댁, 새댁."

중년 여자를 무시한 채로 그냥 대문으로 나서려는데 어
디선가 나타난 검은 정장 차림의 남자 둘이 나타났다. 놀
라서 주저앉을 뻔한 수연이 올려다보자, 그들이 양쪽에서
각각 수연의 팔을 잡았다.

"사모님, 나오시면 안 돼요. 들어가세요."

남자들은 정중하게 말했지만 수연의 팔을 단단하게 잡
고 있었다.

"들어가세요."

그 말을 하면서 수연을 거의 반강제로 대문 안쪽으로 끌
고 들어갔다. 말을 안 들으면 강제로 집 안으로 끌고 들어
갈 게 분명했다.

수연이 황당해서 입술을 깨물었다. 화가 치밀어 오르는
데 당사자가 없으니 화를 낼 수가 없었다.

"들어가세요. 날 아직 쌀쌀해요."

최 여사가 옆에서 조심스레 말을 걸었다.

"좀 있다가요. 먼저 들어가세요."

수연이 더 말 걸지 말라는 듯이 아직 말라서 바삭한 잔디밭을 걷기 시작했다.

높은 담장 너머로 보이는 건 다른 집 지붕과 하늘밖에 없었다. 멍하니 이제 푸릇하게 새잎이 올라오는 나무를 올려다보며 서 있으려니 눈물이 날 것 같았다.

갈 곳 잃은 발은 제멋대로 정원을 휘적거리며 돌아다녔다. 신경질적으로 서성거리는 수연을 최 여사가 불안한 듯 바라보았다.

결국 다시 집으로 들어가는 수밖에 없었다.

그가 들어오자마자 수연이 달려갔다. 수연이 무슨 말을 꺼내기도 전에 그가 먼저 말을 했다.

"아줌마, 수고하셨어요. 퇴근하셔야죠."

"네, 사장님. 그럼 내일 뵈어요."

최 여사가 부랴부랴 나가자마자 그가 날카롭게 쏘아붙였다. 수연이 뭐라 나서기도 전에 기선 제압이라도 하려는 것처럼.

"당신 엄마처럼 정신병원에 감금되고 싶어?"

"그게 무슨 소리예요?"

"정신병원에 팔다리 묶어서 애 태어날 때까지 가둬둘 수

333

도 있단 소리지."

어이가 없어 입을 벌린 수연에게 그가 다시 말투를 바꿨다.

"지금 하율이 중요한 시기야. 당신이라도 좀 가만있어주면 안 돼?"

정말 지친 얼굴로 간절하게 말하는 남자에게 흔들렸다. 저 얼굴에 몇 번이나 속은 걸까.

"왜 나한테만 희생하라고 해요? 왜 나한테만요? 당신은 나를 사람으로 생각 안 했어요. 그저 당신 애를 살리기 위한 도구로 봤지."

그가 지친 얼굴로 한숨을 길게 내쉬었다.

"나 지금 충분히 힘들어. 하율이 아픈 뒤로 너무 지쳐 있어. 당신한테까지 많이 신경 써줄 수 없어. 부탁하는데, 지금 하율이 정말 중요한 시기고 난 하율이한테 집중할 수밖에 없어."

"난 그냥 산책하고 싶었어요. 집에 갇혀 있는 거 싫어요. 지금 나 가둬둔 거 나 못 믿어서잖아요? 난 약속한 거 지켜요."

그 간절함이 미웠다.

뭐든지 다 하려고 하는 그 마음을 이해하기 때문에 더 싫었다.

지난 10년간의 고통, 아무도 알아주지 않는 희생. 그런데 난 여기서 지금 뭐하는 거지?

지금 하율에겐 별다른 희망이 있는 것은 아니었다. 제대 혈로 치료를 받든가, 골수를 기증받든가. 동생이 있으면 하율이 살 수 있는 확률이 배가 되었다. 아마 오빠가 같은 상황이었다면 당연히 수연은 골수 이식을 해주었겠지.

오빠를 잃고 반쯤 넋이 나가버린 엄마를 생각했다. 아…… 동원도 하율이 가고 나면 그렇게 될까. 눈물이 나려 했다. 그렇게 동원이 망가지기 바랄 정도로 그를 미워하지도 않았다. 그리고 하율이 살아서 건강해지길 바랐다.

수연은 눈물이 올라오려는 것을 억누르고 주먹을 불끈 쥐었다.

"아이 낳을 거예요. 낳아줄게요. 그러니 당신도 나 믿어 줘야 돼요. 난 내가 나가고 싶을 때 나갈 거예요."

"내가 정말 당신 믿어야 할까?"

"믿지 않으면 다른 수가 있어요? 내가 원하면 못 할 짓이 뭐가 있겠어요? 지금 당신이 정말 간절하다면 나를 믿어야 돼요."

그가 고개를 끄덕여 그녀의 말에 동의했다.

"임신해서 계속 누워 있으면 안 돼요. 가벼운 산책 같은 거 계속 해줘야 해요. 갇혀 있으면 답답하고 우울해져요. 내 정신 건강을 위해서라도 난 밖에 나가야 돼요."

수연의 덤덤한 말에 그가 순순히 인정했다. 그에게 할 말을 한 수연은 몹시 피로했다. 아까 너무 화가 나서 밖에 한참 나가 있었더니 피곤했던 모양이다.

"피곤해 보이는데 좀 쉬지 그래?"

그가 다정하게 어깨를 감싸 안았다. 수연은 더러운 것이라도 묻은 것처럼 그의 손길을 뿌리쳤다.

"내일 업체에 전화하지. 피곤할 텐데 어서 쉬어."

그 말을 한 그가 나가자 수연은 그대로 침대에 주저앉았다. 새우처럼 웅크리고 이불을 뒤집어썼지만 몸속의 한기가 떠나질 않았다.

이 배 속에서 자라고 있는 새 생명…….

아직 실감이 나지 않는 그 어린 생명.

그런데 밉지 않았다.

그가 좋았다. 그리고 엄마가 조금 이해가 갔다. 엄마가 왜 아빠를 떠났는지. 아빠가 원했기 때문에 사랑했기 때문에 다 들어주고 싶었겠지. 이게 사랑인 걸까. 다 해주고 싶은 마음. 아들이 죽고 남편은 더 이상 자기를 원하지 않을 때 어떻게 했어야 할까. 엄마는 인생이 무너져 내렸고 결국 더 이상 자기 인생의 가치를 발견하지 못하고 망각의 세계로 가버렸다. 엄마가 이해가 가기도 했지만 슬펐다.

이런 게 사랑이라면 차라리 몰랐으면 좋았을 텐데.

8. *You Don't Know What Love Is*

"우욱."

서 있을 힘도 없어 주저앉은 채로 토하는 수연의 등을 동원이 쓰다듬어주었다. 그러다 비틀거리자 동원이 옆에 앉아 수연의 어깨를 등 뒤에서 받쳐주었다. 거의 앞으로 고꾸라질 뻔할 정도로 다리에 힘이 풀려 있었다.

입을 찬물로 씻어낸 수연은 거의 세면대에 기댄 상태로 거울을 보았다. 창백하고 누렇게 뜬 얼굴의 낯선 여자가 수연을 바라봤다. 볼이 홀쭉해져버렸다. 하루 종일 메스껍고 입맛도 없는데다 조금만 먹어도 구역질이 났다.

마치 수연의 몸이 원하지 않는데 생긴 어린 생명을 밀어내는 것처럼 음식물 역시 밀어내고 있었다. 들어가는 족족 바로 위로 올라왔다.

불과 2주 전만 해도 생긴 줄도 몰랐던 태아가 여태 조용히 있었던 게 이상할 정도로 자신의 존재를 극명하게 드러내기 시작했다. 결국 다시 병원에 가야 했고 의사가 수액을 놓아줄 정도로 심한 입덧이 계속되었다. 취향이란 게 없을 정도로 무딘했던 입맛조차 이제 변해버렸다.

"물이라도 마시지그래?"

수연이 화장실에서 나오자 동원이 유리컵을 들고 기다
리고 있었다. 물비린내 때문에 토한 뒤로는 물 마시는 것
도 무서울 정도였다.

"냄새 나요. 치워요."

수연이 코를 틀어막으면서 고개를 돌렸다.

"레몬 넣은 거니까 좀 괜찮을지도 몰라."

살짝 냄새를 맡아보니 상큼한 레몬 냄새 때문인지 괜찮
았다. 유리컵을 들고 주저하면서 조금 맛을 봤다. 다행히
배에서 밀어내지 않는다. 새콤한 맛이 살짝 입맛도 돋우었
고 쓰디쓴 입안을 씻어낼 수 있었다.

"밥 먹어야지?"

"생각 없어요."

동원은 먹는 것에 매우 민감해서 식재료는 무조건 유기
농이었고 밥은 현미 섞인 잡곡밥이었다. 영양사가 신경 써
서 만든 일일 식단이 있었다. 식재료 역시 아무거나 먹는
게 아니라 철따라 매일매일 유기농 채소 등을 동원이 직접
주문했다.

"조금이라도 먹어야 돼. 당신 빈혈 심하다고 의사가 걱
정했잖아."

방금 전만 해도 연어구이가 식탁에 올라와 있었다. 하지
만 동원이 새콤한 레몬즙을 연어에 뿌리자, 급작스레 욕지
기가 밀려올라왔다. 연어의 비린내가 레몬의 새콤한 냄새

와 섞이면서 식욕을 자극한 게 아니라 위를 자극해버렸다.

"아침도 거의 못 먹었잖아."

이미 아침에 일어나자마자 바로 화장실로 가는 수연을 본 차였다.

"뭐 먹고 싶은 거라도 있어? 보니까 모과차 좋아하던 데."

단지 안의 모과차가 눈에 띄게 줄어드는 게 그의 눈에도 보였던 모양이었다.

"하율이도 배 속에 있을 때 모과차 좋아했다고 들었어."

그가 아무렇지 않게 하는 말에 가슴이 덜컹 내려앉았다.

그는 언제나 죽은 전 부인과 그녀를 비교해서 보겠지. 그 생각을 하자 갑자기 가슴이 아려왔다.

"임신하면 새콤한 거 좋아한다던데 과일이라도 먹고 싶은 거 없어?"

그 순간 먹고 싶은 게 생각이 났는데 유성처럼 스쳐 지나 갔다.

뭔가 엄청나게 먹고 싶어 애가 탈 정도인데 그게 뭐더라.

고소한 참기름 맛이 떠오르면서 저절로 입에 침이 고였 다.

어릴 때 엄마가 해주던 쑥개떡. 고소한 참기름이 발린 그 거. 말하면 촌스럽다고 하겠지. 그게 갑자기 먹고 싶어지 자 다른 게 생각이 나지 않았다. 쑥 향이 나는 쫄깃하고 고 소한 그게 먹고 싶었다.

아, 그걸 어디 가서 구하지. 만들어 먹는 방법도 모르는데.

한번 그 생각이 떠오르자 머릿속에서 사라지지 않았다. 평생 식탐이라는 걸 모르고 살았는데 왜 그게 생각이 날까.

그래, 시장에 가면 있겠지. 시장을 가야겠어.

동원은 밖에서 먹는 음식에 매우 민감했다. 아무래도 하율이 면역력이 떨어져서인지 굉장히 신경을 썼다. 시장에서 그런 걸 사 먹으면 비위생적이라고 동원이 싫어할 터였다.

"무슨 생각 해?"

수연이 뭔가를 골똘하게 생각하는 듯한 표정이자 동원이 옆에서 찔렀다.

"별거 아니에요."

"좀 괜찮아?"

"계속 메슥거려요."

더 토할 것이 나오지 않아서 위액까지 나올 정도로 토하길 이미 열흘이 넘었다. 이걸 몇 달을 해야 한다는 게 믿기지 않았다. 계속 어지럽고 속은 안 좋았다.

그 상황 속에서도 계속 엄마가 만들어주던 쑥개떡 생각이 머릿속을 빙빙 돌았다. 어떻게 그걸 먹지? 뭔가 만들어 먹는 건 동원의 감시 하에서 있을 수 없는 일이었다. 하지만 계속 머릿속에서 그 생각이 떠나지 않았다.

결국 그 유혹을 뿌리치지 못한 채, 동원이 외출하길 기다렸다. 동원이 병원에 가자마자 산책한다고 집을 나섰다. 바로 전에 봐뒀던 동네 시장으로 갔다. 떡집의 매대에 쑥개떡이 나와 있었다. 검은 비닐봉지에 담아 달랑달랑 들고 공원 벤치를 찾아갔다.

전의 외출 소동 이후에 외출은 가능해졌지만 너무 오래 나가 있으면 바로 전화가 오곤 했다. 동원이 전화하기 전에 빨리 먹고 집에 돌아가야 했다.

공원 벤치에 앉아 떡을 물도 없이 먹어치웠다. 지난 며칠 동안 액체 외에는 입에 들어가면 다 그대로 나왔다. 배가 고픈 줄도 몰랐는데 고팠던 모양이었다. 입맛이 없던 게 믿기지 않을 정도로 걸신들린 것처럼 쑥개떡을 손에 들고 뜯어 먹었다. 물이 없어 속이 막히는데 너무 맛있어서 쫄깃쫄깃한 떡을 게걸스레 씹어 삼켰다.

결국 그렇게 먹어서 그런지 그 뒤로 소화가 영 되지 않는지 얹힌 것처럼 속이 더부룩했다.

"왜, 소화 안 돼? 저녁도 안 먹었잖아."

수연이 창백해져서 안절부절못하니 그가 걱정이 된 모양이었다. 위에서 얹혔는지 손이 차갑게 식어서 식은땀까지 배어나오고 있었다. 차라리 토해버리면 괜찮을 텐데, 그렇게 자주 입덧을 했는데도 막상 필요할 때에는 토기가 없었다.

"병원에 갈까?"

동원도 수연의 상태가 안 좋은 걸 알았는지 걱정하고 있었다. 가서 동원이 알게 되었을 때 그 잔소리가 무서웠다.

"그냥 입덧이에요."

"당신 오늘 안 토했잖아. 먹은 게 없어서 그러는 거 아냐? 이마에서 식은땀까지 배어나고 손발이 너무 차가워. 안 되겠다. 가서 수액이라도 맞아야 돼. 일어나."

"됐다니까요."

"내가 안 괜찮아. 병원 가자. 그러다 큰일 나겠어."

동원이 창백한 얼굴로 끙끙거리는 수연을 거의 둘러업다시피 끌고 응급실로 갔다.

지친 듯한 표정의 간호사가 의자에 앉아 있는 수연에게 물었다.

"어디가 불편하세요?"

수연이 말하기도 전에 동원이 수연의 상태를 설명했다.

"임신 중인데 요즘 계속 토하기도 했고 배도 좀 아픈 거 같아서 데리고 왔습니다. 손발이 차갑고 식은땀도 나고 그러네요."

간호사가 의사에게 말했는지 당직의가 보러 왔다. 의사가 청진기를 수연의 배에 대보더니 고개를 갸웃했다.

"입덧은 아니고 체하신 거 같은데요. 낮에 뭐 드셨어요?"

수연이 동원 쪽을 보면서 좀 망설였다. 떡 좀 먹은 게 무슨 큰 죄라고. 내가 먹고 싶은 것도 못 먹고 살아야 되나 싶었다.

"떡을 조금 먹었는데요."

떡을 먹을 때 혹시 동원이 볼까 겁나기도 하고 먹고 싶은
게 눈앞에 있으니 자제를 못 하고 급하게 먹었더랬다.

수연은 슬그머니 그의 눈치를 보았다. 남들 눈이 있어 그
런지 인상은 못 쓰지만 살짝 미간이 찌푸려져 있는 걸 보니
매우 기분이 상한 눈치였다.

"아마 입덧 때문에 위장이 잘 못 받아들여서 체했나 보네
요. 약 드릴 테니까 드시고 안 좋아지시면 내일 낮에 내과
진료 받아보세요."

의사의 말에 동원의 이마에 주름이 깊어졌다. 동원은 입
을 꾹 다문 채로 무섭게 서 있었다.

집에 올 때에도 입을 꾹 다물고 있던 그가 방에 들어서자
마자 취조를 시작했다.

"떡 어디에서 먹었어?"

"산책하러 시장에 갔다가……."

"시장에서? 왜 그런 비위생적인 걸 사 먹었어? 말하면
최 여사님이 만들어주시잖아. 왜 하필 시장에서……."

거의 비명이라도 지르다시피 '시장'이라는 데 방점이 찍
혔다. 동원이 말을 채 끝내기도 전에 수연이 날카롭게 받
아쳤다.

"먹고 싶으니까요. 먹고 싶어서 먹었어요. 내가 먹고 싶
은 것도 못 먹어요? 떡이 아기 몸에 나쁜 거예요?"

할머니는 엄마가 만든 쑥개떡을 촌스럽다고 비웃었다. 말차에 양갱 드시던 분이니 개떡이 촌스러웠겠지. 호텔 베이커리에서 사 오던 바게트로 아침을 시작하던 그 양반으로서는 엄마가 이해가 가지 않았겠지. 여학교 시절에 먹던 나가사키 카스텔라 얘길 하시던 분이니 오죽하겠는가.

"먹고 싶으면 말을 하든가! 그럼 내가 좋은 데서 사다주든가 하잖아."

먹고 싶은 걸 말을 해서 바로 나온 적이 서수연 인생에 한 번이라도 있을 것 같은가.

편하게 먹었으면 괜찮았을 텐데.

"비위생적인 거 먹어서 체한 게 아니라, 당신 눈치 보다 체한 거예요. 당신 보면 뭐라고 할까 봐 무서워서 급하게 먹었어요. 내가 가고 싶은 데도 못 가게 하더니, 이제 내가 먹고 싶은 것도 못 먹게 해요?"

먹지도 못해서 턱이 뾰족해지고 뺨이 홀쭉해졌다. 눈 밑에 다크 서클까지 드리워져서 완전 병자 같았다. 희미하다 생각했던 그 인상이 날이 선 듯 매서워지고 있었다. 살이 꽤 많이 빠졌는지 입고 있는 트레이닝복 바지조차 헐렁해져서 레깅스 정도만 맞게 되었다.

잘해주려고 하는데 잘해주는 게 왜 이렇게 힘든 걸까. 어떻게 해줘야 하는 건지, 동원은 알 수 없어졌다.

"말하면 사다준다는데 왜 말을 안 해? 그거 못 먹게 한 게 아니잖아. 왜 말을 안 했냐고 화를 내는 거야, 난."

동원의 어조가 좀 부드러워졌지만 수연은 등을 돌려버렸다.

돌아선 여자의 가냘프고 앙상한 어깨에 손을 얹으려 하자, 수연이 바로 거세게 그의 손길을 뿌리쳤다.

"내 몸에 손대지 마요."

수연이 앙칼지게 소리쳤다.

지금은 그에게 웃어줄 여유가 없었다. 강아지처럼 꼬리를 치고 달려갈 수가 없었다.

"먹고 싶은 거 있으면 말만 해, 언제라도. 당신이 먹고 싶어 하면 사다주든가, 만들어주든가, 어떻게든 먹게 해줄 거니까."

그 말에 수연은 대꾸하지 않았다.

·　·　●　·　·

"새댁, 오늘은 입덧 좀 괜찮은가 봐?"

아줌마가 만들어놓은 냉잇국을 수연이 제법 먹었다. 그러고 보니 오늘은 일어났을 때 평소처럼 메스꺼움이 전혀 없었다. 혼자 살게 된 뒤로 철마다 먹는 음식 같은 건 거의 잊었는데 아줌마가 된장을 넣어서 담백하게 끓여준 냉잇국의 향이 좋았다.

"그러게요. 이제 끝나려나 봐요."

"아이구, 정말 다행이야. 진짜 뼈만 남아서 아기 어떻게 낳나 걱정했다니까. 냉잇국 더 줄까요?"

"아니에요. 배불러요."

"당신, 오늘 낮에 뭐할 거야?"

"별로 일정 없는데요. 그냥 산책이나 두어 시간 하려고
요."

"하율이가 당신 보고 싶다는데 오후에 병원에 와줄 수 있
어? 잠시 와서 얼굴만 보고 가지?"

"하율이 무균실에서 나왔어요?"

"응. 이제 일반 병실에 있어. 며칠 있다가 퇴원할 거야."

"오후에 들를게요. 뭐 먹고 싶은 건 있대요?"

"외부 음식 금지야."

그 말을 한 동원이 "잘 먹었습니다."라고 말하면서 일어
나버렸다.

"병원엔 택시 타고 와."

그 말을 하고 그는 나갈 차비를 했다.

어릴 적에 오빠 병문안을 그렇게 가서 그런지 병원에 들
어서는데 조금 주저했다. 안내 데스크에 물어 찾아가는데
조금 무서웠다. 열려 있는 병실 문으로 빼꼼 들여다보다
하율과 눈이 마주쳤다.

"아줌마!"

누워서 손을 흔드는 하율에게 수연이 손을 마주 흔들어
주었다.

"오셨어요?"

눈만 댕그랗게 된 아이가 수연을 올려다보았다.

"잘…… 지냈어?"

하율이 웃으려고 하는데 힘이 많이 없어 보였다.

"그래도 오늘은 컨디션이 좀 괜찮은 편이에요."

치료 때문인지 눈썹까지 빠져버렸다. 속눈썹까지 다 빠
져버린 아이는 핼쑥한 표정으로 눈만 댕그래져서 그녀를
올려다봤다.

"마인크래프트는 많이 했어?"

"힘들어서 요즘 많이 못 했어요. 대신 무균실 들어갈 때
도라에몽 갖고 들어가서 그거 다 보고 나왔어요."

"어머, 하율이 새엄마 왔나 보네?"

하율이 새엄마가 생겼다고 얘기한 모양이었다. 누군가
알은체를 해왔다. 수연이 살짝 당황했다.

"안녕하세요."

"하율이 좋겠다, 저런 미인 새엄마가 생겨서. 새엄마가
동생 낳아주면 하율이 병도 낫고 정말 좋겠네."

하율이 좋지만 약간 부끄러운 듯한 표정을 지었다. 하율
이 병실 사람들에게 새엄마가 생겼다고 자랑이라도 한 모
양이었다. 보호자인 듯한 여자들이 수연을 보고 자기들끼
리 수군거리고 있었다.

동원이 당황한 표정을 지었다.

"아빠."

347

하율이 그때 동원을 불렀다.

"왜? 토할 거 같아?"

얼굴만 봐도 아는 모양이었다. 바로 하율이 토하기 시작했다. 눈물과 콧물이 범벅이 되어서 토하는 하율은 힘이 없어서 일어서지도 못했다. 어찌나 말랐는지 환자복이 너무 커 보였다. 뼈밖에 안 남아서 그새 눈만 커졌다.

입을 닦아주고 난 뒤 동원이 뒤처리를 하러 나갔다 들어왔다. 동원은 별 표정이 없어 보였지만 수연은 동원이 정말 지쳐 있다는 걸 알았다.

"하율아, 이제 아빠 가봐야 돼."

하율이 순순히 고개를 끄덕였다.

"아빠 내일 올게. 하율이 잘 자."

"아빠 안녕. 아줌마도 안녕히 가세요."

"하율이 또 보자."

인사를 하고 돌아서서 나가는데 등에 아이의 시선이 달라붙어 있었다. 수연이 돌아보자 아이가 또 손을 흔들었다. 옆에 선 동원의 긴 그림자가 흔들리는 듯싶었다. 동원은 말없이 주차장까지 가서 수연을 태웠다.

"피곤해 보여요."

"피곤해."

운전대를 쥔 손에 힘이 들어갔다.

"내가 정말 힘들 때가 언제인지 알아?"

수연은 가만히 있었다.

"하율이가 먹기 싫은데 억지로 토하면서 약 먹을 때야. 약 먹고 토할 때가 있는데 그때조차 무슨 약 토해냈는지 말해. 병원 가기 싫은데 떼 한 번 안 쓰고 병원에 가고, 약 먹기 싫은데 약 먹고, 주사 맞기 싫은데 주사 맞고, 그러면서 나를 봐. 나를 볼 때마다 미쳐버릴 거 같아. 가슴이 찢어지는 것 같아. 왜 쟤가 아픈 거지? 세상에 그렇게 많은 애가 있는데 왜 하필 우리 하율이지? 내가 무슨 죄를 지었길래?"

동원은 낮은 목소리로 말했지만 거의 절규하는 듯했다. 그를 안아주고 싶을 정도로 불쌍했다.

앞에 앉아 있는 수연이 물 컵을 들 때 긴 소맷자락 사이로 손목이 살짝 보였다. 하얀 손목에 덜 아문 흉한 상처가 슬쩍 드러났다 옷 사이로 사라졌다. 아마 나아도 제법 큰 흉이 질 듯했다. 사고로 다쳤다는 말을 믿을 정도로 해준은 순진하지도 않았다.

'도대체 무슨 일이 있었던 거니, 서수연아?'

물어보고 싶은데 묻는 것도 상처가 될까 차마 말도 꺼낼 수가 없었다. 그날 수연의 퇴직은 동원이 다 제멋대로 처리해버렸다. 갑자기 수연이 사라져서 당황한 해준도, 바텐더인 승주도 수연의 빈자리를 느끼면서도 다쳤다니까 제대로 연락도 못 해보고 있었다.

이미 수연의 옆을 동원이 차지한 걸 직감한 해준이 한 달

내내 그 생각을 하면서 속을 끓이고 있을 때, 갑자기 수연에게서 전화가 왔다.

— 저예요, 사장님.

"수연 씨!"

평소처럼 조용하고 침착한 목소리였다.

— 잠시 시간 괜찮으시면…….

"어디야? 지금 어디 있는데? 내가 그리로 갈게."

수연이 집에 없는 것은 알고 있었다. 몇 번 그 집 앞에 갔었으니까.

— 아니에요. 제가 갈게요.

"아니, 몸도 안 좋은데 뭐하러 와. 내가 갈게."

해준이 우기자 수연이 살짝 웃었다.

— 그럼 제가 이 근방 주소, 문자로 찍어드릴게요.

그렇게 해서 겨우 한 달 만에 보게 된 터였다.

하율은 병원에 있었고 동원은 외출했다. 동원이 나가자마자 큰맘 먹고 그동안 계속 마음의 짐이었던 해준에게 전화를 한 참이었다.

계절이 그새 바뀌어서 사람들 옷이 더욱 얇아졌다. 화사한 봄날이 계속되고 있었다. 벚꽃도 어느샌가 활짝 피었다.

해준이 수연을 살폈다. 원래 좀 마른 편이던 수연은 더 마른 듯했고 안색도 좋지 않았다.

"커피 마실 거지?"

"아, 아뇨. 저는 레모네이드요."

입덧이 이제 조금 가라앉아서 음료 정도는 조금 편하게 마실 수 있지만 커피는 마실 수가 없었다. 의사도 하루 한 잔 정도는 괜찮다고 했고 한 모금 정도는 마시고 싶지만 아직 몸이 좋지 않아서 자제해야 했다.

"죄송해요."

"뭐가 죄송한데?"

"그냥…… 다요."

그 말에 해준이 긴긴 한숨을 쉬었다.

어디서부터 해야 할지 모르는 얘기가 업무적으로도, 사적으로도 있었다. 그런데 그 얘기를 지금 나누는 건 서로에게 너무 힘들어 보였다.

"하고 싶은 얘기는 정말 많은데 지금은 때가 아닌 것 같네. 정말 나중에 수연 씨 다 낫고 나면 그때 얘기해도 늦지 않으니까, 그때까지 기다리고 있을게. 수연 씨도 다시 생각해봐."

수연은 여전히 고개를 숙인 채로 죄인처럼 앉아 있었다.

"무슨 일이 있었는지도 묻지 않을게. 그편이 수연 씨가 편할 테니까. 대신 하고 싶은 얘기가 있으면 언제라도 전화해."

다정하게 말하는 그. 모든 걸 다 용서한 듯한 그. 그런데 왜 이 사람을 좋아할 수는 없었던 걸까?

수연이 허탈하게 깨달아버렸다.

언제나 해준을 옆에 두고 있었고 무의식중에 이 사람에게 손을 뻗으면 흔들릴지도 모른단 생각을 했더랬다. 그런데 막상 그와 자신 사이에는 어떤 감정도 없었다. 그냥 그는 사장, 자기는 부하 직원. 물론 정도 있고, 그를 존경했고 좋아했지만, 육체적으로는 조금의 매력도 느끼지 못했다.

이렇게 좋은 사람인데. 잘생겼고 유능하고 성격도 좋다. 자신에게 잘해줄 터였다. 그런데 왜 그가 원하는 대로 따를 수가 없는 걸까.

사랑이란 이런 걸까.

"사람 앞에 앉혀놓고 딴생각 하기야?"

그제야 멍하게 생각에 잠겨 있다 수연이 고개를 들고 멋쩍게 웃어 보였다.

"지금 어디에서 묵고 있는 거야?"

어디인지 해준은 대강 짐작이 갔다.

"아는 사람 집이요."

아는 사람이란 그 남자겠지?

"저 사장님한테 빚진 게 너무 많아요."

"뭘 또 빚졌는데?"

"사장님 안 만났으면 어떻게 되었을지도 모르잖아요. 사장님 만나서 지금까지 너무 잘 살았던 거 같아요."

힘들다고, 외롭다고 생각하면서 꾸역꾸역 잘도 살았던 건 뒤늦게 생각해보면 다 해준이 있어서였다.

352

"그래서 이 은혜는 진짜 어떻게 갚아도 갚을 수 없을 거 같아요."

"수연 씨 덕에 내가 편했지."

"아니에요. 제 인생에서 사장님 만난 건 정말 천운이었어요. 사장님이 없었으면 제 인생은 더 나락으로 떨어졌을 거고 지금 어떻게 되었을지도 몰라요. 지난 10년 동안 사장님이 계셔서 그나마 이렇게 산 거예요."

수연의 삶을 지옥처럼 만들었던 많은 인연들 중에서 해준만 그녀에게 좋은 기억이었다. 그런데도 왜 이 남자를 사랑할 수 없었던 걸까. 그게 참 아이러니였다.

"그런데 제가…… 그날은 죄송해요."

"뭐가 죄송한데?"

그 말에 수연은 답하지 않았다.

차라리 그를 좋아했더라면…….

"자그마치 10년이었고 난 내가 수연 씨 잘 안다고 생각했는데 사실 잘 몰랐나 봐. 그냥 계속 옆에 있는 사람인 줄 알았지."

수연도 그러했다. 갑자기 동원이 나타나기 전까지만 해도.

"부모님이 결혼 압박할 때 잘 생각하는 거였는데…….”

그때 해준이 손을 내밀었더라면 수연은 절대 거절하지 않았을 것이다. 거절할 명분도, 이유도 없었다. 그리고 무엇보다 해준의 말을 절대적으로 받아들이는 수연이니 새로운 일자리라도 받아들이는 양 그의 부인이 되었겠지.

해준이 하는 얘기가 무슨 소리인지 알기 때문에 수연은 조용했다.

"말랐네. 많이 아팠나 봐?"

수연이 살짝 웃었다.

"이제 괜찮아요."

전혀 안 괜찮아 보여, 서수연아.

뭔가 얘기가 중심부로 가지 못하고 계속 빙빙 돌았다.

"바는 잘 돌아가요?"

"승주가 잘해. 원래 잘했잖아."

"그러게요. 승주 씨가 잘하니까 저도 좀 걱정이 덜 되더라고요."

"그래도 수연이 너 있을 때랑 같겠어. 단골들도 미인 지배인 어디 갔냐고 많이 물어."

거의 10년 가까이 그 자리에 있었으니 궁금할 법도 하겠지.

"그래서 뭐라고 답하셨어요?"

"시집갔다고 했어."

"네?"

"그럼 뭐라고 해?"

사실 그 말이 맞았다.

"웬 남자가 갑자기 나타나서 채어갔잖아. 그래서 그냥 시집갔다고 했어."

"사장님도 참······."

"승주가 수연 씨 만난다니까 안부 전해달라더라. 승주한
테 전화 한 번 해줘."

카페 벽에 걸린 시계가 눈에 들어왔다. 어느새 꽤 시간이
지나 있었다. 곧 동원이 들어올 시각이었다. 그는 수연을
혼자 두고 절대 장시간 외부에 있지 않았다.

"이제 들어가봐야 돼요. 일 그렇게 정리해서 정말 죄송
해요."

'수연 씨, 나랑 몇 년 같이 일했는지 알아? 무려 10년이
야. 그런데 어떻게, 어떻게 나한테 이럴 수가 있지? 내가
수연 씨 가족처럼 아낀 거 알잖아.'

진짜 하고 싶은 말은 이 말인데 차마 나오지 않았다. 그
래, 10년 동안 나에게 그렇게 충성했는데 너도 네 인생 살
아야지. 그런데 행복한 것 같지 않아 보이는 게 문제였다.
파리한 얼굴인 게 마음에 걸렸다. 이제 좀 잘되어볼까 했
는데 역시 인생은 해준에게 돈은 허락해도 여자는 허락하
지 않으려는 모양이다. 제길.

"그래, 피곤해 보이는데 들어가봐. 나도 일하러 가봐야
돼."

둘이 같이 카페에서 나오긴 했는데 길가에서 작은 실랑
이가 벌어졌다.

"바래다줄게."

"아니에요. 금방이에요. 저 좀 걷고 싶어서 그러니까 너

무 신경 쓰지 마세요."

"섭섭한데……."

"진짜 근방이에요."

해준이 차를 타고 가는 걸 보고 집으로 들어왔을 때 동원이 차를 차고에 넣고 있었다.

"어, 왔어요?"

수연이 좀 떨떠름하게 인사하는데 동원의 표정이 별로 좋지 않았다.

"밖에 나갔다 왔어? 어디 갔었어?"

평온한 듯 말하지만 눈빛이 사나웠다.

"사장님이 잠시 근처에 오셨다고 해서 인사드렸어요."

떳떳하지 않은 일을 한 것도 아니고 그에게 굳이 감출 이유도 없었다.

"당신 사장님은 왜 찾아왔대?"

"안부 전화 드렸더니 잘 있는지 얼굴 보고 싶으시다고 해서……."

동원의 안색이 무섭게 변했다.

"나랑 혼인 신고 한 거 잊었어?"

"잊은 적 없어요. 오랫동안 같이 일했던 분이시고, 절 돌봐주셨던 분이에요. 그런 분한테 제대로 말도 못 하고 그만둘 수는 없잖아요. 일부러 오셨다고요. 내가 멀리 나갈 수가 없어서! 그만 좀 해요."

"내가 당신을 어떻게 믿지? 어떻게 믿을 수 있냐고? 10

356

년이나 저 남자랑 같이 있었는데 어떻게 믿지? 당신 사장이 왜 이혼했는지 뻔히 아는데?"

그런 것까지 그가 알고 있을 줄은 몰랐다. 수연과 해준을 둘러싸고 소문이 난 것은 사실이고 해준의 전 부인도 수연을 물고 늘어졌지만 털어서 나오는 게 전혀 없기 때문에 무마되었다.

"그건 나랑 상관없는 일이에요."

"상관이 진짜 없냐고? 정말 별 사이 아니냐고?"

소리는 지르지 않았지만 이를 바득 갈 정도로 화를 내고 있었다. 그가 수연의 어깨를 강하게 틀어쥐었다. 시선을 강제로 고정하게 만든 뒤에 확인하듯 다시 물었다.

"정말 아무 일도 없었냐고? 내 눈 보고 똑바로 말해."

그날 새벽에 단둘이 어딜 갔었냐고, 사실 그게 묻고 싶었다. 그러나 수연이 그의 시선을 피하더니만 손을 뿌리쳤다.

"내 몸에 손대지 마요."

수연이 얼굴을 돌리며 답을 거부했다.

"그날 새벽에 어디에 있었어?"

동원이 결국 못 참고 말을 꺼내버렸다.

수연의 치부, 그가 몰랐으면 했던 일⋯⋯.

창백한 얼굴에 남자가 그녀의 팔을 쥔 손에 힘을 주었다.

"그날 누구랑 같이 있었던 거야?"

"그건 당신이 알 바 아니에요."

"왜 내가 알 바가 아닌데? 아기, 배 속의 아기, 내 아이이기는 해? 당신 배 속의 애가 내 애라는 보장 있어?"

"뭐라고요?"

"혹시 알아? 당신이 나한테 복수하려고 다른 사람 애를 가졌을지?"

수연은 눈을 감았다.

"당신을 어떻게 믿지? 당신, 전에 술집에서 일했잖아? 당신은 돈 때문에 술집에 나간 전적이 있는데 어떻게 당신을 믿을 수 있지?"

너는 사기꾼, 나는 피해자.

굶주린 사람을 밀어서 떨어뜨리는 거였다.

깊은 한숨이 저절로 밀려나왔다.

수연이 다시 씁쓸하게 웃었다.

다시 원점이다. 서로 할퀴고 상처 내고 물어뜯고.

그들은 아직 서로를 용서하지도, 받아들이지도 못했다.

힘이 쫙 빠져나갔다. 그런 수연을 씩씩거리면서 바라보던 동원이 등을 돌렸다.

동원의 넓은 등이 차가운 벽처럼 서 있었다. 그녀를 거부하는 벽.

"그날 사장님이랑 같이 있었어요. 차라리 내가 사장님이랑 사귀었더라면 이런 일은 없었을 텐데. 그분은 내가 이 세상에서 진심으로 믿을 수 있는 단 한 사람이니까요. 차라리 그분하고 잘되었더라면 좋았을 텐데. 그러면 아프지 않을 텐데 그 생각만 했어요. 차라리 그분하고 자면 괜찮아질까, 그런 생각 한 거 인정할게요. 그래요, 자려고 했어요. 그런데 잘 안 되더라고요. 그러고 나니까 내가 더럽게 느껴졌고 죽고 싶어졌어요. 내 안에 내가 끝까지 자존심처럼 지켜왔던 게 다 깨지고 사라졌다고 생각하니까 미련도 없어지더라고요. 더 살아서 뭐하겠어. 그래서 죽으려고 했어요."

수연의 상처가 생생하게 드러났다.

그가 반쯤 새살이 돋으려고 했던 상처를 벌려버렸다. 벌겋고 흉한 속살이 드러났다.

하느님, 전 얼마나 더 나쁜 놈이 되어야 하는 건가요.

시작한 일은 끝내야 했다. 독하게 마음을 다잡아야 했다.

화도 났다. 수연의 말이 거짓이 아니라는 걸 알아서 더 분노했다. 왜 하필…….

"자살 시도해서 병원에 가잖아요? 그럼 건강보험 적용이 안 돼요. 엄마는 아파서 병원에 입원해야 하는데 난 돈도 없었고 아무도 나한테 큰돈 준다고 하지 않았어요. 그래서 술집에 나갔어요. 나 혼자 잘 살자고 엄마 죽으라고 할 수도 없었고, 어떻게든 엄마 제정신 차리는 거 보고 싶었어요.

아무도 나 도와주지 않을 때 도와준 사람은 그분밖에 없었어요. 그분, 나한테 큰 은인이에요. 그분이 죽으라고 하면 죽는 시늉이라도 해야 돼요. 나한테 호감이 있으면 난 당연히 그분 뜻대로 들어드려야 한다고 생각했어요."

물론 수연의 그런 희망은 헛된 것이었지만.

"내가 술집 나간 것에 대해서 난 내 양심에 조금도 거리낌 없어요. 지금 다시 그 선택 하라고 하면 다시 해요. 돈 벌러 어디든 갈 거예요. 우리 엄마 살릴 수 있는 거라면. 당신이 하율이 그렇게 소중하게 생각하는 것처럼 나도 우리 엄마 소중했어요."

수연이 눈을 부릅뜨고 그를 노려봤다.

"당신 과거에는 관심 없고, 내가 지금 말하는 건 단 하나야. 내가 어떻게 당신을 믿을 수 있을까. 당신은 돈 때문에 당신 도덕과 윤리를 판 전적이 있는데 내가 어떻게 당신을 믿지?"

"열심히 산 게 죄인가요? 그땐 그것밖에 없었어요."

"당신 아버지한테 전화했음 되잖아. 술집 나갈 정도로 힘들어도 아버지에겐 전화하지 않을 알량한 자존심은 있었나 보군."

전화했었다.

"그 사람 얘기는 꺼내지도 마요. 당신은 아무것도 몰라요. 그리고 당신하고 내 과거 얘기는 하고 싶지 않고요. 내가 얼마나 힘들게 살았는지 말해도 이해 못 할 거고 이해받기도 바라지 않아요. 그러니까 난 아무 얘기도 안 할 거예요.

아이는 하율이가 불쌍해서 낳아주기로 한 거니까 낳을 거예요. 그런데 임신부가 얼마나 다양한 사고를 당할 수 있는지 생각해봤어요? 정말 당신이 이 아이를 생각하고 원한다면, 내가 '태교' 비슷한 거라도 하게 도와줘야 하는 거 아니에요? 듣고 싶지 않은 과거 얘기 꺼내서 괴롭히고, 내가 괴로워하는 게 보기 좋아요? 내가 괴로워서 울었으면 좋겠어요?"

동원이 입을 다물었다.

"당신이 아무리 부정해도 하율이도, 배 속의 이 아이도 내 아이들이에요. 더러운 피가 섞인."

그런 수연의 창백한 얼굴을 바라보던 남자의 예기 서린 눈동자가 전신을 훑다가 배에 시선을 고정했다.

어떻게 나한테 이럴 수가 있어요. 좋아한다고, 사귀자고 말했던 사람이, 얼마 전까지만 해도 침대에서 사랑을 속삭이던 남자가, 그렇게 다정하고 또 다정했던 사람이 어떻게 나에게 이럴 수가 있어요!

"하율이한테는 절대 당신이 친모라고 말하지 마."

"이런 여자 친모라고 말하면 애가 충격받을까 봐 그러나요?"

"맞아. 하율이 친모는 죽은 내 전 부인이야. 당신같이 밤에 일하는 사람이 아니라, 좋은 집에서 태어나 교육 잘 받고 사랑받으면서 큰 그 사람이야."

그때에는 엄마 병원 입원비를 벌어야 했고, 편의점 알바

만으로는 도저히 먹고살 수가 없어서 어쩔 수 없이 택한 거였는데, 살려고 한 게 뭐가 잘못이 있는 걸까.

자신의 태를 빌어 세상에 나오는 이 아이가, 그리고 자기가 불쌍하다.

아이가 너무 불쌍하고, 남자의 강풍처럼 몸을 강타하는 냉정한 말에 몸속까지 차가워지는 기분이었다. 그 냉기에 그대로 자신의 몸을 감싸 안았다. 배 속의 이제 막 생긴 이 아이가 이런 애길 몰랐으면 좋겠다 생각했다.

"아이가 건강하게 태어나길 바라면 잘 지내요. 서로 잘 지내자는 이 말이 무슨 의미인지 알 거예요. 더 할 얘기 있어요?"

그러나 그 말이 끝나기도 전에 동원이 문을 닫고 나가버렸다. 또 서재로 가버렸겠지. 지쳐버린 수연은 그대로 방으로 들어가 쓰러져버렸다.

「네 아버지 재혼했다. 그리고 지금 아들 태어난 직후라 정신없어. 그러니까 네가 정말 네 아버지 행복을 바라면 다신 연락도 하지 마라.」

할머니의 모진 말만이 머릿속을 맴돌았다. 엄마는 병원에서 다 죽어가고 있었다. 수연은 무기력했고 할 수 있는 일이 여전히 없었다. 엄마가 죽으면 혼자 남겨지는데 뭐라도 해야 했다.

그때 그 무기력했던 상처는 10년이 지난 지금도 여전히 아프다. 그때 흐르지 못했던 눈물이 가슴속에서 흘러나왔다.

어떻게 사람이 그렇게 사악할 수가 있어요? 나는 당신이 말하는 더러운 술집 여자였지만 누군가를 이용하겠다, 사람이 도구라는 생각은 해본 적이 없어요.

나는 당신 아들 치료하기 위해 또 다른 아이를 수태할 도구가 아니에요. 사람이라고요, 사람. 사람이고 여자예요. 그냥 난소, 자궁만 있는 짐승이 아니라!

마음속의 외침이 그에게 들릴 리가 없었다.

그날 수연은 저녁을 먹고 난 뒤에 다시 입덧을 했다. 요 며칠 괜찮았는데 해준을 만나고 온 뒤 저러는 걸 보면 정신적인 문제도 큰 듯했다.

입덧은 생각보다 오래가고 있었다. 하율이 배 속에 있을 때 동원이 영국에 유학을 가 있어서 실상 부인이 아기를 낳는 거나 임신 기간을 본 게 아니었다. 그래서 더 겁이 나고 무서웠다.

"병원에 가서 링거라도 맞을래?"

"병원 냄새 싫어요."

어릴 때 집 옆에 있던 아버지 병원에 얼마나 자주 갔던가. 그 익숙한 소독약 냄새를 생각만 해도 구역질이 날 것 같았다.

"그러다 큰일 나."

그러나 고집스레 수연이 등을 돌려버렸다.

"준희 부를게."

그 준희가 누구인지 알기 때문에 수연은 몸을 돌려버렸다.

잠시 후 하율의 외삼촌이자 동원의 오랜 친구라는 이준희가 왔다. 준희가 수연의 손목에 바늘을 꽂으면서 잔소리를 했다.

"수연 씨, 힘들어도 뭔가 좀 먹어야 돼요. 토해도 먹고 토해요. 아기가 엄마 영양분 다 가져가서 수연 씨 몸만 안 좋아져요."

노력해도 먹고 나서 10분 지나면, 아니, 먹던 중에도 화장실로 가곤 했다.

"먹고 싶은 거 없어?"

설희는 임신 중에 그렇게 준희와 장모님을 괴롭혔다고 했다. 가끔 동원에게 자긴 영국에 있고 난 혼자 한국에서 힘들었어, 라고 말했다.

"지난번에 그 떡, 그거라도 만들어달라고 할까?"

그땐 맛있게 먹었지만 지금은 그 기름 냄새만 맡아도 구역질이 날 것 같았다.

"됐어요. 지금은 생각 없어요."

수연의 몸은 이 아이를 원하지 않았던 것처럼 맹렬하게

밀어내려 했다. 놀랍게도 아이는 정상적으로 잘 자라고 있었다. 엄마 영양분을 뺏으면서.

링거를 맞고 나서 지쳐 잠이 든 수연을 두고 나와 준희가 잠시 얘기했다.

"이대로 가면 수연 씨 뼛속 영양분까지 아이가 가져가서 늙으면 고생할 거야. 좀 잘 먹여."

준희가 걱정된다는 듯이 말했다.

"여자가 임신하면 골병든다는 말이 괜히 있는 게 아니야. 요즘 같은 영양 과잉 시대에 저렇게 곯아버린 산모는 간만에 본다."

동원의 안색이 약간 창백해졌다.

"그렇게 안 좋아? 좀 지나서 입덧 끝나면 괜찮아지겠지?"

준희가 어깨를 으쓱했다.

"임신했을 때 여자 몸에 다양한 부담감이 생기는데 그게 어떻게 될지는 알 수 없어. 임신중독증이 올 수도 있고 고혈압, 당뇨, 심장병 등의 질환이 생기기도 해. 이건 근데 정말 관리해도 어쩔 수 없이 오는 경우도 있어서 뭐라고 말할 수가 없어. 누나 병도 봤잖아."

설희는 주산기 심근병증이었다. 하율이가 착상된 이후부터 계속 앓았다. 배 속의 아이와 싸우듯 6개월 정도를 입덧으로 고생했고, 그 이후 갑자기 심장이 커지는 심근병증이 와서 결국 제왕절개로 하율을 일찍 꺼내야 했다.

하율 역시 조기에 나오는 바람에 폐 성장에 문제가 있어서 인큐베이터에 일주일 정도 들어가 있었다.

그러나 그는 그런 과정을 전혀 몰랐다. 영국에서 유학 중인 그에게 설희가 일체 비밀로 했기 때문이었다. 그냥 의사가 절대 안정하라고 했다, 아이 태어난 뒤에나 동원에게 갈 수 있을 것 같다, 그렇게만 말했다.

그냥 시험관으로 가진 아이라서 그런 줄로만 알았다. 그때는 너무 바빠서 공부하는 것만으로도 너무 정신이 없어서, 위급한 상황이 되어 준희가 전화해주기 전까지도 전혀 모르고 있었다.

"그때 내가 알았더라면…… 달라졌을까?"

아마도 배 속의 아이를 포기하자 주장했을지도 몰랐다. 태어나지 않은 아이보다 살아 있는 설희가 더 소중했으니까.

"네가 알면 아이 지우자고 할 거라고, 누나가 너한테 말하면 안 된다고 계속 주장했어."

"그 상황이 될 때까지?"

"네가 알면 유산시킬까 무서웠대. 원래 임신하면 없던 병도 생기고 온갖 일이 다 생겨서 힘들어. 운이 좋으면 아무 일 없이 무사히 순산하고, 아니면 누나처럼 되고. 그러니까 잘해줘. 이건 내가 하율이 삼촌이 아니라 의사로서 하는 얘기야. 수연 씨 건강 진짜 안 좋아."

이렇게까지 해서 아이를 낳아야 하는 걸까.

갑작스레 겁이 덜컥 났다. 이제 더 이상 그의 주변에서
누군가 죽는 것은 보고 싶지 않았다.

/

9. *Summertime*

/

동원이 떠주었다는 털모자를 쓴 하율이 차에서 내렸다.
병원에 가기 전보다 더 핼쑥해져서 돌아온 하율을 보자 수
연이 눈물이 핑 돌 정도였다. 몇 번 병원에 갔었는데 오래
있을 수가 없었다. 병실 안의 그 지친 무거운 공기가 수연
마저 힘들게 만들었다.

"하율이 왔어?"

수연이 반갑게 인사하자 하율이 피곤해하면서도 꾸벅
인사했다.

"안녕하세요, 아줌마?"

아이는 인사를 하고 나서 살짝 수연의 눈치를 보았다.

"아줌마, 당분간은 엄마 소리가 잘 안 나올 거 같아요.
아직 좀 낯설어서요. 그래서 엄마라고 안 불러도 너무 섭
섭해하지 마세요."

수연은 하율에게 웃을 수밖에 없었다. 어떻게 너를 사랑
하지 않을 수가 있겠니. 모자를 쓴 하율의 머리를 수연이
쓰다듬었다.

"나도 당분간은 엄마 소리 들으면 무지 어색할 거 같아.

368

그러니까 하율이 좋을 대로 해. 하율이가 그 말 하고 싶을 때 하면 되는 거지."

네가 엄마 소리 할 즈음이면 난 여기 없겠지. 네 엄마는 하늘에 있는 그분이야.

가슴속 깊은 곳에서 울컥하는 게 있었다.

낳지 않은 자식이 불쑥 삶에 밀고 들어왔다. 거부하려고 했는데도 결국 그러질 못했다. 그냥 먼 친척 아이 같은데 자꾸 눈이 갔다.

어딘가 나를 닮았을까. 그러나 하율은 동원의 판박이인 듯싶었다.

아니, 아주 조금 오빠나 엄마를 닮은 데가 있을까.

하율에게서 죽은 가족의 모습을 찾으려 하는 자기가 우스웠다.

"저기, 그런데…… 아줌마가 아기 가지셨다고 아빠가 그랬어요. 정말 내 동생이 이 배 속에 있는 거예요?"

수연이 살짝 얼어붙었다. 하율이 긴장한 채로 물었다. 분명 애도 알고 있겠지.

"혹시 저 때문에 아이 가지신 건가요?"

하율이 뭔가 알고 있을 수도 있었다. 수연은 억지로 웃으려 했다.

"아냐. 아기가 내가 원한다고 생기는 건 아니잖아."

뭐라고 말을 해야 하지. 이럴 때 그 사람은 왜 없는 거야.

"그냥 아줌마랑 아빠랑 좋아하니까 아기도 생긴 거지."

"저 동생 있었으면 좋겠다고 늘 생각했거든요. 그래서 기뻐요. 아기 남자예요, 여자예요?"

"그건 아직 몰라. 좀 더 자라보면 알 수 있대."

이제 병원에 가면 말해주겠지만 둘 다 아이 성별을 물어볼 생각은 하지 못했다. 대충 여름에 나올 날짜만 알고 있었고 출산 준비는 전혀 하고 있지 않았다.

"남자애면 좋겠다. 그러면 같이 놀 수 있잖아요."

형제면 좋으려나.

하율이 활짝 웃었다. 창백한 얼굴로 정말 환하게 웃었다. 아이가 생긴 걸 진심으로 기뻐하고 있었다.

무서웠다. 언제나 집안의 사랑을 받는 오빠를 미워했던 때도 있었다. 그러나 이제 오빠가 죽고 난 지금은 오빠와의 좋은 시절, 과거 기억이 하율과 연관되어 떠오르곤 했다. 아마 수연이 없어도 하율과 배 속의 아기는 오빠와 수연처럼 살게 될지도 몰랐다.

좋았던 시절의 기억이 너무 희미해져서 오랫동안 떠올려보지도 못한 추억을 이렇게 마주하게 될 줄은 몰랐다.

장미를 한 가득 가슴에 안고 들어오는 수연의 발걸음이 가벼웠다. 거실에서 그가 서성거리고 있었다. 수연이 산책이라도 혼자 나갈라치면 동원은 눈에 띄게 긴장했다. 오늘 그가 잠시 외출했기에 혼자 나간 거였는데 그의 외출이 짧았나 보다.

"어디 갔다 오는 길이야?"

외출을 한 게 마음에 들지 않는 모양이었다. 가벼운 표정
으로 들어서던 수연이 움찔했다. 요 며칠 입덧이 조금 잠
잠해져서 그런지 수연의 살도 조금 올랐다. 해사하고 밝은
표정으로 들어오는 게 이상했다.

"그냥 산책하고 오는 거예요."

"나갈 때 말을 하고 나갔어야지."

"집에 아주머니 있잖아요. 말하고 나갔어요. 산책 갔다
온다고요."

그냥 집 앞 시장에 구경을 다녀온 것뿐이었다. 파는 봄나
물이며 꽃을 구경하고 온 걸 가지고 이렇게 화를 낼 줄 몰
랐다. 동원의 얼굴 표정이 좋지 못했다. 수연은 그를 무시
하고 일단 방에 들어갔다. 씻고 옷을 갈아입고 있는데 그
가 들어왔다. 조용히 재킷을 옷장에 걸었다.

"뭐야, 저건?"

동원이 인상을 확 썼다.

산책길에 있는 꽃집에 큰 장미가 나와 있는 걸 보았다.
장미 한 다발을 색색깔로 사서 들고 온 참이었다.

"예뻐서 사 왔는데 왜요?"

동원이 보기 드물게 험악한 표정을 지었다. 아무 말 없이
꽃을 잡아챘다.

"뭐하는 거예요?"

수연이 팔을 잡았지만 그가 거세게 뿌리쳤다. 아무 말 없

371

이 장미를 반으로 꺾더니만 휴지통에 그대로 처넣었다.

"왜 그러는데요? 뭐가 마음에 안 들어서 그래요?"

수연이 조용히 따져 물었다.

그냥 큰 장미송이가 예뻐서 집에 꽂아두고 보고 싶었을 뿐이었다. 그냥 꽃이 보고 싶었다. 동원이 사다주던 그 꽃이 그리웠다. 사랑받고 있다는 그런 마음을 다시 즐기고 싶었을 뿐이었다.

"하율이한테 이런 것조차 얼마나 위험한 줄 알아? 당신 생각이 있는 거야, 없는 거야?"

장미가 하율이한테 위험하다고? 장미 가시에 찔려 패혈증으로 죽을까 봐요? 아니면 장미에 이상한 병균이라도 옮아가지고 올까 봐요?

"말로 하면 될 걸 왜 소리를 지르고 버려요? 내가 알고 그랬어요? 모르고 그랬지. 그냥 앞으로 그러지 말라고 하면 되잖아요."

휴지통에 처박힌 꽃을 꺼냈다. 이미 꽃잎이 떨어지고 가지가 꺾이고 해서 볼품없어졌다. 가냘픈 어깨가 가느다랗게 떨렸지만 그는 일부러 못 본 척했다. 하율에게 안 좋은 게 아니었다. 그의 기억에 좋지 않은 것이었을 뿐.

"앞으로 나가기 전에 나한테 문자 남겨!"

"나, 이 집에 가둬뒀어요?"

"내가 외출하고 하율이 혼자 남겨두는 건 좀 그렇잖아. 아무리 아주머니 계시다고 해도……."

"내가 고용되어서 하율이만 바라보고 살아야 되냐고요."

수연이 신경질적으로 그에게 속삭였다.

"당신 애이기도 해, 하율이. 당신이란 여자에게 최소한 의 모성애 같은 건 없는 거야?"

그가 빠르게 말했다.

있는지 몰랐던 아이. 그는 지금 그녀에게 의무를 강요한 다.

"누가 아니래요? 당신은 밖이라도 나가지 난 집에 갇혀 있어요. 내가 아무리 하율이 사랑해도 이렇게 갇혀 있으면 없는 우울증이 생긴다고요."

그 와중에도 수연은 혹시 하율이가 들을까 조심조심 조 용히 말하고 있었다.

"혼자 있었어?"

취조에 수연이 발끈했다.

"알아서 뭐하게요? 내가 당신 전 부인에 대해 물어본 적 있어요? 아님 당신 가족 관계나? 나한테 아무 얘기도 안 하는 사람이 왜 나한테 물어요! 당신은 아무 권리도 없어 요, 나한테."

올라오는 울음 때문에 수연이 울컥했다. 그러나 동원은 자기가 무슨 말을 했는지 잘 모르겠다는 듯한 표정이었다.

서재로 거칠게 문을 쾅 닫고 들어간 동원은 의자에 그대 로 쓰러지듯 앉았다. 장미만 보면 토할 것 같았다.

설희는 장미를 좋아했다. 장미 무늬도 좋아했다. 레이스
와 장미, 새틴 리본. 장모가 설희 장례식의 화환마저도 장
미로 만들어줄 정도였다.

설희를 화장해서 유골을 안치하고 돌아온 날, 하율이는
장모가 데리고 가고 혼자 집에 남았다. 다 끝났구나 싶어
혼자 멍하니 침실에 들어와서 옷을 갈아입으려는데 약 냄
새가 확 났다. 그리고 어디선가 설희의 장미향이 나는 것
만 같았다.

사람을 불러 정리해서 박스에 담은 뒤에 다 자선 단체에
기증을 해버리든가, 장모를 불러서 갖고 가게 하든가 해야
겠단 생각밖에 들지 않았다. 그러면서 집에서 혼자 양주를
마시는데 한 병 마시고 났을 때 갑자기 어디선가 장미향이
유령처럼 코끝을 스쳤다.

설희의 장미향은 이제 사라진 지 오래일 터, 병과 약 냄
새만 집에 감도는데 향기가 유령처럼 그의 코끝을 스치듯
사라지려 했다.

등 뒤에서 설희가 울고 있을 것 같았다.

돌아버릴 것 같았다. 설희야, 설희야, 설희야…… 목 놓
아 불러도 여자는 다시 나타나지 않고 유령처럼 향기만 머
물다 사라져버렸다. 그리고 동원도 기억이 끊겼다.

그 뒤 여자를 만나기는 만났다. 그러나 섹스 파트너는 있
을 수 있어도 남녀 관계는 있을 수 없었다. 더 이상 어떤 여
자와도 관계를 맺을 수 없을 정도로 정동원은 완전히 망가

져 있었다. 직업적으로 성공하고 돈을 벌어도 거기서 오는 성취욕으로 채울 수 없는 것이기도 했다. 계속 코끝을 맴도는 아련한 장미향의 기억에서 그는 벗어나지 못하고 있었다.

이제 하율이가 아프다. 뒤에서 설희가 손가락질이라도 하는 듯했다. 너는 나 없이 행복할 수 없어, 라고. 하율이도 내가 데려갈 거야, 라고.

넌 앞으로 영원히 행복할 수 없어.

나만 두고 가지 마…… 이제 더 이상 아무도 떠나보내기 싫어!

눈을 질끈 감았다.

소파에 앉아 영화를 보는 수연에게 하율이 다가왔다. 하율은 집에 와서 상태가 좀 좋아졌다. 다시 살이 조금 붙었고 머리가 조금씩 나고 있었다. 다행히 치료에서 어느 정도 효과를 봐서 한숨 돌린 상태였다.

"아빠랑 싸우셨어요?"

하율이 조심스레 물었다.

"……왜?"

"아니, 그냥……."

어릴 때 집안 분위기에 그렇게 민감했던 걸 생각하면 하율이 짐작할 만도 했다.

"그냥, 왜, 남자랑 여자는 가끔 별거 아닌 걸로 투닥거릴 때가 있어. 그래서 그래. 아줌마가 집에 꽃 갖고 오면 안 되는 줄 모르고 꽃을 사 왔는데 아빠가 그래서 화가 났어."

"장미요?"

"응."

"아…… 장미는 엄마가 좋아하는 꽃이었어요."

"응?"

"엄마가 장미 좋아했어요. 정원에 있는 장미나무는 할머니가 심은 거라고 했는데 엄마가 꽃 피면 꺾어다가 화병에 꽂아놨었거든요. 엄마는 향수 냄새도 장미향이었고 커피 잔도 장미였어요. 그래서 그런가…… 아, 이런 얘기 하면 불편하시죠?"

하율이 너무 어른스러웠다. 수연이 일찍 철들어야 했던 것처럼 하율도 철이 들어버렸다.

"아냐. 그래서 그랬구나. 아줌마가 아빠한테 실수했다. 그치?"

"아줌마가 알고 그러신 것도 아니고, 세상에 장미 좋아하는 게 엄마만 있는 것도 아니잖아요. 여자들은 다 꽃 좋아한다면서요?"

하율이 별거 아닌 양 오히려 수연을 위로했다.

"하율아, 그분은 영원히 하율이 엄마야. 하율이한테는 영원히 엄마인데 엄마 얘기도 편하게 못 하면 불편해서 어떻게 살아. 그냥 엄마 얘기 편하게 해."

하율이 멋쩍게 웃었다. 이렇게 예쁜 아들 두고 가던 엄마 마음은 어땠을까. 병까지 얻어가면서 배 속에서 키워낸 아들인데. 얼마나 억울했을까. 힘들게 남편에게 아이를 낳아주고 싶어 했던 그 마음을 알 듯 말 듯 했다.

"저녁 먹어."

그때 동원이 불렀다. 동원은 부엌 근처에 수연이 오는 걸 좋아하지 않았다. 아니, 집안일을 하는 걸 싫어하는 듯했다. 청소라도 좀 할라치면 질색을 했다.

하율이 아빠 목소리에서 언짢은 기색을 읽었는지 수연에게 눈으로 뭔가 말했다.

"먹으라고 부르면 빨리 오지 왜들 그렇게 굼떠?"

하율과 수연이 서로 눈짓하는 것을 보고서 동원이 짜증을 냈다.

동원은 내내 저기압이었고 하율 혼자 종알종알 얘기를 하고 있었다. 그때 동원의 휴대전화가 울렸다. 액정에 뜬 이름을 확인한 뒤에 바로 전화를 받았다.

"어, 웬일? 나? 저녁 먹는 중이지."

친한 사이인 모양이었다. 목소리가 꽤 다정하다.

"어, 응. 소식이 거기까지 갔어? 그냥 어쩌다 보니 그렇게 됐어. 하율이도 아프고 이 사람도 바쁘고 해서 그냥 혼인 신고만 하기로 한 거야."

순간 살짝 표정이 굳었다.

"아빠, 누구야?"

동원이 전화에서 입을 떼고 작은 소리로 말했다.

"어, 형주 삼촌."

이러더니 일어나서 전화를 받으러 갔다.

"아빠 친구예요."

한참 전화를 받고 온 동원이 돌아왔다.

"아빠, 형주 삼촌이 무슨 일이래요?"

"하율이 퇴원했으면 놀러 오라고."

"언제 간다고 했어요?"

"당분간은 안 되지."

"잉. 참, 아빠, 아줌마랑 결혼한 얘기는 했어요?"

"어, 응."

동원이 말을 흐렸다.

"내가 재혼했다니까 친구 부부가 궁금한가 봐. 하율이 또래 남매도 있고 어릴 적부터 봐와서 친해. 지금 하율이 몸 상태도 그렇고 당신 아직 입덧 있고 해서 거절했어."

이 사람은 내가 밖에 내놓기 부끄러운 걸까. 단 한 번도 다른 사람을 소개시켜준 적도 없고 심지어 식구들을 만나게 해준 적도 없었다. 무턱대고 거절하긴 그렇고, 그렇다고 남들 앞에 내놓기엔 불편하겠지.

"먼저 자. 난 서재에서 책 좀 보다 잘 거니까."

그러나 수연이 이불을 덮고 휙 누워서 몸을 돌려버렸다. 잠시 후 동원이 불을 끄고 나갔다.

수연은 멍하니 어둠을 바라보았다.

378

어둠, 여전히 혼자이다. 아니, 동원이 있다고 해도 다른 이불을 덮고 자는 베드메이트 정도일까.

같은 이불, 다른 몸. 완전 다른 두 세상이었다.

일도 안 하고 아침에 일어나고 밤에 자는 생활이 편하긴 했다. 지난 10년 이상 어찌어찌 힘들게 살아온 게 거짓말 같을 정도로.

그런데 불행하다. 어떻게 이렇게 불행할 수가 있는 거지?

눈물이 그대로 흘러내린다.

그렇게 힘들어도 나오지 않았던 눈물이 외로움에, 이제 낯설어진 외로움에 흘러나왔다.

아이 낳고 나면 또 버려질 테니.

아직 12주가 안 되었으니 가급적 부부 관계는 금하라는 소리까지 듣고 왔는데 12주가 되어도 동원은 약속했던 대로 손끝 하나 대지 않았다. 아이 생기기 전까지는 하루가 멀다 하고 침대에 잡아놓더니만 신기할 정도로 딱 멈추었다. 그 뒤로는 가벼운 스킨십조차 없어져서 손끝 하나 스치는 것도 좋아하지 않았다. 어쩌다 컵 하나 건네주다 손끝이 닿아도 눈썹을 슬쩍 올려 불편함을 표시할 뿐, 그게 다였다. 그냥 저 사람에게 자신은 사람이 아니니까. 그냥 도구니까.

하율이가 보기 이상하지 않게 한 방을 쓰고 한 침대를 쓴다 뿐이지 둘은 부부가 아니었다. 나누는 대화 역시 하율이를 빼고는 없었다.

하율이 아프지 않았다면 만나지 않았을 관계인 이상, 하율이 없이는 아무것도 되지 않았다.

그는 일절 수연에게 손을 대지 않았다. 옆에서 같이 자고 같이 살지만 여전히 타인일 뿐이었다.

흑백 화면 속의 아이가 움직이고 있었다. 마치 엄마랑 아빠가 보고 있다는 걸 아는 것처럼.

아직 사람이라기보다 외계인 같은 형체였다. 이런 게 배 속에 있다는 게 아직 잘 믿기지 않았다. 아이가 움직이기 시작했고 태동도 이제 느껴지고 있었다.

"따님이시네요."

수연이 반응하기도 전에 동원이 먼저 물었다.

"네?"

동원의 표정이 미묘해졌다.

배 속의 아이는 딸이구나. 그냥 아들이건 딸이건 성별은 생각해본 적 없었다. 그냥 건강하게 태어나만 주길 바랄 뿐.

"엄마랑 아빠가 선남선녀라서 아기도 예쁘네요."

수연이 보기엔 그냥 외계인 같은데 어디가 예쁘다는 건지 전혀 감이 오지 않았다.

380

"여자아이예요?"

그가 힘을 주어 다시 물었다.

"네, 따님이시네요. 아직까지는 딱 평균 크기, 몸무게예
요. 그럼 다음 정기 검진 때 봬요. 산모님은 좀 말라서 아
이 낳으시려면 더 잘 먹어야 돼요. 아이는 건강한데 산모
가 빈혈 있으면 나중에 고생해요. 아기가 엄마 몸에서 영
양분 가져가거든요. 체중이 많이 늘면 안 되지만 줄어도
안 돼요. 다이어트 같은 거 하는 건 아니죠?"

"아니에요. 그냥 아직 입덧이 좀 남아 있어서 그래요."

멍한 수연 대신 동원이 잽싸게 답하자, 의사가 고개를 끄
덕거렸다.

동원이 영양제를 잘 챙기고 먹는 걸 신경 써서 입덧도 줄
고 빠졌던 몸무게도 많이 돌아왔는데 의사는 여전히 수연
만 보면 잔소리를 했다.

동원은 표정이 매우 묘했다. 아이가 건강하다니 기쁜 거
겠지. 그의 귀한 아들에게 생명줄이 되어줄 아이.

동원의 반응이 뭔가 수연의 가슴속 깊은 곳 상처를 건드
리는 듯했다.

수연은 절망적으로 눈을 감았다. 딸, 여자아이, 오빠의
병을 고치기 위해 태어나는 아이. 제발 딸만 아니길 빌었
다. 너마저 나 같은 인생을 살면 안 되는데…….

딸이구나.

의사의 잔소리를 들으며 떨떠름한 표정으로 진료실 밖

으로 걸어 나왔다. 옆에 서서 걷는 동원을 올려다보았다. 표정이 뭔가 좀 넋이 나간 것처럼 평소의 영민한 표정에서 나사 한두 개가 풀린 듯했다.

"딸이라니……."

갑자기 빙그레 웃었다. 이 사람도 이렇게 웃을 줄 아는구나 싶을 정도로 기분 좋은 미소였다. 얼굴의 근육 전체를 다 써서 마음 놓고 웃고 있었다.

아이가 건강하다니 안심한 모양이었다. 수연의 복잡한 마음을 그가 알 리는 없겠지만.

그가 수연을 태운 뒤에 집 쪽이 아니라 다른 길로 가자 수연이 의아하다는 표정을 지었다.

"어디 가요?"

"백화점."

"거긴 왜요?"

"살 거 많잖아."

동원의 당연한 말에 수연은 멍한 표정을 지었다. 출산 준비라는 걸 해야 한다고 막연하게 생각은 했지만 뭘 사야 할지도 모르고 그런 건 동원에게 일임한 상태이기도 했다.

그는 백화점 지하에 차를 세운 뒤에 힘없이 앉아 있는 수연을 부축해서 내리게 했다. 엘리베이터를 타고 위층으로 올라갔다. 하율의 옷을 사러 간 건가 싶었는데 의외로 유아복을 보고 있었다.

"핑크색으로 주세요."

그러더니 원피스를 두 벌 골라 들고 수연에게 진지하게 물었다.

"둘 중 어떤 게 예뻐?"

"네?"

"아이 옷. 여자앤데 오빠 옷 물려줄 수 없잖아. 하율이 옷은 다 하늘색이고 거의 다 남 줘서 남아 있는 것도 거의 없어. 여자애니까 핑크색 사야겠지? 핑크는 좀 고루하니까 다른 화사한 색도 좀 사고……."

이미 계산대는 그가 고른 핑크색 이불에 뭔가로 가득하고, 아이 포대기고 뭐고 벌써 계산 중이었다. 그러고 보니 그가 창고에서 하율이 침대 같은 걸 이미 끄집어내어 조립하고 있던 것 같기도 했다.

출산 준비 같은 건 사실 생각도 못 해본 거라서 아이 입힐 옷이 하나도 없었다. 아, 뭐부터 사야 하더라? 옷 몇 벌이랑 턱받이, 이불, 베개, 뭐 이런 거 사야 하나? 유모차는 하율이 쓰던 게 있던가?

그때 동원이 휴대전화를 꺼내서 받았다.

"어, 하율이니? 지금 우리 백화점이야."

하율이 백화점이라니까 뭔가 말을 한 모양이었다.

"병원에 갔다 왔지. 어, 오늘 초음파 봤는데 네 동생 여자애래. 이제 성별 알았으니까 동생 옷 사줘야지. 그래서 옷 사러 백화점 왔어. 아빠랑 새엄마 옷 사 갖고 들어갈게. 뭐 먹고 싶은 거 있어?"

그러자 전화 밖으로 하율이의 흥분한 듯한 목소리가 들렸다.

– 정말요?

아이의 묻는 소리가 수연에게 들릴 정도였다.

"어, 병원에서 의사 선생님이 그랬어."

하율이 흥분했는지 막 이것저것 묻고 있었다.

– 아빠, 아기가 누구 닮았어요? 아빠, 아님 새엄마?

"아빠 지금 바쁘거든. 쇼핑해야 하니까 집에 가서 얘기하자, 아들."

그러더니만 전화를 끊었다. 하율이 전화를 끊고 나자 동원이 싱글벙글한 표정으로 다른 곳에 전화를 걸었다.

"어, 난데, 바빠?"

누구에게 하는 전화일까. 수연이 옆에서 멀뚱하게 보고 있었다.

"병원 갔는데, 여자애래."

수연의 임신을 주변에 알리는 건 여태껏 엄청 조심스러웠으니 이렇게 맘 편하게 말할 사람은 하나밖에 없었다. 아마도 하율의 외삼촌이고 친구인 준희 씨겠지.

"아이 건강하대. 둘째는 여자애였으면 좋겠다고 생각했는데 진짜 여자애라고 하니까 기분 좋더라고. 부럽지, 부럽지? 어, 지금 백화점이야. 백화점에 아기 옷 사러 왔다."

– 아직 태어나려면 한참 남았구먼.

"에이, 시간 금방 가잖아."

– 애들 금방 크는데 뭐하러 옷을 사? 그냥 대충 얻어 입히지?

"야, 딸인데 어떻게 그래? 딸은 예쁜 옷 입히는 보람 있다면서? 하율이 녀석은 옷 입혀놓으면 금세 넘어지고 엉망만들어서 하율이 엄마가 얼마나 속상해했는데. 남자애들은 예쁜 옷 찾기도 힘들어. 나 바쁘니까 나중에 전화할게."

동원은 그렇게 말하더니만 전화를 뚝 끊어버렸다.

"그렇게 좋아요?"

임신한 걸 좋아하긴 했지만 딸이란 소식에 이렇게 반길 줄은 몰랐다.

"아들이었어도 좋았겠지만 딸이어서 더 좋은 거 같아."

백화점 아기옷 코너를 거의 한 바퀴 돌았는데도 살 게 더 남아 있던 모양이었다. 쇼핑백만으로도 모자라서 심지어 택배로 보내기까지 했다. 지하 주차장으로 갈 줄 알았는데 1층의 주얼리 숍에 들어갔다.

"은수저랑 액자 보고 싶은데요."

이렇게 말하자마자 매장 직원들이 물건을 꺼내서 주욱 앞에 늘어놓았다. 동원이 그중 맘에 드는 걸 고르더니 수연에게 물었다.

"당신은 뭐가 맘에 들어?"

"전 잘 모르겠어요."

은수저랑 액자 디자인은 별로 큰 차이가 나지도 않았는데 동원은 뭐가 마음에 안 드는지 한참 따져보더니 각각 하나씩 골랐다.

"나중에 아이 태어난 뒤에 갖고 오시면 날짜랑 이름 새겨
드리겠습니다."

매니저의 말에 동원이 흡족하다는 듯이 고개를 끄덕이
며 카드를 내밀었다.

"하율이 때도 여기서 은수저랑 액자 샀거든."

아, 그랬구나. 그러고 보니 동원 책상 위에 있던 하율의
아기 때 사진 액자와 좀 비슷했던 듯도 싶었다. 은으로 된
액자와 은수저라니, 왠지 동원이 할 법한 선물인 듯했다.

수연은 배 속의 아기에게 조용히 말을 걸었다. 아가야,
다행히 네 아빠는 네가 태어나는 게 매우 기쁜가 보다.

아주 약간 마음을 놓았더랬다.

집에 들어가자마자 문 열리는 소리에 기다리고 있던 것
처럼 하율이가 쫓아 나왔다.

"내 동생 여자애래?"

"응, 그렇대."

"난 남자애도 좋은데."

"아빤 여자애가 더 좋거든."

"그럼 새엄마가 나중에 남동생도 하나 더 낳아주면 되겠
다. 그치? 그럼 공평하잖아. 난 남동생이 좋으니까. 그러
실 거죠?"

수연은 멋쩍게 웃기만 했다.

"정하율, 아기가 무슨 자판기도 아니고 원하는 대로 나오게?"

동원이 농담을 했다.

정말 이 아이가 딸이어서 당신은 기쁘구나. 동원만큼 기뻐해주지 못해서 미안했다. 네가 딸인 게 왜 난 미안한 걸까. 나처럼 힘들까, 나처럼 아플까 난 무서워, 애야. 그냥 네가 행복하고 건강하기만 바랄 뿐이야.

해줄 수 있는 게 너를 건강하게 이 세상에 낳아주고 행복하길 빌어주는 일밖에 없거든.

듣고 있는 수연은 복잡한 마음이었다. 배 속의 아이랑 얼마나 같이 있을 수 있을까. 그냥 아기 낳고 젖 뗄 즈음 나가야겠지 막연하게 생각만 하고 있었을 뿐이었다.

그런데 그게 점점 현실화되기 시작하니 겁이 났다.

동원은 저녁을 먹고 난 뒤 서재에 한참을 틀어박혀 있더니 안방에 들어와 침대에 누워서 책을 보는 수연에게 말을 걸었다.

"아이 이름 생각해봤어?"

보고 있던 소설책에서 눈을 뗀 수연은 당황했다.

과연 자기는 그 이름을 불러볼 수는 있는 걸까.

아이의 소유권은 수연이 아닌 그에게 있는데.

"생각 안 해봤어요."

"혜율이 어때? 하율이 도와줄 착한 아이니까 은혜 혜(惠)

에, 하율이처럼 빛날 율(燏) 써서.”

잠시 수연이 아무 말도 하지 못했다. 입술을 움직여 정,
혜, 율을 살짝 발음만 해보았다.

입안에서 경쾌하게 울리는 단어 세 개.

“혜율이? 정혜율. 예쁘네요. 하율이, 혜율이.”

눈물이 고일 것 같았다.

임신하면 감상적이 된다더니.

이준연, 이수연.

수연의 이름도 오빠와 같은 돌림자였다. 오빠 생각이 나
서 왈칵 눈물이 쏟아지려 했다.

“좋은 이름이에요.”

수연이 살짝 눈물을 훔치고는 다시 책으로 시선을 돌렸
다.

동원은 수연이 말이 없어지더니 눈물이 살짝 고이는 걸
보았다. 워낙 격한 일들이 많아서 수연이 임신을 어떻게
받아들일지 걱정했다. 원래 침착한 성정인 듯한 수연이 자
기와 헤어지고 자살 시도를 했을 때 얼마나 겁이 났던가.
수연의 모친처럼 수연 역시 병원에서 생을 끝내게 될까 무
서웠다.

그런데 막상 수연은 의외로 의연하게 임신을 받아들였
다.

수연은 무슨 생각을 하는 걸까. 무슨 생각으로 아이를 낳
아주겠다고 한 걸까? 그는 수연의 속내를 짐작할 수가 없

었다. 그렇다고 감히 물어볼 수도 없었다.

　외출하고 들어왔을 때 1층에는 최 여사만 있었다.

　"그 사람은요?"

　"새댁 산책하고 와서 샤워하러 갔어요."

　그 말에 고개를 끄덕인 동원은 2층의 안방 문을 무심결에 열고 들어갔다. 그냥 자기 방이니까 아무 생각 없이 문을 열었는데 수연이 드레스 룸 입구 화장대 앞에 속옷 차림으로 있었다. 거의 문 닫는 것도 잊을 정도로 당황한 동원이 눈을 돌리고 누가 볼세라 문을 닫았다.

　수연 역시 당황했는지 바르려고 손에 덜었던 오일을 그냥 대충 배에 조금 문질렀다. 샤워만 해서인지 이마의 솜털이 살짝 젖어 있었다. 좀 당황했는지 시선을 피하는데 볼이 살짝 달아올라 있었다.

　"놀랐잖아요. 노크하고 들어와요."

　수연이 당황했는지 귀 끝이 살짝 발그레했다.

　거울 속에서 수연과 동원의 눈이 마주쳤다.

　거울에 비친 자신의 몸을 바라보고 있는 그의 눈길, 그리고 낮게 가라앉은 목소리. 등의 털이 솟을 것같이 긴장했다.

　수연이 시선을 피해버렸다.

　"가랑비에 옷 젖는 것처럼 배가 커지나 싶더니만 요 며칠 갑자기 좀 나오더라고요. 그래서 살 틀 거 같아서 오일

바르고 있었어요. 7개월부터는 배가 엄청 많이 나온다던
데…… 튼살 크림 잘 발라주면 되려나."

혼잣말을 하듯 중얼거리면서 그의 시선이 부담스러운지
옆에 놔뒀던 하얀색의 부드러워 보이는 리넨 셔츠 원피스
를 입고 단추를 잠갔다. 원피스 아래로 쭉 뻗은 늘씬한 다
리가 내려온다.

"그럼 말이라도 하지? 뭐라도 사다 주게."

그러나 수연은 별다른 말을 하지 않았다. 동원이야 이미
임신과 출산 과정을 모조리 지켜봤을 테니 익숙한 게 많겠
지만 수연은 그때그때 놀라고 당황했다.

입덧을 하면서 빠졌던 몸무게는 입덧이 좀 가라앉자 돌
아왔다. 좀 말랐다 싶었던 체구가 집에 있으면서 약간 살
도 붙었고 임신한 여자 특유의 부드러움이 배어 나오고 있
었다. 전엔 그냥 인상이 희미한 여자였던 듯한데 뽀얗게
살이 붙으면서 전의 성마르던 인상이 사라지고 있었다.

"마저 더 바르지그래?"

"다 발랐어요."

말은 그렇게 하지만 수연의 볼이 좀 붉어진 게 부끄러워
하고 있는 기색이었다. 그리고 보니 설희는 배의 살이 튼
것을 대해 은근히 속상해했다. 그때 같이 있어주지 못한
게 미안한데 이미 살이 많이 터서 비키니도 못 입는다고 뭐
라 하곤 했다. 아마 곧 배가 더 많이 나오면 살이 훨씬 많이
트겠지.

아이 낳는 게 뭐가 대수인가 하고 생각하려 했지만, 사실 그게 보통 일이 아닌 것은 알고 있었다. 벌써부터 허리가 아파오는지 가끔 허리를 통통 두드리는 것도 보였다.

뭔가 필요한 게 있냐고, 먹고 싶은 게 있냐고 물어도 통 대답을 안 했다. 하율의 앞에서는 웃기도 하고 얘기를 하지만 자기가 들어서면 슬쩍 피하거나 긴장했다.

아직 뒤에서 보면 허리가 잘록해서 앞을 보지 않으면 임신부라는 게 티가 안 났다. 입덧이 지나간 뒤에는 규칙적인 생활을 하니 자연스레 살이 좀 보기 좋게 붙었다. 하얗고 윤이 나는 피부나 어딘가 더 여성스럽게 변한 수연을 보면 가끔 손이 근질근질해지곤 했다.

샤워 후의 촉촉해 보이는 피부, 화장도 안 했는데 붉은 입술, 전보다 더 풍만해진 가슴 선을 흘긋거리면서 훔쳐보게 되곤 했다. 마치 사춘기 남자애가 된 것처럼 느껴질 정도였다.

본인은 모르겠지만 전보다 수연의 여성성이 폭발적으로 터져 나오기 시작한 걸 동원은 지켜보고 있었다. 밖에 나가면 흘긋거리는 남자들 시선이 자연스레 느껴졌다. 뽀얗게 살이 오르면서 만개한 장미처럼 화사해지는 여자를 보면 알게 모르게 착잡해지곤 했다.

그러고 보니 아이 가진 뒤에 수연에게 해준 게 없었다. 전에는 아부라도 하듯 사다 주던 꽃 한 송이 사 준 적이 없구나. 지난번 백화점 갔을 때에도 아이 것만 사 오고 수연

것은 생각도 못 하지 않았던가. 그걸 생각하자 미안해졌다.

동원에게 불면증이 찾아온 건 그날 밤부터였다.

평소엔 수연이 자고 난 뒤에 방에 들어간다. 각자 이불도 따로 덮고 자고 침대도 넓어서 절대 몸이 닿을 일은 없지만 아무래도 같은 데서 자는 거다 보니 신경이 쓰였다. 수연이 편히 자라고 일부러 동원은 수연이 자고 난 뒤에 자러 들어가곤 했다.

자러 들어가서 누웠는데 벽 쪽에 있는 여자가 오늘따라 신경이 쓰였다. 머릿속에선 아까 낮에 봤던 하얀 속옷 차림의 수연의 모습이 아른거렸다. 아니, 배가 나온 임신부한테 이렇게 마음이 두근거려도 되는 걸까.

수연의 나긋나긋하게 안기던 몸, 부드럽고 따뜻했던 유방, 촉촉한 입술이 순간 연상된 순간…… 그는 자기도 모르게 긴 한숨을 내쉬었다.

다음 날 외출했다 돌아온 동원은 뭔가 쇼핑백을 많이 들고 있었다. 백화점에서 하율에게 필요한 것을 사 왔나 싶어서 별 신경 안 쓰고 있었다.

"다녀왔습니다."

이렇게 말하면서 들어온 동원은 수연이 소파에 앉아 있는 걸 보자 다가왔다.

"마침 있었네."

그가 쇼핑백을 수연에게 내밀었다.

"뭐예요?"

화장품 브랜드 로고가 찍힌 쇼핑백이 하나도 아니라 여러 개였다. 얼떨결에 받기는 했는데 어리둥절했다.

"이게 뭐예요?"

"살 튼 데 바르는 거래."

"이게 다 그거예요?"

브랜드마다 들렀는지 꽤 여러 개였다. 쇼핑백에 담아주는 걸 다 들고 왔다. 야무지게 살림하는 사람이다 싶었는데 이럴 때 보면 남자구나 싶었다.

"왜 이렇게 많이 사 왔어요?"

"뭘 사야 할지 몰라서. 어차피 계속 몇 달 동안 써야 하잖아. 애 낳고 난 뒤에도 발라야 한대."

이런 용도로 나오는 크림 같은 것도 있구나. 인터넷 같은 것도 잘 안 하니까 전혀 몰랐다. 육아 카페 같은 데 가입해야 하나 하는 생각은 했지만 들여다봐도 잘 모르겠고 해서 그냥 책이나 좀 읽었을 뿐이었다.

"고마워요. 역시 경험이 있어서 그런지 뭐가 필요한지 잘 아시나 보네요."

수연이 머뭇거리면서 감사 인사를 했다. 너무 갑작스러운 선물이라 좀 떨떠름했다.

"하율이 배 속에 있을 때 난 영국에 있어서 사실 잘 몰라. 하율이 엄마가 다 알아서 했거든."

그의 과거 결혼 생활에 대해서 들은 적이 없었다. 다만 아직 그의 서재에 남아 있는 가족사진 한 장만 얼핏 보았을 뿐. 자그마한 하얀 여자가 아직 어린 하율을 안고 있는 백일 사진이었다. 이런 얘기를 그전엔 한 번도 한 적이 없었다.

"미안해요."

"수연 씨가 뭐가 미안한데……."

그가 전 부인에 대해 얘기하지는 않지만 이 집 곳곳에는 죽은 여자의 흔적이 남아 있었다. 죽은 지 몇 년이 지나도 그런 흔적은 빛바랜 듯하면서도 여전히 곳곳에 남아 있었다. 동원이라면 절대 사지 않았을 자잘한 꽃무늬의 귀여운 식기나 커피 잔 등을 볼 때마다 전 안주인을 연상했다. 동원과 하율의 절대적인 애정에 질투를 하기도 하고 그녀를 동정하기도 했다.

"배에 튼 자국 나는 거 좀 그렇잖아."

"생각 못 했는데…… 고마워요."

"필요한 거 있으면 말 좀 해. 난 말 안 하면 잘 몰라."

수연이 고개를 끄덕였다. 이제 출산 준비도 슬슬 해야 하니까. 그런데 수연도 모르는 건 똑같았다.

2층 계단에서 내려온 동원은 거실 소파에 앉아 있는 수연을 한참 바라보았다. 발소리가 나지 않아 그런지 수연은 그가 온 줄도 모르고서 바느질에 몰두하고 있었다. 무엇을 하는지는 잘 모르지만 요즘 들어 바느질 같은 걸 하고 있었다. 아마도 아이가 쓸 뭔가를 소일거리로 만드는 모양이었다. 목이 좀 깊숙하게 파인 풍성한 거즈 원피스 위로 올라온 긴 목이 시원해 보였다.

"차가운 것 좀 마실래?"

그의 목소리에 흠칫 놀란 수연이 고개를 들고 눈을 동그랗게 떴다.

"차가운 거 마실 건데 같이 마실 거냐고 물었어."

"네, 주세요.

마침 목이 마르던 차였다. 더워지면서 이제 에어컨을 켜는 날도 있었다.

하율은 요즘 몸이 좀 좋아져서 학교에 가 있었고, 아주머니는 장을 보러 나갔다. 집에 단둘이 있을 때에는 동원은 자기 서재에, 수연은 거실에 있는 게 보통이었다.

그가 부엌에서 쟁반에 레모네이드 두 잔을 들고 왔다. 컵에 송골송골 물방울이 맺힌 레모네이드는 보기만 해도 시원해 보였다. 새콤달콤한 그 맛을 생각하자 군침이 돌았다. 동원이 레모네이드가 든 긴 유리잔을 건네주다가 살짝 손이 닿았다.

수연이 살짝 당황해서 손이 미끄러졌고 그 바람에 잔을 놓치고 말았다.

큰 소리를 내며 컵이 바닥으로 떨어져 안에 든 액체가 사방으로 튀었다. 얇은 유리잔도 산산조각이 나버렸다.

"좀 조심하지 않고!"

동원이 신경질적으로 짜증을 내버렸다.

수연이 놀라 움찔하면서 치우려고 일어서려 했다. 그러자 그가 어깨를 꾹 눌러 도로 앉혀버렸다.

"가만있어!"

동원이 자기에게 짜증이 나서 자기도 모르게 날카롭게 소리치고 말았다.

바닥의 유리 파편을 본 수연의 얼굴은 유독 창백했다.

동원은 자기도 모르게 속으로 신음을 했다.

지난번의 스노우 글로브가 생각난 거겠지.

"젠장."

동원이 그답지 않게 거친 말을 짧게 내뱉었다. 그리고 아차 싶었는지 무뚝뚝하게 말했다.

"당신한테 한 말 아냐. 그런 말 해서 미안해."

"괜찮아요. 전 술집에서 더한 말도 많이 들었어요."

동원은 수연이 한 비아냥거림에 대꾸하는 대신에 유리잔 파편을 치우기 시작했다.

"저리 가 있어, 괜히 다치지 말고. 내가 알아서 치울게."

수연이 창백한 얼굴로 자리를 뜨자 유리를 치우다 말고 동원이 한숨을 쉬었다.

그대로 쭈그려 앉아 있는 자기가 너무 비참했다.

이대로 버틸 수 있을까. 날이 갈수록 수연은 점점 달이 차올라 보름달이 되는 것처럼 환해지고 꽃이 만개하듯 전보다 더한 매력으로 그를 유혹했다. 손이 근질거려 옆자리에서 자는 여자에게 자꾸 뻗을 것만 같은 불면의 밤이 계속되었다.

본격적으로 여름 더위가 시작되면서 수연의 배가 더 나오기 시작했다. 밤에 똑바로 누워 자기 어려워졌고 허리가 아파 자주 깨기 일쑤였다.

수연이 배를 쓰다듬고 있었다. 아이가 태동을 하는 모양이었다.

처음 태동이 있었을 때 수연이 갑자기 멈춰 섰다. 무슨 일이라도 있는 줄 알고 가만히 서 있는 수연에게 다가가자 그에게 환하게 웃으며 말했다.

"아이가 움직여요!"

이제 움직일 때가 되었으니 움직이는 게 당연한 건데 수연은 그게 정말 신기한 모양이었다. 동원도 임신 과정을 옆에서 지켜본 게 아니라 신기한 건 마찬가지였다.

"몸이 이상하진 않고?"

"몸은 괜찮은데 애가 움직여요!"

살짝 부풀어 오른 배를 슬슬 쓰다듬었다.

"앞으로 배도 빵빵 찰 텐데 뭘 그렇게 호들갑을 떨어."

"동원 씨는 하율이 때 봤으니까 안 신기하겠지만 난 처음이잖아요."

그 말을 수연이 수줍게 했다.

아이는 좋아하는 것과 싫어하는 게 분명했다. 맛있는 걸 먹으면 기분이 좋아서 움직이다가 맛없는 걸 먹으면 조용해졌다. 심지어 듣는 음악도 취향을 탔다.

"아기가 동원 씨 닮았나 봐요. 좋아하는 거랑 싫어하는 게 분명한 거 보니까."

수연은 그다지 크게 취향을 타지 않는 편이었지만 동원은 호오가 분명한 성격이었다.

"아빠 닮으면 고집도 엄청 셀 텐데 큰일이다, 그지?"

수연이 조용히 아기한테 말을 걸고 있었다.

어느새 자랐는지 앞으로 쏟아지는 머리를 멋쩍은 듯이 수연이 귀 뒤로 넘겼다. 작고 하얀 귀가 드러났다.

아이는 엄마 배를 잠시 흔든 뒤에 다시 조용해진 모양이었다. 수를 놓다 말고 고개를 든 수연이 허리를 콩콩 두드렸다.

"허리 아파?"

아이가 자라니까 허리뿐만 아니라 온몸이 사실 불편하겠지. 장기가 들어갈 자리가 좁아져서 위도, 방광도 작아져서 밥도 조금 먹어야 했고 화장실도 자주 가야 했다.

"조금요."

이제 배가 좀 나오고 있었다. 잘 때 똑바로 누워서 못 자고 옆으로 돌아눕는 걸 보면 슬슬 허리가 불편한 모양이었다.

"다리도 좀 부은 거 같아."

그가 긴 원피스 아래로 나온 발을 흘긋 보았다. 실제로 다리랑 발이 조금 부었다.

"다리 소파 위로 올려봐. 주물러줄게."

"안 그래도 돼요."

"밤에 쥐나서 아플지도 몰라. 혈액 순환 잘되게 조금만 만져줄게."

동원이 욕실에서 오일을 가지고 왔다. 맨다리와 발에 고소한 냄새가 나는 오일을 바르더니 바로 다리를 주물러주었다. 큰 손이 발과 다리를 힘 있게 매만졌다. 부었는지도 몰랐는데 그가 만져주니 뭔가 좀 가뿐한 느낌이 들었다.

"안마 잘하네요."

그러자 그가 별거 아닌 양 답했다.

"허리도 좀 만져줘?"

"괜찮아요."

"아프다면서."

수연을 소파에 기대게 하더니만 목부터 천천히 짚고 내려와 척추를 훑었다. 큰 손이 적절한 압력을 주면서 몸의 근육을 이완시켰다. 간질간질하면서도 따뜻한 손이 주는 감각적인 촉감에 수연이 눈을 감았다. 온몸에 퍼져나가는 나른한 기운에 자기도 모르게 살짝 앓는 소리를 내었다. 그 순간 그의 손이 멈췄고 수연이 뭔가 싶어 자기도 모르게 슬쩍 고개를 돌렸다.

허공에서 시선이 마주치고 시간이 정지해버렸다.

그 자세로 그대로 얼어붙은 듯이, 홀리기라도 한 듯 수연
도 동원도 서로의 눈만 바라봤다.

동의를 구하는 듯이 동원이 살짝 고개를 숙여 수연의 입
술과 마주하려던 바로 그때, 문이 열리는 소리가 들렸다.

놀란 동원과 수연이 자기도 모르게 화들짝 놀라 몸을 떨
어뜨렸다.

문간에 도우미 아주머니가 서 있었다.

"다녀왔어요."

아주머니는 인사를 하면서 뭔가 어색한 분위기에 난처
한 듯한 표정을 지었다.

"흠흠, 올해 과일 농사가 잘됐나 봐. 마지막 딸기라고 하
는데 아주 알이 실하네. 달기도 달고. 새댁, 딸기 지금 씻
어줄까? 하율이는 언제 오려나?"

수선스럽게 부엌으로 가는 아주머니 뒤를 동원이 따라
갔다.

"뭘 또 이렇게 사 오셨어요? 과일은 유기농으로 사 먹는
다고 했잖아요."

"그냥 요 앞 가니까 실해서. 하나 먹어보니까 맛있더라
고. 새댁이 좋아하잖아. 원래 임신했을 땐 잘 먹어야 돼."

장바구니를 들어서 부엌으로 가는 훤칠한 남자의 뒤를
수연이 멍하니 바라봤다.

분명 아주머니가 들어오시지 않으셨더라면…… 그 생각
을 하자 갑자기 열기가 확 치솟았다. 귀까지 벌게진 수연

이 손부채질을 했다.

"날이 많이 더워졌네."

동원의 불면증은 이제 극에 달해 있었다. 수연만 보면 손이 근질근질했다. 손끝 하나만 스쳐도 폭발할 것 같았다. 기초 체온이 올라간 수연을 위해 틀어놓은 에어컨 때문에 시원한데 그의 머릿속은 열대야였다.

꿈결에 등 뒤에서 누군가의 손이 뻗어 나와 수연을 감싸 안았다. 남자의 단단한 품에서 수연은 희미하게 웃었다. 아, 동원 씨구나. 익숙한 큰 손이 그녀의 배를 부드럽게 문지르고 있었다. 간지러워서 수연이 꿈틀거리자 그가 다정하게 귀에 뭐라고 웅얼거렸다.

길쭉한 동원의 몸이 뒤에서 거의 수연의 몸을 감싸 안은 채 자신의 하체에 대고 문지르고 잇고 있었다. 목선을 따라 솜털이 나 있는 곳을 뜨거운 입술이 점점이 낙인을 찍듯 지나갔다. 귓불을 살짝 물고 귀를 한참 애무하더니 손이 조심조심 가슴으로 다가와 부드럽게 쥐었다.

꿈결이라 수연은 거의 비몽사몽이었다. 뭐라고 입을 열기도 전에 동원의 급한 손이 옷을 헤집었다. 그대로 속옷 속으로 들어온 손이 부드러운 가슴을 쥐었다. 몸에 무게가 실리지 않게 조심하면서 천천히 느긋한 애무.

임신 뒤로 부풀어 오른 가슴은 전보다 확실히 풍만해져 있었다. 전에는 그의 손에서 약간 모자랐다면 이제는 큰 손 안에 꽉 차는 듯했다. 잊고 있던 감각들이 되돌아오는 듯했다.

브래지어 후크를 풀고 보드랍고 포실포실한 살에 손을 대었다. 어둠 속에서도 윤곽이 희미하게 보일 정도로 하얀 속살과 거기서 풍기는 향에 그가 숨을 들이켰다. 그대로 가슴을 움켜쥐고 한입 물었다. 긴장한 젖꼭지가 동그래지면서 수연은 당황했는지 슬쩍 몸을 빼려 했지만 그가 놔주질 않았다.

아이처럼 수연의 가슴에 얼굴을 박고 있던 동원의 큰 손이 슬그머니 허리를 지나 허벅지쯤으로 내려왔다.

부드럽고 조심스레 움직이는 손가락이 작은 진주를 찾아내어 희롱한다. 입이 벌어지고 몸에 열기가 확 퍼져 나갔다. 길쭉한 손가락이 조심스레 습윤해지기 시작한 곳에 들어왔다. 너무 다정하고 달콤하고 느릿했다. 끝나지 않을 것처럼 진중하고 꼼꼼한 애무가 계속되었다.

뭔가 간질간질하면서도 채워지지 않는 욕망으로 온몸이 부들부들 떨렸다. 자기도 모르게 마른 입술을 혀로 축였다.

"괜찮아?"

평소보다 더 낮고 허스키한 목소리였다.

꿈인 줄 알았는데 귓가의 목소리에 수연은 눈을 번쩍 떴다.

동원이 좋은 꿈이라도 꾸는 듯, 수연을 안고 어루만지고 있었다. 그도 눈을 감은 채였다.

갑자기 차가운 물을 뒤집어쓴 것처럼 온몸에 한기가 돌았다. 더웠던 몸에 얼음물이라도 끼얹은 듯 삽시간에 몸이 덜덜 떨려왔다.

잠결에 전 부인인 줄 알고 수연을 안으려고 한 모양이었다.

죽어서까지 사랑받는 그 여자가 미치도록 부러웠다.

이렇게 달콤하고 솔직하게 말하는 건 처음이었다. 아마도 죽은 여자가 들었어야 할 얘기들이겠지. 계속해서 눈을 감은 채 밀어를 속삭인다.

진짜 사랑했구나.

자기는 그냥 허상을 안았던 거구나.

인생이 이렇게까지 비참해질 수 있다는 건 전혀 몰랐다. 당신은 언제나 나를 새롭게 비참하게 만들어.

수연은 갑자기 일어나면서 동원을 힘껏 밀어냈다. 그 순간 동원이 눈을 번쩍 떴다. 아직 잠에서 덜 깨었는지 멍한 표정으로 수연을 바라봤다.

수연이 벌떡 일어나 달리는 것처럼 침대를 빠져나갔다.

동원은 잠시 멍한 상태로 누워 있다가 벌떡 일어났다. 그제야 상황 파악이 되었다는 듯이. 그는 손으로 얼굴을 쓸면서 한숨을 내쉬었다.

동원이 수연을 찾았을 때 수연은 2층 베란다의 선베드에 살짝 기대어서 배를 문지르고 있었다.

"왜 그래?"

방금 전 일로 혹시 몸이 안 좋은 게 아닌가 싶어 긴장했다. 그러나 수연은 답도 하지 않았고 마치 없는 사람인 듯 시선을 피해버리기까지 했다.

"어디 안 좋아? 병원 갈까?"

"배가 뭉친 것뿐이에요. 문지르면 나아질 거예요."

그 말을 하고 배를 가만가만 문질렀다. 동원이 옆에 앉자 살짝 옆으로 물러앉으면서 그와 거리를 뒀다. 그가 손을 배에 얹으려 하자 매섭게 쳐내버렸다.

"내 몸에 손대지 마요!"

여자가 그제야 그와 눈을 마주했다. 성마른 차가운 눈이 분노로 빛냈다. 메마른 입술이 달싹거렸다. 쏟아내고 싶은 이야기들이 있기라도 한 듯.

동원은 침을 꿀꺽 삼켰다. 이렇게 민망하고 창피한 경험은 많지 않았다. 그런데 이건 도저히 사과하지 않고 넘어 갈 수는 없었다. 아무리 뻔뻔해도 자다가 여자를 덮치려고 한 꼴이니까.

"저기, 방금 전 일은 정말 미안해. 그냥 꿈인 줄 알았어."

"꿈에서 한 건 내가 아니라 당신 전 부인이잖아요. 난 그냥 우연히 옆에 있던 것뿐이고. 그냥 내가 운이 나빴던 거겠죠."

수연은 그에게 화를 내지 않았다. 자조적으로 말할 뿐.

그가 고개를 흔들었다.

"그건 아니야. 꿈에서 안으려고 했던 사람이 그 사람은 아니었어."

수연이 적극적이진 않았지만 안았을 때 나긋하게 감기던 가느다란 팔이나 부드러운 가슴, 여성스러운 선이 그를 은밀하게 자극했다. 그에게 모든 걸 다 줄 것 같았던 그 사랑도.

몇 달 전에는 수연을 유혹해야 하는 강한 이유가 있었다지만 지금도 있는 걸까.

그냥 자고 싶어서?

아니면 그 팔 안에서 위로받고 싶어서?

수연이 같이 있기에 지루하지도 않았고 대화는 은근 재밌었다. 분명 손끝 하나 스치기도 싫은 여자였다면 아무 일도 없었겠지.

그냥 하율을 이유로 머릿속으로 수연과 연애를 하는 이유를 강요한 걸 아닐까.

"이런 얘기 듣기 거북하고 나도 말 꺼내기 어려운데…… 참으려고 노력해봤는데 나도 욕구가 있는 남자다 보니까…… 그래서 그런 실수도 한 거야. 꿈이라고 생각했어. 알고서 한 건 아니니까 용서해줘. 앞으로는 조심할게."

"처음부터 한 방 써야 한다고 주장한 건 당신이고, 나한테 약속한 것도 당신이에요. 약속 지켜줘요."

그런데 그의 사과에 아주 약간 마음이 조금 가벼워졌다. 그가 자기에게 흔들리는 게 왠지 짜릿하다.

"난 잘 지냈으면 좋겠어요. 싸우지 않고 서로 편안하게요. 그냥 내가 바라는 건 그거예요."

수연의 담담한 말에 그가 고개를 끄덕였다.

"앞으로는 진짜 조심할게. 당신 자다가 깼잖아. 피곤해 보여. 선잠 자는 거 같던데, 요즘…… 좀 더 쉬어."

그 말에 수연이 고개를 끄덕이자 그가 그녀의 손을 잡고 일으켜줬다. 이제 배가 나오고 혼자 일어서는 것도 불편하다. 그런데 왜 동원이 손을 빼지 않는지 이상했다. 손을 잡고 안방의 침대까지 같이 갔다.

수연이 눕자 이불을 끌어당겨 덮어주기까지 했다. 얇고 보드라운 이불이 몸에 닿는 감촉이 좋았다.

비몽사몽간에 아까 일을 반추했다. 뜨거운 몸에 기댈 때가 좋았다. 수연 역시 그에게서 사랑받고 싶을 때가 있었다. 그냥 그와 손을 잡고 안기고 뽀뽀하고 하던 것이 그리웠다.

그냥 사랑하고 사랑받는 그 감각 자체가.

/

10. Close to You

/

시동을 끈 동원은 잠시 집 쪽을 바라봤다. 거실에 불이
켜져 있었다.

지금 이 시각, 최 여사는 퇴근했고 하율은 친구네 집에
놀러 가서 수연 혼자 있었다. 병원에서 사귄 친구가 생일
이라고 초대해서 놀러 간 터였다.

누군가 자기를 기다려주는 것은 매우 오랜만이었다. 불
꺼진 집에 들어가는 것도 싫고, 혼자 먹는 저녁도 싫었다.
그래서 일부러 최대한 늦게까지 버티다 집에 가곤 했더랬
지.

"다녀왔습니다."

경쾌하고 말하면서 집에 들어서자 수연이 나왔다.

"하율이는 잘 놀고 있대요?"

걱정이 되는지 물었다.

"잘 노는 거 보고 왔어. 둘이 비슷한 때 입원하고 상태도
비슷해서 서로 잘 알아. 너무 걱정하지 마. 봐서 일 있으면
그 집 엄마가 전화 줄 거야. 당신 밥은?"

"아직요. 동원 씨는요?"

"나도 안 먹었어. 간만에 둘이 먹어야겠네."

단둘이 있어본 적은 사실 많지가 않아서 뭔가 좀 어색했다.

"옷 갈아입고 저녁 준비할게."

"내가 할 테니까 씻고 옷 갈아입고 오세요."

"그래도 될까?"

"나도 손 있어요."

수연의 말에 그가 멋쩍게 웃고 2층으로 성큼 올라갔다. 긴 다리로 뛰는 것처럼 올라가는 걸 보는 게 왠지 좋았다.

요즘 그는 계속 기분이 좋았다. 하율의 상태도 좋았고 걱정했던 혜율의 기형아 검사도 결과가 좋아서 한시름 놓은 터였다.

수연이 식탁 위에 최 여사가 준비해놓고 간 걸 차리고 있는데 그가 내려왔다. 손에 뭔가 작은 쇼핑백을 들고 있었다.

"이게 뭐예요?"

작은 상자에 수연이 살짝 놀란 듯한 표정을 지었다.

"선물."

수연이 멀뚱 바라만 보자 조급하게 그가 물었다.

"안 받아?"

연애 놀음을 할 때에야 종종 선물을 해줬지만 이 집에 들어오고 나서는 거의 처음이었다.

수연이 얼떨결에 받아서 조심스레 포장을 풀었다. 벨벳

으로 겉을 싼 작은 박스가 나왔다. 상자를 열자 안에서 나온 건 꽃 모양의 펜던트가 달린 목걸이였다.

"이게 뭐예요?"

"하율이 때문에 집에 꽃 못 들이잖아. 당신 꽃 좋아하는데…… 생화 대신이야."

로즈골드의 체인에 붉은 루비로 만든 꽃과 그 밑에 조금 더 작은 다이아몬드 꽃이 달려 있는 펜던트였다. 꽃의 줄기 부분은 파베 세팅으로 다이아몬드가 박혀 있었다. 보석들이 불빛에 영롱하게 반짝거렸다. 그 색이 고와서 홀린 듯 손끝으로 쓸어보았다.

"곧 당신 생일이잖아. 지난번에 튼살 크림 사러 갔을 때 봐뒀는데 제품이 없다고 해서 주문했다가 오늘 들어왔다고 해서 찾아왔어."

어릴 때부터 수연의 생일은 거의 챙긴 적이 없었다. 오빠의 생일과 몇 주 차이가 나지 않아서 더욱더 그랬다. 오빠가 살아 있을 때에도, 죽은 이후에도 수연은 생일상을 받아본 적이 없었다. 엄마만 수연을 불쌍해서 생일 미역국을 끓여주는 정도였는데 그 미역국마저 받아본 지 오래전이었다.

누구도 기억해주지 않았던 생일이었다.

울컥 하고 깊은 곳에서 올라오려 했다. 눈가가 뜨거워져서 손으로 얼굴을 가려버렸다. 고개를 돌리고는 결국 못 참고 터져버린 눈물을 손등으로 닦았다.

"당신 울어? 왜, 마음에 안 들어?"

동원의 의아한 듯한 물음에 목소리를 낼 수가 없었다. 격하게 고개만 저었다.

너무 기뻐서, 누군가 생일을 기억해주는 게 너무 감사해서 그래요, 그 말이 나오지 않았다. 지나가다 들꽃 하나 꺾어다 줬어도 감동했을 텐데 이걸 사러 갔다 왔을 걸 생각하자 진짜 울 것 같았다.

수연이 갑자기 동원의 목을 껴안자, 동원이 그 몸을 받아 안으면서 휘청했다.

"그렇게 좋아?"

수연은 아무 말 없이 한참 그의 목을 안고만 있을 뿐이었다.

그가 수연의 등에 손을 얹고 토닥거려줬다.

"이런 걸로 그렇게 좋아하면 내가 더 미안해지잖아. 지난번에 꽃 때문에 미안했어. 당신한테 집에 꽃 들이지 말라고 말만 하면 되는 건데 괜히 화까지 냈더라고."

그걸 마음에 담아둔 줄은 몰랐었다.

"고마워요, 정말."

그가 목걸이를 수연의 목에 걸어주었다. 수연이 신기한 듯 손끝으로 매만졌다.

그래, 잠시 잠깐이라도, 내 인생에서 이런 즐거움을 속는 줄 알면서도, 이용당하는 줄 알면서도 조금이라도 누리면 안 되는 걸까. 누구에게서 사랑받는다는 이 착각을 잠시라도, 아주 잠시라도 누리고 싶었다.

"당신이 좋아하는 게 뭔지 선물해주려고 하니까 기억이 안 나더라고. 내가 좋아하는 서수연이 좋아하는 게 뭐더라 한참 생각했어. 전에도 당신에게 옷이나 뭐나 선물했지만 늘 내 취향이었지 당신 취향이 아니었더라고. 당신이 모과차 마시고 좋아하던 것밖에 생각이 안 났어. 참, 부엌 바로 앞에 있는 저 나무가 그 모과나무야. 이제 슬슬 열매 맺기 시작할 거야. 그러면 10월에 익거든. 모과차 다시 만들어줄게. 당신 모과차 좋아하잖아."

그 가을에 수연이 여기에 있을까.

그 말에 다시 눈물이 핑 돌려 했다. 아이를 가진 뒤에 너무 약해졌다. 작은 일에도 서러워지곤 했다.

"왜 그래?"

"아니에요."

수연이 돌아서자 동원이 집요하게 따라나섰다.

"무슨 일인데 그래?"

그러나 이미 쏟아지기 시작한 눈물은 그냥 흘러내렸다.

그가 수연을 의자에 앉히고 자기도 옆에 앉았다.

"무슨 일인데 눈물까지 보이고 그래? 내가 당신 섭섭하게 만들었어?"

그가 다정하게 달래려 했다.

이 남자 정말 나쁘다. 한순간 나쁜 말로 상처 주고, 다시 당근을 주는 것처럼 수연을 보드랍게 어루만져주곤 했다.

"왜 울었는데? 내가 또 무슨 나쁜 짓을 했는데?"

수연이 고개를 저으면서 눈물을 주르륵 떨어뜨렸다.

"이번에는 당신 나쁜 짓 안 했어요."

"그럼 왜 우는데?"

그가 집요하게 물었다. 심지어 몸을 붙이고서 어깨를 감싸 안기까지 했다.

그가 다정하게 눈을 바라보기까지 했다. 진짜 걱정스럽다는 듯이.

이렇게 혼란스럽게 만드는 당신이 미워요.

"왜 울었는지 얘기 안 해줄 거야?"

"그냥 개인적인 감정이에요."

"난 궁금한데?"

"나한테 언제 그렇게 관심이 있었다고요?"

"관심은 많았는데? 하율이 볼 때마다 하율이 친모는 어떤 사람일지 궁금하긴 했지. 하율이가 아프고 난 뒤에 더 관심이 커졌어. 당신 처음 봤을 때 하율이랑 닮은 데가 있나 조심스레 찾아보기도 했지."

이상하게 쳐다보던 그 시선.

"하율이랑 귀가 닮은 거 알아?"

"네?"

"하율이랑 귀 모양이 비슷해. 하율이 귀가 살짝 뾰족하잖아. 우리 집은 부모님도, 나도 안 그랬거든. 그래서 하율이 귀는 엄마 닮았나 보다고 생각하고 있었는데 당신 귀가 뾰족한 거야. 그래서 당신이 처음 보는 사람인데도 왠지 아는 사람 같고 그랬어. 그런 작은 거 하나 갖고도 사람이 괜히 아는 사람 같고 친밀해지나 봐. 그러니까 잘 모르는 여자한테 그렇게 들이댔겠지."

"귀가 닮아서요?"

"당신한테 끌린 건 사실이야. 당신이랑 얘기할 때마다 재밌었고 이런 사람이라 다행이라고 생각했으니까."

그가 눈에 주름을 잡고 웃었다.

"당신이 좋은 사람이어서 미안했어."

"나쁜 사람이면 안 미안했어요?"

"아니, 그랬으면 다른 방법을 찾아봤겠지. 좋은 사람이어서 만나면 만날수록 더 좋았어. 그래서 더 미안했고."

이제 와서 허심탄회하게 얘기하고 있었다.

"이런 얘기 하니까 마음이 가벼워지네. 당신을 못 믿어서 미안해. 나쁜 짓 한 것도 그렇고."

"그럼 나 좋아하긴 했어요?"

그가 가볍게 고개를 끄덕였다. 망설임 없이.

"좋아하니까 손도 잡았고 키스도 했고 같이 잘 수도 있었지. 난 싫어하면 아무것도 못 해. 알잖아."

그 말이 주는 위안 같은 게 있었다. 좋아했구나. 진짜 좋아하긴 했구나. 모든 게 다 하율이 때문은 아니었구나.

"울어?"

"안 울어요."

수연이 새초롬하게 입술을 삐죽거렸다.

그가 그녀의 입술에 자기 입술을 살짝 겹쳤다. 새가 쪼듯이 살짝 입술을 스치고 지나갔다. 그의 냄새, 그의 단단한 몸, 열기, 이 모든 게 좋았다. 무엇보다 다정한 그가 좋았다.

"더 창피한 얘기 해줄까? 자존심 상하지만…… 사실대로 말해야겠어. 나 당신이랑 자고 싶었어."

"네?"

수연이 눈을 깜박였다. 생각지도 못한 전개였다.

"당신 듣기에 미친 소리 같은 거 나도 아는데…… 나도 미칠 거 같아."

약간 귀가 붉어진 듯도 했다.

"그렇게 불편하면 다른 방 쓰면 되잖아요."

"그런 문제가 아니야."

그가 다급하게 답했다. 그도 알 수가 없었다. 이 여자한테 생각보다 끌리는 게 자존심이 상하기도 하고, 그냥 육체적인 관심이라고, 같이 사니까 원하는 거라고 생각하려고 했다. 계속 수연이 들쑤셔놓는 것 때문에 바짝바짝 타고 있었다.

본인은 전혀 의도하지 않고 하는 행동이겠지만 동원은 미칠 것만 같았다. 시원한 물을 마시고 난 뒤 촉촉하게 젖은 붉은 입술을 볼 때 어떻게 해야 하는 걸까. 일상의 그런 작은 부분 하나하나가 이제 그에게 엄청난 인내의 시간을

414

강요하고 있었다.

"정말 안 돼?"

그가 어깨에 손을 대면서 조심스레 물어왔다.

그에게서 사랑받고 싶었다. 그 최면을 걸고 싶었다. 가짜라도 잠시 행복하고 싶었고 진짜 가족인 척하고 싶었다.

"……콘돔 써야 돼요."

동원이 당황했다.

"정액이 자궁을 자극해요. 아이에게 좋지 않아요. 아기 성격에 배 엄청 차댈 거예요."

한순간의 결정이었지만 배 속의 아이에게도, 하율에게도 그냥 좋은 부부, 좋은 가족, 좋은 엄마가 되고 싶었다. 그리고 메마른 듯한 동원에게도 좋은 부인이 되고 싶었다. 그냥 그뿐이었다. 우리 둘이 잘 지내면 하율이도 병이 나을 거고, 배 속의 아기에게도 좋겠지.

그가 벌떡 일어나 그녀를 잡아당겼다.

"밥 안 먹어요?"

"나중에."

그가 성큼성큼 2층으로 올라갔다. 빠른 걸음으로 수연이 그 뒤를 좇았다.

방으로 들어가자마자 그가 그녀를 번쩍 들어 안았다.

"좀 씻고요."

"지금 그게 문제야?"

깔끔한 정동원답지 않았다.

해일처럼 밀려드는 욕구에 그가 그대로 넘어가버렸다.

다정하고 그녀의 동의라도 구하는 듯 조심스러운 키스였다. 부드럽게 설득하는 것처럼 조심스레 움직였다. 입술을 가르고 들어오는 두툼한 혀가 정말 조심스레 그녀의 혀를 얽었다.

마지막으로 키스한 게 언제였더라.

그날 밤 이후로 처음이었다. 그 충격과 공포의 밤의 기억이 그녀를 긴장하게 했다. 하지만 그의 설득하는 듯한 입맞춤에 조금씩 끌려들어갔다. 당신이 싫어하는 건 조금도 하지 않아, 라고 말하는 듯이 조심스러웠다.

목덜미를 애무하는 그의 뜨거운 입술에 수연이 까르르 웃어버렸다.

"간지러워요."

진주처럼 윤이 나는 하얀 목덜미를 마음속으로 얼마나 훑었는지 당신은 알까? 그 작은 조가비 같은 귀를 몇 번이나 애무했을지도. 귓불을 입에 머금고 살짝 깨물었다. 입안에서 달콤한 과일향이 나는 듯했다. 이제는 익숙해진 수연의 체향을 그가 듬뿍 들이마셨다.

손은 자기도 모르게 원피스 안쪽으로 들어갔다. 옷에 감춰진 몸을 알고 있기 때문에 더욱 감질났다. 전엔 손만 뻗으면 자신의 것이었는데 이젠 아닌 게 분할 정도였다. 이제 다시 손에 넣었다.

전보다 더 예민해진 가슴은 그의 손에 바로 반응했다. 임신해서인지 전보다 더 민감해진 것 같았다. 전기가 오르듯 짜릿하다. 수연이 살짝 입을 벌렸다.

10대 소년처럼 부푼 가슴을 곁눈질로 훔쳐보던 날 당신은 알까? 부드럽게 융기한 그 부분만 보면 손이 근질근질해지곤 했다.

몸이 더 보고 싶었다. 어떻게 변했을지도 궁금했다. 그 몸 선이 변하는 걸 보고 확인하고 싶어 미칠 것 같았으니까. 배가 나오면 나올수록 수연은 더 아름다워졌고 그를 유혹했다.

옷이 거추장스러워지자 그의 조급한 손이 원피스를 벗겨냈다. 속옷까지 벗기자 하얀 가슴이 드러났다. 전보다 색이 진해지고 커진 유두에 자기도 모르게 침을 꿀꺽 삼켰다.

수연이 그의 시선이 부끄러운지 몸을 틀어서 가리려 했다.

"가리지 마. 예뻐. 정말."

분명 수십 번 만진 그 가슴인데도 손이 잘 가지 않았다. 부드러운 살을 손 안에 쥐었다.

"가슴 많이 커진 거 알아? 여기 색도 진해졌어."

동원이 한입 크게 물고 힘차게 빨았다. 혀로 작은 구슬을 굴리고 이로 긁어내린다. 이로 살짝 물었다가 다시 혀로 핥았다.

"젖 냄새 나는 거 같아."

수연이 등을 팡팡 때리자 그가 껄껄 웃었다.

이제 제법 부풀어 오른 민감한 가슴을 잘근잘근 물었다. 가급적 배에 닿지 않게 하면서 애무했지만 부담이 가는 건 사실이다. 민감한 목덜미나 말랑말랑한 귓불을 그가 건드릴 때마다 수연이 작은 소리를 뱉었다.

임신하면 민감해진다고 하더니 수연의 반응이 그를 즐겁게 했다.

자기도 모르게 하체에 힘이 들어갔다. 다시 입술을 겹쳤다. 설득하는 듯한 입맞춤은 계속되었다. 수연이 절대 '안돼'나 '싫어'라는 말을 못 하게 하려는 듯이 입을 떼려 하지 않았다.

손은 점점 아래쪽으로 내려가 다리 사이로 조심스레 들어갔다. 작은 진주를 찾아내어 손끝으로 희롱한다. 살짝 긁어내리자 아랫배 안쪽이 짜릿해졌다.

그때 배 속의 아기가 뭔가 마음에 안 드는지 발로 찼다. 그 진동을 동원이 느낀 모양이었다.

"혜율아, 아빠가 엄마 사랑할 거니까 조금만 참아줄래?"

아이는 별로 마음에 든 거 같진 않았지만 몇 번 차더니 다시 조용해졌다.

그의 손이 안쪽으로 들어가 조심스레 움직였다. 그리고 배에 힘이 들어가지 않게 조심하면서 자세를 취하고 몸을 들이밀었다. 그의 남성이 그녀를 채우며 들어온다. 그 욕심 많은 것이 점점 큰 공간을 차지하려는 듯이 더 힘이 들어가 단단하게 커지고 있었다.

그리고 남자의 몸 일부가 깊숙이 들어오자 수연이 얕게 신음했다. 동원은 정말 조심스레 움직였지만 수연의 귓가에는 그의 거친 숨소리가 계속 들렸다.

"조심해야 하는데…… 자제가 잘 안 돼."

뭔가 부끄러운 듯한 고백에 조금 심장이 내려앉았는지도 모른다. 그래도 혜율이 화를 낼까 조심조심 움직였다. 파도처럼 다가오는 쾌감을 느끼면서 수연은 그의 목에 팔을 감고 가만히 있었다. 배가 닿을까 조심하면서 그가 수연의 얼굴에 새가 쪼듯이 키스했다.

계속 그가 움직였고 파정했는지 숨소리를 길게 내뱉었다.

한참 동안 그녀를 안고 어깨에 입맞춤을 했다. 임신한 뒤로 벗은 몸을 보는 것은 처음이었다. 눈을 감고 반쯤 졸고 있는 몸을 쓸어보았다. 부드러운 살성, 이제 곡선을 그리기 시작한 배, 살이 좀 붙은 허벅지까지 온몸을 하나하나 확인했다.

뜨거운 몸에 안겨 있자 잠이 솔솔 왔다. 임신하면 잠이 는다는데 오늘 산책 다녀오고 하다가 낮잠을 놓쳤다. 그래서 그런지 아직 잘 시간이 아니고 저녁도 먹지 않았는데 잠이 오고 있었다.

혹시 아기가 놀랐을까 걱정이 되어 배를 슬슬 쓰다듬자 기분이 나른해졌고, 수연은 깊은 잠 속으로 완전히 빠져들었다.

문이 열리는 소리에 수연이 눈을 떴다. 손을 뻗어 옆을 뒤적거렸더니 동원이 없었다. 화장실이라도 갔나. 그러나 돌아올 낌새가 보이지 않았다. 아까 열린 문은 그러고 보니 바깥 테라스로 가는 문이었던 듯했다. 동원과 수연이 쓰는 방에는 테라스가 연결되어 있었다.

창을 보니 동원이 멍하니 2층 테라스의 의자에 앉아 있었다. 하늘도 아니고 동이 틀락 말락 한 하늘을 바라보며 앉아 있는 그는 어딘가 지친 듯 고독해 보였다.

"안 자고 왜 나와? 새벽이라 추운데."

그가 수연의 얇은 네글리제를 입은 팔을 감싸 안았다.

"뭐하고 있었어요?"

"그냥 생각."

앞을 바라보고 있는 그의 이마의 깊은 수심.

내 아들을 살리기 위해서라면 당신에게 어떤 나쁜 짓도 할 수 있어, 라고 말하던 남자의 단호한 모습.

수연이 그를 가만히 가슴에 품어 안았다.

동원이 그 품에 그냥 안겼다. 다 잘될 거야 같은 거짓 주문은 없었다.

그냥 서로의 온기를 찾는 어린 강아지들처럼 서로의 몸을 안고 있었다.

"가서 더 자요. 있다가 하율이 데리러 가야 하잖아요."

그가 가만히 수연의 손을 잡고 일어섰다.

"같이 잘까?"

수연이 그 말에 수줍게 웃었다.

하율 역시 수연의 생일이라는 말에 생일 선물을 내밀었다.

"아줌마가 뭐 좋아하는지 잘 몰라서 그냥 대충 샀어요."

말은 그렇게 하지만 수연이 뜯어보길 초롱초롱한 눈으로 기대하고 있었다. 안에서 나온 것은 자수 책이었다.

"아줌마가 요즘 수놓고 손바느질 하셨잖아요. 그래서 책 샀어요."

여러 권의 책을 보고 수연이 하율에게 웃었다.

"한 권만 사도 되는데…… 나 다 못 해."

"그중 예쁜 것만 골라서 해도 되잖아요. 어느 걸로 사야 할지 몰랐거든요."

"하율아, 고마워."

"아니에요."

하율이 부끄러운 모양이었다.

"그런데 왜 외식 안 해요, 아빠?"

"하율이 몸이 안 좋은데 어떻게 외식해?"

"외식하자, 외식하자."

하율이 졸라댔다. 그러고 보니 셋이 외식해본 적은 한 번도 없었다.

"우리 셋이 밖에서 저녁 먹어본 적 거의 없잖아요. 나 먹고 싶어."

"오늘은 힘들고 그럼 내일?"

"내일 좋아."

"당신도 괜찮지?"

수연이 고개를 끄덕였다.

동원이 하는 수 없다는 듯이 식당에 예약을 했다. 물론 메뉴도 엄격하게 미리 주문했다. 최근 하율은 컨디션이 꽤 좋은 편이어서 간단한 외출 정도는 가능했다.

다음 날 저녁, 식당 입구에서 수연이 갑자기 멈추었다. 환했던 얼굴이 갑자기 차갑게 바뀌었다. 그야말로 표정이 싹 사라져버렸다. 동원이 돌아보고 걱정이 되었는지 물었다.

"왜 그래?"

"아무것도 아니에요."

레스토랑 문의 정면에서 보이는 테이블에 아버지와 그 부인인 듯한 여자와 중학생 정도 되어 보이는 남자애가 앉아 있었다. 이제 중학교에 들어갔을 이복동생은 오빠와 전혀 닮은 데가 없었다. 아버지와도 생각보다 닮지 않은 걸 보니 외탁이라도 한 모양이었다. 단란하게 앉아 식사하는 장면을 보자 갑자기 구역질이 치솟았다.

한 번도 가족 넷이서 식사를 한 적이 없었다. 언제나 할

아버지와 할머니가 끼어 있었고, 오빠가 죽은 뒤로는 밖에 나가 식사를 한 적은 단 한 번도 없었다. 그런데 아버지가 다른 부인과 다른 자식을 데리고 셋이서 식사를 해?

배신감이었다. 엄마를 속이고 이혼한 뒤에 재혼했다고 들었을 때 느꼈던 것보다 더 컸다. 그땐 눈앞에서 일어난 일이 아니었기 때문이었을까.

해묵은 원한이 꿈틀꿈틀 똬리를 틀며 움직이며 더 커져 가자, 배 속에서 아이가 불편한지 갑자기 움직이기 시작했다. 배가 좀 뭉치는 듯한 불편한 기분에 수연이 숨을 내쉬면서 배를 살살 어루만졌다. 혜율아, 예쁜 혜율아, 엄마가 미안해. 별일 아니니까 도로 자려무나. 자장가라도 부르듯 배를 만지면서 달래었다.

과거는 과거였다. 이미 다 끝난 일이었다. 이제 그들과 수연은 아무런 접점도 없었다.

문득 아버지가 불편한 시선을 느꼈는지 고개를 돌렸다. 그리고 눈이 마주쳤다. 집 나온 이후 처음이었다. 아버지와 이렇게 본 것은. 그의 얼굴에 놀란 표정이 스쳐 지나갔다.

수연은 모른 척 고개를 돌려 저쪽으로 가는 하율과 동원의 뒤를 좇았다.

"안 오고 뭐 해?"

"갈게요."

수연이 그 뒤를 따라 저쪽 멀리 있는 좌석에 앉고 난 뒤에도 아버지의 시선은 수연을 좇았다. 동원이 오자 이미 주문해놓은 대로 서버가 음식을 가져와 내려놓기 시작했다.

"양식기 사용 잘하네."

"어릴 때 손 맞아가면서 배우면 이렇게 돼요."

아무렇지 않게 수연이 답했다. 속에서 불이 날 것 같았다. 이렇게 기분 좋은 날에 하필! 이 넓은 서울 바닥에서도 여기에서 마주친 걸까. 살면서 단 한 번도 본 적 없는 그 사람을.

"저 차가운 물 한 잔만 갖다주세요."

지나가는 서버를 불러서 주문을 했다. 물이 나오자 그대로 벌컥벌컥 들이켰다.

"왜 그래? 많이 더워?"

원래 임신하면 체온이 높아져서 더위를 많이 탄다. 수연 역시 그러했는데 오늘은 평소보다 심했다.

"네, 좀 더워요."

하율은 밖에 나온 게 신이 났는지 창백한 얼굴에 화색마저 돌았다.

낳지도 않았고 기르지도 않은 내 자식인데도 이렇게 예쁜데, 어떻게 십여 년간 키워온 딸을 그렇게 매정하게 내쫓고 잊을 수가 있단 말인가. 아무리 생각해도 용서가 되지 않았다.

그때 그가 다가왔다. 끝까지 모른 척하고 싶었던 그가.

"수연아."

수연은 고개를 돌리려 하지 않았다.

"이수연!"

재차 이름을 부르자 마지못해 고개를 돌렸다.

"잠시 얘기 좀 하자꾸나."

수연이 다시 고집스레 앞을 바라보았다. 옆에서 동원과
하율이 눈을 동그랗게 뜨고 그녀를 바라보았다.

"우리 엄마는 이수연이 아니라 서수연인데요."

하율이 태연하게 포크를 들고 말하자, 아버지가 다시 놀
란 기색을 보였다. 새 호주법이 통과되자마자 바로 호적
파간 지 언제인데 그걸 여태 모르신단 말인가.

"전 할 얘기 없어요. 돌아가세요."

"내가 할 얘기가 있어 그런다."

"전 듣고 싶지 않아요. 가보세요."

"결혼한 거냐? 결혼했으면 연락이라도……."

남자는 수연에게 끈질기게 말을 걸려 했다. 결국 수연이
자리에서 일어섰다.

"저 잠시 얘기 좀 하고 올게요."

수연이 억지로 하율과 동원에게 웃어 보였다.

레스토랑 밖으로 걸어 나가는 발걸음이 무거웠다. 이제
와서 무슨 말을 하려고요. 머릿속이 새하였다.

"저 대학 갈 때 전화했을 때 기억 안 나세요? 연락하지
말라고 하신 분이 누구신데요? 엄마 입원하실 때 연락했어

도 전화하지 말라고 하셨잖아요. 그래놓고서 지금 무슨 소리 하시는 거예요? 사람이 한 입 갖고 두말하심 안 되죠."

수연이 노골적으로 비웃고 있었다.

"할머니 아프시다. 집에 다녀가라."

남자가 끝내 그 얘기는 했다.

"누가 아프든 그게 무슨 상관이에요. 그리고 노인네 독하게 오래 살아 계시다 손자 결국 보시고 가시네요."

수연의 거친 말에 남자가 인상을 썼다.

"네 할머니야."

"지난 십 몇 년 동안 그냥 저 죽은 사람이었잖아요. 잊고 잘 사셨으면 앞으로도 잊고 잘 살아주세요. 지금 식사 중이에요. 가족들이 기다리는 거 같은데 저쪽 가족들에게 가보시죠. 전 저희 가족에게 가볼게요."

"수연아……."

그러나 수연은 그와 더 이상 이야기하려 하지 않았다.

"그만 가보시는 게 좋을 것 같습니다."

어느새 따라 나왔는지 동원이 수연의 어깨를 감싸 안으면서 그를 물리쳤다. 수연과 닮은 듯한 그 남자가 힘이 빠진 듯 지나갔다.

"내가 죽을 때까지 용서하지 못하는 두 사람이 있다면 아버지랑 할머니예요."

그 말을 던진 수연이 찌를 듯한 냉엄한 눈으로 남자를 노려보았다. 동원은 수연이 이런 표정을 지을 수 있다는 데

놀랐다. 독기라곤 한 번도 보인 적 없는 여자가 냉엄한 눈으로 중년 남자의 등을 노려보고 있었다.

수연이 자리에 앉자 혼자 있던 하율이 궁금했던 모양이었다.

"새엄마, 아까 그 사람 누구예요?"

하율의 새엄마라는 말에 수연의 심장이 덜컹 내려앉았다. 하율의 '새엄마'라는 말에 마냥 기뻐할 수도 없었다. 물을 한 모금 꿀꺽 삼킨 뒤에 힘들게 뱉어냈다.

"아버지."

네 외할아버지라고는 차마 말이 안 나왔다.

"사이가 안 좋아서 오랫동안 서로 연락 안 했거든. 원래 어른들은 어른들 사정이 있어. 하율이랑 아빠처럼 서로 잘 지내면 진짜 좋은데 서로 못 지내는 아빠랑 딸도 있어. 나는 하율이처럼 운이 좋진 않아서 아빠랑 사이가 나빠. 무슨 말인지 이해했지?"

수연의 침울한 어조에 하율은 점잖게 더는 묻지 않았다.

단둘이 있게 되자마자 동원이 물었다. 수연은 살짝 인상을 쓴 채로 배만 문지르고 있었다. 혜율이 녀석, 엄마가 기분 상하니까 계속 발로 쿵쿵 차기도 하고 왠지 배가 뭉친 것 같기도 했다.

"아까 무슨 얘기 한 거야?"

"할머니가 편찮으시다고 들르래요."

그 말을 하는데 왠지 피식 웃음이 나왔다.

마냥 좋은 사람인 듯한 수연이 이렇게 무서운 표정을 지을 수 있다는 게 동원은 조금 놀라웠다. 부처님 가운데 토막처럼 굴었던 이 여자에게도 이런 데가 있던가. 상처가 있는 건 알았지만.

수연은 배를 문질렀다. 배 속에 아기가 있으니 나쁜 생각을 하면 안 되는데 자연히 어릴 때 기억이 떠오르려 했다. 그냥 좋은 것만 생각해야지. 기왕 세상에 나오는 거, 내 새끼 사랑받길 원했다. 자기가 키우게 되든 아니든지 간에 동원이 이 아이를 하율처럼 예뻐하고 사랑해주고 아껴줄 것은 확실하니까 그래도 이 사람과 키울 마음이라도 드는 것이었다.

"괜찮아?"

"뭐가요?"

수연이 무심하게 물었다.

"당신 아버지랑 사이 안 좋잖아."

"아, 맞다. 뒷조사 하셨었죠."

수연이 기분이 불쾌한지 날카롭게 받았다. 동원은 그 말에는 답하지 않았다.

"자세한 속사정은 모르지만 성까지 바꿀 정도로 불편해하는 건 알아."

"불편요?"

수연이 신경질적으로 웃었다.

"불편 같은 단어로 설명할 수 있으면 얼마나 좋아요? 그 사람들은 한겨울에 나랑 엄마를 내쫓은 사람들이에요. 내가 대학 갈 때 전화했더니 할머니가 이제 스무 살이니 알아서 해야 하지 않겠냐고 하더라고요. 엄마 병원에 입원했을 때 돈 좀 빌릴까 해서 전화했더니만 여기 네 집 아니라고 했어요. 그런데 불편요? 그런 단어로는 안 되죠. 전 십 몇 년 동안 원망하고 또 원망했어요. 왜 내가 쫓겨나야 했을까? 왜 난 사랑받지 못했을까? 답은 하나예요. 내가 딸이고 여자여서였어요. 그게 너무 우습지 않아요?"

동원은 답 대신에 수연을 안아주었다.

"이제 다 끝났잖아. 응?"

수연의 빠르게 뛰던 심장이 점점 제 박자를 찾고 동원 품에서 안정을 되찾았다.

"얼음이라도 씹어 먹어야겠어요."

그 말을 하고 돌아 나가는 수연의 뒷모습이 너무 가냘파 보였다. 너무 외로워 보였다. 혼자 세상에 서 있는 것처럼 고독해 보였다. 당신, 왜 자꾸 나를 흔들리게 만드니?

그날 이후 아버지가 레스토랑을 통해 동원의 연락처를 알아낸 모양이었다. 수연도 아닌 동원에게 연락을 시도했다. 집에 돌아오자 동원이 와이셔츠를 벗다 말고 무심하게 한 마디 던졌다.

"당신 아버지가 전화했었어."

"네?"

"레스토랑에서 알려준 모양이야. 그래서 레스토랑에 전화해서 항의했어. 당신 아버지가 전화해서 당신 전화번호를 묻더라고. 당신 아버지라고, 나쁜 소리 할 거 아니라고 점잖게 말씀하시던데?"

"아버지 전화번호 주세요. 어디 당신한테 전화를 해요, 할 데가 없어서."

수연이 분노하자 동원이 자기 휴대전화에서 그의 전화번호를 보여주었다. 수연이 길게 숨을 들이마시고는 단숨에 그 번호를 눌렀다.

"저예요, 서수연."

일부러 성을 강조했다. 난 당신 딸 아니야, 엄마 딸이지.

"무슨 일인데 본 적도 없는 사람한테 전화해서 제 번호를 물어보실 수가 있으세요?"

─ 네 연락처를 알아야 너한테 연락을 하든…….

"사람 써서 알아보시든가 하시면 되잖아요."

─ 그동안 내가 얼마나 찾았는지 알아?

"모르는데요."

어떻게 사람이 그럴 수가 있어요? 10년 넘게 살 섞고 살던 부부가 아들이 죽고 부인이 아이를 못 낳는다고 어떻게 쫓아내실 수가 있어요? 그 추운 겨울날, 쓸모 없는 딸과 함께. 그리고 어떻게 죽었는지 살았는지 관심도 안 가지실 수가 있어요? 어떻게 부인이랑 딸 쫓아내고 재혼을 해서 그렇게 잘 사실 수가 있냐고요? 어떻게 사람이, 사람이⋯⋯.

목구멍까지 차오른 분노와 비통의 말. 가슴속에서 풀어놓으면 참을 수 없어질 것 같은 그 말들이 혀끝에서 맴돌다 사라졌다.

동원에게도 어떻게 사람이 그럴 수가 있어요, 라고 차마 못 한 건 아버지를 봐서였다. 당신은 아버지가 나한테 한 거에 비하면 아무것도 아니야. 나, 이 정도는 참고 넘길 수 있어. 엄마가 아들 살리려고 한 거 생각하면, 당신이 당신 아들 살리려고 나 아프게 하는 거 나 참을 수 있고, 용서할 수는 없겠지만 감내할 수는 있어.

그런데 아빠, 아빠는 내 아빠잖아. 어떻게 아빠가 그럴 수가 있어요, 딸한테?

─ 네 할머니가 많이 편찮으셔. 할머니 소원이 죽기 전에 네 얼굴 꼭 보셔야겠다잖니. 가신 뒤에 후회하지 말고 꼭 할머니 한 번은 찾아뵈어야지.

그 말에 수연은 입술을 깨물어버렸다.

"다신 연락하지 마세요."

그 한 마디를 겨우 내뱉은 뒤에 전화를 끊어버렸다. 힘이 빠져 더 서 있지 못하고 침대에 주저앉았다.

멍하니 침대에 앉아서 허공을 바라보는 수연을 지켜보다가 동원이 옆에 앉았다.

"무슨 일이야? 내가 당신 집안일에 참견하는 게 기분 별로 안 좋겠지만……."

수연은 아무 말 없이 갑자기 그의 품에 파고들었다. 한 번도 먼저 손을 내민 적이 없었다. 그가 안으면 그냥 안겼지만 먼저 손을 내밀기에는 수줍음이 너무 많았다.

약간 당황하긴 했지만 동원은 그냥 그런 수연을 받아주기로 한 듯, 등 뒤로 손을 돌려 바짝 끌어당겼다. 부푼 배가 살짝 닿았다. 또 아이가 배를 발로 뻥 찼다.

동원은 휴대전화를 보고 인상을 썼다. 수연의 아버지다. 요즘 수연과 그에게 계속 전화를 하고 있었다. 결국 못 참고서 받고 말았다. 수연이 제발 받지 말라고 해서 한 번도 받은 적이 없었는데.

"십여 년 전에 버린 딸한테 무슨 볼일이 있으셔서 얼굴 본 적도 없는 사위한테 전화하셨는지 모르겠군요."

자기도 모르게 비꼬는 말이 나왔다.

— 우리 집안 사정 자네가 다 아는 거 아니지 않은가. 수연이 좀 설득해주게. 그냥 할머니 병문안만 가면 되는 건데 그게 뭐가 어려운가.

이미 사위라도 된 듯 말을 놓는 남자에게 그는 구역질이 났다.

"수연 씨가 싫다는데 제가 무슨 수로 설득하겠습니까? 따님 지금 임신 중이니까 가급적 이런 일로 연락 안 하셨으면 좋겠네요. 혹시 무슨 일이라도 있으면……."

– 수연이 할머니가 지금 암으로 다 죽어가고 있어. 죽기 전에 손녀 얼굴 한 번 보겠다는데…… 죽은 사람 소원도 들어준다지 않은가.

"그래도 본인이 싫으면 싫은 겁니다. 더 연락하지 마십시오."

강하게 말하고 전화를 끊었다. 수연이 마음이 약해서 아마도 병문안을 갈지도 모를 일이었다.

오빠가 죽은 뒤 부모님이 이혼하고, 아버지는 바로 재혼했다. 그리고 어머니는 그해부터 우울증으로 약을 먹기 시작했다. 이 모든 게 수연이 중학교 3학년 때부터 고등학교 졸업할 때까지 단 3년 동안 진행된 일이었다. 어머니가 자살을 시도하고 결국 정신 병원에 가야 하는 처지가 되자 돈이 없어서 학교도 중퇴했다.

심부름센터가 조사해 온 수연의 삶을 보면서 박복해도 참 박복한 젊은 여자의 삶에 그도 혀를 끌끌 찼다. 그런데 그 아버지란 작자는 무슨 염치로 연락을 해온단 말인가?

수연은 휴대전화가 문자가 왔다며 진동하자 살짝 인상을 썼다. 아버지다. 이번에는 병원 주소를 보냈다.

수연은 계속 고민에 고민을 했다. 차라리 돌아가신 뒤에 알았으면 좋았을 텐데 하필 왜 지금! 곧 죽을 사람이 보고 싶다는데 안 가자니 마음이 찝찝했다. 가봤자 좋은 소리 못 들을 텐데. 그러나 왜 이제 와서 찾는지 궁금한 것도 사실이었다.

"저 병원 가보려고요."

동원이 수연을 놀란 듯 봤다.

"무슨 병원에 가려고?"

"할머니요. 병원에 가보게요. 다 죽어간다니까 한 번 보려고요."

팔순이 다 된 할머니는 위암으로 죽어가고 있다고 했다. 건강 염려증이라서 해마다 병원에 입원해서 온갖 검사는 다 받아보던 양반이 위암이라니.

"같이 갈게."

"불편하면 안 가도 돼요."

"아니, 같이 갈게."

꼭 같이 있어주고 싶었다. 당신이 나를 위해 해준 그 많은 것들을 내가 당신에게 어떻게 갚을 수 있을까. 내가 힘들 때 곁에 있어주고 위로해주는 사람은 당신밖에 없었어. 하율이 아프고 난 뒤 많은 사람들이 그를 동정하고 도와주려 했지만 그 마음의 짐을 덜어줄 이는 수연밖에 없었다.

"꼭 같이 갈 거야."

그의 다짐하는 듯한 말에 수연이 희미하게 웃었다. 그가 수연의 손을 꼭 쥐었다.

대학병원 특실이었다. 아마 그 양반이라면 죽어도 집이 아니라 병원에서 죽어야 할 터였다. 병원에서 말기면 퇴원

434

시키려 할 텐데.

수연이 들어서자 새어머니인 듯한 여자가 침대 옆 의자에 앉아 있었다. 수연은 인사조차 하지 않고 꼿꼿하게 목을 세웠다.

이제 배가 제법 많이 나와서 누가 봐도 임신부였다. 팔다리는 여전히 가늘어서 수연은 농담처럼 자기가 거미 같다고 말하곤 했다.

일부러 병원에 가기 전에 동원과 백화점에 가서 원피스를 골랐다. 굽이 낮은 여름 샌들까지 싹 장만했다. 동원이 선물한 목걸이를 걸고 화장을 한 수연이 마치 전쟁터에 나가기 직전의 장수처럼 목을 꼿꼿하게 세웠다.

수연이 침대 위의 노파에게 고개를 살짝 숙여 인사했다.

"임신한 거야?"

쉰 듯한 목소리에 수연은 그냥 고개를 끄덕였다.

"아이는 아들이라냐, 딸이라냐? 배 보니까 딸이구먼. 제 엄마 닮아서 복도 지지리 없지."

노인네의 악담에 동원의 표정이 굳었다. 뭐라고 한 소리 하려는 걸 수연이 제지했다. 노인네랑 말 섞어봤자 기분이 더 나빠지기만 할 뿐이었다.

"남편은 뭐해? 의사야?"

"아뇨, 건축가요."

그 말에 혀를 끌끌 찼다. 마치 막노동이라도 하는 듯한 눈초리로 보았다. 할머니에게 이 세상의 직업은 의사와 의

435

사가 아닌 것으로 단순하게 나뉘었다. 누가 알면 평생 의사 집안에서 태어나 자란 줄 알 정도로.

"네 아빠한테 결혼 소식 정도는 알렸어야지. 그 집에서 우리 집안을 어떻게 생각했겠어!"

그 소리에 수연이 성마르게 신경질적으로 웃었다. 가슴을 긁으며 나오는 거친 웃음에 동원의 숨이 턱 막힐 정도였다.

"저한테 다신 연락하지 말라고 하셨잖아요."

"내가 언제 인연 끊고 살자고 했어?"

"전에 전화했을 때 요망한 년이라고 하면서 다시 전화하지 말라고 하셨잖아요."

"난 그런 말 한 기억 없다."

수연은 누렇게 뜬 얼굴을 빤히 들여다보았다. 할머니가 화장 지운 모습을 본 기억이 없었다. 늘 하얗고 포동포동한 볼, 진주 목걸이, 분 냄새. 나이에 비해 젊어 보였고 그것이 자랑이셨지. 이제 추한 늙은이가 된 할머니. 여성과 젊음이 사라진 그녀는 수연의 배와 수연의 젊음을 탐난다는 듯 바라보았다. 쪼글쪼글 완전 쭈그러든 괴물.

수연은 자기도 모르게 배를 문질렀다. 아이가 저런 괴물을 보지 않길 진심으로 바랐다. 등에 식은땀이 흘러내렸다. 요망한 년, 제 오빠 잡아먹은 년이라 외치며 목을 조르던 할머니의 시근덕거리던 숨소리가 아직도 들려올 듯했다.

동원이 손을 쥐었다. 앙상할 정도로 가냘픈 손바닥에는 축축한 땀이 배어나오고 있었다. 얼굴은 아닌 척해도 긴장했구나. 꾹 참고 있던 분노가 튀어나와버렸다.

"겨우 그런 소리 하려고 몸 무거운 사람 오라 가라 하셨습니까?"

동원의 당당한 소리에 할머니와 아버지가 제정신으로 돌아온 모양이었다. 타인에겐 죽었다 깨도 집안의 치부를 보이고 싶어 하지 않았던 사람들이었다.

"미성년자인 딸 쫓아내시더니만 무슨 낯짝으로 다시 찾으셨나 모르겠네요."

그 말에 힘이라도 찾은 듯이 수연이 내뱉었다.

둘의 표정에 지나간 것은 공포였다. 체면이 세상에서 제일 중요한 사람들이니까.

"수연이 너 혼자만 와도 되는데 왜 바깥일 하는 사람 끌고 온 거야?"

아버지가 한 마디 하자마자 동원이 받아쳤다.

"이 사람 사정 다 아는데 어떻게 혼자 보낼 수가 있어요? 안심이 안 되어서 따라왔습니다만?"

그가 모든 일을 다 알고 있다는 듯이 한 마디 하면서 수연의 허리를 안았다.

"수연 씨 다리 안 아파요? 목은 안 말라요?"

그 말은 임신부 불러다 놓고 앉으란 말도 안 하는 수연 아버지나 그 부인 들으라는 듯이 하는 말이나 다름없었다.

"내 정신 좀 봐. 어서 앉아요."

족제비처럼 비열한 인상의 중년 여자가 자기가 앉아 있던 의자에서 허겁지겁 일어섰다.

"금방 갈 거예요."

수연이 쳐다보지도 않고 딱딱하게 답했다.

"할 말 다 하셨으면 이제 가볼게요. 이 정도 악담 들어드렸으니 저승길 편안하게 가실 수 있으시겠네요."

눈에서 독기가 뿜어 나오려 했다.

배 속의 아기 움직임이 둔해지는 기분이 들었다. 배가 뭉친다. 배에서 아이가 엄마의 마음을 이해라도 한 듯 발로 찼다. 배를 자기도 모르게 손으로 쓸었다. 아이는 좋고 싫은 게 분명해서 맛있는 거 먹으면 발로 마구 차대는 게 느껴지곤 했다. 지금은 기분이 매우 나쁜 모양이었다. 이런 흉한 거 보여줘서 미안해.

"수연아!"

아버지가 따라 나와 수연을 잡았다.

"잠시 얘기라도……."

"이제 와서 무슨 할 얘기가 있겠어요? 그동안 어떻게 살았나, 그런 얘기 듣고 싶으세요?"

"네 엄마…… 그 사람은 잘 있고?"

그 말에 수연이 미친 여자처럼 웃었다. 여태 자주 전화하면서 한 번도 묻지 않았던 걸 마치 잊었던 걸 기억이라도 한 듯 물어본다.

"엄마 작년 늦가을에 돌아가셨어요."

놀란 표정이었다. 수연이 확인이라도 시켜주듯 또박또박 다시 말했다.

"엄마 죽었다고요."

"어떻게……."

엄마는 아버지보다 거의 일고여덟 살 정도 아래였다. 할아버지 병원에 간호조무사로 들어온 엄마가 오빠를 낳았을 때 겨우 스물한 살인가 그랬었다.

"심장마비요. 아니, 거의 자살이었죠. 수면제 두 번 먹었어요. 우울증으로요. 10년을 병원에 계셨어요. 조기 치매가 와서 거의 저도 기억 못 하셨어요. 심장이 너무 약해지고 우울증으로 계속 약 먹고 그러다 가셨어요."

엄마가 죽었다고 연락을 받고 갔던 그날, 올 사람도 없고 해서 그대로 화장을 해버렸다. 오빠 무덤에 뿌려달라고 했다.

굳이 오빠 묘를 쓴 할머니 덕에 엄마를 오빠 무덤 위에 뿌리고 돌아오던 날, 눈물도 나지 않았다. 그냥 한 줌 작은 재로 돌아간 엄마.

엄마는 그냥 삶을 놓아버렸고 자신은 뒤에 또 남겨졌다.

그새 폭삭 늙은 아버지를 바라보면서 수연은 작게 웃었다.

"엄마는 나중에 저도 거의 기억 못 했어요. 아마 아버지도 기억 못 했을 거예요. 마지막까지 오빠만 찾았고 오빠

439

만 기억했어요."

「준연이가 언제 올까? 올 때가 되었는데?」

준연이, 준연이, 오빠만 찾았다.

요양원에 있는 엄마를 만나러 가는 게 늘 무서웠다. 엄마는 점점 기억을 잃고 망각의 세계로 침잠해 들어가 있었다. 점점 가늘어지고 있는 엄마, 새하얀 백발이 된 채 누워서 뼈밖에 안 남은 가죽 같은 손으로 바쁘게 뜨개질을 하고 있었다. 엄마의 심장은 두 번의 수면제 복용으로 이미 고장 나기 직전이었다. 우울증 약도 만성으로 복용하고 있었다.

"왜 나한테 전화하지 않은 거니?"

"그 '왜'라는 건 언제를 말씀하시는 거죠? 엄마가 처음 자살 시도했을 때요, 아니면 엄마가 죽었을 때요? 그리고 전 전화했어요."

"뭐?"

"했어요. 할머니가 받으셔서 다신 전화하지 말라고 하시더라고요."

낯선 중년 남자가 살짝 인상을 쓴다. 별로 믿는 기색이 아니었다.

"그리고 저 이수연 아니에요, 서수연이지. 엄마 성으로 호적도 변경했어요. 그럼 전 몸이 무거워서 실례해야 할

440

거 같아요. 피곤해요. 가요, 동원 씨."

여왕처럼 우아하게 수연이 돌아섰다. 동원이 옆에서 기사라도 된 듯 수연의 손을 꼭 쥐고 있었다. 분명 병원이라 온도 조절이 되고 있을 텐데 수연의 손에선 땀이 나는 듯했다.

집에 오는 내내 옆자리에서 수연은 입술이 하얗게 되도록 깨물고 창 밖만 바라봤다.

괜찮아, 라는 말조차 꺼낼 수 없을 정도로 알 수 없는 표정으로 밖을 뚫어지게 바라보았다. 눈조차 감지 못한 채. 눈도 깜박이지 않았다.

"피곤해요."

집에 들어오자 긴장이 풀렸는지 마루의 슬리퍼를 신으려다 살짝 비틀거렸다. 동원이 뒤에서 팔을 잡았다. 단단한 가슴에 안기자 뭔가 기분이 안정되는 듯했다.

"괜찮아?"

"그냥, 그냥 피곤해요."

동원이 부축해서 방에 눕혀주고 옷 갈아입는 걸 도와주었다. 수연은 정말 손 하나 옴짝달싹할 기운조차 없는지 멍하니 있었다.

저녁 먹을 시간이 되어 깨우려 했다. 이마에서 느껴지는 미열. 자면서 울었는지 볼이 축축하게 젖어 있었다.

"엄마, 엄마……."

가냘픈 목소리. 태아처럼 몸을 웅크리고서 울고 있었다.

동원이 그런 수연을 등 뒤에서 감싸 안았다. 배를 만지면
서 아기에게 조용히 마음속으로 말을 걸었다.

'혜율아, 엄마가 마음이 많이 아픈가 봐. 네가 좀 위로해
줬으면 좋겠구나. 아빠는 바보 같아서 이럴 때 뭐라고 해
야 할지도 모르겠어.'

수연이 소파에서 누군가와 통화를 하고 있었다. 거의 연
락하는 사람이 없을 정도라서 휴대전화는 거의 알림이나
시계 정도의 기능밖에 없었다.

– 출산이 언제예요?

"예정일은 9월 중순."

– 누나 몸은 괜찮아요?

"나? 건강해. 승주 씨는? 가게는 잘 돌아가?"

그만둔 수연을 대신해서 승주가 가게 매니저로 올라갔
다.

– 저야 누나 땜빵 하느라고 바쁘죠!

"언제 이 근방으로 낮에 놀러 와. 같이 밥이라도 먹자.
내가 멀리 못 나가니까."

– 산이 알라를 부르는데 제가 가야죠.

그 말에 수연이 깔깔 웃었다.

그때 동원이 들어와 수연이 전화하는 걸 보자 인상을 썼
다. 수연이 눈썹을 찡긋 올리면서 왜 그러냐는 듯한 표정
을 지었다.

442

"나 그만 전화 끊을게. 응, 그래. 잘 지내."

수연이 전화를 끊자마자 그가 취조했다.

"누구랑 전화 통화했어?"

"승주 씨요."

소녀처럼 사근사근하게 누군가랑 대화를 한 게 마음에 들지 않는다. 활짝 웃어가면서 깔깔거렸다. 뭐가 그렇게 재미있는지 속닥속닥거리고 있던 걸까.

승주라고 하면 전에 그 바의 바텐더. 그도 유쾌한 승주와 농담 따먹기를 제법 많이 했다. 술에 대해 박식해서 얘기하는 게 재미있긴 했다. 그런데도 승주와 통화한 게 뭐가 이리 맘에 안 드는 걸까.

"승주 씨는 잘 지낸대?"

"내가 없으니까 정신없이 바쁜가 봐요. 알바들도 속 썩이고 그래서 하소연하려고 전화했대요."

동원이 고개를 끄덕이긴 했지만 떨떠름했다.

"승주 씨 싫어해요?"

"아니, 내가 왜?"

"그런데 왜 표정이 그래요?"

수연이 가볍게 물었다.

"내가 뭘?"

"지금 떫은 감 먹은 것 같은 얼굴인데요?"

"아니라니까. 무슨 소리 하는 거야?"

그때 하율이 내려왔다. 더워서인지 모자도 쓰지 않아 민

둥민둥한 머리가 그대로 드러났다. 동원이 그 맨머리를 쓱
쓱 쓰다듬자 하율이 인상을 썼다.

"아빠, 더워."

"자식."

동원이 더 하율의 머리를 벅벅 쓰다듬었다.

"덥대두!"

하율은 신경질이 나는지 동원에게 짜증을 부렸다.

"새엄마, 아빠 좀 말려주세요."

하율이 못 말린다는 듯이 수연에게 동원을 고자질했다.

수연이 동원에게 눈을 부라렸다.

"왜 애가 싫다는데 괴롭혀요? 이제 마흔 살 다 되어가는
다 큰 어른이 왜 애를 괴롭혀?"

"내가 언제 괴롭혔다고 그래."

동원이 투덜거렸다.

수연은 못 말린다는 듯이 동원을 살짝 노려보았다.

이게 진짜 가족인 걸까. 뭔가 알 수 없는 감정이 동원의
가슴을 메웠다.

요의에 수연이 짜증이 났는지 억지로 몸을 일으키려 했
지만 이제 본격적으로 나온 배 때문에 일어나는 것도 마음
대로 되지 않았다. 뒤집혀진 풍뎅이처럼 바동거리는 게 얼
마나 흉할까. 옆에서 자던 동원이 수연의 움직임에 깨었는
지 벌떡 일어났다.

"혼자 움직이기 힘든데 깨우든가 하지."

가뜩이나 배도 무거운데 굳이 혼자서 데굴데굴 굴러서 일어나려 하는 걸 보니 안쓰럽기까지 했다.

"푹 자는 사람 깨우기 그렇잖아요."

가끔 이런 마음 써주는 게 미안했다. 그래서 말이 더 딱딱하게 나갔다. 이렇게 착하게 굴지 마.

"어차피 당신 버둥거리면 침대 흔들려서 깨."

수연이 안쪽에서 자다 보니 아무래도 동원을 깨우지 않고 조용히 일어나는 게 힘들었나 보다.

"미안해요."

그런 걸로 미안해하지 말라고 말하고 싶은데 왜 그런 말은 이렇게 안 나오는 걸까.

아기가 커지면서 소화불량에 시달리고 옆구리를 계속 차여 갈비뼈에 멍들 것 같다는 말을 하는 수연을 보면 가끔 목에서 뭔가 울컥할 것 같았다.

수연이 화장실에 다녀오자 동원이 기다리고 있다가 말을 건넸다.

"뭐 시원한 거라도 갖다줘?"

"네."

그가 부엌에서 냉수를 갖다주었다. 요즘 부쩍 자주 일어나서 힘들어하는 수연이었다. 눈 밑에 그늘이 생기는 걸 보니 잠도 깊이 못 자는 모양이었다. 가끔 허리가 아픈지 허리를 통통 치기도 했다.

배가 이제 많이 나왔고 하율도 이미 항암 치료가 끝났다. 수연이 아이를 출산한 후에 제대혈만 잘 채취하면, 하율은 완치될 수 있었다.

그리고 수연은 그의 곁을 떠나겠지.

시한부 가정…… 이걸 어떻게 유지할 수 있지. 어떻게 해야 하는 걸까.

그가 수연의 어깨를 감싸 안자, 수연이 자연스레 그의 어깨에 머리를 기대었다. 자기도 모르게 손에 힘이 들어갔다. 놓고 싶지 않았다. 지난 몇 년간 이렇게 평온한 적이 있었던가. 폭풍의 눈에 들어온 듯, 고요하게 흘러가는 일상이었다.

낯설면서도 익숙한 번호에 수연이 인상을 썼다. 뒤의 네 자릿수는 예전 집 전화번호였다. 옆에 있던 동원이 눈썹을 찡긋했다. 평소에 잘 울리지 않던 낡은 휴대전화가 요란하게 울리는데 수연이 받을 생각도 안 하니 좀 이상했다. 게다가 수연은 평소에 그렇게 감정 표현이 뚜렷한 사람은 아니었다. 그런데 이렇게 인상을 쓸 정도로 받기 부담스러운 전화는 누구에게서 온 걸까.

"누구야?"

수연은 여전히 울리는 휴대전화를 보고만 있을 뿐, 받으려 하지 않았다.

"대신 받아줘?"

"그럴 필요 없어요. 아버지예요."

"정말 안 받을 거야?"

미적거리면서 결국 전화를 받았다. 아마 할머니에게 또 들르라는 거겠지. 그 고약한 노파를 볼 생각을 하자 속이 메슥거렸다.

"여보세요?"

— 나다.

"네."

수연이 받자마자 아버지는 용건부터 말했다.

— 어머니께서 돌아가셨어.

수연은 아무 말도 하지 않았다.

— 마지막까지 너 꼭 보고 싶어 하셨다.

"지난번에 뵈었잖아요."

— 장례식장에 얼굴은 비쳐야지. 그래도 네 할머니인데…….

"그래도 손녀인데 버릴 땐 언제고요? 이미 부모 자식 연 끊은 건 제가 아니잖아요."

수연이 덤덤하게 아버지에게 비수를 꽂았다.

— 과거는 어떻든지 간에 손녀로서 어른이 마지막 가시는 길은 지켜드리는 게 예의다.

지난 10년 이상 잊혀 있던 손녀도 손녀인가요, 그 말이 목구멍 안쪽까지 튀어나왔다. 가급적 아이 생각해서 참으려 해도 아버지 목소리만 들어도 화가 나려 했다. 지난 10

447

년간 차곡차곡 쌓아둔 분노는 해묵어서 깊고 깊었다.

"제가 왜요? 저 임신 중이에요."

– 네 할머니 장례 치르는데도 안 오겠다는 거냐?

정말 가고 싶지 않았다.

"어딘데요? 봐서 갈게요."

아버지는 입원해 있던 대학병원 장례식장을 대더니 황급하게 전화를 끊었다.

"왜? 무슨 일 있어?"

"할머니 돌아가셨대요."

수연의 얼굴에 떠오른 복잡한 감정들.

"같이 가줘?"

그 말에 수연의 눈가가 조금 환해졌다.

"임신하면 원래 장례식장 가면 안 되는 건데."

동원의 말에 수연이 웃었다. 장례식장은 아버지가 졸업한 대학병원이었다. 수연도 잠시 다니긴 했지만 공부를 계속할 여유가 없어서 중도에 포기해야 했다.

"그런 데 입고 갈 옷은 있어? 전에 입던 거 다 안 맞을 텐데?"

수연이 생각지도 못한 걸 동원이 걱정하고 있었다. 이미 몸에 맞는 옷이라고는 니트류밖에 없었다. 거의 옷을 다 새로 사다시피 해야 할 정도로 배가 많이 나왔다. 임신부용 레깅스에 헐렁한 티셔츠 정도로 버티고 있긴 한데.

"사러 가자. 당신 여름 옷 필요하잖아."

"괜찮아요. 얼마 못 입는 건데 뭘 또 사요."

"괜히 책잡히지 않게 백화점 가자. 할 일도 없잖아. 부자 남편 덕 좀 봐."

그 말을 하고 나서 그는 옷을 갈아입으라고 성화를 부렸다.

옷 한 벌 사러 가더니만 요즘 유행하는 립스틱도 사라고 하고, 귀걸이도 사라 하고, 가방도 하나 사주었다. 그러고 나서야 옷을 보러 갔다.

"노인네 같아요."

검정색의 부드러운 실크와 리넨이 섞인 코쿤 라인 원피스는 수연의 가느다랗고 긴 팔다리를 돋보이게 했다. 소매가 없고 동그란 칼라 목선 아래에 장식용 단추들이 붙어 있었다.

"잘 어울리시네요. 아유, 산모가 이렇게 고우세요. 뒤에서 보면 임신하신 줄 모르겠어요. 호호호."

판매원이 괜한 소리를 하자 수연이 살짝 볼이 붉어졌다.

"엄마아빠가 선남선녀이신 거 보면 배 속 아기도 아주 미남미녀로 태어날 거 같네요."

"미녀예요."

동원이 주책맞게 아기가 딸임을 알려줬다.

"어머, 엄마 닮아서 진짜 예쁘겠네요."

"그러게요. 엄마 많이 닮아야 하는데……."

"아이고, 아기 엄마 복도 많으셔. 이렇게 남편이 사랑해주고……."

수연이 부끄럽고 민망해서 어쩔 줄 몰라 했다.

긴장했는지 손의 땀을 옷에 닦는 걸 보고 동원은 슬쩍 인상을 썼다. 동원이 손에 깍지를 끼어도 수연은 빼지 않았다. 손이 이미 꽤 축축했다.

장례식장이 있는 지하로 내려가는 기분이 묘했다.

수연이 들어가자 수군거리던 분위기가 죽어버렸다. 낮시간이라 대부분 친척들만 있다가 수연이 나타나니 알아본 모양이었다. 쥐 죽은 듯 조용하다 잠시 후 다시 시끄러워졌다.

"왔어?"

검은 양복을 입은 아버지가 수연을 맞이했다. 아버지 옆에서 역시 양복을 입은 그녀의 이복동생이 꾸벅 인사를 했다.

"들어가 인사해라."

죽은 할머니의 영정은 예전에 찍어놓은 사진인지 꽤 고운 모습이었다. 희고 포동포동한 볼에 세 줄짜리 진주 목걸이와 진주 귀걸이는 예전에 자주 보던 것이었다. 생귀처럼 엄마 영혼을 빨아먹던 생전 모습 때문인지, 그 사진을 보는 것 자체가 소름 돋았다.

이미 죽은 사람 욕을 해서 무엇 하리. 그냥 눈만 감았다 떴다. 할머니 생각을 하면 언제나 마음속에서 증오와 한이

450

북받쳐 오르는 것만 같았으니까.

그냥 나가려고 하는데 아버지가 수연을 잡았다.

"잠시 앉았다 가지 그러니? 할 얘기도 좀 있는데……."

어딜 봐도 예전에 알던 얼굴들로 그득했다.

"잠시 있어봐라."

아버지는 아는 사람이 왔는지 다시 방으로 들어갔다. 그들은 마치 볼록렌즈의 점이라도 되듯 수연에게 시선을 모으고 있었다.

"어머, 이게 누구야? 수연이 아니야?"

고모 중 한 사람이 와서 아는 척했다.

"나 기억나지? 둘째 고모."

"안녕하세요."

수연이 무덤덤하게 인사한다.

"이쪽은 신랑인가? 아이고, 정말 훤칠하네."

그 말은 네 주제에 이런 신랑이라니, 라는 말의 숨은 함축이다.

"그래, 너 요즘 어떻게 사는 거니?"

너 같은 년이 잘 살아봤자지.

"지금 임신해서 쉬고 있어요."

수연이 아무렇지 않게 답했다.

"남편은 뭐하고?"

그 말에 동원이 검정색 가죽으로 된 명함 케이스를 꺼내어 명함을 한 장 내밀었다. 여자들의 시선이 그 명함 케이스의 브랜드를 체크라도 하듯 매처럼 날카롭게 빛났다.

두툼한 아이보리 색 종이에 인쇄된 명함을 매니큐어를 칠한 쭈글쭈글한 손이 낚아채갔다. 그들은 수연이 이렇게 잘 사는 게 믿을 수 없는 거다.

보얗게 살이 올라 동글동글해진 수연은 전에 있던 까칠함이 사라졌고 윤이 나고 있었다. 그러면서 성마른 인상도 사라져서인지 이제 내면의 빛이 나오고 있었다.

"무슨 일 하나?"

"건축가예요."

수연이 조용히 답했다. 그러자 막노동 하는 남자라도 보듯 그럼 그렇지 하는 표정을 큰 고모가 지었다. 그러나 작은 고모가 알아본 모양이었다.

"어디서 좀 본 거 같은데? 이름도 그렇고⋯⋯."

잡지에 나온 거라도 본 모양이었다.

"너 지금 어느 동네 사니?"

그들에게는 사는 동네가 곧 신분을 대변한다.

"평창동에 저희 아버지께서 물려주신 집이 있습니다."

동원이 덤덤하게 답하고 있었다. 일단 강북이긴 하나 그 땅값 비싼 동네 이름이 나오자 강남 사모님들 얼굴이 살짝 긴장이라도 한 듯싶었다. 아마도 나중에 여기저기 전화해서 정동원이 누구냐고 물어라도 보겠지.

"어릴 땐 밀가루처럼 하얗기만 하고 삐쩍 말라서 못생겼었는데 너 진짜 용됐다, 얘. 아무리 봐도 너 코 좀 높인 거 아니니? 눈도 좀 커진 거 같고?"

이 집안 여자들의 특기가 나왔다. 곧 셋째 고모가 와서 합류했다.

"수연이 아니야? 너 임신했니? 언제가 산달이야? 애는 남자애야, 여자애야?"

쉬지도 않고 본 지 10년 넘은 조카 안부를 이렇게 묻고 있었다.

"수연이 결혼했대. 남편은 건축가고."

그러면서 둘째 고모가 셋째 고모에게 동원의 명함을 보였다. 아무렇지 않게 둘을 앉혀놓고 자기네끼리 얘기를 나누었다.

"어머. 역시 사람 오래 살고 볼 일이야. 애가 완전 용됐네, 용됐어. 어릴 때 시골 계집애처럼 촌스럽더니만."

별거 아니던 네가? 이런 눈이 수연에게 잠시 머문다.

그녀들의 끈적거리는 악의가 수연의 몸을 꿈틀거리게 만들었다.

"배 모양 보니까 딸이네."

그 말에 자기도 모르게 수연이 동원의 손을 꽉 움켜쥐었다.

"저희 집안은 딸이 귀해서 딸이라니까 어른들이 정말 기뻐하셨어요."

다시 쥐 죽은 듯이 조용해졌다. 아마 동원 가고 나면 자기들끼리 수군거리겠지만 지금은 아무도 뭐라 말을 할 수는 없었다.

"둘째 고모네 오빠는 안녕하세요?"

둘째 고모는 아버지와 쌍둥이였다. 아버지와 비슷한 때 결혼해서 아이를 낳은지라 그 집 아이들과 수연이 또래였다. 둘째 고모는 아들과 딸 하나씩 두었는데 수연이 소식 듣기로는 공부를 못 해서 미국으로 보냈지만 거기 학교에서도 사고치고 쫓겨났단 얘길 들은 기억이 있었다. 그 말에 고모의 얼굴이 확 구겨졌다. 딸 역시 공부를 못했었지.

그때 아버지가 와서 앉았다. 산부인과 의사인 아버지는 수연의 배를 쓱 보았다.

"산달이 언제야? 배가 많이 나왔던데?"

수연은 의외로 침착했지만 동원에게 잡혀 있는 손에 땀이 나는 건 동원만 알고 있었다.

"9월 둘째 주요."

그동안 계속 통화도 하고 지난번에 봤을 때에도 아무 말 없더니만 오늘은 갑자기 알은체를 한다.

"얼마 안 남았네. 뭐 좀 먹을래?"

"아뇨. 그냥 물이나 주세요."

이미 일하는 여자가 와서 육개장이나 떡이니 하는 것들을 좌라락 펼쳐놓고 긴 뒤였다.

동원도 먹어야 하니 손을 풀어야겠지, 그러나 동원은 손을 풀지 않고 그대로 잡고 있었다. 수연이 고개를 돌려 옆을 바라보았다. 의외로 작게 웃어준다.

"어머님이 너한테 뭘 좀 남기셨다."

수연은 눈을 깜박거렸다. 옆에 있는 고모들 시선이 험악해졌다.

"엄마는 외손주들한테는 각박하더니만⋯⋯."

"가실 때 되니 네 엄마나 너한테 좀 미안했⋯⋯."

그 순간 수연이 마시려고 쥔 종이컵을 그대로 움켜쥐었다. 물이 손을 타고 흘렀다.

"미안했다고요? 뭐가요? 아들 못 낳아서 내쫓은 거요? 아니면 죽게 내버려둔 거요? 우울증으로 자살 시도하는 며느리 병원에 입원하게 돈 좀 달라고 사정하는 손녀에게 돈 못 준 거요? 뭐가 미안하대요? 둘 다 죽으라고 엄동설한에 쫓아낸 거요? 뭐가, 뭐가 미안하대요? 아니면 오빠 장례식장에서 제 목 조른 거? 말씀 좀 해보세요!"

그동안 쌓여 있던 분노가 수연이 어떻게 조절할 수 없이 그대로 폭발해버렸다. 언제나 아버지를 만나면 하고 싶은 얘기가 그거였다.

"어떻게 사람이 그러실 수가 있어요?"

"지금 다른 사람들도 있는데 지금 그런 얘기 하기는 자리가 좀 그렇구나⋯⋯."

아버지가 긴장하면 나오는 버릇대로 안경을 고쳐 썼다.

지금 아니면 이런 얘기 못 하겠지. 다신 이 집안 사람들은 보고 싶지 않았다. 지금 할 얘기 다 하고 툭툭 털어버려야지.

"그래요, 저, 엄마랑 같이 지긋지긋한 이 집안에서 나가게 되었을 때 저 이제 살겠구나 싶었어요. 할머니 눈초리가 언제나 저를 쫓아와서 말했어요. 이 오빠 죽인 년!"

동원이 놀라서 냅킨으로 수연의 손을 닦고 상 위를 훔쳤지만 수연은 눈에 들어오지도 않았다.

"엄마 반강제로 이혼시키고 저랑 내보낼 때, 제 인생에서 이 집 식구들 다 죽었어요. 누가 죽든 말든 그게 무슨 상관이에요. 마지막으로 그 사람에게 제가 베풀 수 있는 호의는 죽기 전에 본 건가요? 할머니가 제 용서를 바라시긴 했던가요? 죽을 때가 되니까 자기가 얼마나 모진 짓 했는지 아니까 죽는 게 무서워서 그러신 거 아닌가요? 웃기는 개수작 하지도 말라고 해요. 오빠 죽고 나서 아빠 뭐 하셨어요? 엄마 그대로 할머니 뜻대로 내보내고 재혼해서 아들 낳으니까 좋으세요? 조강지처랑 친딸 내쫓고 나니까 발 뻗고 편히 주무실 수 있으시던가요? 이 저주받은 집안에 내가 발 하나 내밀 일은 없을 거예요."

그 말까지 한 수연이 아버지를 노려보았다. 그가 당황한 듯 수연을 달래려 했다.

"어머니도, 나도 너한테 못 할 짓 한 거 안다. 그래서 마지막 가시는 길에 끝까지 가슴에 남았던 거다. 그러니 죽은 사람 생각해서 받아둬. 앞으로 네 인생에 조금이라도 쓸 일 있을 거야."

"그거 받으면 제 지난 십 몇 년이 보상되나요? 무슨 위자료 주듯 주면 제가 고생한 게 사라지고, 제가 아팠던 게 사라지고 그런가요? 그냥 사람이 사람답게 사셨으면 저한테 돈으로 위자료 주실 일도 없으셨을 텐데 말이에요. 죽을 때 다 되어가니까 금수도 제 새끼는 못 떼어놓는다는데 버린 손녀인 제가 생각나셨대요?"

수연이 어처구니가 없는지 코웃음을 쳤다.

"저 주실 거 차라리 엄마나 주지 그러셨어요? 빈 몸으로 내쫓겨서 뭐 해야 할지도 모른 채 방에서 울기만 하던 그 불쌍한 여자 주지, 왜 이제 와서 멀쩡히 잘 사는 저한테 준대요?"

이제 온몸을 부들부들 떨고 있는 수연의 어깨에 따뜻한 손이 얹혔다.

"수연 씨, 너무 흥분하면 아이한테 안 좋아. 이만 가지. 더 있어봤자 당신한테 안 좋을 거 같네."

동원이 먼저 일어나더니 수연이 일어나는 걸 도왔다.

"나중에 머리 좀 식히고 나면 다시 연락 다오. 이런 꼴 보여 미안하네."

그 말에 동원이 정중하게 답했다.

"저한테 미안할 일은 없죠. 원래 임신한 사람은 장례식장에 가급적 안 들이는데 이런 얘기 꺼내려고 부르신 거라면 좀 실망스럽네요. 연락은 직접 하지 마셨으면 좋겠습니다. 전화 올 때마다 이 사람이 기분이 많이 상해요. 처리할 일 있으면 저희 집안 변호사와 회계사가 대신 할 테니까 그

쪽이랑 말씀 나누시죠."

고문 변호사와 회계사 얘기가 나오자 고모들이 또 자기네들끼리 쑥덕거리기 시작했다. 수연이 저게 얼굴이 좀 반반하더니만 시집은 잘 갔나 보네. 머릿속으로 이런 얘기를 하고 있을 게 뻔히 그려졌다. 동원과 결혼한 게 이럴 때 힘이 되는구나. 이 사람이 없었으면 이보다 더 심한 꼴을 당했겠지. 그냥 헛웃음이 나오려 했다.

동원이 수연을 거의 안다시피 부축해서 장례식장을 빠져나왔다. 뒤에서 고모들과 친척들이 수군거리고 있었고 아버지가 수연을 멍하니 바라보는 걸 알았다.

눈물이 날 것 같은데 차마 울지도 못하겠다.

머릿속에는 왜, 이제 와서 뭘 어쩌라고, 어떻게 이럴 수가 있어요? 등등의 물음표만 둥둥 떠다니고 있었다.

동원의 손에 이끌려 멍하니 걸었다.

조수석에 태우고 안전벨트를 채워주는데도 멍했다. 한참을 가다 동원이 말을 걸었다.

"원래 장례식 끝나고 집에 바로 가면 안 되고 어디 들러야 돼. 어디 가고 싶어?"

그런 말을 들은 기억이 났다.

"집에 하율이 있잖아요."

"하율이야 간병인 불러놨고 일하는 아주머니도 있는데 무슨 걱정이야. 그냥 잠시 어디 들르든가 하지. 야외 나가서 식물원이라도 갈까? 당신 꽃 보는 거 좋아하잖아."

그 말에 수연이 작게 고개를 끄덕였다.

뭔가 예쁜 게 보고 싶었다. 가슴을 따뜻하게 만드는 아름다운 것. 방금 전 일을 지울 수 있는 것. 그런 게 보고 싶었다.

그가 식은땀이 난 손을 꼭 쥐고 작은 식물원에 들어섰다. 한낮이라 그런지 사람도 많이 보이지 않았다. 이제 늦여름이었고 한창때 더위는 살짝 꺾였다.

그의 손을 꼭 쥔 수연은 멍하니 앞만 보며 걷고 있었다.

그 작은 머릿속에 뭐가 그리도 많이 담긴 걸까. 그 작은 가슴에는 얼마나 큰 상처들이 있는 걸까. 스무 살 이후 내내 혼자 살았던 그녀는.

열에 들뜬 듯, 수연은 그가 이미 보고서에서 본 내용을 입으로 내뱉기 시작했다.

"저는요……."

그냥 글로 간략하게 정리된 걸 볼 때와 수연의 입으로 나오게 될 때의 간극은 상상 그 이상이었다. 그녀의 아픔이, 절절함이 현실화되기 시작했다.

"카페 가서 시원한 것 좀 마실래? 화장실도 가고 싶을 거 아니야?"

"안 그래도 아이가 뭔가 마시고 싶은지 배를 차요."

수연이 배를 한 손으로 문질렀다. 세상에 아직 태어나지도 않은 어린 딸이 단것을 내놓으라고 성화를 부리는 모양이었다.

시원한 레모네이드를 앞에 두고 수연이 입을 열었다.

"오빠 죽고 나서 엄마 우울증이 무척 심해졌어요. 아빠는 본격적으로 밖으로 나돌았고. 엄마는 나 낳을 때 거의 죽기 직전까지 갈 정도로 난산이었대요. 그래서 더 애를 못 낳을 거라고 이미 선고받은 상태였어요. 할머니가 아빠더러 압력을 넣기 시작했고 결국 아빠가 굴복했어요. 엄마한테는 곧 데리러 올 테니까, 그냥 할머니 눈 피해 이혼한 척만 하자고 했어요. 그리고 엄마 나가면서 저도 따라 나가게 되었고요. 처음엔 엄마도 희망에 들떠서 잘 사시는 듯했어요.

방 두 개짜리 작은 빌라 얻어주면서 아버지가 가셨어요. 아버지는 띄엄띄엄 들르기 시작했고 좀 지나자 거의 연락이 없었어요. 그리고 엄마는 점점 더 우울해졌어요. 그러다 결국 병원에 다니면서 먹던 수면제에 우울증 약까지 한번에 드신 거예요. 왜냐고요? 아빠가 재혼한 걸 알았거든요.

자살 시도한 사람은 건강보험 적용 안 되는 거 알아요? 위세척 비용이 얼마인지, 내가 얼마나 가난한지, 얼마나 무기력한지 그때 처음 알았어요.

난 그때 열아홉 살이었고 대학 시험 본 직후였어요. 대학 붙었어요. 등록해서 한 학기 겨우 다녔어. 그런데 그다음 학기부터는 학교를 갈 수가 없었어요. 엄마를 두고 학교를 다닐 수도 없고 돈도 없었어요. 아빠가 돈을 더 이상 부쳐

주지 않았거든요. 어떻게 해요? 엄마랑 같이 굶어 죽어요? 집을 옮겼죠. 그리고 내가 편의점이랑 패스트푸드점에서 일했어요.

고등학교 갓 졸업한 여자애는 일할 데라곤 그런 데 아니면 단란주점밖에 없는 거 알아요? 내가 어딜 가요? 그리고 엄마가 두 번째로 자살 시도를 했어요. 이미 첫 번째 시도한 뒤에 엄마는 제정신이 아니었어요. 이번엔 아빠가 재혼한 여자한테서 아들을 낳은 걸 아신 거죠. 엄마가 아마 찾아가셨었나 봐요, 아빠 병원에. 그러다 보았겠죠, 사진을. 엄마가 죽은 여자처럼 시커멓게 되어서 왔고 그날 약을 먹었어요. 내가 편의점에서 밤새 일하고 왔을 땐 거의 넘어가기 직전이었고요.

그런데도 또 살아나셨어요. 병원비 걱정되고, 이제 더 갈 데도 없고, 의사는 입원시키라 하고. 그때 누가 전단을 주는데 난자 산다고 쓰여 있더라고요. 엄마 입원비 아빠한테 좀 빌려달라 하려고 전화했더니 할머니가 받으시더라고요. 너 같은 손녀 둔 적 없다고, 네 아빠 앞길 방해하지 말라고, 전화 끊으라고 하더라고요. 그래서 거기 갔던 거예요. 그래요. 엄마 병원비 때문에 나 난자 팔았어요. 지금도 후회 안 해요."

숨도 쉬지 않고 긴 말을 내뱉은 수연이 숨을 거세게 몰아쉬었다. 습관처럼 배를 문질렀다.

"수면제나 그런 약물 먹고 자살 시도하면 기억력이 많이 사라져요. 딸 나이도 잊은 엄마 살리려고 내 난자도 팔고, 몸은 안 팔았지만 웃음 팔러 나갔어요. 엄마는 병원에 입원해 있으면서 조기 치매가 와서 결국엔 다 잊었어요. 오빠, 오빠만 기억했죠. 오빠가 살아 있던 마지막 시절만. 수연이는 없고 준연이만 남아 있었어요. 언제나 '아가씨, 우리 준연이는 언제 올까.'라고 물으셨죠.

근데 그런 엄마마저 돌아가셨을 때 정말 다 끝이구나 싶더라고요.

그때 당신이 나타난 거예요. 그전에, 그후에 나타났더라면 나 절대 당신한테 안 움직였어요. 그게 다 당신 운명이고 내 운명이겠죠. 그냥 우리 운명이 그렇게 되어 처먹은 거였겠죠."

빠른 속도로 기계적으로 입을 움직였다. 덤덤하게 수연이 자신의 상처를 내뱉었다.

그런 수연의 손을 동원이 두 손으로 쥐고 토닥였다. 수연은 울지 않았다. 바르르르 떨 뿐이었다.

수연을 어떻게 위로해야 할지 몰랐다.

"아기한테 좀 미안하네요. 이런 일 때문에 내가 기분이 안 좋아서."

작게 말하는 수연에게 동원이 작게 한숨을 내쉬었다.

/

11. I love you for sentimental reason

/

혼자 서재에 틀어박힌 동원은 노란 파일을 꺼내서 다시 읽었다. 지난 10여 년간 서수연이 어떻게 살았는지 간단하게 보여주는 그 보고서에는 많은 것들이 누락되어 있었다. 집안에서 버림받고 정신병원에 들어간 어머니를 뒷바라지하기 위해 했던 그 희생들에 대해서는 거의 보이지 않았다.

행간과 행간 사이에는 수연의 고통과 눈물이 숨어 있는 듯했다. 휴학, 자퇴, 자해, 입원 같은 단어들은 수연의 지난 10여 년의 삶을 보여주고 있었다.

내가 당신에게 무슨 짓을 한 거니?

어디까지 당신은 나를 용서해줄 수 있을까?

나는 얼마나 더 바닥으로 떨어져야 하는 걸까?

그럼에도 하율이 살아 있었으면 좋겠고 수연이 그와 계속……

그 말은 차마 할 수가 없었다. 너무 미안해서.

손으로 얼굴을 가린 채로 동원은 한참을 있었다.

아직 끝이 나지 않았다. 어떤 결론도 내릴 수가 없었다.

그냥 앞으로 나아가는 일만 남아 있었다.

임신 과정에 있어서 고통스러운 것은 출산만이 아니었
다. 입덧 지나고 몸이 변할 때마다 수연은 조금씩 바뀌었
다. 이제 몇 주 안 남은 아이는 제법 많이 내려와 있었다.
수연이 아랫배 근육이 당겨서 아프다고 가끔 문지르곤 했
다. 혜율은 너무 활발해서 의사도 놀랄 정도였다.

"산모가 힘드시겠어요. 아기가 잠시도 쉬지 않으니."

그 말대로 아침부터 밤까지 발로 차면서 노는데 가끔 수
연이 앉아 있다 비명을 지를 때도 있었다.

"또 혜율이가 발로 찼어?"

수연이 입을 삐죽 내밀곤 배를 원망스럽다는 듯이 내려
다봤다.

"혜율아, 정혜율아, 엄마 배 아프다. 좀 살살 차렴."

동원이 큰 손으로 배를 살살 문지르면서 혜율을 달래주
곤 했다.

"혜율이는 아무래도 축구 선수 시켜야 할까 봐. 벌써부
터 이렇게 차대니. 하율이는 이 정도는 아니라고 했는데.
오히려 좀 얌전한 편이었대."

옆에서 하율이 투덜거렸다.

"혜율이는 왜 자꾸 엄마 배를 차나 몰라. 빨리 나오기나
하지."

지난번에 마지막으로 병원에 갔을 때 준희가 말했더랬

다.

"이제 언제 아기가 나와도 놀라운 상황 아니니까 집에서 준비 잘하고 있어요."

그 말에도 심장이 두근거렸는데 진짜 그날이 오려는 모양이었다.

오후 내내 미묘하게 배가 당기고 아픈 기분에 그냥 가진통인 모양이라고 지나갔다. 유난떤다 싶을까 봐 그냥 무심하게 넘어갔는데 점점 더 주기적으로 아파지자 겁이 덜컥 났다.

옆에서 동원이 뒤치다꺼리를 하더니만 잠이 든 모양이었다.

"동원 씨, 동원 씨."

살짝 흔들자 동원이 벌떡 일어났다.

아이 머리가 슬슬 밑으로 내려가기 시작한지라 이제 곧 출산인 것은 짐작하고 있었다. 그러나 그날은 갑작스레 왔다. 초산이라서 아마 아기가 예정일보다 늦게 나올 거라고 했는데 혜율이는 성격이 급한 아이였던 모양이다.

"왜?"

동원이 피곤한지 눈도 제대로 못 떴다. 잠이 덜 깼지만 수연이 깨운 게 긴급 사태임을 깨달은 눈치였다.

"어디 아파?"

"아이가 나오려나 봐요."

그 말에 정신을 차린 듯 벌떡 일어났다.

"진통 있어? 언제부터?"

"오후부터 배가 살살 아팠는데 가진통인 줄 알았어요."

요즘 들어 배가 자주 뭉치고 가끔 생리통처럼 아랫배가 아픈 적이 종종 있었다. 그냥 그런 건 줄 알았는데 이제 주기적으로 진통 같은 게 오는 듯한 느낌이었다. 혹시 싶어 시계를 보니 3분 주기로 오고 있었다.

"좀 아프다 말 줄 알았는데 이제 점점 주기가 짧아지는 거 같아요."

아이는 생각보다 세상에 일찍 나오려고 작정을 한 모양이었다. 초산이면 보통 지나서 나온다는데 예정일보다 더 빨랐다.

수연 역시 조금 겁이 난 듯한 표정으로 눈을 동그랗게 뜨고서 그를 바라보고 있었다.

아이가 나오면 하율에겐 좋겠지. 하지만 마음속에선 아이가 조금 더 늦게 나와줬으면 하는 마음도 있었다.

그러면 수연이 떠나지 않을 테니까.

이 시간이 지나면 그녀는 가버릴 텐데.

있을 때 조금이라도 더 잘해주고 싶은데 시간은 왜 이리 금방 가버리는 걸까. 그렇게 상처주고 또 상처주고, 그 여린 마음을 누더기로 만들어서 이용당하면서도 자기 자식이라고 하율이를 돌보는 것을 보면 가끔 눈물이 났다.

배 속에서 키워서 내보낸 것도 아니고, 갓난쟁이 때부터 본 것도 아닌데 혈육이 뭐라고. 배는 나와 뒤뚱거리면서도 굳이 병원에 따라가서 애 치료받는 걸 보고 오는지. 하율이가 땀에 젖어서 아파할 때 옆에서 손수건을 꼭 쥐고서 땀을 닦아주는 수연을 보면 가슴이 내려앉았다.

자기는 이 여자에게 무슨 짓을 하고 있는 걸까. 나중에 얼마나 더 큰 벌을 받으려고?

이미 벌은 받고 있는 거나 다름없었다.

순진하게 웃는 여자를 볼 때마다, 쓰디쓴 물이 목구멍에서 올라왔다.

자기혐오.

차마, 계속 같이 살자 말할 수 없으니까.

네가 좋아. 너를 사랑해. 우리 이제 정말 가족처럼 살자.

그런데 어떻게 그가 무슨 양심으로 그런 말을 할 수 있을까.

그래서 아이를 기다리기라도 하듯 미리 이름까지 지어놓고 아이방까지 만들어두었다. 하지만 수연은 아이가 조금이라도 더 늦게 태어나길 바란 건지도 몰랐다.

"119 불러?"

"아니, 그냥 차 타고 가면 될 거 같아요."

동원이 옷을 갈아입고 미리 싸놓은 가방을 들었다. 수연역시 그새 옷을 갈아입긴 했는데 이제 좀 아픈지 창백한 얼굴에 이마에는 식은땀까지 송송 맺혀 있었다.

그러나 아직 본격적인 시작도 아니었다. 아이가 엄마를 힘들게 할 생각인지 진통이 시작한 지 근 12시간이 지나도 나오려 하지 않았다.

준희가 일부러 온 모양인데 산도 확인 같은 건 일절 하지 않았다. 분만실의 간호사랑 얘기를 좀 주고받을 뿐이었다.

"왜 이렇게 아이가 안 나오는 거야?"

동원이 아는 얼굴을 보자 조금 긴장이 풀려서 벌컥 화를 내버렸다. 준희가 혀를 끌끌 찼다.

"자궁 경부가 안 열렸어."

"아니, 여태 진통이 왔는데 왜 안 열려?"

"산도가 좀 아슬아슬하네. 골반도 좁아."

의사가 골반이 좁다고 얘기했던 듯한데 그는 무심코 지나쳤던 듯했다. 아이가 거꾸로 있는 것도 아니고 산모가 건강하면 당연히 자연 분만을 해야 한다고 생각했었는데……

"그럼 지금이라도 제왕절개 하면 안 돼?"

"이미 진통 다 했는데 뭘 또 제왕절개를 해? 아이 이미 내려와서 좀만 더 버티면 그냥 자연 분만 가능해. 여기서 제왕절개 하면 더 힘들어."

수연은 이제 정신이 거의 없는지 진통이 오지 않을 때에도 힘이 빠져서 눈을 감고 있었다. 이마에 땀이 나서 머리카락이 다 엉겨 붙었고, 눈에 실핏줄이 터져 있었다.

"많이 아파?"

그렇게 묻자 수연이 눈물이 그렁그렁한 눈으로 고개를 끄덕였다.

"아직은, 아직은 괜찮아요."

그러나 아직도 그의 딸은 나올 기미가 보이지 않았다. 만 하루가 지나도 여전히 조금 내려오긴 했지만 누굴 닮았는지 거북이처럼 느릿하기만 했다. 산도가 아주 조금씩 열리고 있다고 의사가 투덜거렸다.

"애가 그래서 언제 나옵니까?"

동원이 조급하게 물어봤자,

"산도가 열려야지 나오든 말든 할 거 아니에요. 촉진제 놓을 거예요. 아직 3센티밖에 안 열렸어요. 최소 10센티는 열려야 아기가 나오는데 아직은 못 나와요."

그 말을 퉁명스레 하고 가버리는 정도였다. 만 하루 동안 진통한 수연은 이제 너무 지쳐 보였다.

"힘주세요, 산모님."

옆에서 간호사가 계속 왔다 갔다 하면서 산도를 체크하고 수연에게 말을 하지만 제대로 잘되지 않는 모양이었다.

진통이 올 때마다 수연이 어린 동물처럼 약한 신음 소리를 내었다. 그게 너무 가슴이 아팠다. 몇 시간째지……

이마에 송글송글 맺힌 땀을 닦아주고 입술을 물로 축여주었다. 바싹 메말라 갈라져버리고 피도 맺혔다. 진통이 지나간 뒤에 수연이 동원을 찾았다.

"동원 씨, 혜율이 말이에요."

한 번도 수연은 아이 이름을 말한 적이 없었다. 그냥 아이였을 뿐.

469

"응."

"혜율이가 나 기억해줄까요?"

그 말에 동원은 갑자기 눈물이 핑 돌았다. 죽을 정도로 아프다는 말은 하지 않았는데 정말 그런지 얼굴이 누렇게 떴고 잔머리는 땀 때문에 덕지덕지 들러붙어 있었으며 눈에는 실핏줄까지 터져 있었다.

"엄만데 왜 모르겠어."

그 말에 수연이 살짝 웃는 듯싶었지만 바로 작게 비명을 질렀다. 죽어가는 동물이 마지막에 지르는 것처럼 힘이 없는 소리였다. 다시 진통이 오는 모양이었다. 놀란 동원이 간호사를 불렀다.

"여기요!"

간호사가 와서 보더니만 바로 의사를 호출했다.

"선생님, 서수연 산모 아이 나올 거 같아요."

그러자 바로 분만실로 이동하기 시작했다.

간호사가 배를 무자비하게 눌러대는 것만 보고 그는 밖으로 쫓겨났다. 밖에서 서성거리고 있자니 미칠 것만 같았다.

안에서 아이 우는 소리가 들렸다.

드디어 혜율이가 태어난 것이다.

"서수연 씨 보호자분, 들어오셔서 아이 탯줄 자르세요."

무슨 공장에서 하듯 들어가서 탯줄을 자르고 아이를 안았을 때, 손바닥 안에 겨우 차는 아이는 너무 작고 연약해

470

서 무서웠다. 수연이 아이를 보고 희미하게 웃었다. 간호사가 아이를 받아서 어디론가 사라졌다.

그냥 아이가 나온다고 다 끝나는 게 아니었다.

정육점처럼 바닥에는 피 묻은 거즈 같은 것이 마구 떨어져 있었고 어디선가 나는 피비린내가 코를 찌를 정도였다.

"이제 후처치 해야 하니까 나가세요."

쫓겨 나간 뒤에 얼마나 있었을까, 수연이 휠체어를 탄 채 나왔다. 누렇게 뜬 얼굴로 잠을 못 자서인지 곯아떨어져 있었다.

자기도 모르게 눈물이 나려 했다. 의사가 별것 아닌 듯 간단하게 대답해주었다.

"좀 난산이긴 했는데 괜찮을 겁니다."

괜찮겠지? 괜찮아야 하는데…….

「하율이 당신 자식이야. 당신 자식이 죽어가는데 애 하나 못 낳아줘?」

그런 말을 아무렇지 않게 했던 자기의 치기가 이제는 부끄러웠다.

자기도 모르게 눈물이 흘러내렸다. 어쩌면 이렇게 무식하고 나쁠 수 있는 거지. 수연이 혜율을 낳기 위해 목숨을 걸어야 할 줄은 몰랐다. 배 속에 생명을 품어 세상에 내보내야 하는 그 과정이 이렇게 치열한 거라고 알지 못했다.

471

무지해서 그냥 애만 생기면 되는 줄 알았는데.

혜율이 나오면서 생긴 제대혈로 하율을 치료하면 된다는 무지막지한 생각을 했다. 그의 양 손에 차지도 않을 정도로 저 작은 아이 몸에서 어쩌면 골수 이식을 해야 할지도 몰랐다.

수연은 눈, 얼굴, 목 어디 하나 제대로 된 데 없이 모세혈관이 터져 시뻘건 색으로 뒤덮여 있었다. 눈 밑에 없던 기미까지 올라와서 더 안색이 나빠 보였다. 처음 만났을 때만 해도 좀 인상이 희미하긴 해도 미인이다 싶었는데 그 고운 얼굴, 고운 몸을 이리도 망가뜨렸으니 그 죄가……

어린 수연을 괴롭혔던 할머니보다 더 악질인 자신에 대한 혐오로 구역질이 날 것 같았다. 하율만 눈에 보여서, 진짜 뭘 몰랐다. 설희를 생각하면 언제나 화려하게 핀 장미가 생각나는데 수연은 겨울나무였다. 헐벗은 듯 외롭게 서 있는 겨울나무처럼 세상에 혼자 맨몸으로 맞서는 여자를 짓밟고 강요하고 폭력을 휘둘렀다.

그 안쓰러운, 누렇게 뜬 얼굴을 가볍게 쓸었다. 이대로 그녀가 떠난다고 하면 어쩌지?

무섭다.

혜율을, 하율을 혼자 키워야 한다는 두려움이 아니었다.

이 여자마저 떠나면 혼자 남겨지는 자신이 두려웠다.

그러나 수연은 강하다. 언제나 강하다. 오뚝이처럼 쓰러져도 다시 일어난다.

수연이 긴 속눈썹을 힘들게 올렸다.

"괜찮아?"

그러나 갈라진 목소리로,

"혜율이는 괜찮아요?"

아이부터 확인했다.

"열 손가락이랑 발가락 제대로 달렸고 3킬로그램 정상이야. 제대혈도 보관 잘해뒀고."

그제야 작게 미소를 지었다.

"괜찮아? 의사는 별 이상 없을 거래."

"괜찮아지겠죠."

아이 낳고 힘들어할 것 같아서 아이를 데려다놓지 않았는데 수연은 궁금한 모양이었다.

"혜율이가 누구 닮았어요?"

그 말에 동원이 슬쩍 웃었다.

"눈썹이 진하고 머리숱이 많은 건 나 닮은 거 같고, 코랑 눈이랑 얼굴 형태는 수연 씨 닮은 거 같아."

"동원 씨처럼 고집 세겠네요."

"아이 볼래?"

그 말에 수연이 다리를 움직이려 했다. 누워 있는 것도 불편하고 서서 움직이는 것도 불편한데 괜찮을까 싶었다.

"괜찮겠어?"

그냥 고개만 끄덕이는데, 이제 헐렁해진 환자복 사이로 나온 가느다란 팔목이 애처로웠다.

간호사가 아이를 안고 왔다. 병원 포대에 싸인 아이는 너무 작았다.

갓 태어나서 아직 빨간, 두 손에 들어올 정도로 작은 아이를 보고 수연은 미묘한 표정을 지었다.

내 자식은 이렇게 이쁘고 귀엽구나.

하율이도 얼마나 예뻤을까?

그 피에의 이끌림. 그걸 어떻게 할머니와 아버지는 부정할 수 있었을까. 더욱 용서가 되지 않았다.

그러면서 겁이 덜컥 났다. 어차피 이 결혼은 아이가 태어날 때까지였다.

작고 꼬물꼬물거리는 아이는 눈도 안 뜨고 자는데 어떻게 여자애는 자기를 닮고 남자애는 동원을 닮은 걸까. 신기하기도 했다. 하율이 갓 태어났을 때 사진에서만 봐도 하율이는 동원의 판박이처럼 닮아 있었다.

간호사가 안아보라고 주는데 수연이 난감한 기색을 표했다. 안았을 때 이 작은 것을 어떻게 해야 하는 걸까. 수연이 겁을 내며 머뭇거리는데도 간호사가 무턱대고 안겨주었다.

"산모님, 처음엔 다 무서워해요. 자, 이렇게 안으심 돼요."

간호사가 시범까지 보이면서 수연에게 알려주었다.

품에 들어온 작은 아이는 잠에서 깨었는지 눈을 뜨고서 수연을 보고 있었다. 까만 동공에 수연의 얼굴이 비쳐 보였다. 자기도 모르게 웃음이 나왔다.

예쁘구나. 정말 예쁘구나.

갑자기 침대에 사람이 누우면서 매트리스가 출렁거렸다. 선잠이 들어 있던 수연이 놀라 벌떡 일어나려 할 때, 등 뒤에 누우려던 동원이 수연의 어깨를 안았다.

"더 자. 나야."

가냘픈 어깨가 뼈가 만져질 정도로 바싹 마른 걸 느끼고 살짝 인상을 썼다.

"아이는요?"

자다 깨서인지 목소리가 가라앉아 있었다. 아무리 아주머니가 돌봐준다고 하지만 갓난쟁이 애한테 모유를 먹이면서 돌보는 건 힘들겠지.

"방금 재웠어. 배가 고픈지 칭얼거려서 젖병으로 젖 좀 먹였어. 하율이가 아까 전화했더라고. 무균실에 잘 들어가 있는데 심심하다고 난리야. 치료도 경과가 순조롭대."

자다가 깼는데도, 그렇게 전화로 묻고 또 물은 얘기를 또 물어보고 있었다. 갓난쟁이 때문에 나가지도 못하고 발을 동동거리면서 제대혈로 치료는 잘되고 있냐고 물어보곤 했다.

어차피 무균실에 들어가 있는 거라 보호자가 옆에 있어

줄 수도 없었다. 지난 한 달간 갓난쟁이 돌보랴, 아픈 아들 병원 쫓아다니랴 고생했더니만, 동원이 살이 좀 빠져버렸다. 그게 안쓰러운지 수연이 동원의 볼을 훑었다.

"당신은 좀 잤어?"

일하는 아주머니가 좀 도와주시고, 아기 돌봐주는 아주머니도 있다지만 초보 엄마가 쉬울 리가 없었다.

"많이 잤어요. 이제 좀 살 거 같아요."

아무리 일하는 아줌마가 아기 봐준다고 하지만 거의 3교대로 돌아가는 거나 다름없었다.

동원이 한숨을 길게 내쉬었다. 그가 수연을 가만히 품어 안았다. 넓은 가슴에 끌려 들어가 안겨 있는 게 위로가 된다.

그러나 하율이 퇴원해도 뒤치다꺼리도 해야 하고, 동원이 신경 쓸 일이 과연 줄어들까.

빨리 건강해진 하율이 보고 싶었다. 다행히 결과가 좋은 편이라니 곧 퇴원할 수 있겠지.

그가 수연을 안고 품으로 파고들었다. 뭔가 위안이라도 얻으려는 듯이. 어느새 계절이 바뀌어서 처음 만났던 그 늦가을이 다가오고 있었다. 1년 동안 서로 사랑하는 척도 했고, 아이도 만들었고, 결혼도 했고, 아이도 낳았다.

미움도, 증오도 모두 감춰둔 채로.

그런데 이대로 이렇게 살아도 되는 걸까?

피곤한데 이렇게 수연을 안고 있으면 딴생각이 들었다.

그도 남자인지라 성욕은 있었고 나긋나긋한 몸이 맞닿으면 다른 생각이 들었다. 가슴에 얼굴을 비비고 싶었고, 부드러운 몸에 파묻히고 싶었다.

낮에 아기 보느라고 고생한 여자한테 이게 무슨 허튼 생각이람. 아직 백 일도 안 되었는데.

잠도 제대로 못 자고 힘들다가 혜율이가 조막만 한 얼굴로 웃는 것만 봐도 그게 그렇게 행복했다. 하율이는 태어났다는 말에 사진 본 게 다였고, 설희가 6개월 이상 키워서 데리고 와서 정말 갓난쟁이 시절엔 사진 본 게 다였다. 처음부터 자기 손으로 키우는 아이는 혜율이가 처음이라 그런가, 하루하루가 달랐다.

"있잖아요, 동원 씨, 지금 피곤한데 그래도 얘기는 해야 할 거 같아서……."

"뭐?"

동원이 꾸벅꾸벅 졸고 있다 깨어났다.

"처음부터 약속이 하율이 다 낫는 거 볼 때까지였잖아요. 하율이 치료도 순조롭고, 혜율이도 잘 크고 있어요. 모유 수유는 백일만 하면 되니까, 그 다음부터는 제가 여기 더 있을 이유가 없을 거 같아요."

그 말에 동원이 왠지 언짢은 기색을 보였다. 밤마다 수연이 잠을 못 자고 뒤척이는 걸 알고 있었으니까.

"언제 나갈 건데?"

"백일까지만 있을게요."

하율이도, 혜율이도 두고 나가는 게 무서웠다. 그런데 이대로 주저앉을 수도 없었다. 내쳐질 바에야 내가 끊겠어, 결심은 그렇게 했다.

꿈속에서 엄마가 찬송가를 부르면서 스웨터를 뜬다.

그 미친 모정에, 화가 났었는데 이제는 그 마음을 전보다 더 이해할 수 있을 것 같았다. 여기서 더 길어지면 도저히 아이들에게서 자신을 떼어낼 수 없게 되겠지. 지금 도망가지 않으면 평생 엄마처럼 되겠지.

"내일 얘기하면 안 돼?"

"그래요. 잘 자요."

다음 날 동원이 잠시 외출했다 돌아와서 수연을 서재로 불렀다. 커피를 앞에 놓고 서로 바라봤다. 그가 봉투를 하나 내밀었다.

"받아."

"이게 뭐예요?"

봉투에서 나온 것은 수표였다.

동그라미가 몇 개인지 셀 수 없이 많았다.

"일단 현금은 이것만 준비했어. 전에 그 삼성동 빌라, 명의 변경할 거야. 돈 더 안 필요해?"

그까짓 돈 있어봤자 뭐에 쓰지. 쓸 데가 기억도 안 났다.

앞으로 뭘 하면서 살지? 살날이 참으로 많이 남았는데…… 이렇게 떠밀려 살다 보면 언젠가 죽게 되겠지.

"적어?"

"아, 아니에요."

너무 많으면 많았지 적지 않았다. 그걸 도로 동원 쪽으로 밀었다.

"안 받을래요. 돈 필요 없어요."

"왜?"

그냥 이거 안 받고 하율과 혜율을 품에 안고서 살고 싶었다. 그깟 돈…… 있으면 좋지만 아이들 두고 나가는 대가로 받는 것은 너무 잔인하다.

도저히 발이 떨어지질 않는데 어떻게 두고 가지.

그렇게 쉽게 갈 수 있었을 줄 알았는데, 눈 마주치면 웃는 혜율이도, 지금 병원에서 치료받고 누워 있을 하율이도 눈에 밟혔다. 아니, 무엇보다도 눈에 대들보처럼 걸리는 건 온갖 불행을 다 등에 짊어진 듯한 동원이었다.

"어디로 갈 거야?"

"전에 살던 집 아직 처분 안 했잖아요."

"그리 가게?"

"애들 없으니까 조용해서 잠도 잘 오고 좋을 거 같아요. 거기 있다가 내키면 해외에 여행이라도 다녀오게요. 나도 좀 피곤해서요. 산후 우울증 올 거 같아요."

너무나 희미한 미소, 그 시큰한 미소가 환하게 웃고 있는 듯하지만 눈가가 떨리고 있었다. 좀 올랐던 살이 몇 달 사이에 애 키우고 하율이 돌보느라 도로 빠져버렸다. 그 가

날픈 어깨로 어떻게 그 큰 짐을 지고 온 걸까.

그가 좀 품어주면 좋으련만, 잡아주고 싶은데 잡을 수도 없고, 가녀린 어깨를 끌어당겨 안고 싶지만 이제 그녀가 손 내밀어 안기지 않으면 그가 잡을 수도 없었다.

나쁜 짓을, 모진 소리를 너무 많이 해서, 이제 그에게는 영영 그녀를 잡을 권리 같은 게 없어진 듯했다.

가볍게 말하려 하는데 이미 벌게진 눈이 다른 얘기를 하고 있었다. 끝까지 눈물 안 보이고 약해지지 않으려고 발버둥을 치는데, 그게 또 안타깝고, 잡을 수도 없어서 더 가슴이 아팠다.

"하율이 오기 전에 나갈게요."

"하율이한테 인사 안 하게?"

"안 할래요."

하율이 얼굴을 보면 움직일 수 없을 터였다. 이대로 나가려면 아이를 보지 말아야 했다. 아직 이혼 서류도 작성해야 하고 할 일이 많으니 그때마다 이 남자를 봐야 하는데.

"하율이가 인사도 없이 갔다고 섭섭해할 거야."

그냥 아이들 때문이라도 그의 곁에 남아주길 원했다. 그냥 침대 같이 안 써도 되고 같이 살기만 해도 좋을 것 같았다. 힘들게, 어렵게 온 사랑인데. 사랑인데. 사랑…… 사랑, 사람. 받침만 다른 그 글자.

그때 밖에서 혜율이가 깨었는지 큰 소리로 울었다.

"혜율이 엄마, 혜율이가 배고픈가 봐요."

수연이 그 소리에 밖으로 달려 나갔다.

수연이 받아 앉자 아이가 젖 냄새를 찾아 품으로 파고들었다.

"어떻게 얘가 나한테서 나왔는지 모르겠어요."

수연이 신기하다는 듯 말했다. 이렇게 작고 예쁜 천사 같은 아이가 어떻게 나온 걸까.

그런데 두고 가야 하다니, 도저히 떠날 수가 없었다. 이대로 이 아이를 놓고 한 발자국도 걸어 나갈 수 없었다. 머릿속으로는 쉬운데 감정적으로는 아니었다.

젖을 먹고 트림을 한 아이가 꾸벅꾸벅 졸기 시작했다. 품에 안고 토닥거렸다.

"얘가 벌써 손맛을 알아서 새댁이 고생이 많아."

혜율이는 사람 손을 많이 타서 잠이 들기 전까지 누군가 한참 안고 있어야 했다.

아기 예수처럼 고요하게 자는 혜율을 수연이 요람에 조용히 내려놓았다.

희미하게 자고 있는 아이 얼굴이 드러났다.

혜율이 크리스마스카드의 아기 예수처럼 고요하게 자고 있었다. 양손을 머리 위로 올리고 누워 있는 혜율을 보고 수연이 미소 지었다.

"하율이 요맘때 사진 보면 딱 이렇게 잤는데. 자는 자세 보면 오빠랑 똑 닮았어."

혜율이가 하율이처럼 자라는 걸 보지 못하겠지.

처음 이가 나고, 걷고, 말하고, 초등학교에 들어가
고…… 이 모든 걸 보지 못하겠지.

동원은 좋은 아빠니까 딸을 끔찍하게 챙기겠지만, 혜율
에게서 엄마의 존재가 배제될 걸 생각하자 가슴을 갈퀴로
긁어내리는 것처럼 고통스러웠다.

뜨거운 것이 눈에 맺히고 아기가 깰까 차마 내지 못하는
소리 대신인 듯, 눈물이 줄줄 흘러내렸다.

등을 돌려야 하는데 돌려지지 않았다.

차마 만지지 못해 아이 요람을 앙상한 손으로 비틀어 쥐
었다.

어떻게 이렇게 사랑스럽고 또 사랑스러운 걸까.

뒤에서 뻗어 나온 손이 수연의 눈물을 닦아내었다. 따뜻
한 몸이 위로라도 하듯 겹쳐지고 그가 귓속에 작은 소리로
속삭였다.

"이제 와서 많이 늦었지만…… 미안해. 이제 와서 미안
하다고 해봤자 당신한테 내가 할 말 없는 건 잘 알아."

담담하게 말을 하고 있었다.

언제나 오만했던 남자가 그녀 앞에서 약해진다.

"혜율이 키우면서 안 건데, 만약 혜율이한테 하율이처럼
그런 일이 생기면 어떡할까 생각해봤어요. 혜율이 보면서
눈에 넣어도 안 아프다는 말이 이런 뜻이구나 생각했거든
요. 어떻게 이렇게 사랑스럽고 예쁠 수가 있지? 내 새끼가
이런 거구나, 내 새끼 위해서 정말 물불 안 가릴 수 있겠구

나, 이런 생각이 들더라고요.

당신이 어떻게 나한테 그런 짓을 할 수 있지, 라고 생각 많이 했는데 혜율이 보고서 그 생각 했어요. 아, 나도 어쩌면 할 수 있겠구나. 내 새끼가 아파서 죽어간다는데 눈에 뭐가 보일까. 할 수 있는 건 다 하고 싶을 거 같더라고요. 엄마도 그랬겠죠. 머리로는 이해했는데 마음으로는 전혀 이해 못 했어요.

그런데 혜율이 키우면서 알았어요. 아, 나도 엄마구나, 엄마면 내 자식 위해서 그 정도 할 수 있겠구나. 그래서 당신 이제 이해해요."

"날 용서하면 안 돼."

"왜요?"

"나쁜 짓 했으니까. 당신한테 그러면서 인간이길 포기했었던 것 같아. 머릿속으로는 내가 나쁜 짓 하고 있다는 걸 잘 아는데 그래야 하니까, 그래야 하율이 살릴 수 있단 생각에 잠시 이성이 나갔던 것 같아. 나쁜 짓도 철두철미하게 해서 당신 덫에 몰아넣고. 용서해달란 말 안 할게."

수연은 조용히 웃었다.

"가지 마."

"왜요?"

여기 남아 있는 건 아이들 엄마로서는 당위성이 부족했다.

"아이에겐 엄마가 필요하니까……."

"보통 그런 이유로 결혼하진 않아요. 그런 이유로 부부였던 사람이 계속 결혼은 유지하지만요."

등 뒤에서 동원이 안아왔다. 꽉 안아서 움직이지도 못할 정도였다.

귓가에 뭐라고 속삭인 것 같은데 너무 작아서 잘 들리지도 않았다. 정말 작은 소리로 흐느끼듯 고백했다.

"가지 마. 나랑 아이들 남겨놓고 가지 마, 제발."

고개에 얼굴을 파묻은 남자의 뜨거운 입김만 느껴졌다. 떼어놓고 갈까 두려워 엄마 옷자락을 잡은 아이처럼, 자신의 옷이 뜯어질 정도로 세게 잡고 있는 남자의 간절함이 수연의 마음을 뒤흔들었다.

"옷 뜯어져요."

그러나 그는 놓으려 하지 않았다.

"동원 씨, 나 안 가요. 그러니까 너무 세게 잡지 마요."

이미 뜯어지는 소리가 들렸는데도 그는 옷을 놓으려 하지 않았다. 수연이 그의 등을 토닥여줄 때까지.

"나 안 간다니까."

그 말을 들어도 안심이 안 된다는 듯이 그녀를 꼭 안았다.

"오래오래 계속 옆에 있어줄게요."

그들은 이제 진짜 가족이었다.

/

Epilogue. PS I Love you

/

　- 엄마, 엄마.

　"왜, 무슨 일 있어?"

　가슴이 철렁한 수연이 꽃을 정리하다 말고 아들의 전화에 당황했다. 매주 두 번 꽃꽂이를 배우러 나가고 있었는데 하필 오늘이 그날이었다.

　- 아, 나 몰라.

　"무슨 일인데?"

　- 혜율이가 엄마 화장대 위에 올라가서 향수병 떨어뜨렸어. 방에 향수 냄새 진동하고 난리도 아니야.

　이제 여섯 살 된 딸은 그야말로 극성이었다. 아니나 다를까, 오늘 또 사고라도 친 모양이었다. 가끔 어지간한 일에는 불평 안 하는 동원도 딸의 극성맞음에 한탄할 정도였다.

　"아줌마가 유리는 치웠는데 냄새 지독해. 엄마 들어오면 놀라지 말라고."

　"걱정도 팔자셔. 정하율, 숙제는 다 했어? 오늘도 안 해놓으면 엄마 정말 화낸다."

하율이 게임을 하다 지난번에 숙제를 제대로 안 한 적이 있었다. 수연과 동원 둘 다 하율이 오래 앓아서인지 좀 약한 데가 있었다. 이제 중학교도 올라가고 하는데 더 이상 이렇게 느슨하게 둘 수만은 없어 요즘 수연이 잡고 있는 중이었다.

그 말을 하고 일단 전화를 끊었지만 곧 수업이 시작하는데 마음은 집으로 가 있었다.

집에 가서 옷을 갈아입으러 들어가자마자 방에 진동하는 향수 냄새에 수연은 한숨을 쉬었다. 향수병이야 일하는 도우미 아줌마가 치우셨다고 해도 그 냄새가 어디 달아나나. 게다가 그건 동원이 선물해준 것이었다. 시원하면서 살짝 달콤한 향이 마음에 들었던 건데.

"정혜율! 너 어디 있어?"

옷을 갈아입고 나오자마자 강아지처럼 한쪽 다리에 달라붙었다.

"엄마, 엄마."

사고를 치고서도 모른 척하는 건지 천진난만한 건지 참 잘도 달라붙었다. 또 막상 얼굴을 보니 화도 못 내겠다. 늘 그게 문제였다.

"너, 엄마가 화장대 위에 올라가지 말라고 했지? 왜 거길 기어 올라가서 엄마 화장품 깨? 그거 아빠가 선물해준 거라서 엄마가 아끼는 거란 말이야! 응? 잘못했어, 안 했어?"

수연은 화가 나도 찬찬히 타일렀지만 아이가 알아듣는

지 마는지는 통 알 수 없었다. 그저 엄마 다리에 매달려서 뭘 잘못했는지도 모르고 뒹굴뒹굴하는 딸을 보니 한숨만 나왔다. 이게 사람인지 원숭이인지. 아니, 여우인 게 분명했다. 제 아빠가 자기한테 얼마나 약한지 너무나 잘 아는. 넘어질까 두려워 아스팔트 걷지도 못하게 하던 양반이 오죽하겠는가. 눈썹 진하고 고집 센 게 판박이인데.

동원이 한 번은 수연에게 털어놓았다.

"나 정말 가끔 혜율이가 알게 될까 봐 무서워."

뜬금없는 말에 수연이 고개를 끄덕였다. 동원의 깊은 공포를 수연은 알 수 있었다.

"혜율이 볼 때 가끔 무서워. 내가 이런 거 알게 되어서 미워하면 어떻게 하지? 당신 그렇게 아프게 하고 힘들게 해서 자기 낳은 거 알면 어쩌지?"

그러나 수연은 아무 말 안 하고 그의 등을 토닥여줬다.

동원은 바빴다. 요즘 뭔가 새 프로젝트에 돌입했는지 정신이 없었다. 도대체 전에는 어떻게 산 건지. 수연이 자기가 가정 안 꾸렸으면 어떻게 살았을 거냐고 마구 구박하면 동원은 웃을 뿐이었다.

하율이 치료하는 3년이 끝날 때까지는 하율에게 잡혀 있어야 했다. 애들도 어리고 아무리 아기 봐주는 아주머니가 도와준다 쳐도, 하율이를 따라 병원 왔다 갔다 하는 것만으로도 바빴다. 동원은 자식들한테 끔찍한 아빠지만, 역시 바쁜지라 아무리 많이 도와준다고 해도 많은 부분은 수연이 감당해야 했다.

그래도 하율은 살아남았고 이제 완치된 지 2년째 들어서고 있었다. 그냥 그것만으로도 충분히 감사할 일이었다.

"일 좀 끝냈어요?"

동원은 경기도 어딘가의 미술관 건물 짓는 걸로 요즘 상당히 바빴다.

"어, 오늘 끝내고 술 마셨어, 마지막으로. 마누라님, 오랜만입니다. 그간 별고 없이 잘 지내셨습니까?"

"어휴, 술 냄새! 많이 마셨어요?"

사실 동원은 술을 좀 마시긴 해도 잘 마시지는 못했다.

"빨리 씻어요."

수연이 등을 떠밀어서 욕실로 들여보냈다. 동원은 실실 웃으면서 시키는 대로 욕실로 들어갔다. 동원이 샤워하고 나왔을 때 수연은 이미 불을 다 꺼놓은 상태였다.

"마누라님."

수연은 시간이 늦어 그런지 이미 동원 쪽의 스탠드만 하나 켜놓고 누워 있었다.

"자니?"

"빨리 자요. 늦었어요."

아직 잠들지는 않았지만 그래도 졸음이 가득한 목소리였다.

"뽀뽀도 안 해주고 자냐?"

동원이 원망스러운 목소리로 한탄을 하자 수연이 고개

를 돌리고 양 얼굴을 잡고서 입에 쪽 소리가 나도록 뽀뽀를 해주었다.

"됐죠? 나 자요."

"그래? 그럼 나도 뽀뽀."

동원이 몸 위로 올라오면서 본격적으로 키스를 시도하려 하자, 수연이 얼굴을 돌리면서 양손으로 동원의 가슴을 밀었다. 아직도 입에서 술 냄새가 나고 있었다. 치약 냄새랑 섞여서 더 고약했다.

"나 내일 하율이 학교에 가야 돼요. 가서 선생님 만나 뵈어야 한단 말이에요. 자게 좀 둬요."

"한 번만. 응? 한 번만."

동원이 고집 부리기 시작하면 같이 고집을 부리다 말려드는 것보다 들어주는 게 편하다는 걸 이제는 알아버렸다. 말 섞기 시작하는 그 시간이 더 길었다. 게다가 동원은 말을 청산유수로 잘하지 않던가. 또 거기에 말려들면 어떻게 될지 눈에 뻔히 보였다.

"빨리 끝내요."

"서수연, 당신은 왜 사람이 그렇게 무드가 없냐?"

"애 둘 키워봐, 무드가 있나. 오후에 꼿꼿이 잠깐 다녀오고 난 뒤에 계속 애들 뒤치다꺼리 했거든요?"

무드 없다고 구박하면서도 손은 바쁘게 옷을 무장해제하기 바쁘다. 봉긋한 가슴 쪽으로 올라가 잽싸게 스냅을 풀고 옷 속에 숨어 있던 가슴을 한껏 쥐었다.

"왜 답답하게 입고 자. 좀 벗고 자지."

그 얘기를 수십 번은 했지만 수연은 고집스레 속옷을 입고 잤다. 꽉 막힌 듯 자신이 정한 길을 고집하는 수연의 버릇이야 익히 동원도 알고 있었다. 알면서도 불평하는 것 역시 동원의 고집이었다.

다정하게 입술을 겹치고 몇 번이나 어루만졌던 익숙한 몸이 서로의 온기를 찾듯이 부산하게 왔다 갔다 했다.

매해 더 서로 좋아하고 더 잘 알게 되면서 잠자리 역시 즐거움 이상의 뭔가를 남겼다. 서로에게 속해 있다는 안정감과 더불어 정신적 유대와 만족도가 있었다.

이게 진짜 부부구나 싶은.

동원이 긴 숨을 내쉬고 수연을 강하게 끌어안았다. 이미 수천 번 나눈 이 몸짓을 언어처럼 이해할 수 있었다.

"내 지갑에서 만 원 꺼내 가요."

여기까지 말한 수연이 헉헉거리면서 그대로 몸을 돌려서 옷도 못 입고 그대로 뻗어버렸다.

동원이 투덜거리면서 일어났다. 화장대 위에 있는 지갑에서 동원이 만 원을 꺼내어 화장대 위에 있는 커다란 단지 안에 넣었다. 이미 단지 안에는 만 원짜리가 제법 많이 모여 있었다.

"그거 모아서 뭐하려고 해요?"

수연이 잠긴 목으로 물었다.

"어, 자기 가방 사주게."

490

"그냥 카드 한 번 긁으면 되잖아요."

동원이 부자인 거야 수연 역시 알고 있었다. 동원의 건축 사무소는 승승장구하고 있었다. 여기저기 잡지에 얼굴을 내미는 것부터 해서 이것저것 꽤 유명한 프로젝트를 여러 개 하고 있었다. 해외에서도 취재를 올 정도로 이름을 알리고 있는 걸 보면 수연은 몰라도 잘나가는 모양이었다.

물려받은 재산도 상당하고 직업적으로도 잘나가니 회사 그만둬도 먹고살 재산은 충분한데 왜 저렇게 일을 열심히 하냐고 누군가 그랬을 정도이다.

"그래도 내가 몸 바쳐 사주는 게 더 의미 있잖아."

수연이 신경질이라도 난다는 듯 갑자기 베개를 들어 동원을 쳤다.

"내가 그 가방 받기 전에 복상사할 거 같으니까 그렇죠."

가뜩이나 오늘따라 피곤한데 동원이 괴롭혔으니 수연이 투덜거릴 만했다. 그러나 동원은 수연의 베개를 획 낚아채더니만 다시 한 번 와락 몸을 겹쳤다.

"간만인데 한 번 더 어때? 이건 공짜로 해줄 수 있는데."

"아, 됐거든요!"

그러면서 수연이 몸을 돌렸다. 동원이 수연을 뒤에서 껴안았다. 맨몸에 닿는 뜨듯한 몸이 기분이 좋다. 단단하고 누군가 지켜주는 듯한 느낌, 세상에 더 이상 혼자이지 않아도 되는 그 안정감.

그리고 그가 귓가에 다정하게 속삭였다.

"나 너무 행복해, 수연아."

수연은 답하는 대신 거의 비몽사몽 졸면서도 빙그레 웃었다.

- fin.

그동안 격조했습니다.

본업도 있었고 뭐 이런저런 사정이 있다 보니 이렇게 오랜만에 만나 뵙게 되었네요.

저는 후기 쓰는 걸 굉장히 귀찮아하는 편인데 뒤에 뭔가 주절주절 쓰는 게 왠지 부끄러워서입니다. 이건 후기를 안 쓸래야 안 쓸 수가 없어서 몇 자 적고 싶어지더라고요.

제가 이걸 구상해서 처음 이런 스토리가 있다라고 얘기했을 때 모님이 "무서워요, 채현 님."이라고 했습니다. 제 친구 모씨도 "로맨스가 아니잖아. 무슨 서스펜스 같아."라고 했습니다. 그래도 둘이 연애는 한다라고 저는 주장했습니다만.

설희랑 수연의 경험을 소설에서 필요가 없는데 상세하게 적어놓은 것은 여성으로서 불임이 얼마나 육체적으로도 고통일 수 있는지 보여주고 싶었어요. 그냥 병원에 가서 시술 한 번 하면 되는 정도가 아니니까요.

그런데 그런 걸 무릅쓰고 아이를 가지고 싶어하는 그 감정이란 뭘까요. 친구는 남편을 사랑하기 때문에 남편이 닮은 아이를 갖고 싶다고 했습니다. 사랑이란 게 참 이상합니다. 친구는 둘이 맞는 거나 공통의 뭔가가 있어야 유지되는 건데 사랑은 그런 걸 다 뛰어넘거든요. 불꽃처럼 짧던 가족이 되어 장기가 되든지 간에, 잠시 모든 걸 초월할 수 있다는 게 대단하기는 합니다.

수연과 동원은 분명 동원이 세팅해놓은 데에서 시작되지만 결국 수연 자체가 동원을 움직여서 긍정적인 방향으로 움직이게 됩니다. 제가 생각하는 연애 소설은 분명 말이 안 될 거 같은 관계인데 설득력을 가지게 되는 거거든요. 제가 그걸 얼마나 잘 그려냈는지에 대해서는 사실 자신감이 없네요. 편집부에서 보시고 동원이 로맨스 남주인데 나쁜 남자라고 했거든요. (사실 나쁜 놈 맞습니다.)

구구절절 변명을 늘어놓는 것 같은데 제가 뭔가 잘못된 사실을 적어서 환자나 가족을 불편하게 하지나 않았으면 좋겠네요.

다음에는 좀 밝고 건강한 이야기로 다시 만나요.

2016년 가을,

채현